林紓研究論集

郭丹，朱曉慧 主編

林紓研究論集

目錄

目錄

前言

淺析林紓的「畏天」人格

論林紓的愛國情懷
    一、身逢亂世,深悟時艱 15
    二、以振興中華為己任,為夢想而奔走呼喊 17
    三、小結 21

林紓與杜亞泉
    一 24
    二 25
    三 29

林譯及創作與五四白話運動
    一 33
    二 36
    三 39

桐城文章的別樣風景——以嚴復、林紓為中心
    一、從幾則「告白」談起 42
    二、遊走邊際的古文 44
    三、別無他途的譯述工具 46
    四、「場屋秘本」與「國文讀本」 49
    五、成亦蕭何,敗亦蕭何 53

論林紓的韓柳觀
    一、高度讚揚韓柳古文成就 57
    二、詳細分析韓柳古文特點 59

  （一）稱讚其獨特風格 ... 60
  （二）分析其佈局謀篇 ... 60
  （三）激賞其用字造句 ... 61
  （四）體會其本事題旨 ... 62
  （五）重視其承啟作用 ... 62
  （六）總結其擅長體式 ... 63
 三、林紓推崇韓柳文之意義 ... 63

林紓佚文《周莘仲廣文遺詩‧引》的發現與介紹——兼談汪毅夫先生臺灣近代文學研究的特點

 一 ... 65
 二 ... 67

從林紓《畏廬瑣記》看民間信仰的世俗化特點——以東嶽崇拜和士子祈夢為中心

 一、特定人群的東嶽崇拜 ... 71
 二、士子祈夢 ... 74

從《修身講義》論林紓的教育理念與教學特色

 一、主要內容 ... 80
 二、教育理念 ... 83
  （一）教育興國 ... 84
  （二）學貴創新 ... 84
  （三）潛心治學 ... 85
  （四）教書育人 ... 86
 三、教學特色 ... 88
  （一）與時俱進，聯繫實際 ... 88
  （二）真情實感，平易近人 ... 89
  （三）善用比喻，生動有趣 ... 90
  （四）語言平實，淺顯易懂 ... 91

功名早澹北山文——林紓自撰墓聯意涵試析

    一、「著述黨沾東越傳」——林紓對一生文學生涯的自許 ································ 93

    二、「中年當讀北山文」——林紓歷經世事的德性體悟 ································ 95

    三、「《北山移文》固不及我」——林紓道學愈堅的德性超越 ································ 99

曲折解神通——論林紓對韓愈與書贈序的解讀法

    一、前言 ································ 103

    二、一生忠鯁，為文狡獪 ································ **105**

    三、牢騷罵詈 ································ 107

    四、抵排佛老 ································ 110

    五、結論 ································ 113

外質而中膏，聲希而味永——林紓《蒼霞精舍後軒記》細讀

「風趣」「情韻」「神味」——林紓論古文審美欣賞

    一、「風趣」：莊中寓諧 ································ 121

    二、「情韻」：深情遠韻 ································ 124

    三、「神味」：「言止而意不盡」 ································ 127

「意境者，文之母也」——林紓論古文意境

    一 ································ 133

    二 ································ 134

    三 ································ 136

林紓的語言觀

    一、古文和白話 ································ 141

        （一）反對「盡廢古文」 ································ 142

        （二）反對「行用土語為文字」 ································ 143

    二、方言和俗語 ································ 144

    三、語文教育 ································ 146

論林紓對現代散文理論的獨特影響

　　一、「林譯小說」和白話詩對現代白話散文理論的獨特貢獻 ……… 149

　　二、林紓與現代新文學家的論爭推動了現代白話散文理論建設 ……… 152

　　三、林紓散文理論對現代散文理論的獨特影響 ……… 158

論林紓對中外小說藝術的比較研究

　　一、描寫對象的比較 ……… 163

　　二、藝術手法的比較 ……… 168

　　三、「外外比較」 ……… 174

　　四、自撰小說與外國小說的比較 ……… 175

林譯言情小說的諸種模式及其意義

　　一、林譯言情小說的言情模式 ……… 180

　　二、林譯言情小說的言他模式 ……… 184

　　三、林譯言情小說興起的社會文化根源 ……… 188

林紓譯文語料庫創建及其翻譯風格研究

　　一、緣起 ……… 191

　　二、描寫翻譯學發展的趨勢 ……… 192

　　三、林紓譯文語料庫：必要性與可行性 ……… 194

　　四、林紓譯文語料庫的標註 ……… 196

　　五、林紓譯文語料庫創建的重要意義 ……… 197

嚴復教育思想綜論

　　一、論社會教育 ……… 199

　　　　一、關於國民素質教育——論民力、民智、民德 ……… 199

　　　　二、國民素質教育的政治前提和具體措施 ……… 202

　　二、論學校教育 ……… 208

　　　　一、關於德育、智育、體育 ……… 208

　　　　二、關於教育目的與功能 ……… 213

三、關於教育內容——西學、外語與舊學 214
　　四、關於教育方法 217
　　五、關於教科書 219
　　六、關於高等教育 221

知識考古與歷史重詁——編撰一部《林紓年譜長編》的構想
　　一、林紓其人其事 225
　　二、前期文獻與是譜選材 228
　　三、體例與原則 229
　　四、歷史重估與歷史意義 230

百餘年（1897—2013）林紓研究概況
　　一、林紓研究的態勢 233
　　二、林紓研究的分期 234
　　三、林紓研究的層級 236
　　四、林紓研究的內容 237
　　　　（一）史料鉤沉 238
　　　　（二）資料彙編 238
　　　　（三）歷史定位 239
　　　　（四）林譯小說 240
　　　　（五）文學創作 241
　　　　（六）繪畫創作 242
　　　　（七）文藝思想 242
　　　　（九）傳記、交遊和逸聞 243
　　五、林紓研究的未來 244
　　六、本研究的不足之處 245

重新認識林紓——《林紓讀本》序

「走進林紓」——開展中華優秀傳統文化教育的特色實踐

- 一、教學實施的創新：「走進林紓」的教學實施…………249
  - （一）課程目標的構建…………250
  - （二）系列教材的編寫…………251
  - （三）教學團隊的組建…………251
  - （四）課堂內外的互動…………252
- 二、教育視角的拓展：「走進林紓」的經驗總結…………253
  - （一）「鄉賢文化」是開展中華優秀傳統文化教育的重要內容…………253
  - （二）「大學校史」是開展中華優秀傳統文化教育的寶貴資源…………254
  - （三）「文化創新」是開展中華優秀傳統文化教育的時代視角…………254
- 三、努力方向：為培植大學生文化自信進行持續探索…………255

區域文化資源轉化為校本課程的探索與實踐——以「走進林紓」課程為例

- 一、根據學校的定位及辦學特色，準確制定課程建設目標及規劃…………258
- 二、重視教學內容及課程體系建設，積極開展教學改革…………259
- 三、改革教學方法，激發學生學習主動性…………260
- 四、運用現代化的教學手段，探索現代教育的新途徑…………261
- 五、加強跨學科教師團隊建設…………261
- 六、編寫親和力強的教材…………261
- 七、以教學帶動科學研究、以科學研究反哺教學…………262

前言

　　林紓是 19 世紀至 20 世紀之交的一位有影響的文化人，林紓的翻譯小說在當時產生了深刻的影響，又因為他在五四新文化運動中的表現，為後人所詬病。但是，全面審視林紓的一生，他的人格正氣與家國情懷，文學藝術創造，仍令我們敬仰和弘揚。新時期以來，思想解放，對林紓的功過與評價，有了新的發展。

　　林紓與福建工程學院有著重要的淵源關係。他是福建工程學院的前身校——「蒼霞精舍」的創辦人之一。1896 年，林紓和清末著名鄉賢名士陳璧、孫葆瑨、力鈞、末代帝師陳寶琛等一起在福州創辦了教授西學的「蒼霞精舍」。解放前，「蒼霞精舍」已發展成為享有盛譽的「福建高工」。此後，幾經輾轉，成為今天的福建工程學院。

　　福建工程學院自建立之日起，就非常重視林紓研究。在推動林紓研究之時，我們力求以辯證唯物主義和歷史唯物主義為指導，堅持客觀、慎重的研究態度，力爭準確地評價林紓。我們既希望準確定位林紓在中國近代歷史和文化發展中的地位，也希望深入挖掘林紓作為一個文化人所具有的人格魅力和文化品格。此外，如何判斷林紓在近代歷史及文化發展中的地位，也是我們一直思考的問題。我們注意到，在多數的晚清和民國思想史著作中，林紓是「缺位」的。那麼，這種缺位究竟是研究者的視域造成的，抑或是必然的？如果林紓無法作為「思想人物」而存在，那麼他在近代文化中的地位如何確定？他作為新舊文學乃至於新舊時代交替之際的人物，其貢獻是否僅僅在於他的小說翻譯？且就以小說翻譯而言，他在中西方文化交流中的地位該如何評價？林紓的現代價值何在？對於改革開放有何意義？更進一步說，林紓的人格、情操和學術活動，能為當代大學文化建設和大學生的培養提供什麼啟示？林紓及其文化遺產能否在大學文化建設中造成支撐作用？因此，為進一步傳承學校的歷史文化傳統，更好地把握林紓研究方向，推動林紓文化遺產的研究與傳承，福建工程學院於 2014 年 10 月中旬舉辦了林紓研究國際學術

研討會，以此推動林紓研究的深入和福建工程學院的大學文化建設。本次學術研討會，得到福建省委宣傳部的大力支持。謹此表示衷心感謝！

我們願為林紓研究做出更大的貢獻。

吳仁華

淺析林紓的「畏天」人格

李景端[1]

林紓，是首開中國文學翻譯先河的先行者。他在文學翻譯史上的功績與地位，已被中國學界充分肯定。他在國學、教育、修行等方面，也有許多著述與建樹。

這些成就，無疑與他的人生觀與為人處世的原則有密切關係。

仔細觀察他的人格論，發現他心懷「畏天」的思想很突出。他遷入新居後，特意在房門大書「畏天」二字。他視「天」為天道，要求人們敬畏天道，安分守己，做到「畏天而循分」；他認為「天」代表著世間倫常，敦促人們遵循倫常，克己明理，行善助人。因為他「畏天」，所以他雖狂狷，卻不失仁愛；也因為他「循分」，深知自立之可貴，遂諄諄訓子勤讀而自恃。林紓曾在自家牆上畫了一具棺材，旁書：「讀書則生，不則入棺。」這個頗有浪漫色彩的舉動，成為後人勸讀的一則佳話。

林紓宅心仁厚的表現，莫過於他對待摯友遺孤的態度。1887 年，好友王薇庵病逝，當時林紓雖也拮据，仍資助王妻四百大洋，又收養王之幼子王雲龍十二年，直至此子成年娶親。另一好友林述庵的遺孤林之夏，也被林紓收養，並培養成才，後來成了國民革命軍的高級將領。在林紓七十自壽詩中，曾提及「總角之交兩託孤」，還自問：「人生交友緣何事，忍作炎涼小丈夫？」這些都呈現了林紓「畏天」仗義的好品格。

林紓有五男四女，對子女護愛有加。他自稱「畏廬老」，並寫有《畏廬老人訓子書》數十篇。從林紓一些家書中，也不難看出他的人格脈絡。例如：「凡為人子，要體貼親心，先要保養身體，次則勤力學問，此便是孝。」「應自思是有責任之人，尤須努力為善且專心向學，以慰父母之心。」「凡物不可貪，惟學問一道，不厭貪字；凡事不必爭，惟學問一道，必要『爭』字。」在這裡，他把為人子應有的孝，同要求後輩親心勤學、仁愛擔當結合起來，更體現出林紓「畏天」的人格魅力。

淺析林紓的「畏天」人格

再看林紓給兒子林琮的一封「示琮兒」家書。信中說：「天下人都不足恃，男子萬無恃人之理。餘年少孤露，親戚人人齒冷，至不以我為人。余躬自刻苦，勵行讀書後，此親戚稍稍親近。余一不計較，極力佽助之，至老不衰。蓋自信寧可我為人恃，不能以我恃人。凡人有恃人之心，其居心皆苟賤不堪言。故余一心盼汝能自立也。」從此短籤中，至少透露出如下的訊息：林紓早年家境不好時，曾受到一些親戚的冷落；他刻苦攻讀有了成就後，這些親戚又來套近乎，對此他不計前嫌，還盡力給予幫助；他認為寧可別人依賴我，不可我去依賴人；林紓感嘆：凡是心存依賴他人，必定苟賤不堪。為此他告誡兒子，做人務求自立。從上述家書最後一點的解讀中，也可看出林紓的人格秉性。

首先，強調做人不可依賴他人而必須自立。林紓自幼立志刻苦讀書，愛書成僻。自家買不起書，便四處求借。他獲悉藏書家李宗言「積書連楹」，便主動結識，一一借讀，以至「經、子、史、集、唐宋小說，無不搜括」，「沉酣求索，如味醇酒，枕藉至深」。他自稱：「四十五以內，匪書不觀，校閱古籍不下二千餘卷。」正因為林紓飽覽群書，知識面豐富，又有極好的文字功底，因此雖不懂外文，聽了別人的口譯，也能「玩索譯本，默印心中」。人們肯定「林譯小說」，不僅肯定它的文化和學術價值，同時也讚賞林紓孜孜好讀、追求知識的精神。而林紓這種敢為人先的自信，無疑來源於他那種「不恃人」的自立人生觀。

其次，堅持學習他人才能更好自立。被後人稱為「清末憤青」的林紓，青年時期就關心世界局勢，凡有中譯本的「洋書」，皆「盡購讀之，提要鉤玄而會其通，為省中後起英雋所矜式」。那時他已意識到，必須學習西方，還主張「學習中應知變化，能入能出」，「入者，師法也。出者，變化也」。他曾經呼籲維新，擁護變法，儘管政治立場有時搖擺不定，但對引進西方文化卻始終是全心投入。他強調「留心天下之事」，因為「文字所出，自有不可磨滅之光氣」。正是這種對「天下文字」的欣賞與追逐，驅使他跨越不懂外文的鴻溝，成了一名傳播西方文學的翻譯家。在翻譯西洋小說的過程中，他還常把自己「不恃人」的人生哲學，融入對小說中人物的理解。他讚賞追

求女性解放的「茶花女」，同情爭取自立的風塵女子，倡導興辦女學。這些在封建思想盛行的當時，正如他自謂，「萬戶皆鼾，而吾獨作晨雞焉」。

　　林紓晚年因反對白話文曾遭人非議，他的性格中，有時也確有矛盾的表現。但他對文學翻譯的貢獻，以及他崇尚「畏天」，強調做人要自立自強的理念，無疑都應予以肯定。

論林紓的愛國情懷 [2]

祁開龍　莊林麗 [3]

摘要：序跋是窺見學者學術思想、性情志趣及學界交遊的重要資料，具有重要的學術價值。林紓高度重視序跋的寫作，「林譯小說」的大量序跋是其啟迪民智、探尋救國圖存之道的重要載體。在林譯序跋中，林紓提出了「變法救國」「實業救國」「教育救國」等一系列重要的理念，是林紓渴求民族自立、自強的「強國之夢」的真實反映。

關鍵詞：林紓　序跋　愛國情懷

序跋，是中國傳統的文體之一。透過序跋，可以窺見學者的學術思想、治學理路；如實地反映出學者的性情志趣、人生歷程；顯示出學者在學界、文壇的交遊情況等，具有重要的學術價值。林紓就高度重視序跋，把序跋作為宣揚思想、開啟民智的一個重要媒介來看待。據筆者不完全統計，林紓寫作及發表的序跋共有115篇，其中，林紓為自譯小說、自著、自編專著所寫的序跋108篇，為他人著述所寫的序跋7篇。在這百餘篇的序跋中，林紓為自己翻譯的小說所作的序跋最多，達76篇之多，占其翻譯總數（已刊行的163部）的近一半。

這些序跋是林紓精神文化遺產的重要組成部分，特別是其中的林譯序跋，不僅是對譯作的導讀，也是清末民初的知識分子積極向外學習、探索救國圖存之路的見證。本文以林譯序跋為中心，結合其他相關資料分析林紓「振興中華」的強國之夢，感受他「日為叫旦之雞，冀吾同胞警醒」[4] 的愛國情懷。

一、身逢亂世，深悟時艱

一百多年前的中國，身處一個怎麼樣的時代呢？從鴉片戰爭開始，西方列強用火炮打開了中國的大門，踐踏中國的領土，殺戮我們的同胞。特別是中日甲午戰爭以中國失敗而宣告結束，中華民族更是面臨著山河搖曳、神州凋零、萬民同悲的危局。在這樣一種「落後挨打」的危局中，在這樣一種歷

論林紓的愛國情懷 [2]

史的陣痛中，中國的一批有識之士最先覺醒起來，他們不甘心這個擁有幾千年燦爛歷史文化的泱泱大國就這樣任人宰割，他們奮力吶喊，為中華之覺醒與振興而努力，林紓便是他們之中的典型代表之一。

身處亂世的林紓，親身經歷著當時的苦難，對當時的局勢有著深刻的認識。林紓自幼年開始，就聽到和看到帝國主義的種種侵略惡行。1884年，中法戰爭爆發，福建水師全軍覆沒，林紓與好友周辛仲二人馬前遮道上書左宗棠，狀告船政大臣何如璋貽誤戰機、謊報軍情等。[5]1894年，甲午中日戰爭爆發，中國戰敗，被迫簽訂《馬關條約》，中華民族面臨著亡國滅種的危局，林紓憤而作《國仇》一詩，深刻揭露了列強的種種罪行。其詩言：

國仇國仇在何方，英俄德法偕東洋。東洋發難仁川口，舟師全覆東洋手。高升船破英不仇，英人已與日人厚。沙俄袖手看亞洲，旅順烽火連金州。俄人柄亞得關楗，執言仗義排日本。法德聯兵同比俄，英人始悔著棋晚。東洋僅僅得臺灣，俄已迴旋山海關。鐵路縱橫西伯利，攫取朝鮮指顧間。法人粵西增版圖，德人旁覷張眼饞。二國有分我獨無，膠州吹角聲嗚嗚。鬧教哄兵逐官吏，安民黃榜張通衢。華山亦有教民案，殺盜相償獄遂斷。蹊田奪牛古所譏，德已有心分震旦。虎視眈眈劇可哀，吾華夢夢真奇善。[6]

短短數語，揭露了英、俄、德、法、日等列強相互勾結，侵占中國旅順、臺灣、廣西、膠州灣等地的歷史事實，譴責列強瓜分中國領土的罪行。

時事艱難，國家衰耗，而此時的清政府在做什麼呢？林紓失望地指出：「歐洲剋日兵皆動，我華猶把文章重。廷旨教將時事陳，發策試官無一人」；[7]「海口無兵內無備，先講修齊後平治。黑煙江上敵艦來，艦來何意君為猜」。[8]清政府仍推行腐朽的科舉制度，讀書人熱衷「八股」，不思造福社會，只為一己之私而辜負光陰，白白昏過一世。因此，當列強壓境時，不但朝中沒有能保種救民的良臣勇將，而且在敵艦來侵時，守疆大吏也完全沒有迎戰的準備，甚至連敵人為何而來都不知道，最終竟是「敵來均是空壁走」。[9]

對這種「方今歐洲吞亞洲，噤口無人談國仇」，[10]「堂堂中國士如林，犬馬寧無報國心……敵來相顧齊低首」[11] 的可悲現狀，林紓痛徹心扉、深感憂慮。「嗚呼！白種人於荒外難可必得之利，尚輕百死而求之；吾族乃舍其

固有之利，拱手授人，且以客凌主，舉四萬萬之眾，受約於白種人少數之範圍中，何其醜也」。[12] 白種人於荒外之地尚輕百死而求之，中國卻將固有之國土拱手讓人。國家長此以往，必將有亡國之危。「波蘭、印度皆前事，為奴為虜須臾至」。[13] 林紓擔心、害怕的是中國將步波蘭、印度「為虜為奴」的後塵。林紓在寫給經學老師、福州名儒謝章鋌的信中也表達了這種深刻的亡國之憂，「國勢頹弱，兵權利權悉落敵手，將來大有波蘭、印度之懼」。[14] 因此，林紓為振作同胞志氣，甚至發誓「我念國仇泣成血，敢有妄言天地滅。諸君目笑聽我言，言如不驗刳吾舌」，[15] 抒發了他希望同胞清醒認識民族命運的強烈願望。

二、以振興中華為己任，為夢想而奔走呼喊

面對列強的侵略，清政府的腐敗無能使林紓深感失望，所以，林紓認為，要振興中華，必先喚醒民眾，啟發民智。因此，他振臂呼喊，警醒同胞。那麼，如何實現其「振興中華」的夢想呢？林紓提出了「變法救國」「實業救國」「教育救國」等一系列重要的理念，並積極付諸實踐。

1. 林紓以筆代刀，喚醒同胞的愛國熱情，共同反抗外來侵略。特別是在其翻譯作品的序跋中，帶有自覺的具體的目的：喚醒民族之魂，使中國自立於世界民族之林。林紓在其序跋中一再表達了這一思想，茲引述相關內容，引之於下：

《黑奴籲天錄·跋》中言：

吾書雖俚淺，亦足為振作志氣、愛國保種之一助。[16]

《埃司蘭情俠傳·序》中言：

故余之取而譯之，亦特重其武概，冀以救吾種人之衰憊，而自厲於勇敢而已。[17]

《滑鐵盧戰血余腥記·序》中言：

論林紓的愛國情懷 [2]

余觀滑鐵盧戰後，聯軍久據法京，隨地置戍，在理可雲不國，而法獨能至今存者，正以人人鹹勵學問，人人鹹知國恥，終乃力屏聯軍，出之域外。讀是書者，當知畏廬居士正有無窮淚寓乎其中也。[18]

《埃及金塔剖屍記·譯餘剩語》中言：

畏廬筆述書，將及十九種，言情者實居其半。行將摭取壯俠之傳，足以振吾國民尚武精神者，更譯之問世，但恨才力薄耳。[19]

《英孝子火山報仇錄·序》中言：

忠孝之道一也，知行孝而復母仇，則必知矢忠以報國恥。若雲天下孝子之母，皆當遇不幸之事，吾望其斤斤於復仇，以增廣國史孝義之傳，為吾國光，則吾書不既僨乎？蓋願世士圖雪國恥，一如孝子湯麥司之圖報親仇者，則吾中國人為有志矣！[20]

《鬼山狼俠傳·敘》中言：

脫令鼻俠之士，學識交臻，知順逆，明強弱，人人以國恥爭，不以私憤爭，寧謂具賊性者之無用耶？若夫安於奴、習於奴、恹恹若無氣者，吾其何取於是？則謂是書之仍有益於今日之社會可也。[21]

《霧中人·敘》中言：

余老矣，無智無勇，而又無學，不能肆力復中國仇，日苞其愛國之淚，告知學生；又不得已，則肆其日力，以譯小說。其於白人之蠶食斐洲，纍纍見之譯筆，非好語野蠻也，須知白人可以併吞斐洲，即可以併吞中亞。[22]

《愛國二童子傳·序》中言：

畏廬……無他長，但隨吾友魏生易、曾生宗鞏、陳生杜蘅、李生世中之後，聽其朗誦西文，譯為華語，畏廬則走筆書之，亦冀以誠告海內至寶至貴、親如骨肉、尊如聖賢之青年學生讀之，以振動愛國之志氣……謹稽首頓首，望海內青年之學生憐我老朽，哀而聽之。畏廬者，狂人也。生平倔強，不屈人下，尤不甘屈諸虎視眈眈諸強鄰之下……強支此不死期內，多譯有益之書，以代彈詞，為勸喻之助。[23]

《劍底鴛鴦·序》中言：

恨余無學，不能著書，以勉中國人，則但有多譯西產英雄之外傳，俾吾種亦去其偍敝之習，追躡於猛敵之後，老懷其以此少慰乎！[24]

《不如歸·序》中言：

紓年已老，報國無日，故日為叫旦之雞，冀吾同胞警醒。恆於小說序中攄其胸臆，非敢妄肆嗥吠，尚祈鑒我血誠！[25]

《古鬼遺金記·序》中言：

時時以譯述醒我同胞。[26]

《殘蟬曳聲錄·序》中言：

此書論羅蘭尼亞事至精審，然於革命後之事局多憤詞，譯而出之，亦使吾國民讀之，用以為鑒，力臻於和平，以強吾國，則鄙人之費筆墨為不虛矣。[27]

正如上所述，林紓將翻譯小說作為啟迪民智、振奮民族精神的手段。每部小說對中國人民都有特殊的指向意義，或為振作柔弱之民氣，或為救吾種人之衰憊，或為振吾國民尚武精神，或為有益今日之社會等。這些文字是林紓內心情感的真實述說，是林紓血淚的凝結，它充分地體現和反映了林紓的愛國熱忱。「惟告我同學，告我同胞，則不妨明目張膽言之：此時斷非酣睡之時」！[28]「吾同胞猶夢夢焉，吾死不瞑目矣」！這是林紓在那個時代裡發出的「最強音」。

林紓的譯作及大量序跋在當時引起了極大的社會反響，有位署名「靈石」的讀者作《讀〈黑奴籲天錄〉》，認為此書是「沉醉夢中之一警鐘」，[29]即使是羸弱之軀，讀之亦不覺精神為之一振。林紓的弟子朱羲胄曾認為：「此書（《黑奴籲天錄》）甚影響清末革命思想。」[30]對林紓憂國憂民之苦心，康有為也給予極高的評價，賦謝贈林紓詩稱「百部虞初救世心」。這些都道出了林紓在激發愛國熱情、振奮民族精神方面的社會貢獻。

2. 林紓主張透過變法、振興教育、創辦實業等途徑實現其「強國之夢」。

首先，中日甲午戰爭後，國內掀起了變法以救國的維新思潮。林紓與康有為、梁啟超、嚴復等人一樣，是中國最早一批主張維新變法的學人，他在大量著作中為向西方學習，學習西方先進的科學文化、經濟及政治制度大聲疾呼。林紓強調「救時良策在通變，豈抱文章長守株」（《閩中新樂府·破藍衫》）[31]，「解否暹羅近漸強，一經變法生民康」（《閩中新樂府·知名士》）[32]，積極主張進行變法，並認為「西學可以學矣」。[33]而且，林紓還提出了「學盜以備盜」的主張，在《霧中人·敘》中對此進行了深刻的闡述：「彼盜之以劫自鳴，吾不能效也，當求備盜之方。備胠篋之盜，則以刃、以槍；備滅種之盜，則以學。學盜之所學，不為盜而但備盜，而盜力窮矣。」[34]

林紓秉承了近代學人學習西方的基本觀點，「具有強烈的民族意識而不狹隘，開放的世界眼光而不盲從」。[35]「學盜之所學，不為盜而但備盜」，可以說，不失為非常時期「救亡圖存」之一良策也。

第二，林紓認為，振興中華的關鍵還是要「開啟民智，振興教育」。林紓把教育作為國家的根本，他說：「學生，基也；國家，墉也。學生先為之基，基已重固，墉何由顛？」[36]因此，林紓對當時朝廷為抵禦列強侵略而「爭雲立海軍」的做法不以為然，他說：「未育人才，但議船炮，以不習戰之人，予以精炮堅船，又何為者。」認為沒有掌握這些先進技術的人才，而空有「精炮堅船」也是於事無補的，進而主張「先培育人才，更積資為購船制炮之用，未為晚也」。[37]可以說是認識到了中國「因落後而挨打」的癥結之所在。基於此，林紓積極投身新式學堂的教育之中。如1897年，林紓就擔任了「蒼霞精舍」的漢文教習，其後又在金臺書院、五城學堂、京師大學堂（今北京大學）、高等實業學堂、閩學堂、正志中學等學校擔任講席、總教習、教務長等，為振興中華教育而辛勤「舌耕」。

第三，林紓進一步提出，使中國強大起來除了要練兵、發展教育之外，還有一個重要的根本之策，即發展實業。林紓在《愛國二童子傳·序》中詳細地闡述了其「實業救國」的理念：「衛國者，恃兵乎？然佳兵者非祥。恃語言能外交乎？然國力苶弱，雖子產、端木賜之口，無濟也。而存名失實之衣冠禮樂、節義文章，其道均不足以強國。強國者何恃？曰：恃學，恃學生，

恃學生之有志於國，尤恃學生人人之精實業！」[38] 也就是說，實業才是救國的根本之策。林紓還以比利時為例，認為比利時一小國而沒有如波蘭、印度被列強殖民，原因在於「賴實業足以支柱也」。[39] 因此，他認為列強環伺下的中國要想擺脫被殖民的命運，亟待發展實業，空談「衣冠禮樂、節義文章」對中國來說於事無補。

那麼，「實業」是什麼呢？林紓的解釋是：「實業者，人人附身之能力。國可亡，而實業之附身者不可亡。」[40] 所以，「實業之不講，則所講皆空言耳」。然而，當時的中國對發展實業是極其不重視的，甚至是將「付之無知無識之傖荒，且目其人、其事為賤役」。[41] 對此，林紓深感無法理解，哀嘆：「今日學堂幾遍十八省，試問商業學堂有幾也？農業學堂有幾也？醫學堂有幾也？朝廷之取士，非學法政者，不能第上上，則已視實業為賤品。中國積習，人非得官不貴，不能不隨風氣而趨。後此又人人儲為宰相之材，以待揆席，國家枚卜，不幾勞耶？嗚呼！彼人一剪、一線、一針之微，尚悉力圖工，以求售於吾國；吾將謂此小道也，不足較，將聽其涓涓不息，為江河耶？此畏廬所泣血椎心不可解者也。」[42] 國人對實業的輕視，使林紓痛心疾首，他呼喊：「死固有時，吾但留一日之命，即一日泣血以告天下之學生，請治實業自振。」[43] 林紓的這種認識在當時的時代背景下是非常難能可貴的。

三、小結

一百多年前的林紓，雖然「位卑言輕」，但其愛國之心天地可鑒，他主張透過變法、振興教育、發展實業等途徑實現中華民族振興的夢想對於今天的我們而言仍然是值得借鑒的。正如林紓所言：「天下愛國之道，當爭有心無心，不當爭有位無位。」[44] 林紓懷著一顆赤誠之心，希望透過自己的一支筆喚醒民智，拯救民族於危難之際，自立於世界民族之林。

林紓與杜亞泉

三、小結

林紓與杜亞泉

王勇[45]

摘要：林紓與杜亞泉這兩個在清末民初具有巨大影響的人物，表面上互不相干，實際上卻有著非常密切的關係。杜亞泉在自己編輯的刊物上支持林紓的翻譯，開啟了林譯小說報刊登載的先河，林紓也以自己的翻譯給予杜亞泉編輯的刊物以大力支持。同時兩人都因保守的態度及中西文化調和的立場受到了五四新青年派的批判，有著相似的遭遇與結局。

關鍵詞：林紓　杜亞泉　東方雜誌　文化調和主義

林紓（1852—1924），清末民初最著名的文學翻譯家，1899 年因翻譯《巴黎茶花女遺事》而一舉成名。在他的一生中，共翻譯了 246 種作品，涉及 11 個國家的 107 名作家，其中相當一部分是世界知名作家的代表作。林譯小說作為當時文學翻譯的代名詞，代表了當時文學翻譯的最高水平，引領了一代人的翻譯風尚。

杜亞泉（1873—1933），清末民初著名的科學教育家及啟蒙家，對中國早期科學事業的發展起過重要作用，是 20 世紀初中國介紹西方科學技術的主要人物之一。1900 年，杜亞泉在上海創辦了《亞泉雜誌》，其是科學界公認的近代中國最早的科學雜誌。1904 年，進入商務印書館，任編譯所理化部主任。在商務印書館任職的 28 年間，由他編寫或主持編寫的中小學教科書及科學著作有百餘種。同時，杜亞泉還是著名的期刊編輯。1909 年至 1919 年底，他兼任《東方雜誌》主編，歷時十餘年。《東方雜誌》能成為當時最負盛名的雜誌，杜亞泉功不可沒。正如胡愈之在《追悼杜亞泉先生》一文中所說：「《東方雜誌》是在先生的懷抱中撫育長大的。」[46]

林紓與杜亞泉二人，一個是文學翻譯界的泰山北，一個是自然科學界的重要人物，人們或許會問，這二人有什麼關係嗎？最初筆者也有過這樣的疑慮，但後來透過研究發現，兩人從表面上來看，似乎沒有什麼聯繫，但把二

人放到林譯小說的發表以及五四新文化運動的背景中考察，我們就會得出一個以前被忽視的全新的結論。

一

林紓和杜亞泉開始產生交集是在 1901 年。該年 11 月，杜亞泉在上海創辦了《普通學報》，於 1902 年 4 月停刊，共出版 5 期，該刊為月刊，石印小本，每期 40 頁，設有經學、史學、文學、算學、格物、博物、外國語等學科欄目。封面上有杜亞泉的題字「文部之先聲，學生之好友」。從杜亞泉的題字來看，這是一份以青年學生為發行對象、以傳播文化知識為宗旨的刊物。該刊物是杜亞泉自籌資金自費發行的，由於發行量少，成本難以收回，所以出版了 5 期之後，便因虧損而停刊。但在《普通學報》發行的短短 5 期之中，共發表林譯小說兩部——《英女士意色兒離鸞小記》（1901—1902）和《巴黎四義人錄》（1901）。《巴黎四義人錄》由魏易口譯，發表於《普通學報》第 2 期，《英女士意色兒離鸞小記》也是由魏易口譯，連載於《普通學報》第 1、3、4、5 期，因此，在《普通學報》的每一期上，都刊有林紓的翻譯小說。根據現有的資料看，這兩篇作品的發表是林譯小說第一次登上刊物的版面，在此之前，林紓的譯作都是以書籍的形式率先問世的，如《巴黎茶花女遺事》於 1899 年 1 月在福州以畏廬藏本印行、《黑奴籲天錄》於 1901 年以武林魏氏刻本印行，所以我們說杜亞泉編輯的《普通學報》，在 20 世紀初期給林紓的譯作找到了另一條影響於世的新途徑。《普通學報》作為杜亞泉自費編輯的一種純粹民間性刊物，由於其資金有限、發行量有限以及發行時間短，因而不太可能給林紓帶來豐厚的收益。我們沒有找到杜亞泉與林紓在稿費方面的材料，但可以肯定，即使有稿費，也不會多。換句話說，林紓將翻譯小說交給杜亞泉刊載，恐怕不是為了錢，因為《普通學報》的發行量極為有限；也不是為了名，因為《普通學報》也不是當時出名的刊物，那麼最合理的解釋就是林紓出於友情而對杜亞泉的無私支持。不管怎樣，杜亞泉及其編輯的《普通學報》為林紓的譯作在雜誌上刊載作了有益的嘗試，為以後林譯小說在報刊上大量登載作了先期的準備，它不僅開闢了一條林譯小說發行的新途徑，同時也進一步擴大了林紓譯作的影響力，其開創之功，不可小視。

二

　　杜亞泉不僅將林譯小說推向了雜誌這一新興的傳播媒介,並且隨著杜亞泉進入商務印書館,林紓的譯作更是大量地在商務印書館出版,並在商務印書館旗下的各種刊物上刊載。1906年,林譯小說《空谷佳人》開始在《東方雜誌》上連載,之後《荒唐言》《空谷佳人》《羅剎因果錄》《魚雁抉微》《桃大王因果錄》《賊史》《戎馬書生》[47]等先後在《東方雜誌》上連載。從《東方雜誌》1906年9月登載林紓的譯作開始,至1920年1月《東方雜誌》改版,林紓譯作退出《東方雜誌》為止的共145期之中,有58期上刊有林紓的譯作,占總數的40%;1906年9月至1919年12月,《東方雜誌》共發表小說24篇,林紓的譯作為7篇,占了將近3成。我們可以毫不誇張地說,林譯小說支撐起了《東方雜誌》(1906—1919)的小說欄,特別是從1909年4月至1919年12月,杜亞泉編輯《東方雜誌》的十年中,由於杜亞泉對林譯小說青睞有加,使得林譯小說成為這一時期《東方雜誌》文學生命的重要支柱。

　　從以上的分析中可以知道,不管杜亞泉與林紓在實際生活中的交往如何,但至少在林譯小說的刊載上,兩人建立起了密切的聯繫。可以說是杜亞泉將林譯小說帶向了報刊,並運用自己的編輯能力,透過《普通學報》和《東方雜誌》的影響帶動了林譯小說在報刊登載的熱潮。這對於擴大林譯小說的影響、拓展林譯小說的傳播途徑,乃至於透過林譯小說普及知識和啟蒙民眾做出了重要貢獻。如果說魏易、王壽昌等人成就了林紓的翻譯盛名,那麼杜亞泉則是將林譯小說推向更廣大空間的主要推手。我們不敢說沒有杜亞泉,林譯小說就會怎樣,但杜亞泉的確是最早發現了林譯小說之於報刊生存的價值,這對於林紓來說是件幸事;對於中國報刊業來說,也是一件幸事;對於廣大的讀者來說,更是一件幸事。但長期以來,杜亞泉對於林紓譯作的推介之功並沒有引起人們的重視,這是值得我們深思的。

三

　　除了在林譯小說的刊載方面的關係之外,兩人在五四新文化運動中的表現及結果也是值得關注的地方。

1915年9月,陳獨秀主編的《青年雜誌》創刊,高舉起「科學」與「民主」兩面大旗,在思想領域發起了新文化運動。1917年,又在文學領域發起了文學革命,提倡白話文學。如果說在思想領域還有些反對的聲音,如康有為等,但在文學領域卻是應者寥寥,正如魯迅所言:「那時彷彿不特沒有人來贊同,並且也還沒有人來反對,我想,他們許是感到寂寞了。」[48] 劉半農在《復王敬軒書》中也提及:「記者等自從提倡新文學以來,頗以不能聽到反抗的言論為憾。」[49] 所以為了排除沒有反對者的寂寞,新青年陣營開始採取一些措施,主動出擊,「引蛇出洞」。新青年陣營的主將陳獨秀是一個「老革命黨」,又長期從事報刊編輯,所以深通輿論之道和宣傳之效,為了擴大影響和引導社會輿論,不僅要為社會公眾設立能夠吸引他們的話題,而且要熟練運用各種傳播技巧,特別是透過「論戰」形式人為地造成對立,逼對手站出來,發表意見,從而找出其破綻,擊垮對手。新青年派與林紓的論爭就是這種方法的具體實踐。

1918年3月,《新青年》刊登了由錢玄同化名「王敬軒」給《新青年》的信以及劉半農以記者身份對該信的答問,這就是現代文學史上津津樂道的「雙簧戲」或「雙簧信」。不管這場「雙簧戲」以前如何被文學史家所稱道,現今又如何被有些研究者批評其手段之卑劣,僅就其結果而言,確實擴大了白話文學的影響,引起了社會的關注,也引起了一些持不同意見者的反對。林紓自然是其中最具代表性的人物。林紓在這場「雙簧戲」中,先是被「王敬軒」捧到了「天上」:「林先生為當代文豪,善以唐代小說之神韻,迻譯外洋小說,所敘者皆西人之事也,而用筆措辭,全是國文風度,使閱者幾忘其為西事。是豈尋常文人所能企及?」又稱頌林紓的翻譯「不特譯筆雅健,即所定書名,亦往往斟酌盡善盡美,如雲吟邊燕語,雲香鉤情眼,此可謂句句皆香,無字不艷。」[50] 後又被劉半農打入「地獄」:「林先生所譯的小說,若以看『閒書』的眼光去看他,亦尚在不必攻擊之列;因為他所譯的『哈氏叢書』之類,比到《眉語鶯花雜誌》,總還『差勝一籌』,我們何必苦苦『鑿他背皮』。若要用文學的眼光去評論他,那就要說句老實話:便是林先生的著作,由『無慮百種』進而為『無慮千種』,還是半點兒文學的意味也沒有!」[51] 如此一來,林紓的翻譯失去了文學意義,林紓的當代文豪的稱號

也就徒有虛名了。不僅如此，劉半農還詳細地指出了林紓翻譯的弊病所在：「第一是原稿選擇得不精，往往把外國極沒有價值的著作，也譯了出來；真正的好著作，卻未嘗——或者是沒有程度過問」；「第二是謬誤太多，把譯本和原本對照，刪的刪，改的改，『精神全失，面目皆非』」；第三「把外國文字的意義神韻硬改了來湊就本國文。」[52]也即現在所說的「意譯」筆法。從以上的論述中可以看出，劉半農對林紓的評價顯然是不符合事實的，更談不上公允。因為如果說林紓的翻譯「半點兒文學意味也沒有」，那麼就等於否認了林譯小說中那些世界名著，如《巴黎茶花女遺事》《黑奴籲天錄》等的價值，也等於否認了林譯小說曾經啟蒙和引導了郭沫若、魯迅等新文學大師們的文學夢想的事實。我們雖不能說林紓的譯作都是精品，但至少有相當一部分是經得起時間考驗的，代表了那個時代文學翻譯的最高水準的。如果說林紓的翻譯存在著這樣或那樣的問題，那也是時代的侷限，非林紓個人所能左右。新文學的倡導者們批判林紓，是因為他們迫切地想走出林紓的陰影，想突破林紓的翻譯模式。因為他們知道，如果要想在白話文學上有所創造，林紓這座清末民初以古文翻譯西洋文學而成就的文學高峰是無論如何也繞不過去的，所以必推倒之而後快。就這樣，林紓被捲進了五四新舊文學的論戰之中了。

　　林紓的翻譯是「意譯」，劉半農所說「把外國文字的意義神韻硬改了來湊就本國文」，和王敬軒所說的「所敘者皆西人之事也，而用筆措辭，全是國文風度」，意思相近，只是態度不同。林紓用古文筆法來翻譯西洋文學，致力於中西文化的比較與交流，從結果來看，林譯小說就是中西文化調和交流的產物；就其文化立場來看，林紓的翻譯仍是張之洞所說的「中學為體，西學為用」格局。這與五四時期新青年陣營確立與標榜的西化路線完全相悖，因此說，新青年陣營批判林紓的翻譯在其次，主要是透過對林譯模式的批判，掃清新文學發展的障礙，確立白話文學的正宗地位，確立以「直譯」為主的現代翻譯模式，進而對「中學為體、西學為用」的近代文化立場以及東西文化調和的中國文化發展路徑進行清算，從而確立以西化為主的現代文化立場和文化發展路徑。

林紓與杜亞泉

正因為有著對中國文化發展的整體考量，所以從新青年陣營的角度來看，「雙簧戲」的出演以及對林紓的批判僅僅是隨後一系列思想論戰的開始。林紓雖然是文學翻譯的大家，但畢竟只是中西文化調和的一個實踐者，而非理論家。林紓在《論古文之不宜廢》中曾說過：「知臘丁之不可廢，則馬、班、韓、柳亦自有其不宜廢者。吾識其理，乃不能道其所以然，此則嗜古者之痼也。」[53] 可見，林紓這種「吾識其理，乃不能道其所以然」的狀況，說明他並不具備一個理論家的素養，因此在新青年派的眼裡，林紓不是一個難對付的角色，並不具備與他們抗衡、論爭和對峙的能力，而真正具備理論家素養並占據重要的輿論陣地的，則是時任《東方雜誌》主編和商務印書館編譯所理化部主任的杜亞泉。杜亞泉編輯了大量的中小學教材以及致力於科學啟蒙，是科學界和教育界的重要人物，他主編的《東方雜誌》是當時中國最為重要的刊物，在思想界和輿論界都具有重要影響力，而商務印書館又是中國印刷出版業的龍頭大哥。因此，把杜亞泉以及商務印書館作為主要的論戰對手才能造成更大的社會反響。1918年9月，陳獨秀髮起了對《東方雜誌》及其主編杜亞泉的攻伐。如果說對付林紓用的是「暗箭傷人」的方法，那麼對付《東方雜誌》和杜亞泉則是公開叫板的正面攻擊了。

《東方雜誌》於1904年創刊，是商務印書館旗下最為重要的一個刊物，起初只是選錄其他報刊的文章，是一份彙編性質的綜合性雜誌。杜亞泉接手後，自1911年第8捲起，變更體例，增加篇幅，「廣徵名家之撰述，博采東西之論著，萃世界政學文藝之精華，為國民研究討論之資料，藉以鼓吹東亞大陸之文明」。[54] 並按照現代科學分類體例對雜誌進行了現代化改造，這次改良「對中國當時的雜誌界而言，實質上是一次革命，它代表了一種現代雜誌的嶄新觀念」。[55] 而且改造取得了巨大成功，發行量最多時達一萬份以上。所以說《東方雜誌》在五四之前已經是中國思想界的重鎮了。在《東方雜誌》這塊重要的輿論陣地上，「凡世界最新政治經濟社會變象、學術思想潮流，無不在《東方》譯述介紹」。對正在發生的第一次世界大戰，《東方雜誌》都有「最確實迅速的詳述，為當時任何定期刊物所不及」。[56] 杜亞泉本人以「傖父」「高勞」等筆名為雜誌撰寫了300餘篇時評與論文，對民國初年中國的政治、經濟、文化狀況進行評論。在這些文章中，引起爭論的是

一組探討中西文化和國民道德心理方面的論文，如《共和政體與國民心理》《現代文明之弱點》《精神救國論》《國民今後之道德》《個人之改革》《接續主義》《吾人今後之自覺》《論思想戰》《靜的文明與動的文明》《再論新舊思想之衝突》《個人與國家之界說》《戰後東西文明之調和》《矛盾之調和》《迷亂之現代人心》等。在這一系列文章中，杜亞泉系統闡明了自己的政治和文化立場。概而言之，即在政治上主張漸進的社會改良，在文化上主張東西文化的調和，在社會和文化發展方式上主張接續主義。綜合來看，杜亞泉贊同革新，不是僵化的守舊派，但他的基本思想框架仍然沒有突破「中學為體，西學為用」的近代思維模式，這與陳獨秀等人為中國社會及文化預設的發展模式存在著巨大差異，甚至是某種對立。因此，陳獨秀等人對杜亞泉的「文化調和論」的批判就關係到中國社會及文化的發展方向，是路線之爭，而非是非之爭。

值得注意的是，陳獨秀與杜亞泉之間本應是思想文化上的對立，但陳獨秀卻用了一個政治性很強的文章標題《質問東方雜誌記者——東方雜誌與復辟問題》，將兩人在思想文化方面的對立轉換成政治上進步與反動之間的對立，指責杜亞泉「妄圖復辟」「謀叛共和民國」。這種政治的定性是新青年派一貫的論辯做派，使得對手在這種二元對立的政治定性中始終處於不利的地步，無論怎樣爭辯都無法擺脫守舊失敗的結局。這場論爭中，儘管杜亞泉的「文化調和論」在學理上更加理性、更加完備，而陳獨秀的批評激情有餘、漏洞百出，但論爭的結果卻是杜亞泉和林紓一樣，「敗」下陣來，杜亞泉的主編一職也被撤換。

三

如果只是孤立地看林紓與杜亞泉這兩個事件，似乎並不相干，但如果將新青年陣營對林紓與杜亞泉的論爭結合起來，放在五四時代的整體語境中來看，這兩者就有了值得探究的地方。林紓與杜亞泉，一個是用自己的翻譯溝通中西文學，實現中西文明調和的實踐者；一個是利用刊物介紹世界最新思潮，並發表「中西文化調和論」的理論家。杜亞泉用自己主編的刊物支持了

林紓的翻譯，而林紓又用自己的翻譯具體支持了杜亞泉的「中西文化調和論」，所以兩者在五四時期先後受到批判並不是一個孤立的事件，這是新青年派為實現他們設定的中國政治和文化的西化路徑而精心設計的一場批判運動。林紓與杜亞泉在實踐與理論方面代表了中西文化調和的兩座高峰，從林紓這個中西文學調和的實踐者入手，進而對中西文化調和的理論家杜亞泉進行批判，這樣就可以將中西文化調和論者一網打盡，從而徹底掃除發展道路上的障礙。如果不是這樣，林紓與杜亞泉這兩個表面上沒有什麼關係的人，為什麼會在五四時期先後受到批判呢？合理的解釋只有一條，那就是他們在思想和文學、在對待中西文化、古文白話以及傳統道德等問題上有著高度的一致性，或者說他們二人在對待五四新文化的態度上，雖然算不上極端反對，但卻是消極抵制，尤其是在白話和傳統道德方面的見解方面具有驚人的一致性。如果說新青年派把中西文化調和看作是他們前進道路上的一塊巨石的話，那麼林紓與杜亞泉無疑就是這一塊巨石的兩面，只有把這理論與實踐一體的屬於舊時代的巨石搬開，他們才能順利前行。所以放在五四的時代情境中來看，林紓與杜亞泉受到批判幾乎是不可避免的，正因為他們是一體的，所以才會先後受到批判，這正揭示了兩人在文化上的不可分割的血緣關係。

兩人在五四論爭後的表現與結局也極其相似。對林紓而言，本不想捲入論爭，卻被對手硬性牽扯了進來；對杜亞泉而言，雖有對思想文化的強烈關注，且與對方在觀點上相左，但也只是想發表自己的見解，並無論爭的企圖，結果同樣是被對手先發制人，自己被迫還擊，但也只有招架之功，而無還手之力。兩者在與新青年派的對峙中，都先後受到批判，又都以失敗而告終。「經過1919年的新舊思潮之『激戰』，林紓這個曾經負著『譯壇泰』『古文殿軍』等文名的『大文豪』在新派人士的眼中大概已算是『身敗名裂』了。新文化陣營似乎也無意再和這位保守的、倔強的老人繼續糾纏，於是林紓成了一個幾乎被文壇遺忘了的角色。他孤獨地、憂憤地在北京的寓所，在他的『春覺齋』裡度著自己的暮年。」[57]

杜亞泉辭去《東方雜誌》主編後，專任商務印書館編譯所理化部主任，同時創辦新中華學院，兩年後因經費不足而停辦，負債數千元。1932年，商務印書館在「一·二八」事變中遭難後，杜亞泉離開上海，次年在家鄉病逝。

「他在病時，無錢醫治，下葬時借棺入殮，身後蕭條，令人倍覺淒涼」。「杜亞泉逝世後，不但他的生平和功業很少有人提及，就連他的名字也似乎漸漸湮沒無聞了。解放後所出版的現代思想史論，對五四前後那場關於東西文化問題的論戰，未置一詞」。即使有所涉及，也是「毀多譽少，有的甚至把他詆為落伍者」。[58] 可見，晚境的孤憤淒涼是林紓與杜亞泉這一對「難兄難弟」的共同結局。

　　總之，林紓和杜亞泉這一對從晚清走出來的人物，年齡相差 21 歲，按理說並不是同一個時代的人，而且一個是文學翻譯家、古文學家，一個是科學教育家、著名編輯家；一個是福建人，一個是浙江人；一個長期生活於福建與北京，一個主要活動在上海，兩個人似乎沒有任何關係，但透過我們的梳理，林紓與杜亞泉的關係明朗了起來。他們因為兩個刊物——《普通學報》與《東方雜誌》聯繫了起來。杜亞泉是這兩個刊物的編輯者，於是林紓的譯作就大量地登載在了這兩個刊物上，《普通學報》開啟了林譯小說報刊登載的大門，《東方雜誌》成為林譯小說登載的重要陣地之一，僅次於《小說月報》。杜亞泉以自己的刊物支持了林紓的翻譯事業，林紓也以自己的翻譯實踐回報了杜亞泉的中西文化調和論。同時兩人又都在新文化運動中受到新青年陣營的批判，雖先後不同，但其結局卻驚人相似，原因都在於他們保守的態度、中西調和的文化立場與新青年陣營的主張相左。林紓與杜亞泉二人在 19 世紀末、20 世紀初都抱定啟蒙的宗旨，或譯介西方文學，或創辦刊物普及科學知識，且都在各自的領域裡建樹頗豐，然而這兩位領一代潮流的「新派」人物，卻被五四時代的「新新派」毫不留情地拋進了守舊者的行列，但歷史卻記錄下了林紓與杜亞泉這一對「難兄難弟」的文化情緣。

林譯及創作與五四白話運動

林譯及創作與五四白話運動

楊玲 [59]

摘要：文言小說從短篇到長篇的運用在林紓手裡得到完美的演繹，並掀起了文言小說繁榮的旋風，獲得有史以來最多受眾的認可。甚至可以說，林譯小說及其創作代表了中國文言小說的高峰，因此，晚清民國以來的讀書人幾乎多多少少都讀過林譯小說或其創作，其中自然也包括五四運動的發起者們。然而，深受林紓文言小說影響的五四文化先驅們發起的白話運動卻宣告了文言小說的終結。林紓作為古文的殿軍，也不得不黯然退出歷史舞臺，並且由於激烈的反抗而很長時間被認定為歷史進步的阻礙者，但這更多的可能是五四運動發起者們的政治謀略。

關鍵詞：林譯小說及其創作　文言小說　五四白話運動

一

林紓以古文名家，一生與桐城派保持著若即若離的關係。他的古文造詣純由自學，沉潛於左、馬、班、韓數十年。他雖然遵循桐城義法，也心儀桐城前輩歸有光、方苞之文，但從不以桐城派自命。林紓雖曾中舉，卻始終堅持「書生」身份，從1899年起更絕情仕宦。他關心政事，是因為「國家興亡，匹夫有責」的責任感。他因同鄉關係結識了一些改良派行動家如林旭，他差不多毫無保留地認同改良派的政治理想，在實際行動和言論上也加以宣揚鼓吹，但他從未參加改良派的政治團體。他的性格近於任俠，為了理想，樂助人之成，卻不願受政團的約束，他最珍惜自己「古文家」的身份，以此為榮，遠過王侯；古文家這一特殊身份使他的翻譯事業帶有特殊的色彩，而以任俠自命的古文家，是驅使他晚年獨力抗拒新文化、新文學的主要因素。1901年，他以文名就聘北京金臺書院講席，又任五城中學堂國文總教習。在北京結識桐城派的吳汝綸，吳對他的古文頗為稱許，說「是抑遏掩蔽，能伏其光氣者」。[60]1906年，林紓與吳汝綸的弟子馬其昶結交，馬氏對他古文的成就更為推許。同年他受聘京師大學堂為預科及師範館經學教員。他在1908

年為商務印書館編《中學國文讀本·國朝文卷》，其中率多桐城派的文章。據錢基博說，林紓論文本不專主唐宋，並不貶抑魏晉文，後來與桐城中人來往多了，才偏重唐宋；入民國之後，因在北京大學中與主魏晉文的章氏弟子一派不合，與桐城派中人在1913年相繼離開北京大學，因此對魏晉文派深有成見。[61] 1914年《韓柳文研究法》出版，馬其昶為他寫序，同年又應邀為康有為主持的孔教會講古文，力倡唐宋八家。1917年發起古文講習會，親自主講。1918年出版《古文辭類纂選本》。由於他在言行兩方面都與桐城派中人親近，時人也就視他為桐城派。1921年，林紓在上海與康有為見面，康有為問他何以要學桐城，林紓頗為不悅，並一再否認自己是桐城弟子。林紓不肯承認是桐城派有其苦衷。說到桐城古文，都會著眼於三個方面。其一是義法，即方苞所說的「言有物」和「言有序」，也就是表達技巧、描寫和敘述的問題。其二是語言，方苞親自為桐城古文定下了許多清規戒律，說：「南宋、元、明以來，古文義法不講久矣。吳越間遺老尤放恣，或雜小說，或沿翰林舊體，無一雅潔者。古文中不可入語錄中語，魏晉六朝人藻麗俳語，漢賦中板重字法，詩歌中雋語，《南、北史》佻巧語。」[62] 第三是載道，桐城派古文家重視孔孟道統，程朱理學，以弘揚道統作為文章的理想。因為要載道，許多與載道無關的題材，如男女之感情，悲愴的情調，都很少寫及。在義法方面，林紓固然與桐城派毫無芥蒂，這是他在譯序中經常論及的，也是他與桐城派最相契的，在他漫長的翻譯事業中，他常運用桐城古文家義法，介紹、分析西方小說，並將西方小說和中國的敘事文學相比較。在語言方面，林紓根本無法遵守種種清規戒律，事實上在當時西方文化衝擊的環境下，以他的維新思想，特別是在翻譯外國小說的時候，要儘可能達意傳神西洋文學，想守這些清規戒律也是不可能的。在載道方面，林紓早年師從岳丈劉有棻受程朱道學，本與桐城派氣味相投，但其為文「出之以血性」「強半愛國思親作」「無大題目」，[63] 又與桐城文派大相逕庭。不做桐城派無妨於他做古文家。避開了語言的清規戒律與題材的畫地為牢，他的寫作空間陡然開闊，適應了他自己與社會的種種需要。有一點需要指出的是，林紓寫作的古文與林譯小說及創作小說所用的語言，兩者之間有較大差別，只是大家習慣上都稱作古文，對此，筆者下文會詳細論及，此不贅述。桐城文派自鴉片戰爭後，在西方文

化衝擊的新環境裡，已出現了嚴重的適應危機，林紓始終堅持古文家的身份，但他已為古文重新定位，打破了語言的禁忌，擴展了題材，以古文義法為手段去溝通中西文學，適應時代的需要，使古文延長了生命，並最後一次發出奪目的光彩。尤其難能的是，他使古文適應了市場需求，使古文成了有利可圖的商品。林譯小說暢銷數十年，林紓因之收入頗豐，這是文學史上眾所周知的事實，這顯然是桐城古文家身份所做不到的，或者說不屑於做的。

在介紹西方文學的時候，林紓的古文家身份和古文造詣發揮了最積極的作用，把阻礙吸收、接受西方文學的事物一掃而空。古文家「因文見道」的習性，對「義法」的講求，簡潔傳神的古文語言，使林譯小說樂於為中國讀者接受。胡適曾在《五十年來中國之文學》中論嚴復道：「嚴復用古文譯書，正如前清官僚戴著紅頂子演說，很能抬高譯書的身價，故能使當日的古文大家認為『駸駸與晚周諸子相上下』。」[64] 這話也同樣可用來說明林譯小說使用古文翻譯大大提高了小說地位，吸引了多層次的讀者。另外很重要、也很起作用的是為翻譯作品寫的序和跋。林紓在辛亥革命以前翻譯的小說，差不多都附有序、跋以及譯餘剩語一類的說明。這些說明一般都在千字上下，像《愛國二童子傳·達旨》那樣長近三千字的並不多見。主要是借鑑外國小說中所見之國民性進行自省，這是出於宣揚維新改良群治的需要，是「因文見道」；另外還有從「義法」出發，分析外國小說，並與中國史傳文學相對比，努力溝通中西文化，因此，林紓被比較文學稱為「鼻祖」，算得上牆內開花牆外香。

五四新文化運動是晚清20年來的文化思想啟蒙與革新的產物。晚清林譯小說借梁啟超譯印《域外小說集》的倡導，一直不登大雅之堂的小說從中國文學邊緣一躍而為主流，傲視其他諸體，成為文化界的寵兒，可見政治風潮對文化的影響力。五四新文化運動興起，大力抨擊中國傳統文化，試圖建構全新的、以西洋文明為主體的新文化，而以古文翻譯的西洋小說也因要為白話讓路而成為抨擊和拋棄的對象。林紓以維新派啟蒙者的身份試圖調和傳統文化與西洋文化，走中庸之道，但他無力與這種強大的社會潮流相抗衡，反而被打倒並成為人人唾棄的頑固復古派，其中的意味令人深思。

究其根底，由於清末民初，中華民族面臨生死存亡的特殊歷史背景，任何的社會思潮最終的指向只有一個，那就是改革圖強，救民救國。所以，政治才是中心，文化人士的努力也都得落腳於為政治服務才有生存的空間。林紓翻譯與創作的小說的成功曾經借力於政治對小說改革民力的倚重，而在五四新文化運動中，也由於政治的力量，林紓所倚重的古文成為需要被掃除的障礙，林紓的著作及林譯小說的隕落也就成為必然了。

林紓怎麼也沒想到，他原本為溝通中西、消除偏見的文學翻譯，竟然成為五四一代人選擇西方文化價值的導引。20世紀30年代初，錢鍾書與林紓的老友、著名經學家陳衍見面，陳聽錢說是因為讀了林譯小說而萌發學習外國文學興趣的，大為不解，說：「這事做顛倒了……你讀了他的翻譯，應該進而學他的古文，怎麼反而嚮往外國了？琴南豈不是『為淵驅魚』嗎？」[65] 從某種意義上說，林紓的翻譯不光是「為淵驅魚」，簡直就是「自掘墳墓」。五四新文化運動的發展直接將林紓推到了一個最尷尬的位置，而林紓也以其悲壯成全了五四新文化運動。然而，作為研究者，我們不應簡單記下歷史的結論，更應梳理歷史進程的每一個細節，探討歷史之所以如此前進的緣由。

林紓當初翻譯，只是為了「溝通」，以使中國士人不要鄙薄西方文學，哪料到五四那一代人讀了林譯小說，不僅是變得「看得起」，而且是崇拜西方文學，然後竟然要求廢除文言，追求中國文學的西化及世界化。

二

1917年1月，胡適字斟句酌的《文學改良芻議》與陳獨秀疾言厲色的《文學革命論》相繼在《新青年》第2卷第5號、第6號上發表，1917年2月8日，針對胡、陳對古文的絕對態度，林紓在《民國日報》發表《論古文之不宜廢》，提出異議：「知臘丁之不可廢，則馬班韓柳亦有其不宜廢者。吾識其理，乃不能道其所以然，此則嗜古者之痼也。」[66] 林紓與新文化的分歧，並非是否使用白話，而是是否使用白話，就一定廢除古文。林紓辯駁的依據是西方在現代化的過程中並不拋棄傳統，白話與古文也不妨共存。林紓其實仍然是以晚清啟蒙文學者的身份和語氣，告誡五四新青年，不能走極端。林紓對於以

「新」和「舊」來判定文學價值，持懷疑態度。重新回顧當時的歷史，論辯只短暫地存在於胡適《文學改良芻議》和陳獨秀《文學革命論》相繼發表後，非常平和，是真正意義上的理性對話，只不過林紓理論太差，還未交鋒，就老實地自認「吾識其理，乃不能道其所以然」，所以並沒有引起太大關注與反響，而真正的復古派與封建遺老們對這些新生的力量採取置之不理的默殺方式。魯迅在《吶喊·自序》中記載的一件後來被文學史家十分看重的逸事：錢玄同來紹興會館找埋頭抄古碑的魯迅出來做文章。魯迅寫道：「我懂得他的意思了，他們正辦《新青年》，然而那時彷彿不特沒有人來贊同，並且也還沒有人來反對，我想，他們許是感到寂寞了。」魯迅這裡所敘述的正是當時的情境。誕生於革命時代的《新青年》團體向以孔子為表徵的中國傳統文化發動了猛烈的攻擊，卻得不到任何社會反響，這種置之不理的默殺方式使肆意謾罵也無濟於事，這讓五四運動的發起者們感到失望，「感到寂寞了」。

革命的本質是激戰，沒有對手和敵人，自然無法激戰，出於革命的策略，「錢玄同們」決定製造出對手和敵人。否則，革命不但會失去內在動力，還會有失去存在的「合理性」的危險。於是一班充滿革命激情、渴望「戰鬥」的青年便在「寂寞」中開始尋找對手。經過反覆權衡，選擇了林紓。為了造勢，錢玄同、劉半農二人遂在《新青年》第4卷第3號上，策劃了那出著名的「雙簧戲」。錢玄同化名「王敬軒」撰寫《文學革命之反動》，與劉半農以《新青年》記者身份反駁的《復王敬軒書》一起在《新青年》上發表了，一唱一答間設置陷阱讓林紓上套，而繼錢、劉的「雙簧信」之後，《新青年》第4卷第6號上又登陳獨秀《答崇拜王敬軒者》，並附一封署名「崇拜王敬軒先生者」的來信，繼續炒作此事件。

林紓一直以維新派和啟蒙者的形象活躍於文壇，雖然由於對辛亥革命後的動盪政局失去希望和理想的寄託，也由於自身衰老，林紓逐漸討厭一切變革，並在行為上轉向遺老的隊伍，其翻譯事業也失去熱情，僅憑熟練慣性在繼續，但林紓依然關注時事，依然熱愛國家，他創作的一系列時事小說是希望能有助於當權者進行借鑑。不論從五四新文化運動要批判的復古派、古文家，還是封建遺老來說，林紓都稱不上代表人物，但歷史戲劇性地選擇林紓做了封建復古派的「代言人」。

自鴉片戰爭以後，國人先是承認科技不如人，繼而承認社會制度不如人，由於從未接觸外國文學，覺得中國五千年的文化還算是值得驕傲的，故維持夜郎自大心態，以為中國文學還可勝於西洋文學。林紓以古文名家身份翻譯西方小說，以古文技法的標準去衡量西方小說，不但發現西洋小說的文學價值可以比肩左、馬、班、韓，還指出西洋小說有些地方非中國古代的文學大師所能及。作為晚清文壇上開風氣的新派人物，他的白話詩寫作，對西方文學的推崇和譯介，抬升小說地位的努力等，都是五四文學革命的先聲，即使林紓在對待傳統文化的觀點上與五四文化先驅們有重大分歧，但也不至於成為文學革命首當其衝的死對頭。

錢玄同、劉半農所虛擬出的「王敬軒」，表面上在竭力維護古文地位，左右不離對林紓的頌揚，實質上將林紓「捧」上舊派核心的位置。劉半農的《復王敬軒書》，有差不多一半的篇幅是針對「王敬軒」的觀點諷刺林紓的。指責林譯的「硬傷」，無論是批評者還是被批評者，都不會感到意外。林紓深知自己的短處，預先反覆作過「不審西文」的申明。對林紓傷害最大的是挖苦他的古文不到家。錢、劉深諳林紓這種傳統士人的心理認同，拿出了殺手鐧。而他們為貶低林紓的古文，抬出的是周作人及其《域外小說集》的古文：「如先生以為周作人先生的譯筆不好，則周先生既未自稱其譯筆之『必好』，本志同人亦斷斷不敢如先生之捧林先生，把他說得如何如何好法；然使先生以不作林先生『淵懿之古文』，為周先生病，則記者等無論如何不敢領教。」林紓與桐城派人在京師大學堂曾與章太炎不和，兩人互有譏諷。章太炎以經學治小學，研究的是比韓柳更老因而更正統的「古文」。1908 年至 1909 年，周氏兄弟在東京，曾到民報社跟隨章太炎聽課一年多，獲得「不少的益處」，也因此而影響到文字的古雅追求，周作人自己就說過，他早期的翻譯是在模仿林紓的譯筆，但「聽章太炎先生的講論，又發生多少變化，1909 年出版的《域外小說集》，正是那一時期的結果」。[67]《域外小說集》的書名，是用篆字題寫的，作「或外小說人」，可見其慕古求雅追求。當時在日本東京一起聽章太炎課的，還有一位章太炎的正宗弟子，就是錢玄同。錢氏仗著章門弟子的身份和可以驕人的小學功底，蔑視林紓，潛在的標準顯然是非常「古舊」和傳統的。比如先秦古文、唐人小說的語言，只算是廣義古文中的俗語

而已。林紓的傳統道統觀念甚強，對此也很清楚，這也是他不願別人稱讚他的翻譯的原因。但林紓為說服同儕而將小說與史漢相提並論的努力，卻使自己被「錢玄同們」逼到「以子之矛陷子之盾」的尷尬境地中。「錢玄同們」仗著「高古」而將林紓比下去，但「高古」與小說這一世俗的文體本是不很相宜的，周氏兄弟後來也承認《域外小說集》的語言過於「生硬」和「佶屈聲牙」，[68] 這是導致《域外小說集》傳播失敗的原因之一。錢玄同等對林紓的挑戰，是基於古文夠不夠格，林紓舊派資格夠不夠的問題，其深層的心理則是傳統中國士人的門戶和等級偏見。歷史的進程常常是這樣的充滿諷刺意味，新文學以最「舊」的資格作為武器，虛構了一個與新文化不共戴天的反對派。

當然，五四新文化運動本身就不是一個單純的學術問題，白話代文言的革命，本就不是一個學術問題，而是一個文化領導權問題。正因為是權力而非學術問題，採取的方式自然是非學術的，所以在儘量短的時間裡將文化領導權從傳統認為文言的使用者——所謂精英的手中奪過來，交給說白話的大眾。

三

胡適在晚年回顧這場五四文學革命中的論戰時說：「我必須指出，那時的反對派實在太差了。在 1918 年和 1919 年間，這一反對派的主要領導人便是那位著名的翻譯大師林紓……對這樣一個不堪一擊的反對派，我們的聲勢便益發強大了。」[69] 這裡無意暴露了這樣的訊息，林紓不僅未阻礙五四新文化運動，相反卻促進其更蓬勃地發展起來了。聯繫到林紓是在五四新文化運動的倡導者的策劃下出場的，所以林紓與其說是封建復古文化的頑固代表，不如說是參與配合五四新文化運動發展的一個成功反面角色。正如林紓並沒有料到林譯小說啟迪了五四新文化運動的產生，這種戲劇性的反面角色的作用也絕對是林紓沒有想到的。

但是，從本質的層面上來講，論戰的爆發又是必然的，只不過主角的出場可能並非林紓，歷史無法更改，只是歷史的結論隨著時代的發展可以有不

同的闡述方式。表面上，這場論戰是由錢玄同、劉半農惡作劇式的「雙簧信」的故意炒作而引發的，實質上它是自鴉片戰爭以來，在不斷加深的民族危機和文化危機的大背景下，中國舉步維艱的維新變革，渴望現代化、世界化或社會—文化轉型之路中「古」「今」「中」「西」諸多矛盾互相交織、日趨尖銳以至不可調和的必然結局。這場激烈的論戰實際上沒有贏家。從根本上說，這場論戰及其長期的社會影響，是近代中國文化悲劇的象徵，「人格近乎完美」而「思想守舊」的林紓則被迫充當了這一幕極具象徵意義的悲劇的第一主角。在中國文化現代轉型的歷程中，它有著鮮明的文化象徵意義和歷史變遷的里程碑意義。在五四新文化運動高潮中，林紓與五四新文化陣營之間的辯論爭鬥與其說是思想交鋒，不如說是一場鬧劇表演，雖然最後歷史過濾掉了諸多細節，沉澱下了結論，並使之成為中國現代文學中影響深遠的歷史事件。從此，林紓成為阻礙新文化發展的復古文化的代表逐漸被歷史所淡忘，崛起的五四文化先驅們在歷史舞臺上開啟了他們轟轟烈烈的事業，白話也從此在根本上取代了文言，成為普遍認可的書面語言，有了體面的出場與應用，這些都是事件顯現的意義所在。

桐城文章的別樣風景——以嚴復、林紓為中心

吳微[70]

摘要：桐城古文作為古文的正宗和化身，籠罩了文言寫作。在邊際遊走中，自身也得到了擴容和更新。嚴復、林紓即以這種擴容了的桐城文章作為工具，譯述西方學術思想和西洋小說，輸入外來文化；與教育緊密關聯，哺育了新一代知識青年。在晚清民初的文化轉型中，引發了第二次文化輸入高潮，為中華文化的更新貢獻非凡；借此也成就了桐城文章的最後輝煌。但亦因此自毀根基，好景不長，帶著「桐城謬種」的惡諡，黯然而熄於五四大潮。

關鍵詞：嚴復　林紓　桐城文章　翻譯

桐城古文傳衍至晚清，頗有些「強弩之末」的景象。不僅領軍人物才力不逮三祖，難以威儀天下，而且後繼乏人，文脈殆息。吳汝綸曾自言「文非吾之至者」。[71]「拙作古文，千萬不可付刻。古文最難成。我所作甚少，皆凡下無卓立者」。[72]作為桐城派的「最後宗師」，居然對自己的古文「深自愧恨」，缺乏起碼的自信。不僅如此，他對門下弟子的古文創作也頗不中意，曾雲：「馬通白近寄其母行狀，乃不愜人意。吾縣文脈，於今殆息矣。」[73]當然，桐城之「高古深遠」，非朝夕就能覆亡。儘管「純粹」的古文創作「不愜人意」，但由「桐城家法」訓練而成的桐城文人之眼光、學識和文化情懷仍然令人稱道，其中的佼佼者由桐城文章「旁逸斜出」，在文化領域及教育領域的諸多建樹，仍然名動京師，稱譽天下。章太炎曾與夏曾佑書雲：「鄙人乞食海上，時作清談，苦無大匠為施繩削。又陵適至，乃以拙著二種（指《訄書》《儒術真論》）示之，必當有所糾正，亦庶幾嵇康之遇孫登也。」[74]高傲之太炎先生如此「禮賢下士」，並不多見。之所以如此，在筆者看來，嚴復的譯著是使其心悅誠服的關鍵。

回望晚清民初，以嚴復、林紓為代表的桐城文人以古文翻譯西學，紹介新知，別開生面，為桐城古文注入了新的生機和活力，為時人所推重和景從。

桐城文章作為新學的文化載體，也由此展現了一種前所未有的時代魅力。但是，「暴得大名」的嚴復、林紓，連同桐城文章，都好景不長，失落於五四新文化大潮，被無情遺棄；「光焰」了二百年的桐城派也由此以「桐城謬種」的惡謚黯然而熄。前因後果，意味深長。本文試圖就此鉤稽史料，展開論述，以嚴、林為中心，解讀桐城文章與翻譯的「別樣風景」。

一、從幾則「告白」談起

嚴復翻譯的《天演論》、林紓譯述的《巴黎茶花女遺事》甫經脫手，就被慧眼識珠的友朋刻印成書。翻閱1898年和1899年的晚清報刊，便可發現多則《巴黎茶花女遺事》和《天演論》的發售「告白」，讀來饒有意味。不妨擇其最早、最有意味者轉錄如下：

1.《中外日報》光緒二十五年三月十五日（1899年4月24日）頭版刊載的《巴黎茶花女遺事》《新譯包探案》《長生術》三種合印發售「告白」：

《巴黎茶花女》小說，情節變幻，意緒淒惻。前經福建某君譯出付刊，現本館特向譯書之人用巨資購得，另用鉛字排印發各省銷售，並附《新譯包探案》《長生術》二種，不日出書。如有喜閱者，請至本館及各書坊購取可也。

——昌言報館白

光緒二十三年（1897）夏，林紓筆述成《巴黎茶花女遺事》，[75] 光緒二十五年正月（1899年2月），以「畏廬藏版」在福州正式印行，不到三個月，在上海的昌言報館即發佈重印廣告。其傳播速度之快，即在今天亦罕有其匹。大概是覺得上述「告白」未能盡述譯作風采，於是，四月二十四日（6月2日）再於頭版「告白」：

此書為西國著名小說家所撰，書中敘茶花女遺事歷歷如繪，其文法之妙、情節之奇，尤出人意表。加以譯筆甚佳，閱之非獨豁人心目，且於西國俗尚亦可略見一斑，洵為小說中當行之品，非尋常小說所可同日語也……

——昌言報館代白

一、從幾則「告白」談起

汪穰卿主辦的《昌言報》乃維新派的輿論陣地，對《巴黎茶花女遺事》如此快捷地印售、宣傳，顯然是看重了其「旁采泰西」的巨大文化啟蒙價值；而拈出「敘事」「文法」「情節」「譯筆」「西國俗尚」加以褒揚，更凸現了維新派人士新舊兼容的文學好尚和敏銳闳通的文化眼光，靈犀一點，惺惺相惜，耐人尋味。[76]

（二）《蘇報》光緒二十四年十一月初八日（1898年12月20日）頭版刊載的《天演論》「告白」：

是書上十八篇，下十七篇。英國名士赫胥黎所撰，格致之精義也。侯官嚴復所譯，文章雄伯也。深言之，為西學之通徑，時務之要書；淺言之，亦為場屋之秘本。侯官友人嗜奇精舍集資石印，以廣流傳，紙墨精良，款式雅馴，洵有目共賞。每部收回工料實洋四角，疋買八折。寄蘇報館帳房及四馬路中市古香閣書坊、老巡捕房對面廣學會、惠福裡遊戲報館、棋盤街南市天祿書局六先書局、三馬路申報館間壁格致書室分售，所印無多，先睹為快者，請速移玉各處購取可也。此白。

這則「告白」，言簡意賅，面面俱到，《天演論》文章之雄伯、格致之精義、時務之要書、科場之秘本、傳播之廣遠盡收眼底。倘若熟悉嚴復研究史料，不難發現其中包容的豐富訊息。

值得一提的是，文化傳播界對譯述著作的推重並非一視同仁。筆者在翻閱同期報刊的過程中發現，類似的翻譯「告白」雖不時出現，但文辭顯然沒有像對《天演論》和《巴黎茶花女遺事》那樣推崇備至。例如，同樣是譯述斯賓塞的文章，《昌言報》在為「湘鄉曾廣銓採譯、餘杭章炳麟筆述」的《斯賓塞爾文集》的「本館告白」是這樣表述的：

斯賓塞爾為英之名儒，生平著述甚夥。專討求萬事萬物之根源，每假格致之說，顯微妙之理，實為考究新學者不可不讀之書，早為歐洲人士所推重。前天津《國聞彙編》譯其《勸學篇》，讀者莫不心饜意愜。惜未及譯全。茲本館覓得其全集，特按期譯登報端，以餉同志。其文新理絡繹，妙義環生，當亦諸君所深許也。[77]

且不說為章、曾譯述「廣而告之」還要拉嚴復譯述「助威」，僅以其一句贊語，也無法和前述之嚴、林譯述「告白」之遣詞措語相提並論。看來，時人推崇嚴、林譯述，不僅僅在於其「新學」的內容，「譯筆甚佳」「文章雄伯」更是其廣為傳誦的重要原因。因此，嚴復、林紓藉以翻譯的「桐城文章」值得深究。

二、遊走邊際的古文

　　關於嚴復、林紓的翻譯文體，陳炳堃認為：「（嚴復、林紓）他們運用古文翻譯西洋近世思想的書或近世文學的書，他們替古文延長了二三十年的運命。」[78]將其視為古文，這其實是晚清民初學界的普遍認同，檢索史料，觸目皆是，毋庸贅言。而沿波討源，所謂「古文」，發乎唐代韓柳古文運動。其形式，系與典麗偶韻的駢文相對而言，以先秦兩漢之奇句散行文體為宗，氣盛言宜，明白曉暢。蘇軾所言「文起八代之衰，道濟天下之溺」，精闢地概括了韓柳「古文」的文道功用。文以載道，「古文」的文統、道統，經唐宋八家、明代歸有光和清代桐城派的倡揚，規模千年，成為「文章」之「正統」。而「桐城三祖」，又以「義法」將「古文」再次「雅潔」；孔孟程朱，倫理綱常，體清氣潔，法度謹嚴，成為桐城古文的風貌特徵；天下翕然號為正宗，籠罩百年。由於「古文」善於操練「有節制的表演」，在科舉制度下，便與「時文」產生了「千絲萬縷的關係」。以「古文為時文」是桐城古文的拿手好戲，它「很好地接通了『古文』與『時文』，它所講究的『義法』，有審美意義，但更有實用價值」。[79]因此，對以士大夫為主體的知識文化群體而言，古文，主要是桐城古文成為其必備的訓練項目和寫作技能。晚清朝廷近臣惲毓鼎對此深有體會，他在日記中寫道，「古文義法當師桐城派」。「古文斷不可不學，凡論事敘事，識見雖好，必須文筆足以達之，方能通達簡明。試觀古今有名大人物，無不通文筆者，其為用甚大。若駢體一道，以言情怡性，未始無趣，以言有用則未也」。他將自己「因草封奏，遇事理難顯之處，竟不能曲折暢達，或格格不吐，或冗沓失裁」，歸之於「平日未能專治古文」，而深感愧恨。[80]正是這種帶有「普及化」的古文訓練和「古文意識」，使古文成了文言的化身。日記、尺牘、公牘、筆記，乃至於便函等，一切無韻之

文的寫作，常常以古文為皈依。而這種「古文意識」籠罩文言寫作的結果必然導致古文的邊際遊走，即古文自身自覺與不自覺地擴容與寬泛，旁逸斜出，穿插甚至包容其他文體，其自身的邊界也由此日益模糊。因此，雖然受過西方文化的系統訓練，但感同身受於這種「雜文學」景象的胡適脫口而出，「林紓用古文做翻譯小說的試驗，總算是很有成績的了」。[81]自然合乎情理。同樣，國學功底深厚的魯迅、周作人、陳獨秀、錢玄同等眾多晚清民初學者相同或類似的表達也同樣是這種「雜文學」觀的自然流露。[82]至於五十餘年後，錢鍾書的著名剖析：「林紓譯書所用文體是他心目中認為較通俗、較隨便、富於彈性的文言」；「林紓並沒有用『古文』譯小說，而且也不可能用『古文』譯小說」。[83]可謂慧眼明察，入木三分，但這是持今日之「純文學」觀念的微觀精妙闡釋。問題是，持今日之「純文學」觀來觀照、分析晚清「雜文學」的混沌現象，返回現場雖然深刻，卻往往「捉襟見肘」，難以周全地展露晚清那駁雜而又生命淋漓的文學史現象。否則，錢鍾書之父錢基博之語：「紓初年能以古文辭譯歐美小說，風動一時，信足為中國文學別闢蹊徑。」[84]就難以理喻了。換句話說，錢氏父子，一個是持「純文學」觀的微觀之言，一個是以「雜文學」觀的宏觀而論。在筆者看來，兩者互為補充，並不矛盾。

而桐城古文的邊際遊走，首先是桐城文人自己運作的結果。郭嵩燾、薛福成、黎庶昌、吳汝綸等桐城大家以古文記日記、寫尺牘、草奏章、撰考察報告，在文體與語言上已打破桐城三祖狹隘的古文禁忌；不僅文體廣泛，而且文中亦有尺牘語、時文語、註疏語，其外來語和俗語更是常見，雅潔的要求已經放寬。但正因如此，卻使桐城古文變得「更有實用價值」。嚴復、林紓以桐城古文翻譯，從某種意義上說，是他們拜吳汝綸為師的結果。這樣，只要在文言寫作中胎息史漢、有「義法」，那就可被視為古文，其佼佼者或被納入桐城門下，或被視為桐城盟軍。一個典型的例證是，龔自珍、俞樾、譚嗣同、梁啟超、章士釗、柳亞子、於省吾等明顯不屬於桐城派的文人，也被劉聲木的《桐城文學淵源考撰述考》納入桐城派作家之流。[85]以劉聲木這樣學養深厚的桐城門人，豈不知龔文之「奇霸」、梁文之「報章」、柳文之「勁健」、章文之「邏輯」，與「雅潔」之桐城古文大相逕庭，甚至背道而馳？即使是被劉氏收入門下的嚴復，其「雄伯」之文也不是純粹的桐城古文。於

此，一個可能的解釋就是，時人心目中的「桐城古文」的概念已經大為寬泛，範圍幾乎是「普天之下，莫非王土」。只要不太出格，那些寫作古文「言有序、言有物」，且師從或私淑桐城的文人都可入劉氏之法眼。至於林紓被摒棄在外，那是因為劉氏「小說不登大雅之堂」的偏見根深蒂固，他可能覺得林紓以古文創作、翻譯小說太出格，「有傷風化」；儘管其「純粹」的古文創作完全可以看作桐城古文，但將其收入桐城門下實在「有失家風」。其實，從詩文唱和及史料檢索來看，吳汝綸、馬其昶、二姚等「正宗」桐城文人與林紓互相推重，早就打成一片，視為知己。[86] 林紓為桐城護道和張目，亦人所共知，視其為晚清民初桐城「主力」，始終是學界的普遍認同。林紓的「出局」，可以說乃劉氏「個人意見」，不足為憑。

由此，嚴復、林紓以古文翻譯西洋學術和文學，其實是桐城古文邊際遊走、範圍擴大的結果，昭示了桐城古文在文化轉型期的泛化和變革。雖前所未有，卻意義重大。因此，以「雜文學」觀視野下的「桐城文章」來表述放大了的桐城古文是一個不錯的選擇。

三、別無他途的譯述工具

晚清的文化轉型，其歷史的獨特性在於這一轉型是在列強入侵、危機深重的情況下進行的。面對國運衰微，士大夫階層既戀戀不捨於孔孟之道，又冀望以西學而自強。儒學一尊被徹底打破，意識形態領域因此諸家並出，異說蜂起。在這個「數千年未有之大變局」中，桐城古文的邊際遊走，恰逢時運，再一次獲得了展露功效的「表演舞臺」。應運而生的《天演論》《巴黎茶花女遺事》，不僅在文化啟蒙方面振聾發聵，而且其譯述工具——古雅的桐城文章正好迎合了此時士大夫的文化趣味和閱讀習慣。因而，甫經脫手，即「不脛走萬本」。前述之「告白」恰好從傳播方面反映了這一文化奇觀。

但值得重視的是，嚴復、林紓的譯述文體不僅「迎合」時尚，而且也是時勢所然的「由衷之言」。嚴復當年留學英倫，儘管駐英公使郭嵩燾對其讚譽有加，曰：「文筆亦跌宕，其才氣橫出一世。」[87] 但其繼任者曾紀澤卻對嚴復的文章不以為然。他在日記中寫道：「（嚴復）近呈其所作文三篇……

於中華文字未盡通順，而自負頗甚。余故執其疵弊而戒厲之，愛其稟賦之美，欲玉之於成也。」[88] 嚴復回國後交遊的同鄉鄭孝胥亦雲：「觀又陵文，天資絕高，而粗服未飾。」[89] 因此，儘管曾紀澤對嚴復存有偏見，但嚴復此時的古文水平，應該說功夫未到、火候欠佳。大概是意識到自己的這一不足，嚴復回國的第二年（1880），即拜「桐城大師吳汝綸學古文」。[90] 面對「國人竺舊，圖夷新知，於學則徒尚詞章」，又重科第出身，受此種種刺激，嚴復再「發憤治八比」。[91] 儘管四試不第，但天資聰慧的嚴復由此而得到的「桐城家法」之「強化訓練」，已使他的古文水平今非昔比。當他無意科舉，一心著述時，果然文章「雄奇」，一鳴驚人。而由桐城文章譯著的《天演論》，更是蜚聲海內，博得了士大夫階層的由衷喝彩和價值認同。嚴復可能沒有想到，他那「身份認同」的刻苦磨練和痛苦掙扎，其實是「種豆得瓜」，絕佳的桐城文章是這位「譯界泰」得以天下揚名的得力工具，日後的「賜文科進士出身」，與此也實為因果。

林紓的情況比較單一，自幼熟讀經史，尤好左史八家；七試春官，雖只得到舉人身份，但就其對桐城古文的熟諳而言，當在嚴復之上。因此，他以古文譯小說，自是輕車熟路，是在極自然的狀態下，將古文的「小說筆法」，「共振」與「轉換」於小說翻譯和創作之中。[92] 雖然當時，以古文述逸聞趣事、寫小說笑話頗有市場，好之者眾，如俞樾這位經學大師也喜撰「笑話新雅」，[93] 但文筆均不及林紓；尤其是其以桐城文章翻譯西洋小說，更是「舉世無雙」；於是，「嚴林」並舉，天下景從。

林紓將桐城古文「淺化」，翻譯西洋小說，古樸頑艷，自然上下相通、左右逢源，合乎士大夫「閒情偶寄」的審美好尚。惲毓鼎「燈下聽雨，閱西小說《英孝子火山報仇錄》」，「此書情事既佳，文筆淵雅激昂，尤可歌可泣……畏廬得力於《史記》，故行文悉中義法。欲通西學必精中文，觀於此而益信」。[94] 看來，不管林紓喜歡與否，「今之蒲留仙」的美譽也一樣得力於桐城文章。

與林紓譯小說「耳受手追」「運筆如風落霓轉」之暢快淋漓相比，嚴復翻譯西方學術思想著作則「一名之立，旬月踟躕」，譯文古奧爾雅。「古文

不宜說理」，曾國藩這一遺訓可謂至理名言。梁啟超就曾提醒嚴復：「文筆太務淵雅，刻意模仿先秦文體，非多讀古書之人一繙殆難索解，夫文界之宜革命久矣。況此等學理深賾之書，非以流暢銳達之筆行之，安能使學童受其益乎？著譯之業，將以播文明思想於國民也，非為藏山不朽之名譽也。」[95]而嚴復對此的答覆是：「竊以為文辭者，載理想之羽翼，而以達情感之音聲也……若徒為近俗之辭，以取便市井鄉僻之不學，此於文界乃所謂凌遲，非革命也。且不佞之所從事者，學理深賾之書也，非以餉學童而望其受益也，吾譯正以待多讀中國古書之人。」[96]這就「天機泄露」，嚴復用桐城文章翻譯是專供「多讀中國古書」的士大夫，是冀望於能夠轉換士林風尚的「上層」讀者。其「別有用心」，恰如王佐良所雲：「他又認識到這些書（譯著）對於那些仍在中古的夢鄉里酣睡的人是多麼難以下嚥的苦藥，因此，他在上面塗了糖衣，這糖衣就是士大夫們所心折的漢以前的古雅文體。雅，乃是嚴復的招徠術。」[97]由此看來，嚴復、林紓透過桐城文章來譯述，顯然是把翻譯文體的「級別」提高了。

換句話說，倘用白話譯述，不僅林譯小說將被視為「不入流」的低級通俗讀物，難入士大夫法眼，即便「旁採泰西」的嚴譯學理，亦難以打破精通文史的上流知識文化群體的偏見。夫子所謂「言之不文，行而不遠」，值得認真思考。更有甚者，在當時，即使是太炎先生倡揚的「魏晉文章」，也難堪此任，其筆述的《斯賓塞爾文集》表述能力明顯不及嚴譯，因而其傳播、接受效果自然要大打折扣。前述的幾則「告白」就很能說明這個問題。而作為太炎先生的弟子，周氏兄弟用「魏晉文章」譯小說也不成功。阿英對此解釋道，「周氏兄弟譯本，完全用著深奧的古文，又系直譯」，[98]「既沒有林紓意譯『一氣到底』的文章，又有些『佶屈聱牙』，其得不到歡迎是必然的」。[99]平心而論，「桐城文章」並不比「魏晉文章」高明，從「析理綿密」和「玄遠深幽」上，「桐城家法」遠遜「魏晉風度」；但以「清通」的實用性而言，「魏晉文章」則顯然要甘拜下風。[100]倘若再去讀一讀嚴復、林紓的文字，則更能加深理解：

赫胥黎獨處一室之中，在英倫之南，背山而面野。檻外諸境，歷歷如在幾下。乃懸想二千年前，當羅馬大將愷撒未到時，此間有何景物。計唯有天

造草昧,人工未施,其借徵人境者,不過幾處荒墳,散見坡陀起伏間。而灌木叢林,蒙茸山麓,未經刪治如今日者,則無疑也。

——《天演論》開場白

馬克自是以後,竟弗談公爵,一舉一動,均若防余憶其舊日狂蕩之態,力自洗滌以對餘者。情好日深,交遊日息,言語漸形莊重,用度歸於撙節,時時冠草冠,著素衣,偕余同行水邊林下。意態蕭閒,人豈知為十餘日前,身在巴黎花天酒地中、絕代出塵之馬克耶!

——《巴黎茶花女遺事》一段

這種「音調鏗鏘」、清雅可誦的文字,成功地實現了中西文化兩種不同價值體系間的轉換,確實能使讀者「忘其為譯」。僅此,就遠非「枯澀」的「魏晉文章」所能代替。正如胡適所評:「以文章論,自然是古文的好作品;以內容論,又遠勝那些『言之無物』的古文。」在當時,倘若不以這種「清通」的桐城文章來翻譯,其譯述文章便難以風行天下,更難以「移風易俗」;做「通」了桐城文章實在是譯述的最佳工具,除此別無他途。還是胡適說得好:桐城文章「使古文做通順了」,「桐城古文的長處,只是他們甘心做通順清淡的文章,不妄想做假古董。學桐城古文的人,大多數還可以做到一個『通』字;再進一步的,還可以做到應用的文字」。[101] 歷史長河,大浪淘沙。時至今日,我們重溫胡適的評論,不能不敬佩其通達而精闢的學術眼光;適之先生那些具有歷史穿透力的諸多深邃見解,如醇厚老酒,歷久彌香。

四、「場屋秘本」與「國文讀本」

桐城文章作為譯述的最佳工具,不僅符合和滿足了當時「特殊」讀者群的閱讀習慣和審美標準,而且還與教育發生了深刻的聯繫。可能連嚴復、林紓自己都始料未及的是,《天演論》等「嚴譯名著」一度成為「場屋秘本」和學堂教科書,《巴黎茶花女遺事》等「林譯小說」竟成為當時青少年的「國文讀本」。之所以如此,當然與1899年之後的文化教育體制的轉變大有干係。「百日維新」雖然失敗,但京師大學堂得以保留,有此「溫床」,各地

新式學堂如雨後春筍，競相出現。而同時，科舉制度也因時而變，八股取士被廢止，取而代之的是時務策論。山西士子劉大鵬在《退想齋日記》中就詳細地記錄了這期間科考「舍孔孟之學而學西人之學」的種種情形。1899年印行的嚴復《天演論》，自然成了「所最重者外洋之法」[102]的科考時務策論的最佳「秘本」。因而前述「告白」雲其為「西學通徑」「時務要書」「場屋秘本」，既是誠懇的「高考」指南，可能也是實在的經驗所得。吳玉章就明言：因為閱讀了《天演論》，「1902年參加考秀才，府考得了第一。閱卷的人在我的文章後面寫了一段很長的批語，最後兩句是『此古之賈長沙，今之赫胥黎也』」。[103]不僅如此，轟動一時的《天演論》還廣泛地被各地書院、學堂作為西學教科書使用。據王天根考察，直隸、關中、湖湘、江浙、上海、兩廣等地的書院、學堂，或在課堂講授《天演論》，或作師生重點研讀的人文讀物。[104]無獨有偶，胡適曾在《四十自述》裡就描繪了上海澄衷學堂國文老師楊千里以《天演論》教學的動人場面：「有一次，他教我們班上買吳汝綸刪節的嚴復譯本《天演論》來做讀本，這是我第一次讀《天演論》，高興得很。他出的作文題目是『物競天擇，適者生存，試申其義』。這種題目自然不是我們十幾歲小孩子能發揮的，但讀《天演論》，做『物競天擇』的文章，都可以代表那個時代的風氣」。「《天演論》出版之後，不上幾年，便風行到全國，竟做了中學生的讀物了」。[105]

《天演論》透過教育活動對青少年有如此大的影響，「林譯小說」其實也不例外，儘管其不能進入科考和教學課堂，但卻在更廣泛的層面影響著那時的青少年的思想和好尚。郭沫若就稱林琴南譯的小說，是其童年時代嗜好的一種讀物，感動得為之淚流滿面，並對日後的「文學傾向上有決定的影響」。[106]錢鍾書也坦言：「商務印書館發行的那兩小箱《林譯小說叢書》是我十一二歲時的大發現，帶領我進了一個新天地，一個在《水滸》《西遊記》《聊齋誌異》以外另闢的世界。我自己就是讀了他的翻譯而增加學習外國語文的興趣的。」[107]兩位大文人的自白，說明「林譯小說」對青少年的潛移默化之功有多麼巨大。更有甚者，周作人說，林譯小說「一方面引我到西洋文學裡去，一方面又使我漸漸覺到文言的趣味……我的國文都是看小說來的」。[108]據張俊才考論，商務印書館1924年出版的由沈雁冰校訂的《撒

四、「場屋秘本」與「國文讀本」

克遜劫後英雄略》,就是供中學生作課外國文讀本用的。[109] 施蟄存更以切身感受概括道:「傳統的知識分子,看小說書一般都在青少年時期,十四五歲到二十四五歲。」林譯小說「文體既不是唐人傳奇,內容又不同於《紅樓夢》,於是,他們對小說另眼相看,促成了文學觀念的一大轉變」。[110] 由此看來,「林譯小說」是在課堂之外強烈地吸引著青少年,作為課外讀物,既提高了他們的國文水平,又使他們得以「睜眼看世界」。因此,其功效較《天演論》當有過之而無不及。

當然,桐城文章作為科考範文和學子讀本並非自嚴、林始。前文已述,桐城古文與科考時文有著千絲萬縷的聯繫。而將桐城文章作為學子讀本實起於姚鼐,其編定的教科書《古文辭類纂》中就有二十七篇方苞、劉大櫆之文。後起的黎庶昌、王先謙各自編定的《續古文辭類纂》中則收入了更多的桐城諸家文章。問題是,桐城先賢之古文承載的是孔孟程朱之「義理」,清正雅潔;而嚴、林譯述較之則顯然有別。蔡元培曰,嚴復「每譯一書,必有一番用意」。[111] 嚴復也自雲,他對「達旨」的種種經營,其實就是要「用漢以前字法、句法」,以達譯「西儒」之「精理微言」。[112] 是以有序有物、「文理密察」的雅潔文字來承載西儒之「天演」思想。其滔滔雄辯、「駸駸與晚周諸子相上下」的「邏輯文」,[113] 既規避了「以時文、公牘、說部為學」,又在「詞章」上擴容了崇尚「醇厚老確」「措語平淡」的桐城古文;而且,更在「義理」層面,將孔孟程朱替換成西儒思想。桐城文章成了嚴復的「達旨」的「借殼」。其良苦用心,是以新學新舊學,既達西儒之旨,又抒本人之幽懷,輕易間難以體察,故其雲「學我者病」。吳汝綸對此心有靈犀,他在閱讀了嚴復《天演論》之後,贊為「高文雄筆」,並「手錄副本,秘之枕中」,[114] 欣然為之作序。但周作人在幾十年後卻對這篇序文「很奇怪」,認為吳汝綸根本不看重《天演論》的思想,「只因嚴復用周秦諸子的筆法譯出,因文近乎道,所以思想也就近乎道了」。因此,「《天演論》是因為譯文而才有了價值」。對此,魯迅也有同感。[115] 其實,周氏兄弟可能是給這篇序文的春秋筆法給矇蔽了。作為「桐城宗師」的吳汝綸憑其學養和眼光,對嚴復的「義理」更替和「達旨」幽懷,豈能不「明察秋毫」?只是世風時運,桐城古文的擴容和新學的輸入於國運有助;儘管氣縱才露、其文閎肆的嚴覆文章相對

於「正宗」的桐城古文而言，不那麼純粹，但吳汝綸此時既「恐西學不興」，[116] 又憂心「桐城光焰自是而熸」，[117] 因此，當「音調鏗鏘」的嚴復雄文橫空出世時，識時務的「桐城派的老頭子」吳汝綸自然「感動」不已，褒掖有加了。

　　林紓以古文「筆述」西洋小說的情形，與嚴復大同小異。林譯小說謳歌純潔的愛情，鼓吹個性解放，乃至於熱心實業、倡維新救國等，都為古舊桐城義理所不曾包容，與嚴譯異曲同工。尤其是「收容量頗大的」小說語言，雖然「胎息史漢」，但不避新語、俗語、佻巧語，滑稽風趣，風流蘊藉；從「純文學」觀來看，已是典型的「小說家言」；與「雅潔」之桐城家法已相去甚遠，確如錢鍾書所言，其文體已不是純粹的古文了。[118] 劉聲木將林紓摒棄在桐城門外，其「憤怒」由此亦可理解。但恰恰因為林紓用這種不是「古文」的「古文」翻譯小說，使得青年學子激動不已，愛不釋手；有意與無意之中，展現了古文的魅力，強化了桐城文章的影響。

　　有趣的是，嚴復「達旨」的幽懷與林紓筆述的風流並不僅僅「訴諸文字」，嚴、林由此生發的教育情懷亦頗為世人矚目。1912 年，清朝亡，民國興，京師大學堂更名為北京大學校，嚴復任校長。他帶領師生同北洋政府企圖停辦北大進行了艱苦而堅決的鬥爭，贏得了勝利；並借此闡明，「大學固以造就專門矣，而宗旨兼保存一切高尚之學術，以崇國家之文化」。[119] 將保留北大與保留中華文明等同起來，一舉兩得，不僅事關北大存亡絕續，同時也為日後北大的「學術自由，兼容並包」導夫先路；嚴復此舉，對北大、對中國的學術文化取向之影響極為深遠。桐城派所謂識見閎通，由嚴復上述言行而觀，確實名不虛傳。嚴復因此成為傑出的教育家和思想家，而為中國學界所追懷和尊敬。林紓雖較其遜色，但他利用北大講壇，在課堂上講西洋小說可謂「前無古人」，石破天驚。蔡元培因此揶揄道：「公曾譯有《茶花女》《迦茵小傳》《紅礁畫槳錄》等小說，而亦曾在各學校講授古文及倫理學。使有人詆公為此等小說體裁講文學，以挾妓姦通爭有夫之婦講倫理者，寧值一笑歟？」[120] 由此看來，在課堂「指畫」西洋小說，即使是新派人物，在當時，亦視之為不雅不潔之事。林紓此舉，頗有些「風流倜儻」。但正是這「驚世

駭俗」的言行使西洋小說的傳播更為廣遠，視其為新文學的「不祧之祖」，實在是恰如其分。[121]

「學行繼程朱之後，文章在韓歐之間」，此乃「桐城家法」。然而，時移勢易，桐城古文之「道統」與「文統」在中西方文化的異質碰撞中都發生了不同程度的變革，桐城文章因此頗有了些「現代氣息」。嚴、林的譯述儘管其初衷「非以餉學童而望其受益」，但時勢的機遇，使其與教育發生了極其緊密的關聯，成了青少年的精神食糧，深刻影響並改變了那個時代青年知識分子的精神世界。雖然桐城古文不再純粹，但正因如此，桐城文章透過教育、透過文化的傳播，功能發生了質的飛躍，對晚清民初新學的傳播與興盛，的確無出其右，「善莫大焉」。

五、成亦蕭何，敗亦蕭何

嚴復對譯述的謹嚴，人所激賞。甲午海戰失敗的刺激，使嚴復認真思考自己的安身立命。1894年10月，他去信長子嚴璩，曰：「我近來不與外事，得有時日多看西書，覺世間唯有此種是真實事業，必通之而後有以知天地之所以位、萬物之所以化育，而治國明民之道，皆舍之莫由。」[122] 從此，以救亡保種為己任的嚴復，把翻譯西學作為自己神聖的事業和使命。自1896年起，在此後的十餘年間，他獨立翻譯了十餘部西方人文思想著作。其質量之高、數量之多、影響之深遠，近世中國無出其右。不約而同的是，同鄉林紓也視譯述為「畏廬之實業」。1897年，《巴黎茶花女遺事》的意外成功，激使他一發不可收拾，以「筆述」的奇特方式，耳受手追，二十年間翻譯了二百四十六種西方文學作品（大半為小說），亦為曠世罕見。就新學而論，嚴復、林紓奉獻給國人的是西方學術思想和西洋小說，「一新世人之耳目」；[123] 就舊學而言，嚴、林的譯文是桐城文章，音調鏗鏘，深美可誦，「文章確實很好」。[124] 由此得維新、守舊兩派認同和激賞，當在情理之中。時勢造英雄，晚清民初的文化大轉型，造就了「嚴譯名著」和「林譯小說」。由其風行天下而引發的文化翻譯浪潮，是中華文化更新的又一次大規模的活水注入，中國兩千年歷史上的第二次文化輸入高潮因此而得以形成。桐城文章

經過嚴復、林紓的「擴容」和「更新」，似乎又一次地勃發生機；嚴、林也因借力於桐城文章的譯述而稱頌一時。

但「暴得大名」的嚴復、林紓可能沒有想到，他們引領的文化翻譯和文化輸入浪潮，既為日後的新文化運動培養了人才，儲備了條件，也為自己「敗走麥城」埋下了伏筆。正是那些讀著「嚴譯名著」和「林譯小說」長大的五四健將，一旦發現外面的世界更精彩，就毫不留情地遺棄了嚴、林；更反戈一擊，無情地打倒了桐城文章。對此，周作人的《中國新文學的源流》有一段精彩的評述：「（桐城派）到吳汝綸、嚴復、林紓諸人起來，一方面介紹西洋文學，一方面介紹科學思想，於是經曾國藩放大範圍的桐城派，慢慢便與新要興起的文學接近起來了。後來參加新文學運動的，如胡適之、陳獨秀、梁任公諸人，都受過他們的影響很大。所以我們可以說，今次文學運動的開端，實際上還是被桐城派中的人物引起來的。但他們所以跟不上潮流，所以在新文學運動正式作起時，又都退縮回去而變為反動勢力者，是因為他們介紹新思想的觀念根本錯誤之故。」[125] 將桐城派與新文化運動連接起來，這是周氏的洞見，精闢之至；視桐城文人思想保守落後則是五四時期的學界共識，雖有時代的合理性，今天看來，卻不無偏頗。嚴復的思想一言以蔽之，即「統新故而視其通，苞中外而計其全」。[126] 他持會通新舊、苞舉中外的漸進文化觀，反對那種「悉棄其舊，惟新之謀」的文化激進。曾雲：「新學固所最急，然使主教育者，悉棄其舊，而惟新之謀，則亦未嘗無害」；[127]「非新無以為進，非舊無以為守，且守且進，此其國之所以駸發而又治安也」。[128] 這樣的文化思想在激進的新文化運動期間自然是跟不上潮流的，人們盡可嘲笑其落伍老朽；但風平浪靜後，正如當今學人所評，乃一代哲人切合中國現實的深沉思考。[129] 其價值和眼光，日顯深邃。殷海光在其晚年曾這樣認為，幾十年過去了，除了中間一小段時間外，我們仍在嚴復已經辨明的方向上打轉，有時甚或背離此方向，從而把是是非非越攪越亂。[130] 林紓雖然談不上思想系統，但其文化自覺與嚴復亦有不少類同，即使其守舊落後的文學主張，今天看來仍有可取之處。他對古文的強烈「衛道」，不免迂執悖時。「桐城盟友」對其「任氣好辯」也「不以之為然」。[131] 嚴復就曾直言：「林琴南輩與之較論，亦可笑也。」[132] 但其「古文萬無滅亡之理」的臨終遺言，

卻在日後部分地應驗了。今天的中小學語文教科書中，古詩文占其一半以上篇幅，而且大半要求背誦，可謂一證。遙想新舊交替的晚清民初，新中藏舊、舊中寓新的人物何止嚴復、林紓。舊派且不說，即便新派領軍人物，如陳獨秀、胡適、錢玄同諸公，舊的等級意識也極強；在「革命氣味」掩蓋下的言辭中，「野小孩」「婢」等舊式話語不時脫口而出，[133] 其意識深處的舊色彩由此而暴露無遺。更有甚者，錢玄同一面高呼打倒「桐城謬種」，一面又給友人書信，私下認為小學生「最後還要讀（桐城）『謬種』諸公之文」。[134] 其對傳統文化的「雙面人」態度由此而昭然若揭。其實，身處晚清民初，各派人物表象上衝突激烈，似乎勢不兩立，而內在卻彼此滲透交融，甚至重合。新舊雜糅可謂是那個時代人物的生命特徵，幾乎無一例外。陳寅恪就稱自己的思想在湘鄉和南皮之間，好生奇怪，卻省人深思。

在筆者看來，嚴復、林紓之所以「跟不上潮流」，首先是他們固執己見，沒有像梁任公那樣，「跟著少年跑」；[135] 其次，還有一個重要原因，就在於他們在尊奉西學、倡揚科學的趨新時代，還試圖舊瓶裝新酒，以桐城文章承載日新月異之新學，並借此「固守古文壁壘」。這樣，豈能不遭時代唾棄？儘管桐城文人的文化教育眼光令人稱道，吳汝綸、嚴復等就積極倡言廢除科舉，但他們沒有預料的是，廢除科舉對桐城文章而言可謂滅頂之災。科舉制廢除，士大夫階層土崩瓦解，喜好古雅之嚴、林譯述的「文人雅士」逐漸淡出歷史舞臺。而在代之而起的文言退場、白話興盛之新文化教育體制下，暢達的白話則具有更大的語言表述優勢。嚴、林譯述的桐城文章未能再進一步，自然逐漸成了中下層讀書人的閱讀障礙。因此，具有廣泛「群眾基礎」的五四健將登高一呼「桐城謬種」，自然是應者雲集、四方響應。熊十力曾雲：「五四運動前後，適之先生提倡科學方法，此甚要緊。又陵先生雖首譯名學，而其文字未能普遍；適之銳意宣揚，而後青年皆知注重邏輯；視清末民初，文章之習，顯然大變。」[136]「道」變「文」當亦變。在這文章風氣大變的時代，當嚴復的「達旨」、林紓的「筆述」被視為「胡譯」「亂譯」，更被宣布為「死文字」之後，「嚴譯名著」和「林譯小說」連同所有的桐城文章，均被放進博物館，當作古董，自然就成了唯一的歸宿。

要之，在歷史的推移中，嚴復、林紓「擴容」和「更新」桐城古文，以其譯述傳播西方學術文化思想，引進西方文學觀念和技法，促進了新文學的發展，成為語文合一的階梯；同時，又透過教育深刻影響並改變了知識青年的精神世界。借此不僅成就了桐城文章的最後輝煌，也大大加速了社會文明的進步，於中華文化而言，可謂功莫大焉。但桐城文章的文與道、義理與詞章其實合一，嚴、林的變革恰恰是自毀根基。新酒美味醉人，舊瓶累贅當棄。古雅的桐城文章不能「與時俱進」，自然是「老朽應當讓位」，[137] 黯然退場了。因此，桐城文章之於翻譯，可謂成亦蕭何、敗亦蕭何。這既不可思議，又順理成章。溫情回眸，唯有感嘆：歷史從來如此。

論林紓的韓柳觀[138]

沈文凡[139] 李佳

摘要：林紓是晚清與民國易代之際出現的傑出翻譯家，然而其古文創作價值亦不可忽視。林紓古文創作取法唐宋，於唐人之中尤其推崇韓愈和柳宗元。他在諸多作品中給予韓愈和柳宗元的古文創作以極高的評價，並作有專門分析韓柳古文的《韓柳文研究法》一書。林紓研究韓柳古文幾十年，他稱讚韓柳文的獨特風格、分析其佈局謀篇、激賞其用字造句、體會其本事題旨、重視其承啟作用、總結其擅長體式；既對韓柳文個別篇章進行細緻分析，也對韓柳文的創作規律作整體觀照。在韓柳文的影響之下，林紓本人的古文作品也透露出韓柳文的風格韻味。推崇韓柳與堅持古文創作，這在林紓所處的時代有著特殊的文化意義。

關鍵詞：林紓　韓柳觀　古文創作

林紓是晚清與民國易代之際出現的傑出文學家，他在中國文學史上一方面以翻譯家身份著稱，被稱為「譯界泰」；另一方面以古文家身份著稱，雖然他堅持古文創作的行為在他所生活的「文白之爭」的時代多為人所詬病，然而時至今日，學界已越來越重視他的古文創作價值。林紓的古文創作主要取法唐宋，錢基博先生指出：「民國更元，文章多途。大抵崇魏晉者，稱太炎為大師；而取唐宋，則推林紓為宗盟雲。紓之文工為敘事抒情，雜以恢詭，婉媚動人，實前古所未有。固不僅以譯述為能事也。」[140]錢基博先生不僅指出了林紓古文取法唐宋，而且概括了林紓古文的特點，同時高度評價了林紓前所未有的古文成就。在唐代諸家之中，林紓最推崇韓愈與柳宗元，他在諸多作品中給予韓愈和柳宗元的古文創作以極致的讚揚，並詳細分析了韓、柳古文的創作特點，這些在林紓所處的時代有著特殊的文化意義。

一、高度讚揚韓柳古文成就

林紓在《論古文白話之相消長》一文中梳理了古文自發端經唐宋到元明清的整個發展過程，在論及唐代古文創作情況時講道：

論林紓的韓柳觀 [138]

　　文之盛，莫如唐。然《全唐文》，余已閱至大半。四傑唯子安，為腴厚；燕、許則貌為《漢京》，力學《典引》，而思力不及獨孤……其餘李嶠諸人，皆貌為虛枵。其中昌黎一出，覺日光霞彩照耀四隅。柳州則珠玉琳瑯，不能與之論價，於是廢其下不觀。[141]

　　此一段道出了林紓對於唐代古文家的態度，初唐王勃為文豐美，之後的張說、蘇頲則思力不足，李白、蕭穎士的文章也有其明顯的缺點，至於李嶠諸人更是徒有虛名。恰此時，韓愈出現，其文章一出如日光霞彩照耀大地，而柳宗元文則「珠玉琳瑯」，價值無法估量。可見其對韓愈、柳宗元文章評價之高。

　　另外，林紓在《震川文集·序》中談道：「紓平生讀書寥寥，左、莊、班、馬、韓、柳、歐、曾外，不敢問津。」此事在張僖所作的《畏廬文集·序》中得到佐證，張僖寫與林紓論文之情形：

　　經月旦夕論文，稍檢其行篋，則所攜者《詩》、《禮》二疏、《春秋左氏傳》、《史記》、《漢書》、韓柳文集及《廣雅疏證》而已。畏廬謂古今文章歸宿者止此。[142]

　　據張僖親眼所見，林紓為數不多的隨身書籍中有著韓柳文集，並且林紓認為古今好文章僅止於此。韓柳文在林紓心中的地位可見一斑。

　　林紓對韓柳文的篤愛終其一生，於韓文特別看重，他是怎樣治韓文的呢？林紓的《答甘大文書》中說明了他四十年中，閱讀韓愈文章的情況：

　　僕治韓文四十年。其始得一名篇，書而粘諸案，幂之，日必啟讀，讀後復幂，積數月，始易一篇。四十年中，韓之全集，凡十數遍矣。由韓之道，而推及《左》《莊》《史》《漢》，靡有不得其奧。[143]

　　林紓講他閱讀研究韓愈文章四十年，剛開始時，先把其中一名篇書寫下來粘在書案之上，蓋好，每天掀開來讀，讀完再蓋好，如此幾個月，讀熟後再換另一篇。經過四十年，韓愈全集已熟讀了十幾個輪迴。由韓愈的作文之道，再推及《左傳》《莊子》《史記》《漢書》，沒有不得其堂奧的。可見，林紓對韓文的喜愛及用功之勤、領悟之深。

二、詳細分析韓柳古文特點

林紓在推舉韓文的同時，也重視柳文。林紓在《韓柳文研究法》中雲：

　　昌黎之於柳州，祭文、廟碑、墓誌，鹹無貶詞，當時昌黎目中僅有一柳州，翱、湜輩均以弟子目之，未嘗屈居柳州於翱、湜之列。且柳州死於貶所，年僅四十七歲，凡諸所見，均蠻荒僻處之物，而能振拔於文壇，獨有千古，謂得非人傑哉？[144]

　　林紓認為，韓愈眼中僅有一柳宗元，他看待柳宗元不是像看待李翱和皇甫湜那樣視為弟子，而是視為平等的知音與對手。林紓還認為，柳宗元英年早逝，而生平所居多在荒僻之處，卻寫出了振拔文壇的文章，可謂千古人傑。可見林紓心中以韓愈之文為古文標準，而唐代能與韓愈抗衡的便只有一柳宗元了。

二、詳細分析韓柳古文特點

　　林紓的韓柳文論，散見於古文理論集《春覺齋論文》和一些書信、論文等古文作品中，主要集中在《韓柳文研究法》一書中，此書就韓柳文作專門的分析點評，可謂周密翔實、見解獨到，從中基本可瞭解林紓對於韓愈與柳宗元真實全面的評價。林紓作此書一方面基於他對韓柳文的喜愛之情，一方面希望借此來引導後生理解古文的內涵、學習古文的創作之法。在馬其昶所作的《韓柳文研究法·序》中可見林紓的良苦用心：「世之小夫，有一得輒秘以自矜，而先生獨舉其平生辛苦以獲有者，傾困竭廩，唯恐其言之不盡，後生得此，其知所津逮矣。」林紓沒有像氣量狹小之人那樣藏匿熟讀韓柳古文幾十年所得的獨特見解，而是把平生所獲傾囊傳授，唯恐言之不盡，希望能津逮後生。

　　《韓柳文研究法》全書分為兩部分，一部分為韓文研究法，另一部分為柳文研究法。韓文研究法中選韓愈的代表性文章 64 篇逐篇加以分析。其中雜著 10 篇，序 1 篇，書 14 篇，贈序 15 篇，祭文 4 篇，墓銘 15 篇，論文 3 篇，其他 2 篇。柳文研究法中選柳宗元的代表性文章 73 篇，篇章順序基本與《柳宗元文集》相同，雅詩歌曲 2 篇，賦 6 篇，論 4 篇，碑、墓誌、誄等 5 篇，

設喻之文7篇，托諷之文5篇，傳4篇，寓言5篇，銘文1篇，序3篇，廳壁記1篇，池亭山水記12篇，書信6篇，祭文2篇，其他10篇。

書中貫徹了林紓的古文創作講究「義法」的理念，對韓柳古文的風格特點、本事題旨、結構佈局、用字特色、承啟作用、擅長體式等方面都進行了分析總結。

（一）稱讚其獨特風格

林紓喜愛韓柳文，他在分析韓柳文時總是自然而然地生發出讚歎其文獨特風格的話語。例如，評韓愈《進學》「昌黎所長在濃淡疏密，相間錯而成文。骨力仍是散文，以自得之神髓，略施丹鉛，風采遂煥然於外」。評韓愈《鄆州溪堂詩序》「風度之凝遠，氣體之嚴重，聲調之激越，直可作碑版文字讀之」。論柳文《設漁者對智伯》「華色似《漢京》，氣勢似《南華》，詞鋒似《國策》」。評柳宗元《憎王孫文》「幽渺峭厲」；《招海賈文》「文至明顯，句至奇崛」；《序飲》「短質悍勁，語語入古。且曲狀情事，匪微弗肖」。有時亦就韓柳的一類文體，評價其總體風格，例如評析韓愈「與書」一體的多樣風格特點時講「獨昌黎與人書則因人而變其詞，有陳乞者，有抒憤罵世而吞噱者，有自明氣節者，有講道論德者，有解釋文字為人導師者」。評柳宗元賦的風格特點時講「柳州之學騷，當與宋玉抗席。幽思苦語，悠悠然若傍瘴花密菁而飛。每讀之，幾不知身在何境也」。總之，翻開《韓柳文研究法》，幾乎篇篇都有其讚美韓柳文的獨特風格之處，少則隻字，多則數句，茲不贅述。[145]

（二）分析其佈局謀篇

韓柳文章佈局謀篇不一，林紓亦就各篇分別評論，其評論文字亦很精彩。如評韓愈《送齊皞下第序》「篇法、字法、筆法如神龍變化，東雲出鱗，西雲露爪。不可方物，讀之不已，則心思一縷，亦將隨昌黎筆端旋繞曲折，造成幽眇之地矣」。[146] 林紓亦將兩三篇文章一起比較分析，更便於總結辨異。如將韓愈的《送石洪序》《送溫造序》兩序一起來評，「《石洪》《溫造》二序，人同事同，而行文制局，乃大不同」，接下來便用一段文字詳加分析其行文

制局之異。林紓對韓愈《答李翊書》一文分析得更加細緻：「自『無望速成，無誘勢利』起，至『其言藹如』也為一段，是取法上，擇術端，到文字結胎後，出生意境，已成正宗文派，然而非易也。自『始者，非三代兩漢之書不敢觀，非聖人之志不敢存』，至『然後浩乎其沛然矣』，又一段，是大丹將成之候……至『終吾身而已矣』，又一段，是七十從心所欲不踰矩功夫。」可見林紓逐段分析此文的結構佈局，解析詳盡。對於柳宗元文，他也指出了一些文章的結構藝術，如柳宗元的《段太尉逸事狀》，「然先敘斷卒頭注槊，後敘賣馬償穀者，則兼仁勇言也。見得太尉神威凜然，百死無懼。而先乃愛民如慈母之保子，後先倒敘，似疾風迅雷過後，卻見朗月當空，使觀者改容，是敘事妙處」，便指出了此文敘事結構之妙。其他如《招海賈文》「文凡九段，上七段，語其害；下二段，舉其利。文至明顯，句至奇崛」，[147]也屬此類。

（三）激賞其用字造句

　　林紓分析韓柳文，就文章的用字造句優異獨特處，尤其注意，並帶著讚賞之情一一點出。如評韓愈《祭河南張員外文》「曲折詳盡，造語尤綺麗」；《祭十二郎文》「只用家常語，節節追維，皆足痛苦……吾亦不能繩之以文字之法，分為段落，但覺一片哀音」；《畫記》「本文初無他奇，奇在兩用『凡』字，一用『皆』字。實庸手所不能到」；《羅池廟碑》「純用四言，積疊而下，文氣未嘗喘促……神來用一『降』字，示夢用一『館』字」。評柳宗元《段太尉逸事狀》「工夫在用一『注』字、『植』字，光色燦然動目」；《鶻說》「中間神光湧現處，在『無位號爵祿之欲，裡閭親戚朋友之愛』，著一『無』字，覺世之言，全不坐實。歸入『出乎鷇卵』句，人不如鳥，在有意無意間點清，工夫又全在上句一個『器』字」；《捕蛇者說》「『悍吏之來吾鄉』六字，寫得聲色俱厲……妙在『恂恂而起』『弛然而臥』，竟托毒蛇為護身之符」；《鈷鉧潭記》「但狀冉水之奔迅，工夫全在一『抵』字，以下水勢均從『抵』字生出」等。[148]

（四）體會其本事題旨

　　林紓對韓柳文的讚賞與分析不僅在表象之文字，也在內在之主旨，他知人論世，對文章內蘊與主題把握得更加準確。如評韓愈《伯夷》，指出是借讚頌伯夷抒發自我必傳於世的自信，「一頌伯夷，信己之必傳……已身自問，亦特立獨行者，千秋之名，及身已定，特借伯夷已發揮耳。蓋公不遇於貞元之朝，故有托而泄憤之作」；《答竇秀才書》「則公方於貞元十九年貶陽山令，滿懷牢騷，無處發泄，而竇公時適以此至縣請粟，告以身勤事左，辭重請約，見得凡能文抱道之人，至惴惴無以冀朝夕，似文與道均不祥之物」。評柳宗元《守原》「論失政之端，明斥晉文，實隱譏德宗之遷政於閹人」；《唐故衡州刺史東平呂君誄》「為呂和叔作也。和叔謫衡州，竟藁葬於江陵之野。子厚悲其同貶，又道、衡二州，夾永州於其中，故雲哀聲交南北也」；《宥蝮蛇文》「蓋子厚嘗世變深，知小人之毒，萬不能校，只合聽之而已，方有此作」。[149]

（五）重視其承啟作用

　　林紓是古文大家，他在韓柳文批評之時，不僅僅就文論文，還上下勾連，追溯其起源，探索其承繼，發掘其新變，其議論有如高屋建瓴。如論韓愈的贈序一體，「贈送序是昌黎絕技，歐王二家，王得其骨，歐得其神，歸震川亦可謂能變化矣」；論韓愈代人作記一類文章的寫作心得被傳承時講，「後此，歐陽永叔為史中輝記峴山亭，尹師魯為燕公亦記峴山亭，蘇子美為李然明記照水堂，蘇子瞻為黎希聲記遠景樓，其辭雖異，大意略同」。評柳宗元賦，「柳州諸賦，摹楚聲，親騷體」。除上述集中性評論，林紓在一些具體文章評論中也運用到此方法，如評韓愈《唐故江西觀察使韋公墓誌銘》「此文每錄一事，必有小收束，學《史記》也」；《平淮西碑》「模範全出《尚書》」。評柳宗元文《段太尉逸事狀》寫郭晞悍卒，「『日群行丐取於市，不嗛，輒奮擊折人手足，椎釜鬲甕盎盈道上，袒臂徐去』，且『撞殺孕婦人』，又『入市取酒，以刃刺酒翁，壞釀器，酒流溝中』雲雲，皆極寫邠州客兵無賴狀態，力摹《漢書》」；《晉問》「仿枚乘《七發》體」；《黃溪》一記「為柳州集中第一得意之筆。入手摹《漢書·西南夷傳》，『永最善』『黃溪最善』，

簡括入古」；《守原》一文後點出此種借古喻今的寫法對後世之影響：「此種法程，呂東萊幾奉為秘訣，蘇東坡、王船山尤甚。然皆深文也。」[150]

（六）總結其擅長體式

林紓評論韓柳文時，重點突出其各自擅長的體式，從選文的數量上看，韓愈贈序、墓銘文各15篇，柳宗元山水游記12篇，於其本人各體裁中，所選數量最多，同時還闡發精闢的評論。如評韓愈「贈送序是昌黎絕技」，「昌黎集中，墓銘最多。銘詞之古塞，後人學之輒躓，蓋無其骨力華色，追逐模仿之，不唯音吐不類，亦不能遽躐而止」。「昌黎論文書不多見，生平全力所在，盡在《李翊》一書」。在評價柳宗元的山水游記時，林紓雲「則山水諸記，窮桂海之殊相，直前無古人，後無來者。昌黎偶記山水，亦不能與之追逐。古人避短推長，昌黎於此，固讓柳州出一頭地矣」。評柳州賦「為唐文巨擘」；評柳宗元「贈序一門，昌黎極其變化，柳州不能逮也。集中贈送序，亦不及昌黎之多。語皆質實，無伸縮吞噬之能。唯《送薛存義之任·序》，真樸有理解」。[151]

林紓對韓柳文代表篇章的評論，以讚賞為主，並在一例評論中融合了文章風格、用字特色、承啟關係等多種分析，基於其幾十年對韓柳文的玩味研讀，其評論文字本身非常精妙，觀點更是自然精闢、水到渠成。林紓不愧為清末與民初古文理論之集大成者。

三、林紓推崇韓柳文之意義

林紓對韓柳文的喜愛，亦深深影響了他本人的古文創作，他的文章中也透露著韓柳文的風格韻味。姚永概《畏廬續集·序》中便認為林紓文取法韓愈、柳宗元。例如韓愈的墓銘真摯感人，其描寫與侄子十二郎間深厚感情的哀祭文《祭十二郎文》，雖為平常字句，語語從肺腑中流出，至情至性，深感人心，林紓的《先妣事略》《先大母陳太孺人事略》等文亦語淺情深。至於其《致蔡鶴卿書》《贈陳生·序》，大有韓愈文「不平則鳴，氣盛言宜」的風格特點。林紓游記絕類柳文，如其《記花塢》寫游魚之態的「小魚出沒蒲根，

涵虛若空游，或聯隊行，或否」句，與柳宗元《小石潭記》中「潭中魚可百許頭，皆若空游無所依。日光下澈，影布石上，佁然不動；俶爾遠逝，往來翕忽」句極為神似。林紓《九溪十八澗》寫石之筆法「石猶詭異。春籜始解，攢動岩頂，如老人晞髮。怪石折疊，隱起山腹，若櫥，若幾，若函書狀」，與柳宗元《鈷鉧潭西小丘記》寫石「其石之突怒偃蹇，負土而出，爭為奇狀者，殆不可數。其嶔然相累而下者，若牛馬之飲於溪；其衝然角列而上者，若熊羆之登於山」也很相似。其他游記文，如《游棲霞紫雲洞記》《游西溪記》等文中對水與石的描寫，亦清新靈動，其風格正如其讚賞《袁家渴記》所說：「綜而言之，此等文字，須含一股靜氣，又須十分畫理，再著以一段詩情，方能成此杰構。」[152]

　　林紓選評韓柳文，於他所處的時代進行重新思考與論說，這種批評便有了時代意義，填補了此時段的文論空白，亦大大豐富了古文論體系。民國之初，很多人認為中國落後的原因在於傳統文化的禁錮，遂以古文為朽敗，便輕視左氏、司馬遷、韓愈、柳宗元等人古文作品，古文於是日趨敗壞。此時，林紓高舉古文的旗幟，以全部生命力量為之搖旗吶喊，在白話文的洪流中力爭保住古文的一席之地。韓柳古文是他的熱愛，也是他的武器。他認為，英國實行新政沒有拋棄莎士比亞，西歐使用現代文字並沒有廢棄拉丁文字，我們也不應拋棄馬、班、韓、柳之古文，這在當時屬於逆勢之舉，辛苦之極。其實林紓的本意非頑固不化地排斥白話文，只是認為白話文已經順應潮流地成為主流，古文已處於微弱之勢，不必再刻意廢除，他在《論古文白話之相消長》一文中講「古文一道，已屬聲消燼滅之秋，何必再用革除之力」，便是這個道理。林紓晚年勤於編纂古文，進行大量古文創作，希望力延古文之一線，他在《論古文白話之相消長》的結尾處嘆息不能矯正廢除古文的趨勢時說：「吾輩已老，不能為正其非，悠悠百年，自有能辨之者，請諸君拭目俟之。」林紓卒於1924年，距今94年矣，其為古文與傳統文化延續所作之努力，未及百年已得到肯定，林紓先生泉下應含笑矣！

林紓佚文《周莘仲廣文遺詩·引》的發現與介紹——兼談汪毅夫先生臺灣近代文學研究的特點

莊恆愷 [153]

摘要：《周莘仲廣文遺詩·引》是林紓於 1895 年 5 月為周莘仲詩集所作的序言。這份珍貴的文獻由汪毅夫先生在 1987 年發現。此後，他在自己的著作中多次介紹這篇文獻，並且對周莘仲詩作進行了考證，從中看出汪毅夫先生臺灣近代文學研究的特點——其一，精於考證；其二，重視邊沿問題。

關鍵詞：林紓　周莘仲　汪毅夫　臺灣文學

一

林紓（1852—1924），清末民初文學家、翻譯家。原名群玉，字琴南，號畏廬，別署冷紅生，福建閩縣（今福州）人。光緒八年（1882）舉人，屢試進士不第，遂以授學、著譯、繪畫為業。他是福建工程學院的前身——蒼霞精舍的重要創始人之一。

周莘仲，名長庚，福建侯官人，清代同治壬戌年（1862）舉人，曾任建甌、彰化等地教諭。唐景崧在《詩畸》卷首之序文中稱周莘仲為善於「詩鐘」的「閩中作手」。（黃得時的《唐薇卿駐臺韻事考》錄唐氏序文時，誤將「周莘仲廣文長庚」讀為「周莘、仲廣、文長庚」，見《臺灣文獻》第 17 卷第 1 期。）[154]

林紓的這篇佚文名為《周莘仲廣文遺詩·引》，是汪毅夫先生發現的。汪先生回憶道：「林琴南此文是我在 1987 年發現的，拙著《臺灣近代文學叢稿》（海峽文藝出版社 1990 年版）曾作介紹。這是一份珍貴的文獻。」[155] 查汪先生所著《臺灣近代文學叢稿》，收有《臺灣近代文學史事編年》一文。在「1895 年（光緒二十一年乙未）」條下，記：

林紓佚文《周莘仲廣文遺詩引》的發現與介紹——兼談汪毅夫先生臺灣近代文學研究的特點

五月，周莘仲《周莘仲廣文遺詩》刊行於福州，林琴南為之作序。《周莘仲廣文遺詩》收有周莘仲的在臺之作《臺灣竹枝詞》（十三首）、《阿脂》、《玉山》、《火山》、《登大岡山》、《濁水溪》、《唐薇卿觀察督學臺澎率呈四律》等。書前有林琴南序，其文略謂……[156]

林琴南的這篇集外佚文，雖經汪先生在《臺灣近代文學叢稿》等書中介紹，但似乎未引起學界注意。因此，他在《清代福州對臺文化交流的若干情況》一文（收錄於《中國文化與閩臺社會》）中，又對此文進行了評介。汪先生雲：

在1895年「痛失臺灣」「普天忠憤」的聲浪裡，林琴南等福州人士的詩文和事跡也很可注意……1867年，林琴南赴臺省父（其父時在臺灣經商），1878年夏曆十月又「奔曜喪於臺陽」（曜即林秉曜，林琴南之胞弟）。林琴南二度到臺，居於淡水者都三年有餘。1895年夏曆五月，林琴南編校《周莘仲廣文遺詩》竟，序其書曰：「莘仲周先生殁且三年，李畬臣茂才宗典為梓其遺詩。既成，江伯訓孝廉校之。為詩凡若干首，古體發源眉山，伏采潛發，永以神趣，在時彥中可為卓出。近體極仿義山，及國初宋荔裳、王阮亭諸老，儷句深采，不傷刻鏤，所謂獨照之匠耳。集中作在臺時紀時覽勝為多，皆足補志乘之缺。嗟夫！宿寇門庭，臺灣今非我有矣！詩中所指玉山、金穴，一一悉以資敵，先生若在，徒能為伯翊之憤耳，究不如其無見也。余杜門江干，以花竹自農。一鋤以外，了不復問。今校閱先生之詩，感時之淚，墜落如濺，唸唸先生於無窮矣。光緒乙未五月後死友林紓識。」林琴南寫作本文時，當年五月初六日，日軍在臺灣登陸。林琴南在文中以「宿寇門庭，臺灣今非我有矣！詩中所指玉山、金穴，一一悉以資敵，先生若在，徒能為伯翊之憤耳，究不如其無見也」；「感時之淚，墜落如濺」，極言其「痛失臺灣」的感慨。[157]

此外，在《臺灣近代詩人在福建》一書中，汪毅夫先生以「宿寇門庭談島事，榕江舊友盡淚顏」為第五章的標題。在此章中，他除了再次介紹林紓的這篇佚文，還記錄了所發現的林紓佚詩一首。汪先生記：「我另發現林琴南有關臺灣的佚文、佚詩各一種……一九一四年，林琴南在《賀林爾嘉四十

壽辰》一詩裡又提及臺灣景物，詩雲：『四十年前過板橋，陳陳景物憶前朝。卻看魯殿靈光在，坐見昆明劫燹銷。一老精神寄山水，諸郎英發想風標。勛名寧為先生祝，但把喬松媲後凋。』」[158]

特別值得稱道的是，汪毅夫先生既善於發現和介紹稀見史料，更樂於分享這些史料。撰文介紹之外，他亦常常捐贈所藏史料。2005年，他將所藏《周莘仲廣文遺詩·引》（包括木刻和鉛印本兩種版本）影印件贈送給了福州林琴南紀念館。[159]

二

汪毅夫先生在《多學科學研究究的視角——以臺灣文學研究為例》一文中寫道：「10餘年前，有臺灣學界友人批評我對臺灣竹枝詞的研究缺乏『文學審美』。對此，我低頭不語。在我看來，學術研究應該有分工，各工種之間不當互相排斥。」[160] 汪先生對臺灣竹枝詞研究的工作和工作成果包含了周莘仲的詩作。

在《丘逢甲史實三題》一文中，汪先生進行了如下的考訂：連橫《臺灣詩乘》記：「仙根在臺之時，著有《柏莊詩草》，乙未之役散佚，聞為裡人所得。傅鶴亭曾向借抄，弗許，故未得。其舊作唯臺灣竹枝詞四十首，久播騷壇，為選二十，以實《詩乘》。」並記所選二十首之中「第九、第十五、第十八、第十九首，與周莘仲廣文臺陽竹枝詞之第七、第三、第一、第四首相同，恐為抄傳之誤」……我們曾見《周莘仲廣文遺詩一卷》，封面有陳寶琛題籤，其文曰：「周教諭遺詩，陳寶琛題。」卷首並有林琴南作於乙未（1895）年五月的序文一篇，序文中說明是書曾經江伯訓、林琴南校閱。書中收有《臺灣竹枝詞》十三首。茲從《柏莊詩草》中檢出已見於《周莘仲廣文遺詩》一卷之《臺灣竹枝詞》凡八首：

黑海驚濤大小洋，草雞（周本作「朱明」）去後辟洪荒。一重苦露（周本作「霧」）一重天，人在腥風蜃雨鄉。

竹邊竹接屋邊屋（周本作『竹邊屋接竹邊屋』），花外花連樓外樓（周本作「樓外花連花外樓」）。客燕不來泥滑滑，滿城風雨正騎愁（周本作「秋」）。

紅羅檢點掛（周本作「嫁」）衣裳，艷說糖（周本作「糍」）團饋婿鄉。十斛檳榔萬蕉果，高歌黃竹女兒箱。

盤頂紅綢（周本作「綃」）裹鬢丫，細腰雛女學當家。攜（周本作「筠」）籃逐（周本作「小」）隊隨娘去，九十九峰采竹牙（周本作「歌採茶」）。

鯤鱘（周本作「沙鯤」）香雨竹溪孤，海氣（周本作「氛」）籠沙掩（周本作「蔽」）畫圖。襯出覺王金偈地，斑支花蕊（周本作「花底」）綠珊瑚。

峰頂烈焰火光奇，南紀岡巒仰大維。寄語沸泉休太熱，出山終有凍流時（周本作「作冰時」）。

竹子高高百尺幡，盂蘭盛會話中原（周本作「中元」）。尋常一飯艱難甚，粱肉如山餉鬼門。

賀酒新婚社宴（周本作「生番婚宴」）羅，雙攜雀嫂與沙哥。鼻簫吹裂前峰月，齊叩銅環起跳歌。[161]

汪先生自謂：「誰謂此番工作、此等工作成果無關緊要呢？」[162]誠哉斯言！窺斑見豹，從以上所記林紓佚文《周莘仲廣文遺詩引》的發現與介紹經過，可以看出汪毅夫先生臺灣近代文學研究的特點有二。首先，善於發現和利用稀見史料，並且精於考證。這一特點早已獲得前輩學者的肯定。俞元桂教授在《臺灣近代文學叢稿》的序言中說：「毅夫同志治學，長於輯佚考據。」孫紹振教授在《中國文化與閩臺社會》的序言中亦云：「毅夫之所以值得敬重，就在於他就是做熱門文章，也堅持他一以貫之的冷門精神，不管多麼熱門的論題，他所用的資料大都是相當冷門的……毅夫對於此等文獻，不僅表現出他的興趣，而且顯示了他的特別的熱情。瞭解毅夫的朋友完全可以從中感受到他這種可貴的學術個性。」其二，重視邊沿問題。汪先生曾說：「一言既出，無人響應，一點也沒有轟動效應，這就叫邊沿論點。」[163]他於1987年發現《周莘仲廣文遺詩·引》這篇佚文之後，曾在《臺灣近代文學叢稿》《臺

灣社會與文化》等著作中做了介紹，但似乎未引起注意，之後出版的一些與林紓有關的傳記和選集中也未提及或選錄此文。因此，汪先生又在《中國文化與閩臺社會》《臺灣近代詩人在福建》等書中再次介紹，並在發表於2014年第8期《臺聲》雜誌的專稿中重提此文。二十七年的堅守，體現了他對於學術進步的追求。汪先生曾指出：「學者應以推動學術進步為責任，提出邊沿論點追求的不是轟動效應，而是學術進步。」[164] 在當下略顯浮躁的學術界，像汪毅夫先生這般對於學術邊沿問題的堅守是難能可貴的。這種堅守，值得我們學習和發揚。

從林紓《畏廬瑣記》看民間信仰的世俗化特點——以東嶽崇拜和士子祈夢為中心

從林紓《畏廬瑣記》看民間信仰的世俗化特點——以東嶽崇拜和士子祈夢為中心

莊恆愷[165]

摘要：林紓的筆記小說集《畏廬瑣記》，反映了包括民間信仰在內的社會百態。本文擬以《畏廬瑣記》所載的旗人東嶽崇拜和士子祈夢等民間信仰現象為中心，利用方志、筆記等地方文獻，分析民間信仰的世俗化特點。民間信仰的世俗化特點有兩個方面的表現：一方面，特定人群有自身的崇拜對象和信仰行為；另一方面，當面臨人生的不確定因素時，民眾會「隨俗」走進祠廟，焚香祈禱。與向什麼神祇祈禱相比，此時他們更為關注的是如何順利實現心中的願望。

關鍵詞：林紓《畏廬瑣記》　民間信仰　世俗化

世俗化是民間信仰的重要特點。汪毅夫先生指出：「民間信仰是世俗化的，因而其『神道設教』之種種說法和做法往往具有擬人化和隨意性的特點。」[166] 在歷代筆記小說中，關於民間信仰的許多記載都反映了這一特點。《畏廬瑣記》[167] 是林紓以筆記體記錄的其在讀書、閒聊中收穫的文學典故與奇聞逸事，反映了清末民初的社會百態。鄭振鐸曾雲：「至於他（林紓）的筆記，則完全是舊的筆記，如《聊齋誌異》之流的後繼者。」[168] 林紓在《畏廬瑣記》中談狐論鬼、語靈志怪，有多條筆記涉及民間信仰現象。[169] 本文擬以其中所記東嶽崇拜與士子祈夢為中心，分析民間信仰的世俗化特點。

▎一、特定人群的東嶽崇拜

在《畏廬瑣記》中，有三條涉及福建，特別是福州地區的東嶽信仰（泰山神）。以下分別引而論之。

第一，「溫元帥」條雲：「閩人祠泰山神甚虔。」[170] 福建人信仰東嶽的歷史較為悠久，南宋《淳熙三山志》即載：「三月廿八。東嶽焚香。州民以是日為嶽帝生日，結社薦獻，觀者如堵。俚詩有『三月廿八出郭東』之句，蓋其來舊矣。」[171] 又據明人黃仲昭《八閩通志》載，閩地有多處東嶽廟，如：

東嶽廟，在王步，去縣二里許。宋景定三年（1262）建。國朝永樂十六年（1418），稅課局大使俞榮修。正統十四年（1449），縣丞葉閶捐俸重修。成化十六年（1480），知縣林鴻募眾重建。[172]

又如：

東嶽行祠，在覆釜山下。宋嘉定八年（1215）創廟宇，壯麗甲於諸處。國朝洪武十七年（1384）重修，二十六年復修。[173]

又如：

東嶽行宮，在府治東北舊寧貞門外玄妙觀之左。[174]

第二，「奈何橋」條雲：

閩人之為死者資冥福，必延道士設醮，至第七日，則支板為橋。橋下燃蓮燈，幡幢滿其上，名曰奈何橋。糊紙為屍，納之紙輿中，子孫舁以過橋，焚諸門外。余問道士以奈何出處，則雲：「無可奈何也。」余以為其義未足。後閱《山東考古錄》，岱嶽之西，有水出谷中，為西溪，自大峪口，至州城之西，而南流入於汶，曰漆河。其水在高裡山之左，有橋跨之，曰漆河橋。世傳人死魂不得過，而曰奈何耳。或且橋近東嶽，恆人言死必歸東嶽，故妄指此橋為鬼魂所必渡者，然天下之死，皆至此耶？四川有酆都山，亦言人死必至於此。張船山詩有蜀哉蜀哉鬼之鵠，讀之令人欲笑。天下唯迷信，故附會。一附會，愈迷信。諸如此類，指不勝屈，可盡辟耶？[175]

泰山信仰起源久遠，其治鬼主人生死貴賤的觀念由來已久。[176] 晚清曾長期生活在福州的傳教士盧公明，在其名著《中國人的社會生活》中亦曾寫道：「根據一些描繪陰曹地府的書籍所言，『泰山』是第七殿閻王，專管好人壞人死後的靈魂。也有的時候，他被認為是掌握生死大權的神。」[177]

第三,「閩革命軍除天齊廟」條:

閩中崇祀泰山之神,在東門外,稱曰東嶽。以三月二十八日為泰山生辰,紅女白婆,及旗人之婦,鹹入泰山宮迎暉院為侍女。早晚傳餐,其泰山之神,則稱天齊仁聖大帝,出入警蹕……及革命軍起,長驅入廟,斬泰山土偶之首,其大如車輪,廟遂毀。[178]

此條反映了東嶽大帝成為特定族群(旗人)的保護神。塗爾干認為:「真正的宗教信仰總是某個特定集體的共同信仰,這個集體不僅宣稱效忠於這些信仰,而且還要奉行與這些信仰有關的各種儀式。這些儀式不僅為所有集體成員逐一接受,而且完全屬於該群體本身,從而使這個集體成為一個統一體。每個集體成員都能夠感到,他們有著共同的信念,他們可以借助這個信念團結起來。」[179] 清太祖努爾哈赤和清太宗皇太極創建滿洲、蒙古、漢軍八旗,「以旗統人,即以旗統兵,凡隸於旗者皆可為兵」。入關後,八旗精銳集中於京師十餘萬,分駐於全國各戰略要地十餘萬。[180] 福建省會福州亦駐有旗人。福州至今仍有一地名叫「旗汛口」,其得名即因順治十四年(1657)有旗兵三千多人駐此。[181] 在福州的旗人即以東嶽大帝為自己的保護神。《閩雜記補遺》卷五「東嶽廟轎役」條記:

東嶽廟神,俗稱東嶽大帝,每年三月內一日出巡城中,一日出巡南臺等處。轎役皆駐防旗人所充,派分四班,每班約一百餘人。黃衣笠,笠上押鵝翎一支,非旗人不得與也。或有先期許願者,必俟每班旗人,或有事故不至,方得頂充。[182]

關於在福州的旗人參與祭祀東嶽大帝的情形,盧公明有詳細記錄:

駐紮在福州的滿族八旗人也一樣供奉泰山。每年的迎泰山巡遊,旗人也都參與其中,引人注目。似乎滿族人已經把泰山當作是他們自己的神靈了。本地的其他民間神鬼及其迎神活動都沒有引起旗人這麼大的興趣,也不可能得到他們的捐款資助和積極參與。

在泰山誕日前的幾天內,旗人中地位最高的一些婦人要到泰山廟裡伺候「泰山娘娘」。她們就住在泰山廟的客房裡,晚上服侍泰山娘娘上床,把娘

娘的偶像和泰山的偶像一起放在床上，蓋好被子。在早晨，她們送湯水給娘娘盥洗。白天不時地給娘娘敬茶、敬煙，供各種點心，就像女奴伺候最高貴的女主人一樣。這已經變成了福州旗人的一項新習俗。[183]

　　清朝滅亡後，作為旗人保護神的泰山廟也日益式微。林紓在《畏廬瑣記》「閩革命軍除天齊廟」條中提及了革命軍毀福州東嶽廟的情形。對此，李家駒也曾記雲：「辛亥革命後，福建學生北伐軍隊伍駐紮該廟，隊伍中人，當然都是青壯年，對於神鬼，很不相信，就將泰山爺的頭首取下，填於血池之中（這場地是專浸產兒）。大世子公堂的辦事人，見此情景，心中很難過，趕緊設法取上來，將頭首存於秘密之處，就說一句話，現在龍歸滄海。」[184]「龍歸滄海」也可以理解為「樹倒猢猻散」，一座祠廟的興衰也見證了時代的變遷。

二、士子祈夢

　　林紓在《畏廬瑣記》中錄有兩則士子祈夢的故事，茲引如下。

　　其一，「占夢」條雲：

　　浙西於忠肅廟，人爭宿其下，祈夢往往有驗，其事見之陸次雲《湖壖雜記》。吾鄉之九鯉湖仙，其靈應滑稽，或過於廟。有士子應試之前，其友引至九鯉湖仙宮，求夢。士子曰：「仙乎？直不如吾勢耳，吾但謂之勢仙。」是夜夢中果見一仙人，題詩其掌曰：「爾膽巨如天，稱我為勢仙。吾勢沖爾口，血流滿口邊。」士子大窘，以褻語為仙所聞，故仙亦報之以褻語，是科獲雋。始大悟，口中為勢所沖，適作一「中」字，「中」字之旁，加以硃筆點發，作血色，即成一「中式」之「中」字，仙雖遊戲，固不打妄語也。[185]

　　其二，「占夢三」條雲：

　　某科有父子同應試者，父四十，而子二十。家貧望榜切，則同至仙宮祈夢。父無夢，而子則雲問諸飼鴨者。下山值雨，果見一人驅鴨群出，鴨得雨大樂，四向赴湫而浴。飼鴨者不能聚其鴨，方大怒。子性急，欲造問，父止之，不可。飼鴨者方以竿麾鴨合群，為占夢者所驚，鴨復散，則怒不可抑。祈夢

二、士子祈夢

之子，徑前述所夢，問能中否！飼鴨者大呼曰：「中哉！唯與爾母同寢者中也。」蓋報以嫚語，用泄其怒。父遙聞而笑，謂其子曰：「速歸，吾中矣。」[186]

　　這兩條筆記，反映的是科舉士子的祈夢行為。士子之所以迷信，主要是由於科舉考試的巨大壓力。科舉是一種規定了錄取名額的「有限競爭」，在各級考試的激烈競爭中，應試者不斷被淘汰，無緣一探龍門。例如，在南宋中期，即使像福州這樣文化發達的地域，鄉試也達到了三百二十二人才取一人的程度。[187] 不僅錄取機會渺茫，而且對很多考生而言，投入的時間和精力並不能與考試的結果成正比。科舉環節眾多，每一個細節都關係到考試能否成功。科場競爭的激烈，考試過程的不確定因素，乃至於艱辛的趕考之路，[188] 都給士子帶來了極大的精神壓力，增加了他們的無力感。正是這些心理因素，使得考生們竭盡所能地以各種方法求取成功之道，包括求助於外界的神秘力量。儘管考生們多年苦讀，接受的是儒家注重現實關懷的道德教化，但他們並沒有因此和神靈世界區隔。現實的功名和巨大的壓力，使考生們將儒家「遠鬼神」的要求置於腦後，轉而相信並祈求神祇以各種方式提供預言和徵兆。祈夢，即是他們慣常採用的祈願方式。

　　林紓所雲「吾鄉之九鯉湖仙，其靈應滑稽，或過於文廟」，指的是福建一處為士子所信奉的重要祈夢場所——仙遊九鯉湖鯉仙廟。明人何喬遠《閩書方域志》載：

　　九仙，不載傳記。相傳本臨川人，九人皆瞽，惟長者一目上豎獨明。後相率煉丹，以飼湖中鯉，鯉盡化龍，九人各乘一去，今仙遊縣之九鯉湖是也。九人始入閩時，蓋居此山。[189] 又雲：「漢武帝時，齊少翁以巫鬼事得幸。九仙之父詣闕直諫，九子力止之，其父不聽。少翁事敗被誅。武帝召官其父閩中，而九子因得至閩中，煉氣成道。」又雲：「九仙父任俠好氣，從淮南王安游。淮南王善之，談議寢廣。九子懼其及也，數諫父謝絕王。父不聽，去而入閩，煉丹仙遊縣之湖上，丹成仙去。及王敗，父南行求子不得，而死於岩山，今仙遊之何岩是也。」然皆莫可考。[190]

　　《繪圖三教源流搜神大全》「九鯉湖仙」條記：

75

九鯉仙，乃是福建興化府仙遊縣，何通判妻林氏生有九子，皆瞽目，止有大公子一目不瞽。其父一日見之大怒，欲害之。其母知覺，速命人引九子逃至仙遊縣東北山中修煉，名曰「九仙山」。又居湖側煉丹，丹成，各乘赤鯉而去，故湖名「九鯉」。廟在湖上，最靈驗。每大比歲，各郡中士子祈夢於此，信若蓍蔡。[191]

《八閩通志·祠廟》記載了九鯉湖鯉仙廟的禱夢靈驗傳說：

仙水靈惠廟，在折桂裡九仙山下。相傳漢元狩中（前122—前117），臨川何氏兄弟九人自臨汝來，憩此山，煉丹九鯉湖上，後仙去。裡人即其地立廟，士大夫多謁夢於此，與九鯉湖並顯。紹興間（1131—1162）賜今額，尋封嘉應侯。天聖間（1023—1031），知縣孫諤始至，凡境內祠宇悉毀之。適歲大旱，聞尚有仙水廟，因禱之輒應，廟得不毀，且增飾之。國朝正統九年（1444），裡人陳德新重建。按陳說《夢記》：「王邁丐夢祠下，夢登閣上，中設席，席為四兔，王據其首。俄有僧偕一童子至，謂王曰：『左右當坐第四。』次年唱第，果名第四。蔣有秋少名遇，偕昆季謁祠下，夢一童子捧牌題四字曰『解是名有』，後更名『有秋』，始預薦。顧幼強自城闉來乞靈夢，一童子授之蘭，又一道士從外入，謂顧曰：『何郎回禮日，方有訊息。』覺而莫曉所謂。時其子孺履尚韶齔，後莆陽士子迎奉何侯入城，寓顧所居之地。是秋，父子俱預薦。所謂回禮者，此也。次年同赴蘭省，獨其子登第，此蘭之應也。王夢祺夢有『名振東南第一人』之句，後登太學補魁。余不勝紀。」[192]

祈夢偶有巧合，便被視為靈驗，不僅在考生之間口耳相傳，還透過文人筆記等載體廣為傳播。而多數與夢境不合者，史籍便忽略不載，更有不少假冒偽托的傳說。汪毅夫先生在《客家民間信仰》一書中，就曾引述並揭穿了一則與九鯉湖鯉仙廟相關的靈驗傳說：

明代的葉臺山在發跡前曾到九鯉湖鯉仙廟求夢。神仙在夢中對他說：「富貴無心想，功名兩不成。」葉臺山以為是不吉之兆。及戊戌之年，葉臺山中為進士、位居宰相，方悟應了夢中之兆：「無心想」即無心之想，「相」也；「兩不成」，戊戌二字皆非「成」字，故雲。

二、士子祈夢

葉臺山（1559—1627），名向高，字進卿。福建福清人，明萬曆進士，選庶吉士。神宗朝、光宗朝曾兩度為相。據《明清進士題名碑錄》（上海古籍出版社 1980 年）載，葉臺山為明萬曆十一年癸未科進士，其科年為癸未而非戊戌。[193]

士子祈夢，是在應試前向自己所信奉的神祇祈禱，求其託夢告知考試訊息。這種訊息可能是考試結果，也可能是具體試題。士子祈夢是透過做夢使自己的靈魂與軀體二分，讓靈魂聽取鬼神的指示，其實質是透過內心體驗而獲知神意。這種方法之所以流行，主要有兩點原因。首先，祈夢體現了中國傳統文化所具有的內傾化特點。余英時認為，在中國傳統社會，「內在超越必然是每一個人自己的事，所以沒有組織化教會可依，沒有系統的教條可循，甚至象徵性的儀式也不是很重要的。中國也沒有西方基督教式的牧師，儒家教人『深造自得』『歸而求之有餘師』，道家要人『得意忘言』，禪師對求道者則不肯『說破』。重點顯然都放在每一個人的內心自覺，所以個人的修養或修持成為關鍵所在。如果說中國文化具有『人文精神』，這便是一種具體表現。追求價值之源的努力是向內而不是向外向上的，不是等待上帝來『啟示』的」。[194] 其次，夢境是可以被解釋的。祈夢具有悠久的歷史和傳說，雖然儒家認為夢境是個人心態反映的產物，不過大部分的人（包括士子）還是認為夢的產生充滿了神秘感和預示作用。考生們相信夢是有意義的，是神祇靈驗的表現。夢境可以透過解夢的手段來破解，而在士子祈夢的記載中，幾乎都能看到解夢手段的運用[195]——即使這些解釋如前引「占夢三」條所載的那樣隨意、荒誕、可笑。質言之，祈夢是士子思想高度緊張，日有所思、夜有所夢的結果。若非如此，也無法解釋前引數例中考生以詩文方式獲得神啟的情節——只有這些熟讀經典的士子，才有熟記夢中詩文的能力。考生所尋求的是「神啟」，而不是「神助」。對多數考生而言，他們所祈求的是神祇透過夢境來預示考場成敗或考試試題，以安定情緒、增強信心，而考生自身則必須具備一定的知識積累，才有可能回應神啟。

有學者曾論，中國宗教的「敬德」精神，早在上古便已開始被「媚於神以求私福」的退墮勢力侵襲。[196] 民間信仰的世俗化，首先在於用功利主義的眼光來看待人與超越界的關係。本文由林紓《畏廬瑣記》中有關東嶽崇拜

77

和士子祈夢的記載展開分析，可以看出，民間信仰的世俗化特點有兩方面表現：一方面，特定人群有自身的崇拜對象和信仰行為，「實用功利性的宗教信仰心態普遍存在於古代福建社會的各階層中，每個階層的民眾都有自己的保護神」。[197] 福州的旗人將東嶽泰山神視為保護神，即是例證；另一方面，當面臨人生的不確定因素時，民眾會「隨俗」走進祠廟，焚香祈禱。與向什麼神祇祈禱相比，此時他們更為關注的是如何順利實現心中的願望。士子透過祈夢尋求神啟，以求金榜題名，也說明了這一點。

從《修身講義》論林紓的教育理念與教學特色

張麗華[198]

摘要：林紓的《修身講義》內容涵蓋了愛國強國、讀書立志、孝親愛人、克己修行等諸多方面，從中體現了林紓教育興國、學貴創新、潛心治學、教書育人的教育理念和平易近人、生動有趣，注重聯繫實際、生發創新的教學特色。

關鍵詞：林紓　修身講義　教育理念　教學特色

林紓半個世紀的教書人生，為後世留下了豐厚的教學資源，其中，《修身講義》雖在 1916 年作為「教育部審定共和國教科書」出版，但林紓講授的時間卻是在 1906—1908 年間。這一時間，正值晚清政府的教育改革時期，1902 年頒布的《欽定學堂章程》和 1904 年頒布的《奏定學堂章程》中就規定了「修身」這一科目，開展「以儒教為宗」的道德倫理教育，並規定了相應的新式「修身」教科書，如《高等修身教科書》《中等教育倫理學》《倫理教科書》等。「『修身』教育相對於傳統的經學教育，在道德教育上有所承繼，又有開新。所繼承的是『孝』為天下先的觀念和其他個人修養。所不同於傳統教育之處，則在於國家社會觀念的培養和政治意識的啟蒙」。[199] 正是在這樣的教育背景下，林紓在擔任金臺書院講席和五城學堂的總教習時，承接了「修身」「國文」的授課任務。1906 年，又受聘京師大學堂，為預科和師範館的經學教員，講授「修身」課程。林紓沒有選用當時通用的「修身」教科書，而是「取夏峰先生《理學宗傳》中諸賢語錄，詮釋講解，久之積而成帙」，[200] 編成《修身講義》上下二卷。其中原因，筆者以為有三：第一，夏峰先生（即孫奇逢，明末隱居蘇門夏峰二十五年，自明至清前後十一次拒聘不出，人稱夏峰先生。）是明末清初最著名的理學家之一，與李顒、黃宗羲並稱為「清初三大儒」，對清初理學的發展做出了卓越的貢獻。他在《理學宗傳·自序》中說：「學之有宗，猶國之有統，家之有系也。」[201] 其學說

源於陸九淵、王陽明,並兼收程頤、程顥和朱熹的思想,他反對門派之爭,對於朱、陸兩派均能平實地看到各自的長處和短處。基於這種認識,他對以理學為中心的古代學術進行總結,寫成了《理學宗傳》一書。而林紓一貫反對學術間的宗派紛爭,他選擇《理學宗傳》作教材,是因為「唯其無朱陸之分,余深以為然」,「帙中朱陸並舉,以有益於身心性命者為宗,不尊朱而斥陸,亦不右陸而詆朱,從夏峰先生之教也」。[202] 第二,夏峰先生嚴守節操、誠摯待人的品格,平實的學風和學而不厭、誨人不倦的精神,以及性格中行俠仗義的燕俠之風正是林紓所崇尚的。因此,當清帝退位,林紓不滿時局,便傚法夏峰先生,以清舉人終其身,這應該也是林紓選擇夏峰先生的原因之一。第三,林紓曾系統地鑽研漢宋兩代的儒學經典,在龍潭精舍讀書時,即每日與徐祖莆講誦程朱理學,有著很深的理學功底,所以,夏峰先生的代表作《理學宗傳》自然成其首選。

　　林紓的《修身講義》選取《理學宗傳》中所列的十一位大家中的七位聖賢語錄逐條闡釋、講解,內容涵蓋愛國強國、讀書立志、孝親愛人、克己修行等諸多方面,培養青年學生的道德品行,從中體現了林紓的教育理念和教學特色,本文就此展開論述。

一、主要內容

　　第一,愛國強國。愛國強國是林紓一生矢志不變的宗旨。林紓生活在一個列強入侵、戰事頻發的亂世,作為一介書生,他不能親赴前線,血戰沙場,只能將自己的感時傷亂之情訴諸筆端。在《閩中新樂府》中,他強烈表達了自己仇恨列強的入侵,不滿清廷的腐敗無能,倡導新政的思想。特別是翻譯外國文學作品,讓他大開眼界。面對國家的積弱不振,他希望能以譯書為實業,提倡實業救國,甘為「晨雞之鳴」,「儆醒」國人,不當亡國奴。強烈的愛國思想始終貫穿其一生的教學中,他在闡釋聖賢語錄的過程中,時時不忘插入愛國強國教育。比如他在講解程顥語錄「儒者只合言人事,不合言有數。直到不得已處,然後歸之命可也」時,進行了如下引申:

吾輩身處今日，尚有作用之時。人人各存一國家思想，無憚強鄰之強。亦正由彼中有男子，解得人事，故國力雄偉至此。我黃種人思力志節，何一稍遜於彼族？彼以強大之故，目我為賤種，蔑我以屬國，據我之利權，奪我之土地，此仇真不共戴天！（捲上，第 17 頁）

　　他告誡學生：「須知強國在人心，全不屬天數」，「講人事者，於富強可十得八九；講天數者，但有亡國滅種，此外別無言說」。對程頤語錄「莫說道將第一等讓與別人，且做第二等，才如此說，便是自棄」，他依意闡發：

　　第一等人是萬萬不可讓人，尤萬萬不讓與白種，亦萬萬不能讓與同種。需知愛群保種，是排外語，不讓二字，是強種語。讓白種做第一等人，我為無恥，讓同種做第一等人，我為無己。國之能強，是合萬己為一己，且人人各爭第一等之人為一己，合此無數第一等人，而吾國立矣……凡人有報國念頭，則尤息息不願讓與外人。外人之日冀我讓，即日肆其吞噬之雄心。我亦丈夫，何為退縮至於無地……林紓不肖，然愛國之誠，幾於無涕可揮，願我同胞同澤同仇之青年君子，知得人間有第一等人，方為得環球上第一等國，拭目俟之，稽首祝之。（捲上，第 23—24 頁）

　　他鼓勵學生面對國家危亡，「直須抖擻精神，莫要昏鈍」，不能空有一時的「慷慨之言」「勇往之氣」，「國溺矣，須大家同力一拯」。雖然受自身知識結構和思想意識的侷限，他無法從現代政治學的層面給「國家」下一個科學的定義，在他的意識裡，「國家」的概念更多指清廷，但他強烈的救國保種的民族意識，呼籲國民反抗外強侵略，不當亡國奴，以拯救民族危亡為己任的國民責任感，都無愧學生的愛國導師。

　　第二，讀書立志。《修身講義》中有大量涉及「治學」的內容。林紓教導學生，學習首先要確定目標，明確學習目的性，指出「人人能念國家，則人人自勉於學問」，「天下唯讀書為益最廣，唯明理為心最暢」。告誡學生，學無止境，千萬不能「不以得力處為進境，轉以得力處為止境。眼前何嘗不樂？但只算得傲世而樂，不是樂道之樂。其中趣味，想知得學中艱苦者，必能別之」。他認為，學者「須有精明之識力，踏實之工夫，方成個學中之偉

人」。他特別注重指導學生講究學習方法，在講析程顥語錄「凡人才學，便須知著力處，既學，便須知得力處」時，他分析道：

著力二字，不是漫無所擇，魯莽用功。玩一知字，是尋個好題目做去，則用力處，便不蹈空。不蹈空，即是著實，天下事莫不有實際實理，知得此實際，辨得此實理，幾微不誤……當入手處，即思我將來要成為何等人，做出何等事，今日便當用何等力。（捲上，第 11 頁）

第三，孝親愛人。「孝」是晚清「修身」教科書的重要內容之一。中國人「百善孝為先」的觀念在林紓腦中是根深蒂固的，「忠孝」「愚孝」思想在林紓身上都有所體現。比如晚年林紓以大清舉人身份十一次謁拜崇陵，以表對清室的忠孝之心；再如林紓父母病重期間和病逝後，林紓都是嚴格依舊俗行孝，焚香叩拜，日日哭祭，以致操勞過度病倒。他認為：

須知世間「孝」字之效果乃百倍於「慈」。孝僅一分，而父母先加嘩贊，即戚黨亦無不頌揚。試問父母無時無地，不用其慈，匪特人子視為固然，即旁觀者亦無有以人之愛憐其子為奇事，然則孝字之優據地位，較之慈字為多矣。觀此則奉養吾親一事，似吾父吾母已預設一孝字以待吾。吾苟能曲體父母之心，父母之樂，幾幾乎描繪不出。（捲上，第 28 頁）

父母慈愛遠大於人子之孝，做子女的一點孝心都被無窮擴大，子女受恩於父母太多，無以為報，做子女的必須心存感恩，這才符合理義。因此，在講授張載語錄「事父母先意承志，故能辨志意之異，然後能教人」時，他以為人子、為人父的過來人的體驗，真切地告訴學生，對待父母，一定要理解父母之意，「一望見父母顏色，一聞到父母言談，但向好邊設想，慈愛當心，自然父母之意，通是好意。不必向父母心上求索，但向子職當盡處求索，父母之意已探到八九」。他曾在《美洲童子萬里尋親記·序》中說：「余老而弗慧，日益頑固。然每聞青年人論變法，未嘗不俯首稱善。唯雲父子可以無恩，則決然不敢附和。」更為難能可貴的是，林紓不是一味盲目教育學生盡孝，而是客觀地看到，在父母一方，也有育兒不當之處，學生將來也要為人父母，所以，他選取了朱熹語錄：「父母愛其子，正也；愛之無窮而必欲其如何，則邪矣。」分析道：「吾人一身之出處進退，自量德器才具，都能明白，亦

有極力上趨者。力趨不到，尚可收心而止，然力止而願欲未嘗止也，於是乎責償於其子，冀以酬己之志。譬如其子不能曲如其意者，即可就中生出必欲二字之流弊。」在這種情況下，做父母的「或鞭策其子，就於功名；或引導其子，附於勢要，種種與己相反之事，以愛子之故，亦冒為之，此一節也。其稍高者，則己力所不能至之事，亦多方策勵其子為之，為之不至，則嗔責旋隨其後」。他指出「人人各有才分」，「愛子是一事，欲其子之如何又是一事。愛子分也，正也。為分外之要求，作不情之策勉，非分也」。林紓在此非常客觀地指出了父母的愛之過，這在當今仍具有現實意義。

第四，克己修行。「立身修行」是《修身講義》的重要內容，林紓諄諄教誨學生，「克己可以治怒」。「怒亦七情之一」，但很多時候人們是可以以寬恕之心治怒的。針對年輕人性子急躁、言語過急的狀況，指出「言語緊急，是人生一大病痛」，「故少年人之情務斂，唯斂斯靜，靜則能辨物態，明道理，即程子所雲習而緩也」，「習到自然緩時，偶然率真而言，而亦不為輕躁矣」。古人言「勿以惡小而為之，勿以善小而不為」。林紓還教導學生對「惡」的態度，「名之為惡，無纖無巨。汝見是纖，則惡根已種。一種惡根，便把善根克去」。因為，「惡而曰纖，初看便不是惡，是個小毛病。謂為小毛病，觸人則人恕，即在己亦不能不加以自恕。今日添一小毛病，明日則又添之，後日則又添之，終久必成個大毛病矣。到大毛病時，除之便大不易易，然而推其病由，則有兩個，一曰任意，一曰慣病」。林紓從培養學生的思想秉性、言談舉止、待人應務、為人處事等方面出發，教育學生做一個正直有為的人。

二、教育理念

細細品讀《修身講義》上下兩卷的內容，可以深切地感受到林紓在講授「修身」課程的過程中，始終堅持他一以貫之的教育主張，並將自己的教育思想融進了課程講析中，主要體現在以下幾方面：

從《修身講義》論林紓的教育理念與教學特色

（一）教育興國

「教育為立國之本」。面對國勢日蹙的近代中國，只有加強國民教育，培養國民的愛國主義和民族自尊心、自信心，造就國家的棟樑之材，才可能國富民強。林紓曾說，「強國者何恃？曰恃學。恃學生。恃學生之有志於國，尤恃學生人人之精實業」；「學生，基也，國家，墉也。學生先為之基。基已重固，墉何由顛？所願人人各有國家二字戴之腦中，則中興尚或有冀」。[203] 強烈的愛國強國之心讓林紓迫切感受到只有透過興辦實業、發展經濟才能救國，而辦實業離不開人才，培養人才只有靠教育。他把振興教育、培養人才與祖國的命運緊緊聯繫在一起。他曾積極捐資辦學，為辦學堂、興教育、育人才、救國圖存而奔走呼號，全力宣傳教育興國的理念。

（二）學貴創新

在學習方面，林紓主張「治新學」。這裡的「新」，一是指「西學」，即包括外語、工商和西方社會意識與先進的科技、教育等「新學」。他曾說：「歐人志在維新，非新不學……若吾輩酸腐，嗜古如命，終身又安知有新理耶？」[204] 他教誨學生，面對外敵的侵略，只有學好本領才能抗敵，不能「徒守門宇」，應當學兼中西，多學新學；二是指「創新」，他特別強調學習不能守舊：

守舊即封其故見之謂。須知故見一封，則進境立刻中止。明知由此而推，尚有許多精理，只是不去悟他，抱定其所已有者，以為創獲。看似篤信謹守之人，實則非是。蓋篤信謹守之守，守道非守舊也。守舊之為義，跡似而實非，中間若有一己之識見，為之區劃，輪郭重重，不敢越出尺寸，即明知有宜悟之理，顧泥守師說，執滯己見，終不以為是。（捲上，第 38 頁）

不守舊就要敢於質疑，「道貴在疑，能疑則獲益滋大」：

見有可疑之理，第一貴問，問而猶不之明，則潛心體會其理。以二人之見，研此以辯白其是非，其又不得者，則更用其詢訪之力，大抵終有一得。故博學之人，有時見困於專門之學，一以泛而不疑，一以研而得實也。（捲上，第 42 頁）

「故善讀書者，貴精而不必貴博」，「故讀書人先以察理為貴，能察理則取道正而不邪，亦都無駁雜不純之患矣」。他反對死讀書，反對學生宗一先生之言、守一先生之教，主張專一家以入，融各家以出，博采眾長；他主張「學古而變化」「源古不如源造化」，反對學生師古不化，要求學生不要拘於成法，不必依倚門戶、依傍師說，要敢於打破常規，要有創新。

（三）潛心治學

林紓強調學習、做學問，必須是扎紮實實，腳踏實地，不能有太多的欲念和非分之想。面對人之所欲，他認為「君子之制欲，制其萌芽。欲之萌芽，即程子之所謂向。人心本虛，虛則多應，若不制定心君，一為外物所誘，瞬息即逐之而逝……故防欲最是難事，入手工夫，在一靜字。靜則能鏡，鏡字工夫甚深，一舉念便辨得是理是欲，只不向快意上設想，私意中落筆，自然生出空明世界」。在講解程頤語錄「學者須是務實，不要近名方是，有意近名，則為偽也」時，林紓先分析「名」與「實」的關係，「實者名之干，名者實之華。兩兩比附，天下無無實而有名者，亦無無實有名之人，可以久享大名者」；之後又進一步闡發道：「然只說不要近名，是說不可急於要名。不是勸天下萬世忘名。須知不愛名之人，亦不能算個男子。『須』字與『要』字相舉而言，是說若要名，即須實，無實，即無名。『不要近』三字，亦不是『離開』意，是說名固自有，只不要冒失取來，先須盡吾之責任，竟吾之事功。實到哪裡，名即隨之而得。若有意近名，總有一種矯偽痕跡。」林紓非常客觀辯證地解釋了「名」與「實」，「要」與「不要近」的含義。他鼓勵學生上進，但又必須分清「名」與「實」的關係，要做到實至名歸。

林紓一生不圖虛名，曾多次拒絕可享受榮華富貴的高官職位，而執教一生。在教學過程中，他潛心治學，靜心學術研究，結合教學實踐，為後世留下了《春覺齋論文》《韓柳文研究法》《文微》等重要的理論專著和幾十卷的教材、講義等豐碩的研究和教學成果。作為一個名重大江南北的文學家和翻譯家，能幾十年如一日，執著於自己所從事的職業，潛心治學，不為名所累，扎紮實實地出成果，是後輩同仁的楷模。

（四）教書育人

　　林紓的《修身講義》充分體現了他「教書育人」的一貫主張，在他看來，教育是為培養人才，學生要學知識，更要學做人。他教育學生，為人品行應該做到「真、誠、勤、勇」四個字。

　　第一是「真」。林紓認為做人一定要真心，不能「天下除一身以外，都是別人」。「臉上有心，而腔裡無心」，這是虛情假意。待人需要真心誠意，就不能有私心。「大抵無私心者，第一要不欺人。人知劫人竊人者為盜，不知欺人者亦為盜。劫人之盜，在白晝，竊人之盜，在深夜，而欺人之盜，則包藏於腔子裡。無論晝夜，均可覬人所有而據之」。有私心自然就欺人，人也就失其本真了。

　　第二是「誠」。真、誠相連，待人既要真心就得付出誠意。「故君子貴存誠，誠字納理之門也。能存誠，則外感不即入。一心向正而趨，所造皆近正道，而精力益因之而王，此所謂貞固幹事也。此心既誠，處事接物，未有不誠」。所以，「守定一個誠字到底，誠字全在意上做工夫。意誠則百事無不誠」。「天下惟誠足以感人，既能不觸小人之鋒，尤能折服小人之氣。舍一誠字，別無他法」。

　　第三是「勤」。年輕人要講精氣神，即「養精力」。那麼，精力如何養呢？林紓指出「舍讀書明理四字外，更無可用吾精力者。讀書明理，則張吾精力」。但年輕人往往精力不足，原因在於懶和散。「天下之最患者，在懶，在散。懶之流弊，如睡漢，散之流弊，如放豚。懶字一中於身心，則將奮而即息，稍前而復卻。散字一施之日用，則處事失其統，治家弛其防」。因此，年輕人讀書做事，重在一個「勤」字上。針對陸九淵語錄「學者不可用心太緊，今之學者，多是好事，未必有切己之志，須自省察」，林紓闡釋道：

　　心一耳，向大處著力，要處用功。主意一定，便無事，以後但循此主意做去，那裡生出意外枝節？所患據膚淺之見，持偏執之說，極意求好。一邊向內中用功，一邊向外間著力，遂覺方寸中，生出無盡煩擾，無窮牽掛，此便多事矣。（卷下，第17頁）

他特別強調:「蓋『勤』字與『緊』字有別。『勤』是安心做去,節節皆有課程,『緊』是一切都兜攏來,件件棘手。」指出學者不可用心太緊,不可多事,「多事之人,無鎮靜有主之心,又好攬事。臨頭時始去安排,上手時又多草率。因安排不妥,則生焦煩,以草率不完,愈加敷衍,手忙足亂,何曾了得一事」?透過與「緊」和「多事」的比較分析,讓學生明白什麼是真正的「勤」。

第四是「勇」。林紓雖是一介書生,卻也是一個正義之士,他一生行俠仗義,為人稱道。他身體力行,用實際行動向我們闡釋了「勇」的深刻內涵。

一是勇於堅持正義。他曾向欽差大臣控告軍官謊報軍情;也曾上書朝廷,反對割讓膠東半島和臺灣、澎湖等地;他不滿軍閥腐敗,對欲借其聲名籠絡人心的袁世凱、段祺瑞等人的重聘堅辭不就,並寫詩作文,提出反對意見;五四時期的「文白之爭」中,強烈的民族危機感使他為古文受到的衝擊而憂心忡忡,面對新文化倡導者的批評與攻擊,他奮起還擊,為捍衛古文可謂身心憔悴,即便如此,他也從不放棄自己的信念,他堅信:「吾輩已老,不能為正其非,悠悠百年,自有能辨之者,請諸君拭目俟之。」直到臨離世前,給孩子的遺訓裡仍不忘寫上「琮子古文,萬不可釋手,將來必為世寶貴」。就在去世前一天,他還以指書林琮手上:「古文萬無滅亡之理,其勿怠爾修。」如果沒有對民族文化的熱愛與強烈的社會責任感;如果不是對古典文化精深的造詣而把古文視同自己的生命;如果沒有他那剛毅、執著、正直、熱情的個性,是不可能有如此堅定不移、影響深遠的真知灼見的。

二是勇於戰勝困難。林紓並非鬥士,但他一生卻充滿勇者氣概,知難而上,從不退縮。他說立志「須從不貪著手,須尚勇,立志之人,須不畏難」。他在給兒子的信中也說過:做人須得一個勇字,又須得一個忍字。不勇無以趨事業,不忍無以就事業。能勇則猛進不畏難,能忍則耐性不避難,總在自家定力,不必待人助輔方是好男子。但林紓反對有勇無謀的蠻幹,他曾經對義和團表示不滿,稱這些「亂民」盲目排外,無益於事。提出愛國要拿出實力,而「以蠻法抵禦,勢無不敗」。

三是勇於改過。林紓認為的「勇」並不侷限在愛國保家、行俠仗義上，他還教導學生，一個人的勇敢還體現在勇於改過上。林紓曾經為了捍衛自己喜愛的古文和傳統文化，孤身一人，不惜以古稀之軀，對抗激進的新青年。雙方在爭論中時常言辭過激，乃至互相謾罵，當有人對他的態度提出批評時，林紓知錯必改。如林紓發表《致蔡鶴卿太史書》後，蔡元培發表《答林君琴南函》回應，對林紓觸動很大，意識到有誤信傳言、攻擊失當之處，便連續三天分別在北京《公言報》、天津《大公報》、上海《新申報》發表《林琴南再答蔡鶴卿書》。他不顧念自己的名氣與長者之尊，公開致歉，檢討自己的過激言辭。其勇氣著實令人欽佩，為後輩樹立了一個勇於改過的典範。

三、教學特色

一門「修身」課程，涉及道德品性、行為規範、為人處事等人生各個方面，林紓不選當時的新編教材，卻選取明代理學家的專著來講析，可見他對中國傳統文化的喜愛和時時不忘以傳承傳統文化為己任的自覺意識。當然，他也擔心「集英俊之少年與言陳舊之道學」，師生會雙雙厭倦，然出乎預料的是：「自余主講三年，聽者似無倦容。一日鐘動罷講，前席數人起而留余續講。然則余之所言果不令之生倦邪？後此又試之實業高等學堂，又試之五城中學堂，皆然，似乎此帙為可存矣。」[205] 實踐證明，如此內容，如此講法，是很受學生歡迎的。他曾在《與唐蔚芝侍郎書》中提到其授課的三百多名學生中，「亦雜貴游之子弟，鹹與紓親善如父子焉。蓋紓臨講，一涉及倫紀輒拊心痛哭者數矣。弟子頗感奮，知自愛」。可見，林紓在講授過程中，除內容外，講究授課方式、注重激發學生的學習興趣、講課生動感人等，都是其受學生歡迎的重要原因。

（一）與時俱進，聯繫實際

林紓講授「修身」課程時期，已有新式的「修身」教科書，其內容涉及國家、政治觀念、道德等。林紓沒有選擇新教材，而《理學宗傳》中的諸聖賢語錄也未能涉及新思想與新內容，林紓便在講授過程中，與時俱進，往往結合當下形勢，引申開來，進一步闡發，不拘泥於聖賢的本意，提出自己富

有創新性的見解，開啟學生思路。他認為「然既名為講義，則不能不以私見論之」，這應當也是他講課深得學生歡迎的原因之一。

林紓在講析《修身講義》時，針對當時內憂外患的國家，呼籲學生要振興國家，不當亡國奴。如講解張載「學貴心悟，守舊無功」時，林紓最後由談論學習的話題，引申到國家層面：「非特為學，即為國何獨不然？外間之新法、新理、新政、新學，精益求精。而守舊者，仍以腐窳之舊學，與之抵制。此理人人知之，即三尺童子，亦無不知，而冒稱理學者，獨不以為可。然而橫渠所言，固大理學家之言也。『守舊無功』四字，可雲切中學中之弊，亦可雲切中國家之弊。」再如，在論及程頤關於「一等人」的問題時，林紓已經用到了當時流行的「競爭」「物競」「爭存」等詞，動搖了傳統的「謙讓」「禮讓」等儒先觀念，目的在於培養學生的競爭意識、強國鬥志。

（二）真情實感，平易近人

林紓講課受歡迎還在於他從不以老師身份居高臨下、以訓導的口吻來教育學生立身修行，而是以平等的姿態與學生共勉，對學生寄予希望。感情真摯，情真意切，有很強的感染力和說服力。我們在《修身講義》中，隨處可以看到這樣的語句：

故程子言不學便老而衰，玩一便字，何等迅速，思之當凜凜生畏。若紓者，則老而無學者也，所願與觥觥諸君子勉之。

諸君子觥觥英年，將來任事，必有可觀，能時時念及駑朽之言，則功業可彈指俟也。

紓老矣，無拳無勇，徒為晨雞之鳴，於事何濟？今幸得陪諸子講席，罄我所欲言之隱，與諸君子言之。

然紓不孝人也，終天之恨，至今耿耿，焉敢持是以教人？不過張子所言如是，紓用私見，加以闡說。諸君子幸匡我不逮，至盼至盼。

諸君子以為何如？

願同學諸君子勉之勉之！

紓心憂之久矣。所願同學諸君子，力求實業，專意商戰，庶幾吾華有生蘇之望。編述至此，淚與筆俱矣。

有如此平易近人的老師、如此情真意切的講課，學生自然能與之共鳴，產生良好的課堂教學效果。

（三）善用比喻，生動有趣

林紓曾指出造成「惡」的原因有兩點，一是「任意」，二是「慣病」。他用了通俗易懂的兩個比喻來說明此理：

「意」字大類火種，用以然燈，用以舉爨，則火雖有力，乃受用於人，足為人利。若投之於焦蓬枯草間，及衣物家具之上，無論星火皆足燎原而毀屋。而其始未嘗非纖小之焰，不遽為人害，惟不除之，害因立作。至於「慣病」二字，則猶近世阿芙蓉之癮，明知其為害，顧習於便安，不去除他，迨至身薄體疲，百病交作，雖欲除之，而已無力，遂貽為終身之禍。（捲上，第31頁）

在論及讀書貴精不貴博時，他比喻說：「正如藥籠中撮藥，撮了此件，雜以那件，終日勞勞碌碌，亦曾逐件考過本草源流否？縱使盡得源流，加之考證，亦便他人觀覽尋覓，與己身體力行者何涉？」他在告誡學生勿以學問驕人時，以學問和武技相比擬，說：「至學問一道，尤非驕人之具，人人知之矣。紓則尤謂學問與武技同其危險。武技之有少林，可謂精極，然張三豐則尤稱為內家。以外家之術遇內家，往往而敗。故善兵者不言兵，正防高出於己者。」將嚴肅的問題寓於學生感興趣的話題中，生動有趣。

除了用比喻和生活常理之外，林紓還在講解中透過生動、形象的表述，活躍課堂氣氛。比如，講解程顥的語錄「克己可以治怒」時，他首先對「怒」之狀作了一番描述：

先審其狀：跳踴呼號，群人聚勸。勸者無術，怒遷其身。親密生其離沮，尊長至於凌轢。此直市井惡少之行。（捲上，第8頁）

把一個人發怒時的醜態與危害生動地描述出來，讓學生認識到發怒產生的不良後果，再討論如何克己治怒，學生自然樂於接受。

（四）語言平實，淺顯易懂

　　林紓曾在《與本社社長論講義書》和《再與本社社長論講義書》[206] 兩篇文章中論及自己對「講義」的看法。他認為古文自古以來就沒有「講義」，「講義實肇自南宋之設禪，亦曰語錄」。宋儒講學就是講者口授而由弟子記錄，稱之為講義，後也沿襲稱為語錄。講義最重要的特點就是「平易」，不能「自炫其奇」，故弄玄虛，那是「得道之淺者」的表現。「講義之體，雖用白話可也」，它的目的就是「導人之程途以明白為上」。所以，他講課都力求平實，逐字逐句依意講解，儘量用淺顯易懂的語言來講明道理。

　　作為古文大家、名噪大江南北的翻譯家，林紓不端架子，不賣弄學問。比如，在講解程顥語錄「責上責下，而中自恕己，豈可任職分」時，說道：

　　職是當盡之職，分是應盡之分，任是能勝此職分而無愧者也。須知盡職者，必不言勞，盡分者，必不誇功，正以職分既屬之我，無負此職分……乃今人則不然。身處積弊之中，則長日嘆惋，以為上司養尊處優，而不達下情。下屬奉行故事，而不講實際，說得通徹透亮，卻不曾把己身放入其中評量。試問上司固可責，然仗吾精誠入告，或有見聽之一；下屬固可責，然罄吾肺腸與語，必有知恥之一日。上司下屬，吾一身能為之關軸，亦可以運轉而流通。（捲上，第15頁）

　　林紓在此逐字逐句分析得細緻、明了，引導學生看問題要全面、客觀，要從辯證的角度分析問題。

　　綜上所述，應當說，林紓的《修身講義》對學生的思想道德、行為秉性、治學處事等方面的教育有很大的指導意義，很多思想內容傳承著中國優秀的傳統文化，在這一點上是永遠不會過時的。所以，在新式「修身」教科書自1904年起大量出版的情況下，作為開創「教科書時代」的商務印書館於1916年仍將《修身講義》作為「師範學校」「中學校」的「修身」教科書出版發行。與同時代著名的「修身」教科書比較，無論在體例、結構還是內容上，《修身講義》都有很大的差距。從這一角度看，它僅是講義而不是教科書，內容也僅限於學生的思想品德教育，強調道德律己，而沒有能夠以更加科學

的現代社會觀念和政治觀念來引導學生考慮國家、制度、法律、人格等問題，這是林紓自身思想意識和知識結構的侷限性。他的一些思想與做法不可避免地打上了時代的烙印。但是今天，時代已經走遠，而林紓那顆赤誠之心，卻離我們越來越近。時過境遷，我們自然不宜以今人的眼光苛求林紓，他的《修身講義》有其時代的意義，從中還可以看出晚清道德轉型時期的駁雜情狀，其價值是值得肯定的。

功名早澹北山文——林紓自撰墓聯意涵試析

吳仁華[207]

摘要：林紓生前曾自撰墓聯：「著述黨沾東越傳，功名早淡北山文。」這是作者對自己一生行事的總結。上聯是林紓對自己一生文學生涯的自許，除翻譯小說近一百八十種外，其他的著述也可謂汗牛充棟。林紓不但對著作滿意，對自己的堅守，也是充滿自信的，甚至認為可以青史留名。下聯指其為人，林紓認為自己對功名之淡漠堅守始終，不像《北山移文》揭露的那些假隱士，認為自己面對「無窮煙月」都能抵禦誘惑、斷然拒絕，自是超越前人。

關鍵詞：林紓　墓聯　自信為文　早淡功名

林紓（1852—1924），字琴南，號畏廬，近代著名文學家、翻譯家，福建閩縣（今福州市）人，1924 年 10 月 9 日逝於北京，於第二年歸葬故里，即今福州城北門外白鴿籠。其墓聯為林紓生前自撰：「著述黨沾東越傳，功名早淡北山文。」自撰墓聯，當然是作者對自己一生行事的總結。然而，針對墓聯，學界似鮮有深入的解讀。迄今為止，僅有林紓研究專家張俊才提出：「上聯意為：自己著述一生，或許可列入福建的文苑傳中；下聯意為：但功名之心早已淡卻，用不著他人妄為評說。」[208]細讀細品，總覺這種解讀，似嫌簡單而未盡意。墓聯是作者對自己一生行事和心跡的總結，也是後人解讀林紓心路歷程和全面準確評價林紓的鑰匙。因此，本文擬就林紓自撰墓聯試作闡析。

一、「著述黨沾東越傳」——林紓對一生文學生涯的自許

林紓一生風雲起伏，既建立了不朽的文學功績，又倍受爭議。晚年，他不斷反思自己走過的一生，並進行總結。從墓聯可以看出，林紓認為自己最值得稱道的或最值得留給後人的，當是為文與為人兩個方面。

功名早儋北山文——林紓自撰墓聯意涵試析

上聯指其為文。「著述黨沾東越傳」。「東越傳」，指的是《史記「東越列傳》，其記載：「秦已並天下，皆廢為君長，以其地為閩中郡。」宋裴駰《集解》引徐廣曰：「今建安侯官是。」黨，通「儻」，儻可，或然之詞。沾，讀如添，補益。上聯意為自己的著述或許可以列入福建青史之中，為福建文苑增添光彩。林紓在文學上的成就有目共睹。除翻譯小說近一百八十種外，其他的著述也可謂汗牛充棟，有《畏廬文集》《畏廬續集》《畏廬三集》《閩中新樂府》，以及選輯古文、編撰教材等。在當時的閩中文人學者之中，當為翹楚。就林紓翻譯小說來說，其成就和影響已毋庸贅述。就林紓的古文創作來看，他上承左、莊、班、馬、韓、柳、歐、曾之精髓，下繼桐城派、歸有光之風格。桐城派殿軍大師吳汝綸讀林紓古文，竟以蘇洵《上歐陽內翰書》稱讚韓愈文為「抑遏蔽掩，能伏其光氣者」之語稱道之。後人讀林紓的文章，認為他文筆簡潔洗練，能以意境和韻味見長。寫景文清麗淡雅，抒情文含蓄深沉。他的許多作品，在晚清的散文中，堪稱上品。[209] 林紓在給李宣龔的信中曾自負地說：「六百年中，震川外無一人敢當我者。」自許為文可與歸有光比肩。「生平自信，唯文而已」。[210] 說到為文，還應該包含林紓對古文的堅持。也就是五四新文化運動中的那場糾葛。限於聯語的侷限性，林紓當然無法在這七個字的上聯中透露自己的意思，但是我們審察林紓一生的為文，似不可忽略這一點。關於這場公案，已經有不少研究者提出了真知灼見，特別是張俊才的《頑固非盡守舊也》一書，論述頗為剴切。[211] 林紓在回應胡適《文學改良芻議》的《論古文之不宜廢》一文中，明確指出：「方今新學始昌，即文如方、姚，亦復何濟於用？凡所謂載道者皆屬空言，然而天下講藝術者仍留『古文』一門，亦特如歐人之不廢臘丁耳。知臘丁之不可廢，則馬、班、韓、柳亦自有其不宜廢者。」這是古文不宜廢的理由之一。林紓更擔心的是：「夫學不新而唯詞之新，匪特不得新，且舉其故者而盡亡之，吾甚慮古系之絕也。」「吾恐國未亡而文字已先之，幾何不為東人之所笑也！」[212]「學不新而唯詞之新」，這恐怕是他最為擔心的。（即如今日，在學術界「學不新而唯詞之新」的現象仍不勝枚舉。）這種擔心，與他所呼籲的「文運之盛衰，關國運也」[213] 是一致的。他的擔心，立足於民族文化的危機感。不管這種擔心是否多餘，他對「力延古文之一線」的堅守，的確

體現了林紓的責任感與使命感。由此可以說，回顧五四時期的這場公案，林紓仍然會感到坦然。

所以，回顧自己為文的一生，林紓還是甚為滿意的。不但對著作滿意，對自己的堅守，也是充滿自信的，甚至可以青史留名。這些意思，都隱含在上聯之中。

二、「中年當讀北山文」——林紓歷經世事的德性體悟

下聯指其為人。「功名早淡北山文」，這是林紓認為自己最值得給予肯定的、也是最引以為自豪的為人之品行，是他對自己一生毀譽所吐露的心曲。聯中所謂「北山文」，係指六朝時期孔稚珪的駢文《北山移文》。此篇名文是揭露和嘲諷那些不得志時隱居、後又經不住名利誘惑而出仕的假隱士。孔稚珪揭露那些看似潔身自好，隱遁北山，聖潔清高的人，實則是個假隱士，一旦朝廷徵召，即眉飛色舞，迫不及待地去上任。林紓認為自己對功名之淡漠堅守始終，不像《北山移文》揭露的假隱士們：「終始參差，蒼黃翻覆，淚翟子之悲，慟朱公之哭，乍回跡以心染，或先貞而後黷。」[214] 林紓曾在不少詩文中嘲諷投機之士，讚揚守道甘貧之人。對於《北山移文》自有心契神遇之感。

「功名早淡」，我們考察林紓一生的行事，確實如此。

1916 年 6 月，時任內閣總理的段祺瑞親赴林紓家，欲聘他為顧問。林紓即席賦詩：「乍聞丞相徵從事，果見元戎蒞草堂。九詣誰譏劉尹薄，一家未為武安忙。到門鑒我心如水，謀國憐君鬢漸霜。雲霧江天長寂寞，何緣辨取客星光。」[215] 1917 年 9 月，林紓在《大公報》發表一詩：「中年當讀北山文，老隱京華百不聞。長孺固宜為揖客，安期何必定參軍。懸知骨肉難遷貴，自爰行藏愧備員。再拜鶴書辭使者，閉門閒畫敬亭雲。」此詩標題為：「段上將軍以顧問一席徵余。余老矣，不與人事，獨能參將軍軍事耶？既謝使者，作此自嘲。」[216] 詩中以漢代韓長孺（韓安國）和安期生的典故表示自己不願做官之志。林紓在《答鄭孝胥書》也提及此事：「段氏柄權之第四日，即

95

命車見訪，延為顧問。弟示之以詩，有『長孺固宜為揖客，安期何必定參軍』二語。段氏解事，即置不言。」[217] 林紓多次謝卻後回顧此事，發出「中年當讀北山文」的感嘆，自是有一番深切體悟。

林紓在清末與民初屢次嚴拒友人薦舉及官府徵召，充分顯示出與眾不同的耿介拔俗之氣節。對此，林紓非常滿意，晚年在許多詩文都極力作了表露，其中又最集中體現於他在辛酉年（1921）九月作的《七十自壽詩》。其中，有四首涉及此類事：[218]

其五

金臺講席就神京，老友承恩晉六卿。我不彈冠為貢禹，公先具疏薦禰衡。酸寒那解官中事，蕭瑟將為海上行。多謝尚書為毀草，食貧轉得遂餘生。

詩中的老友，指陳璧，福州人，福建工程學院前身——蒼霞精舍最主要創辦人之一。陳璧是林紓摯友。林紓1901年秋離開杭州赴京任教，就是應陳璧之邀，並在前期得到陳璧在生活方面的關照。此詩指1902年臘月，時任郵傳部尚書的陳璧想舉薦林紓入部郎中士。林紓聞訊寫信堅拒，並表示如果陳璧真要上奏，就將馬上在除夕南下。陳璧只好焚燬草稿，馳車勸阻。根據1902年2月5日（除夕前二日）嚴復致張元濟書信：「本日小兒家信又言，陳玉蒼京兆要保人才，以此問之林琴南，而琴南以仲宣、昭扆、一琴、穗卿與高子益對，約年內即當出折。」[219] 摯友舉薦，林紓也不應聘，說明其拒官態度的堅決。當然，林紓自己拒絕時，並不忘記推薦好友出任，友情之誠躍然可見。

其六

憐才孰似郭公賢，薦我名居諸老先。充隱本非真處士，辭徵曾賦反遊仙。頭皮未送寧奇節，肝膽相親似宿緣。此事豈惟知己感，承平憶到德宗年。

1901年秋，林紓到北京。時慈禧開啟清末新政，清廷下詔開經濟特科，要朝中大臣推薦人才入試。福州同鄉禮部侍郎郭曾炘欲推薦林紓，想幫他謀個官職。林紓得知後，又一次立即寫信堅決推辭。《畏廬文集》收有《上郭春榆侍郎辭特科不赴書》一文。文中寫道：「紓聞士之欿然，能不累辱於世，

二、「中年當讀北山文」——林紓歷經世事的德性體悟

必其自省無競於人，人亦將原其惡爭而崇讓也，而置之惡爭崇讓，世之善名也。紓七上春官，汲汲一第，豈惡爭之人哉。果一第為吾分，所宜獲矯而讓之，亦適以滋偽，而紓之省省不敢更希時名，正以所業莫適世用，又患辱之累至，故不欲競進以自取病耳。」文中還說到自己「行不加修」「面業益荒落」，表示不敢「貪美名，覬殊賞」，以負朝廷且負公也。[220] 這就是詩中所要表達的意思。林紓是真心的「拒薦」，而非「充隱」。詩中的「充隱本非真處士」，即吻合「功名早淡北山文」，表示對「充隱」的假隱士的憎惡。

其十三

漸臺未敗焰恢張，竟有征書到草堂。不許杜微甘寂寞，似雲謝朓善文章。脅汙陽托憐才意，卻聘陰懷覓死方。徼幸未蒙投閣辱，苟且性命賴穹蒼。

此詩「覓死方」後林紓自註：「洪憲時，征余為高等顧問；又勸進時，官中以碩學通儒見征。余幸以病力辭。計不免者，則預服阿芙蓉以往，無他術也。」對於袁世凱的徵召，林紓更是以死拒絕。所謂「覓死方」「服阿芙蓉」（鴉片），即寧可死去，也不就範。可見其決絕的態度。這是林紓最為在意的一首詩。晚年，學生胡孟璽向林紓索取自壽詩，他在回信中說：「此詩近於自炫，本不欲示人，故敝集中各略存一二首，吾弟從何處見得，以書來索。餘生平苦極，卻幸不曾窺足宦途。洪憲僭號，天下名士幾無免者。王湘綺、繆小山、劉星（星，應為「申」之誤）叔、嚴幾道皆以不貲之身，為項城所玷。老人出生入死，亦幾瀕於危，所賴少無宦情，故不墜於凶陷耳。」[221] 信中所說的王闓運（湘綺）、繆荃孫（小山）、劉師培（申叔）、嚴復（幾道）等都是當時大學者，惜皆未能持節，「為項城所玷」。即如王湘綺，曾以 81 歲高齡受聘袁世凱國史館館長。所以林紓慶幸自己「不曾窺足宦途」。而且林紓表示自己「少無宦情」，即「功名早淡」，一生如此。這樣，拒絕袁世凱也就是理所當然的了。

林紓的七十自壽詩本是要「歷述生平以示同志」。[222] 但多重考慮後，僅以「追憶」為題存留此詩在《畏廬詩存》中。七十一歲生辰前，林紓在大病初癒時作了一首詩，其題記為：「余去年七十作自壽詩二十首，略述生平，近於搴簾自炫，屏去不錄。」[223] 可見，林紓對於此詩的重視程度。李家驥

97

先生等整理的《林紓詩文選》收錄此詩有題意說明：「袁世凱既萌帝制妄念，先組籌安會，會中延攬前清遺老及一時海內名流，勸進一表，聞即出吾閩郭某之手。立帝號後，復畀諸遺老名流以優美閒曹，夙耳林紓之名，先後遣使至其京寓，厚幣聘為高等顧問，紓屏不見，事後作詩以見志。」[224] 這一事件具體情況是，1915 年，以恢復帝製為宗旨的籌安會成立，袁世凱政府內務部徵召林紓以碩學通儒的名義在勸進書上署名，林紓力拒。年底，袁世凱正式決定稱帝后，還曾請徐樹錚轉告欲委任林紓以「高等顧問」或「參議」之類虛銜，林紓再一次嚴詞峻卻，並面告徐樹錚說：「請將吾頭去，此足不能履中華門也。」[225] 林紓對民國失望，轉而願為前清處士，但始終反對復辟。林紓對袁世凱的厭惡還源於其將戊戌變法失敗歸因於袁世凱出賣光緒。1916 年清明四謁崇陵後，林紓在詩中感嘆道：「眼底可憐名士盡，那分遺臭與流芳。」[226] 這也是對於袁世凱復辟鬧劇中大批傳統士人表現的憤慨之情。由此，也就不難理解他不僅拒絕應徵，到了第二年還將詩文公開在報紙上發表，並收入詩集。

其十四

宦情早澹豈無因，末造誠難貢此身。迻譯泰西過百種，傳經門左已千人。自堅道力冥機久，不飲狂泉逐世新。坐對黃花微一笑，原來有味是能貧。

此詩表明，林紓之所以可以做到不為功名所誘惑，除了有堅強的守道毅力與定力和有自謀生活的實力外，很重要的原因在於他看清楚了戊戌變法失敗後的清朝末世及民國初年社會是「末造」社會。

終身未出仕做官或為官府幕僚，是林紓最為看重的人生精彩處，往往情不自禁地表現在畫中和題畫詩中。如 1915 年山水畫二十幅，就有兩幅直接表露心跡：「繞屋松篁山氣寒，開軒長日據床看。年來縱有征書及，卻自迴翔惜羽翰。」「老樹無聲水不煙，危峰一白欲窮天。任他砭骨寒威重，不到袁安臥榻邊。」[227] 1920 年曾繪製十二幅畫，其中的《危峰積雪》題畫詩為：「萬事盡灰冷，豈復畏寒雪！一白直到天，吾亦表吾潔。高哉袁安臥，卓哉蘇武節。丈夫畏汗染，所仗心如鐵。持贈官中人，與彼澆中熱。」[228] 由此，

林紓反覆以《北山移文》為警示，垂暮之年檢點自己未違心願，其欣慰之情可以想見。

以上所引林紓的自壽詩，可以作為墓聯下聯的註腳。拒絕功名誘惑，不做及未做《北山移文》所嘲諷的假隱士，在那個時代實屬不易。因此，堅守道義而未做《北山移文》所嘲諷的投機之人，是林紓認為自己一生最可以與「為文」相媲美的。道德文章，文品與人品的統一，是中國傳統士大夫的人生理想，他們將《中庸》所說的「君子尊德性而道問學」作為人生追求目標，並且講究德性與學問的相互貫通與浸透，也以此作為對己對他人的評判標準。因此，林紓自撰墓聯，既是對自己堅守傳統倫理道德的一個最好體現，也是對自己堅守文以載道的學問的終生守望，其學問有別於同時代學人的核心追求。

三、「《北山移文》固不及我」——林紓道學愈堅的德性超越

世事變化、年月增加，晚年林紓愈益寄情於山水畫中，並常於畫中抒發心思。1918年中，林紓作四幀四屏鏡心《四季山水》，其中第三幀題識：「余家釣臺之下，頗繞松篁，十九年作客未歸，拋下無窮煙月，《北山移文》固不及我，然亦自笑其無為矣。」[229] 林紓於此不僅再次以《北山移文》坦陳心跡，還自認為面對「無窮煙月」都能抵禦誘惑、斷然拒絕，自是超越前人。

首先，林紓拒絕做官與為官府做事，並非科場失意後的無奈選擇。恰如陶淵明所說的「少無適俗韻」（《歸園田居》詩）一樣，林紓既有對於那個時代腐敗官府之厭惡，也有早已有之的對於自己未必適於官場的深刻認識。七十自壽詩中提及的事件都是絕意科舉、年過五十所為。其實正如他自己反覆申說的「宦情早澹」「少無宦情」，林紓早年就對官府腐敗極為痛恨，對到官府中做事就很牴觸。所以他立志「不飲狂泉」，不追逐、迎合時俗。現存的詩文與畫作中，其存下的少量早期作品中就有不少是揭露與批判官府腐敗之作。他自己在編輯《畏廬文集》時選取的幾篇早期作品基本上也就是這個主題，其中置於集首的就是《析廉》《黜驕》，記錄最早拒絕官府延攬的

是《答某公書》。《析廉》一文寫道：「貪財為貪，貪權貪勢尤貪。」[230] 林紓早負文名，三十歲中舉後就有官員延攬。大約寫於1886年的《答某公書》中就從當時中法戰爭期間臺灣滬尾大捷後官府之惡爭中感嘆道：「天下勛烈所在，積忌者亦與之終始，非甚銳退容隱，實無以自善其後。」然後以自己不適為由，拒絕邀請到官府中做事：「幕府之要，原以用才為極策，顧文章之士，動多誇誕，如紓之類是爾。矧紓之所長，又未必足名為文章者，執事竟欲歲糜千金，闢為參佐，竊以執事為過聽。紓年十八，即侍先君於臺灣，童幼不自克勉，回念宿過，慚沮萬態，固不足以益執事也。乃欲致舊時無識少年引據戎幕，無論非紓所料。即執事回念紓童騃之狀，亦必進紓為過舉矣。」[231] 他還以「老母明年六十」「戀母之切」為由力拒。《答某公書》猶如魏晉時期嵇康在《與山巨源絕交書》中為拒官而說的「有必不堪者七，甚不可者二」，不過說得比嵇康嚴肅。隨著閱歷增長，林紓漸漸開始借喻歷史事件、人物及遺蹟闡發其對官府及腐敗的痛恨，也想以此警戒世人。1892年在《西湖詩序》中就寫道：「今宋氏子孫零落迄無在者，而湖上樓觀臺榭之存，或仍宋氏舊名，以成其勝。余觀其富麗柔媚，若甚宜於裙屐羅綺之遊觀，乃當日欲責宋人以復仇盡敵之事，其習而戾其用亦甚矣。余甚感於宋氏之陳跡，每至必皆有詩，積六日得二十首，多悲涼怆楚之音，不序而存之，後之人亦無由知余蓋有感於宋氏而發也。」[232] 他游西湖，感慨的是趙宋王朝的覆滅，並希望後人警醒。「我念國仇泣成血」，這是他一生不去的情懷。

　　其次，林紓是個性格比較偏激的傳統文人，他對官府的鄙薄及對做官的厭惡不斷擴展，甚至連政府附屬機構的延攬都一概拒絕。如1914年，林紓已從北京大學辭職，靠翻譯、寫作、作畫及版稅為生：「時清史館方征予為名譽纂修，余笑曰：畏廬野史耳，不能參正史之局，敬謝卻之。」[233] 後清史館總裁趙爾巽又派人來請，並「願署弟子籍」。趙爾巽原是清朝尚書、封疆大吏，功名地位都比林紓高，且較年長。對此，林紓深知其用意，堅決拒絕。後來在詩中寫道：「尚書求署吾門籍，駭汗群生措大疑。有意降尊憐我老，不才何福受公知。照憐久已宗前輩，文舉安能屈大兒。異日藝林述佳話，滑稽傳外一傳奇。」[234] 相比於王闓運，人格高下可知。

三、「《北山移文》固不及我」——林紓道學愈堅的德性超越

再有，生逢亂世，狷介狂傲，林紓自然會比常人對社會有更深的體會，但其德性超越之後並未因此遁入空門或耽溺老莊，而是以道學精神實踐著「知其不可為而為之」的儒家入世原則。前述七十一歲生日前作的詩中說道：「天教留眼看因果，我自無心入老莊。解道黃昏情愈適，松篁高處偏斜陽。」[235] 不墜入老莊之境，冷眼看世界，回顧自己的一生，譯書、教學、作畫、為古文的傳承和延續而努力，成為林紓的生命追求和存在方式。1924 年元旦，即去世之年的元旦，林紓為寓所親撰春帖一副：「遂心唯有看山好，涉世深知寡過難。」[236] 經歷了太多的流離、顛僕、喧鬧、紛爭，晚年的林紓仍不斷反思自己。去世前一個月，林紓撰寫的遺訓中就有一條：「琮子古文，萬不可釋手，將來必為世寶貴。」去世當月，還在林琮手上寫道：「古文萬無滅亡之理，其勿怠爾修。」[237] 仍為他的「力延古文之一線」而呼喊。林紓一生常常表現出與眾不同，到晚年更是與世不同，卻又愈加堅定堅守，也愈加孤獨孤憤。他越來越難以理解社會，同樣越來越不被世人所理解。

最後，林紓借用《北山移文》，似乎還有進一步的深層含義。他一生痛恨那些「身在江湖，心存魏闕」的假隱士，又感嘆真隱士的寥落。「尚生不存，仲氏既往，山阿寂寥，千載誰賞」。[238] 漢末的尚長和仲長統，都是堅辭徵召不出仕的人，他們才是真隱士。然而，二者俱往矣！尚生不復存在，仲氏已成既往，沒有真隱士的寂寞空闊的山野，千百年來誰還會駐留賞識！或許，林紓就是帶著「百年自有能辨之」的希望和「千載誰賞」的疑慮進入了另一個世界。這正是林紓自撰墓聯下聯的真諦。

林紓的一生，經歷了社會大變革的時代，但是，林紓始終恪守著「畏天循分」的祖訓，始終保持著傳統文化人的一顆橫而不流、特立獨行的心。林紓自撰墓聯，刻在福州市城北門外白鴿籠林紓墓的墓肩上。深入瞭解林紓自撰墓聯的意涵，可以完整地理解這位近代文化巨人的一生，瞭解其人的內心世界，掃除籠罩在林紓身上的霧霾，更加公正平實地評價這位有影響的文化名人。

曲折解神通——論林紓對韓愈贈書序的解讀法

曲折解神通——論林紓對韓愈與書贈序的解讀法

林明昌[239]

摘要：林紓（1852—1924）以翻譯西方文學聞名，更是清末重要古文研究者。林紓嗜讀韓愈文，曰：「韓者，集古人之大成，實不能定以一格。」林紓所著《韓柳文研究法》《林紓選評古文辭類纂》於解讀韓愈古文頗多創見。林紓的做法，一方面拉開韓愈文格與人格的距離，說「昌黎一生忠鯁，而為文乃狡獪如是」；另一方面又建立韓愈「抒發牢騷」與「排抵佛老」對文章的影響。於是狡獪便成為韓愈抒發牢騷與排抵佛老的解讀基礎，尤其對象明確的與書和贈序兩類。我們在林紓的韓愈古文解讀中，看到的未必符合韓愈文的字面精神，更可能與其他學者相異甚巨，林紓即以此建構自己的古文美學。因此若我們稱此為韓愈古文美學，不若稱為「林紓以韓愈文為素材的古文美學」，或逕名「林紓古文美學」。本文欲申論者，即是以與書與贈序為例，說明林紓如何解讀韓愈文以建構其古文美學的曲折步驟。

關鍵詞：林紓　韓愈　古文　林雲銘

一、前言

林紓（1852—1924）原名群玉，又名秉輝，字琴南，號畏廬，別署冷紅生，[240] 福建閩縣人。林紓不僅以翻譯西方文學聞名，更是清末重要古文研究者，所著《韓柳文研究法》《林紓選評古文辭類纂》於解讀韓愈古文頗多創見。林紓嗜讀《左傳》《史記》《漢書》及韓愈文，[241] 為學惡考據之煩碎，[242] 雖不諳外語，自1897年與通曉法文的王壽昌合譯法國小仲馬《巴黎茶花女遺事》始，[243] 一生翻譯外文作品達246種之多，[244] 對引介西洋文化、促進中國文學發展貢獻甚巨。

然而林紓之學術，乃以古文為宗。林紓在民國初年寫作古文、教授古文，並以古文翻譯外國文學。錢基博曰：「民國更元，文章多途；特以儷體縟藻，

103

曲折解神通——論林紓對韓愈贈書序的解讀法

儒林不貴；而魏、晉、唐、宋，駢騁文囿，以爭雄長。大抵崇魏晉者，稱太炎為大師；而取唐、宋，則推林紓為宗盟雲。」[245] 以林紓與章太炎並列為民初傳統文學代表人物。桐城派馬其昶雲：「今之治古文者稀矣，畏廬先生最推為老宿。」[246] 林紓對於古文的論述以文話及評析兩種形式為主，前者如 1914 年，以文話形態著《韓柳文研究法》一書，此書不錄韓柳原文，只記錄評論意見。1916 年，又出版《畏廬論文》[247] 論古文筆法，分為《述旨》《流別論》《應知八則》《論文十六忌》《用筆八則》《換字法》《拼字法》《矣字用法》《也字用法》，共 9 章。全書綱目清晰，條理明確，著重古文之文體論、創作論，並附帶批評古文作品。另有《古文辭類纂選本》[248] 一書，從姚鼐選編的《古文辭類纂》700 多篇中，摘選 184 篇，又補入韓愈文 3 篇，計 187 篇文章，分為 11 文類。每一文類均加以論述（文同《畏廬論文》之《流別論》），對每一篇文章的立意筆法也詳加評析。[249]

於眾多古文名家中，林紓尤崇韓愈。他說：「余舊假得東雅堂韓文，抄而讀之十年，覺文中之脈絡骨法，氣韻神味，證之諸家，無有及韓之精者。」[250] 因此，以韓愈文為治古文之途轍。林紓認為學文當學古人，而師古人宜「師其醇於理，精於法，工於言，神於變化」，[251] 古人能兼此數項者，當數昌黎。細論之則曰：

昌黎之文，理蓄於中，文肅其外。篇同而局不復，則先後處置之弗失宜也。語激而詞不囂，則吐吞研練之出於自然也。或千旋百繞，而不病其繁細，或東伏西挺，而愈見其奇倔。[252]

林紓對韓愈文可謂推崇備至，曰：「韓者，集古人之大成，實不能定以一格。」[253] 在他心中，韓文地位乃古今第一人。[254] 因此，不但著作《韓柳文研究法》論析之，連《畏廬論文》論述筆法的主要依據亦是韓愈文。[255]《古文辭類纂選本》選評的 187 篇文章中，韓愈文占 60 篇，[256] 足見林紓對韓愈文的重視。林紓的古文學，正是以韓愈文為核心建構而成。

另一方面，林紓賞析韓愈古文，雖然用力時久，精細入微，但閱讀過程免不了主觀的投射與填補，而且解讀愈勤，填補愈多。是以林紓的論述，雖稱為「韓愈古文美學」，然而其實質卻是「以韓愈文為素材的林紓古文美學」。

千年以來，文人莫不讀韓文，林紓對韓愈文的解讀卻頗具許多獨特論點。由這些論述，可以見到林紓曲折而婉轉的用心。

本文欲申論者，即是以韓愈與書與贈序為例，說明林紓如何解讀韓愈文以建構其古文美學的曲折步驟。

二、一生忠鯁，為文狡獪

林紓論述韓愈古文美學的首務，在於建立獨特的「韓愈形象」。他將韓愈定位為「一生忠鯁，為文狡獪」，[257] 成為保有忠鯁的人格形象，又能寫出狡獪文章的二元結構。

林紓認為韓愈「學術極正」，且「信道篤，析理精，行之以海涵地負之才，施之以英華秾郁之色，運之以神樞鬼藏之秘」。[258] 韓愈以其高明文才，運之以神樞鬼藏之秘，連秦觀亦未能參透，甚至「目為所眩」。林紓由此區分韓愈之為人與行文之間的差異，如此儘管推衍韓愈為文之狡獪，亦不至於傷害忠鯁形象，無損韓愈人格。

林紓曰：「昌黎生平好弄神通。」[259] 所謂好弄神通，就是指為文而言。而評論韓愈具神通、為文狡獪，亦非自林紓始，曾國藩即曾曰：「凡韓文無不狡獪變化，具大神通。」[260] 林紓順此路數以論韓愈文。

然而必須解決的問題是，為人忠鯁的韓愈，何以為文竟然狡獪？不僅不同於「知人論世」或「文如其人」的文學論點，更重要的是如何說明為文狡獪的背景？於是林紓建構一套「牢騷不平，不願公然謾罵，只好狡獪弄神通」的解讀模式。

林紓如此看待韓愈：「蓋昌黎未遇時，亦一無聊不平之人，第不欲為公然之嫚罵，故於與書時弄其狡獪之神通。」[261] 憤郁不平是許多文人常見的心態，韓愈亦然，卻更為孤寂。林紓曰：「昌黎所趨之蹊徑，雖獨孤常州、裴晉公猶與異趣，況在其他，因之憤郁不平。」加上韓愈自視較高，因此「鄙時輩而不之語」，[262] 更加深其憤懣鬱積。

曲折解神通——論林紓對韓愈與書贈序的解讀法

仕途不順遂也是韓愈牢騷的來源，林紓評《答竇秀才書》時曰：「公方於貞元十九年貶陽山令，滿懷牢騷，無處發泄。」[263] 於是借《答竇秀才書》以抒發心中牢騷。作《答崔立之書》時，正好在三試吏部不售後，於是「將有唐科舉之學罵到一錢不值」。[264] 至於《答馮宿書》，「則憂讒畏譏之意，多於謾罵」，通篇「仍是一副牢騷肚皮」。[265] 牢騷成為韓愈施展神通的最佳方式。

與「牢騷」相似的，林紓也借韓愈「排佛老」建構另一套「排佛老，不當面斥責，只好狡獪弄神通」的模式。

韓愈反對當時普遍的佞佛求仙風氣。如《原道》一文，茅坤曰：「闢佛老是退之一生命脈，故此文是退之集中命根。」[266] 方東樹更言：「唐承魏、晉、梁、隋之敝，自天子至於公卿皆不本儒術，士大夫之賢智者，惟佛老之崇。韓子懷孟子之懼而作《原道》，蓋猶之孟子之意也。」[267] 此說足以表達韓愈反佛老時的處境。韓愈斥佛的代表作為《送浮屠文暢師序》，林紓曰：「直是當面指斥佛教為夷狄禽獸，而文暢通文字卻不以為忤，此昌黎文字遏抑蔽掩之妙也。」[268] 另對《送廖道士序》，林紓稱之為「騙人」「幻境」，並以一生忠鯁與為文狡獪作結。[269] 此二篇贈送序，在林紓眼中為「最難著筆者」，因為：「僧道二氏，昌黎平日攻之不遺餘力，而臨別忽加以贈言，此又何理？若當面抹殺，復何以施以文章？若降心相從，又不免自貶身份。」[270] 兩難之處，正是施弄神通之時。

抒發牢騷與抵排佛老，又不願公然謾罵，於是曲筆行文即為不得已的選擇。林紓曰：「昌黎之氣直也，而用心則曲。關鎖埋伏處尤曲，即所謂勢壯而能息者。」[271] 高超之曲筆，亦即「抑絕蔽掩，不使自露」。[272] 韓愈之蔽掩，能恰到好處，雖蔽掩而不至於隱晦。林紓曰：「蔽掩，昌黎之長技也。」又曰：「能於蔽掩中，有淵然之光，蒼然之色，所以成為昌黎耳。」至於如何能於蔽掩中不失其光色，林紓推論曰：

吾思昌黎下筆之先，必唾棄無數不應言與言之似是而非者，則神志已空定如山嶽，然後隨其所出，移步換形。只在此山之中，而幽窈曲折，使入者

迷惘。而按之實理，又在在具有主腦。用正眼藏，施其神通以怖人，人又安從識者。[273]

這當然只是林紓的推想或讚歎之言，但是這樣的推論，則為林紓曲折的韓文美學備妥清晰的路徑。

林紓也自覺所謂蔽掩之說未必是韓愈有意安排，他說：「所雲『抑遏蔽掩』是文成後讀者見其抑遏蔽掩，不是昌黎下筆時，始思作此抑遏蔽掩以狡獪駭眾也。」[274] 由文章反推作者用意，本來即只是「閱讀」的結果，取決於讀者的閱讀過程。如譚獻所謂：「作者之用心未必然，而讀者之用心何必不然。」[275] 蔽掩之說雖非林紓首創，但在刻意發展下，使韓愈文增添新的趣味及意涵。身為讀者的林紓依此一解讀路數，建構出對韓愈文曲折的論述。

林紓為了說明韓愈「抑遏蔽掩」的曲折文筆，建構「抒發牢騷」與「排佛斥老」兩種類似模式為前提。此兩種模式在閱讀過程中，即成為「期待視野」。在如此的視野下，林紓即可極力自圓其說。

以下分別就「牢騷罵詈」及「抵排佛老」兩方面，舉例細說林紓解讀韓愈文的曲折歷程。

三、牢騷罵詈

林紓認定韓愈「滿懷牢騷，無處不借人而發，與書贈序，多半如此」。[276] 與書贈序之外，《雜說四·馬說》及《獲麟解》也是典型的「牢騷文」。將這兩篇文章解讀為韓愈抒發牢騷，基本原因在於兩篇文章的主題與「遇」有關，很容易與韓愈自身的遭遇聯結。歷來解釋為抒發不遇牢騷者亦不少見。

與書之中，《與崔群書》學者大多視為慰藉知己文。茅坤雲：「大較昌黎與崔群相知深，故篇中情悃與諸篇不同。」[277] 林雲銘進一步發揮曰：「賢者不得位，屈身於幕府，洵有志者之所悲恨。崔君之為宣州判，寄人籬下，與公拓落一官，同在苦境。日月如流，老之將至矣，能無戚戚於中乎？」認為韓愈與崔群同在苦境，同病相憐，所以「欲圖一晤知己，以述其懷。總因舉世無可告語之故」。[278] 同樣，沈德潛也說：「屈身幕府，非敦詩所樂，

與己落拓一官相似。」[279] 都將此信解讀成既為知己抱屈，又藉機杼發己怨的慰藉文章。

然而林紓則以「牢騷不平」為立論基礎，提出不同解讀。

首先，林紓不同意崔群為宣州判有屈身幕府的悲恨，他說：「崔群之佐宣、歙，未聞有抑塞之言，而昌黎竟代為規畫，以為不得其所。」[280] 崔群與韓愈同登貞元八年進士榜，[281] 此時為宣州判官，而韓愈為四門博士，均為小官，雖然韓愈心中頗為不平，但是未聞崔群有抑塞之言。林紓以此否定前人的推論，也改變瞭解讀路向。

至於韓愈的寫作動機，林紓曰：「蓋公此時方守四門博士，窮困無告，特借崔群以發舒其抑塞耳。」韓愈此時窮困無告，此與其他人的看法並無不同，差別在於林紓認為韓愈此信是借崔群以舒發自己的抑塞。

林紓將韓愈文分為四部分以說明其牢騷。第一部分，入手處，林紓認為言江南風土，不併於此暗示崔群之佐宣、歙，所處非其地。但是又不敢直斥處人幕府之非宜，因此只能說「宜在上位，托於幕府，則為不得其所」，[282] 又怕「得罪主人翁，故曰此吾之私意親重而盼望者，非敢以終身幕客待足下也」。林紓的解讀曲折若此。

更曲折的，在對以下連用六個「或」字的說明。韓愈舉出六種相交朋友，曰：「所與交往相識者千百人，非不多，其相與如骨肉兄弟者，亦且不少。或以事同，或以藝取，或慕其一善，或以其久故，或初不甚知，而與之已密，其後無大惡，因不決舍。或其人雖不皆入於善，而於己已厚，雖欲悔之不可。」林紓認為韓愈舉這六種朋友，都只是陪客，為「推重崔君作引子」，歸到「惟吾崔君一人」，則見以上皆是泛交耳。「妙在稱崔君後，復將自己抬高身份，言己之識君，全由讀書得來，以見揚譽之非虛」。對於六個「或」字所舉的各類朋友，似乎顯得所交之近濫，為避免「崔君謂己以泛交相待」，故有「不置白黑於胸中」之語，為一辯明。

三、牢騷罵詈

　　順著這種曲折的解讀路數，林紓回歸到「牢騷」的主軸，認為「自古賢者少，不肖者多」一段，又提起「牢騷」。「貧賤、富貴、壽夭，造物者不能位置恰好，正其渺冥不可知處，歸本於天之不省記，此明明是怨尤語」。

　　對於末段，林紓又強調曰：「由此觀之，此書明明自寫牢騷，托崔君以發洩耳。」這種自寫牢騷，托崔君以發洩，正是林紓評論的路數。

　　韓愈另一書《答崔立之書》也有類似情形。崔立之，字斯立，韓愈好友。韓愈於貞元八年，禮部登進士第後，三試吏部而不售，崔立之寫信慰勉。林雲銘敍述此事云：「公應博學鴻詞之選，三番見黜，則當日主司之眼力與得選者之伎倆何待再問。崔斯立，貞元四年進士，屢試亦不得志於吏部，謂仕進之門，非得主司賞識無以自見。欲其再舉以俟知音。所以慰之，亦以勉之也。」這是崔立之之見，韓愈並不同意。林雲銘曰：「公乃謂，應舉之文可不學而能，博學鴻詞其文類俳優，實可羞恥。或四舉而後成，或三試而不就，皆非文章之罪，何必借此以求於俗眼。然前此所以求試之故，不過為貧而仕，冀有利於人己耳。」林雲銘總結此文乃「反覆曲折，總緣失意時有激而發，覺勁悍之氣沛然莫禦」。[283]

　　林雲銘只以「失意激發」讀此信，林紓則推至罵詈。在林紓的析論下，韓愈之罵詈分為以下兩點：

　　其一，盡情罵詈有司，借斯立之書，一洩其憤。所謂「才者」，不過「憑有司眼光以出脫也」。韓愈之罵，乃借罵己以罵有司：「人或謂之能者……斥為俳優之詞，自讀文章而生忸怩，且以恥過作非自責，自責愈汗下，則愈見有司之猥賤無識。」[284]

　　其二，罵詈崔立之之見為常人之見。因為「專咎有司，不自明其身份，直是與小兒爭梨棗耳」。所以另抬出「古之所謂博學，非今之謂；古所謂鴻詞，尤非今之謂」，引出五子以自況。五子者，屈原、孟軻、司馬遷、司馬相如、揚雄五人。韓愈文中曰：「自計已熟，誠不待人而後知。」十分自負。林紓評曰：「此『人』字明明指斯立之見，等於常人之見，又烏足以知五子，並知己哉？」連好意慰問的崔立之亦加以責罵。

林紓解釋韓愈責罵崔立之的原因時，說道：「罵有司之故，居然牽連及於斯立，正以斯立言玉待工人而剖，此語大觸昌黎之忌。」所謂昌黎大忌，林紓曰：「天下之有司，安有明眼之工人在內？斯立此言，不幾厚待有司耶？厚待有司，則輕己矣。」安慰之語往往不小心傷害被安慰的人。依崔立之之言，韓愈只能於一再受辱的過程中，等待未必出現的慧眼有司發掘，豈非卑微屈辱之極。難怪韓愈說：「足下謂我必待是而後進者，尤非相悉之辭也。僕之玉固未嘗獻，而足固未嘗刖，足下無為為我戚戚也。」

　　林紓總結此信曰：「一切均與有司相左，斥駁來書兩刖足不為病之言。結處作反詰之言，冷雋極矣。」

　　韓愈之滿懷牢騷，無處不借人而發，發牢騷之際，若遇見鄉愿式慰問，觸犯大忌，即使出自好友善意，韓愈也會加足火力，由牢騷轉為罵詈。這是林紓評析下的韓愈形象。

▍四、抵排佛老

　　韓愈以闢佛老聞名，而浮屠道士又樂與韓愈交遊。林紓雲：「僧道二氏，昌黎平日攻之不遺餘力，而臨別忽加以贈言，此又何理？若當面抹殺，復何必施以文章？若降心相從，又不免自貶身份。」這是難寫之處。但林紓認為韓愈之高妙莫測即在此。這類難寫之文，正顯現韓愈文筆之高明，林紓稱為「絕大之神通」。[285]

　　最大的神通，在《送浮屠文暢師·序》之中。連金聖嘆都讚道：「昌黎一生辟浮屠，此又欲為浮屠作文字，最是不便措筆。看他一起得力，下便更不犯手。」[286] 在不便措筆處下筆，能一起得力，能不犯手，即是韓愈神通。關於文暢索序之事，林雲銘介紹曰：「文暢，吳人。謁公索贈。時公初任四門館，作此序送之，嗣公為御史，貶陽山，再拜國子監，晤於京邸，又有詩贈其北遊也。」[287] 同樣的，此序之難作，林雲銘亦瞭解，他說：

　　昌黎一生大本領，全在闢佛，豈能作此等委曲文字，故開口分出儒墨是非，而以名行之異，虛虛發出不輕絕人之意，轉入文暢身上，硬坐他喜文章，

四、抵排佛老

慕聖道,吾儒不當以浮屠之說贈送,當以聖人之道開示,鋪張臚列,說出聖人無數好處,皆文暢所不樂聞,但說到禽獸之弱肉強食,而人得以養生送死,伊誰之功,實皆世俗未曾想到之語。[288]

林雲銘眼中的韓愈,仍不失儒者之敦厚,韓愈之序只說到文暢所不樂聞以及世俗未曾想到之語,並無斥罵之語。

林紓則不然,他認為此文之中不僅當面辟浮屠,並以箴柳宗元。因為柳宗元的《送文暢序》中,引用內典,且「推尊不遺餘力,此昌黎之所惡也」。[289]是斥罵文暢,連柳宗元也一起罵了。林紓評析韓愈之斥罵,以批評柳宗元開始:

首先,指浮屠之不知道,責任在吾輩不告以道,反而徒舉浮屠之說贈焉。此為一大錯誤,而柳宗元亦在列。

其次,以「吾徒」別於浮屠。柳宗元尊佛,而韓愈視之如禽獸夷狄。「然既重柳請,斷無當面罵為禽獸夷狄之理,而中心所惡,必欲發之於言」。文中輒用「吾徒」二字,以別於浮屠,且隱斥柳宗元不以吾徒自待也。

接下來的斥罵,則針對文暢,言辭也更加犀利。但韓愈並不直接斥罵,而是靈活巧妙,步步進逼。

首先,既分出吾徒與浮屠,「則非聖人之徒,皆近於禽獸夷狄矣」。得聖人之傳,即不為禽獸夷狄;不得其傳,即禽獸夷狄。

其次,漸漸逼到浮屠身上,卻不將禽獸加他,只叩以浮屠之道為何人所傳,將一「傳」字替去禽獸夷狄。

再次,把「傳」字撇開,將禽獸作一泛論。再拈出一個「吾」字,與文暢併合而設喻。「蓋雲吾人也,文暢亦人也。所自惟何?聖人之道也。知聖人之道,則免為禽獸;不知聖人之道,則與禽獸無殊。」林紓解釋,如果單舉文暢而言,就太過刻露,因此將「吾」字與文暢合併,從禽獸中仍望文暢能夠親聖人之道。並且以自己為先知先覺,「欲以覺文暢耳」。

111

又次，罵詈之中仍寓有忠厚之意。以「非其罪也」「惑也」「弱也」三者為文暢出脫。又以「知而不告」「告而不實」似近自責，實非自責，而是「自信之辭」。

在多層分析後，林紓得到結論曰：「此篇文字，能當面罵人而人不知。」佩服之餘，林紓大為讚歎曰：「詞絕而意正，不知昌黎胸中蘊何智珠，有此等絕大之神通！」[290]

林紓覺得最難下筆的第二篇為《送廖道士序》。林紓說是「把一座衡岳舉在半天，幾幾壓落廖師頂上，忽又收回」。[291] 說的是韓愈吊胃口的筆法。也就是在敘述之中，一步步讓廖道士以為自己受讚許，但最後落空。

林紓將此文分為五段，前四段都令廖道士歡喜，以為自己受讚許。

第一段「用盛氣驅使，極言山川之靈氣必有所鍾」，而且不會鍾聚在物之上，隱隱然暗含一個人在其中。「廖師一聽，決以為說到山人身上」，這是使廖道士歡喜的第一步。

第二段，「意必有」三字，「眼光已射到道士，稱他魁奇忠信才德」，也使他歡喜。

第三段，韓愈用「而吾又未見」，至此廖道士尚不著意，以為自己身隱道流，自然不易發露。而韓愈所謂「其無乃迷惑溺沒於佛老」一句，雖然對佛老有所批評，但是「廖師素知昌黎性質，不滿佛老之教，不是不滿魁奇忠信才德之人」，這是使他歡喜的第三段。

第四段，說出「廖師郴民」，又說到衡山，「將以上山川鐘靈之故，把一座衡山舉在半天，幾幾壓落廖師身上。又稱他是迷惑不出，廖師尤信可以當得才德之人矣」。

到了末段，忽然說廖師善知人，表面是讚美之詞，卻把廖師前面累積的「歡喜挪到別人身上」。而廖道士只得到「氣專容寂，多藝善游」八個字，勉強敷衍得下場的面子，[292] 卻與道字無關。

林紓想像廖道士閱讀時的神情，第一段是「色舞眉飛，謂此處定說到山人身上」。到第二段「意必有魁奇忠信之民生其間」，廖道士以為說到自己，「必又點首嘆息，愧不敢當」。第三段「吾又未見也」，把廖師一腔歡喜撒在霄漢。但說到隱於佛老而未見，廖師又於「死中得活」。最後說到「不在其身，必在其所與游」，則連隱於佛老之中的才德，也不在廖師身上。

林紓說：「一篇毫無意味之文，卻說得淋漓盡致，廖師亦歡喜捧誦而去，大類乳媼之哄懷抱小兒，佳處令人忽啼忽笑。神品之文，當推此種。」[293]

林紓又另以「泰西機器」為喻說明此文制局之險。他說，此文「如懸數千萬斤之巨錘於梁間，以鐵繩作轆轤，可以疾上疾下，置表於地上，驟下其錘，錘及表面玻璃而止，分毫無損也」。[294] 所說的也是廖道士的閱讀心情。廖道士請韓愈作序，韓愈文中提及魁奇忠信才德之民，照理說寫的應該即是求序之人，誰知只在求序之人身旁輕輕移過。求序的廖道士讀後，必深感失望。林紓又稱此文「在事實上謂之騙人，在文字中當謂之幻境」。通篇未嘗罵人，而罵在其中。罵法高明，使林紓慨嘆曰：「昌黎一生忠鯁，而為文狡獪如是，令人莫測。」[295]

五、結論

在林紓的解讀下，韓愈成為「牢騷不平」之人，利用各種場合抒發牢騷不滿心情。所謂「滿懷牢騷，無處不借人而發，與書贈序，多半如此」。又韓愈排抵佛老，偏偏又臨別贈序僧道，此類文章最難著筆，而韓愈也借此大展神通。不論是當面斥罵，或隱約諷刺，在林紓的曲折說明裡，韓愈文往往令人目眩神迷。

韓愈文章自來解讀者眾，各有說法，各具特色，林紓卻在眾家評點之中另闢蹊徑，自創一格。林紓的做法，一方面拉開韓愈文格與人格的距離，說「昌黎一生忠鯁，而為文乃狡獪如是」；另一方面又建立韓愈「抒發牢騷」與「排抵佛老」對文章的影響，於是狡獪便成為韓愈抒發牢騷與排抵佛老的解讀基礎。換言之，因為韓愈為文狡獪，具大神通，才能巧妙地將「抒發牢騷」與「排抵佛老」安置文章之中，尤其是對象明確的與書和贈序兩類。

林紓為了說明韓愈文章中的微妙安排，解讀方式不得不曲折迂迴。林紓先建立讀者對韓愈文「為文狡獪」「具大神通」「牢騷」「排佛」等期待視野，其後再曲折迂迴自圓其說。相對古今其他學者的解讀，林紓使用較多推想臆測之詞，也運用許多生動比喻。

　　林紓論秦觀之不知韓愈曰：「詎知昌黎信道篤，讀書多，析理精，行之以海涵地負之才，施以英華秾郁之色，運之以神樞鬼藏之秘。淮海目為所眩，妄引諸人以實之，又烏知昌黎哉？」[296] 實則秦觀乃至其他學者所認識之韓愈，非林紓之韓愈。林紓筆下的韓愈，是「林紓此位讀者所接受的韓愈」。

　　我們在林紓的韓愈古文解讀中，看到「林紓所接受的韓愈」，林紓即以此建構自己的古文美學。因此，我們若稱此為韓愈古文美學，不若稱為「林紓以韓愈文為素材的古文美學」，或徑名「林紓古文美學」。

外質而中膏，聲希而味永——林紓《蒼霞精舍後軒記》細讀

郭丹 [297]

內容摘要：這篇散文透過記「後軒」以表現傷往懷舊之情。文章記敘故居，回憶往事，透過家庭生活瑣事的描寫，抒發懷念母親、妻子的深情。作者善於寫瑣事、寫細節，善於熔寫景、敘事、抒情於一爐，可與歸有光《項脊軒志》相媲美。

關鍵詞：林紓　蒼霞精舍　文章　細讀

林紓以翻譯域外小說名世，但是，他的古文創作同樣令人側目。他自己也曾說過：「生平自信，唯文而已。」對於古文創作，林紓不但有理論，更有創作實績。《春覺齋論文》集中體現了他的古文理論，其中的《應知八則》對意境、識度、氣勢、聲調、筋脈、風趣、情韻、神味等範疇進行了深入的探討，在《論文十六忌》中指陳古文必須規避的十六種弊端，等等。可以說，林紓對於古文理論，不但頗具會心，而且建構起自己的理論體系。而《畏廬文集》及其續集、三集等，則是他古文創作實踐的成果。其中《蒼霞精舍後軒記》就是頗有代表性的一篇。

林紓（1852—1924）早年家道困頓，從小嘗過窮困生活的滋味。16歲時還到臺灣幫助父親經營生意，經歷過弟弟秉耀的離世。因此林紓深知生活的不易，對生活、對親人、對朋友都有一份很深的愛心，《蒼霞精舍後軒記》（以下簡稱《後軒記》），就是抒發自己這種深沉的感情。

1882年，林紓（時年30歲）一家由福州瓊河遷居閩江北岸的蒼霞洲，此後，林紓在這裡度過了15年的時光，這是他一生中最為恬靜愉悅的歲月。蒼霞精舍後軒是林紓舊居，是他們一家生活起居之所。後來，林紓舉家遷走，舊居改建為一所新式學堂——蒼霞精舍，主要傳授英文、算學、古文等，精舍聘請林紓來講授《毛詩》《史記》，每隔五日一至。林紓是個情感豐富的人。他多年遠離家鄉，客居京津、滬杭等地，最不能忘卻的是鄉情、親情、友情。

外質而中膏，聲希而味永──林紓《蒼霞精舍後軒記》細讀

「遙想故園春半後」，蒼霞精舍後軒老屋，讓他難以忘懷，林紓滿懷深情地稱其為「身是臺江老釣家」。作者寫下此文，是要讓往日的溫馨留在自己的記憶裡，抒發對家鄉、親情的纏綣深情。

林紓在《春覺齋論文·述旨》中說：「下至歐公之《瀧岡阡表》、歸震川之《項脊軒記》，瑣瑣屑屑，均家常之語，乃至百讀不厭，斯亦奇矣。雖然，敘細碎之事，能使镕成整片，則又大難。」並對《瀧岡阡表》和《項脊軒記》作細細的剖析，頗得其文三昧。林紓說「震川力追歐公，得其法乳，故《項脊軒》一記，亦別開生面」，他自己作《後軒記》，是「力追」歐公、震川，但又別具一番新面目。他在《孝女耐兒傳·序》說：「余嘗謂古文中敘事，惟序家庭平淡之事為最難著筆。」此乃林紓自身創作實踐所悟出的體味。

正如歸有光的《項脊軒記》一樣，林紓《後軒記》也記家庭生活瑣事。家庭瑣事，雖隨處可見，但要寫好，寫得有感情，實屬不易。瑣瑣屑屑，即是生活細節。要在「平淡之事」中顯出不平淡來，主要關涉到細節的選擷。《後軒記》所擷取的生活細節，全是居家生活瑣事，卻不平淡。如其中追敘母親和妻子往日的生活：「宜人病，常思珍味，得則余自治之。亡妻納薪於灶，滿則苦烈，抽之又莫適於火候，亡妻笑。母宜人謂曰：『爾夫婦呶呶何為也？我食能幾？何事求精？爾烹飪豈亦有古法耶？』一家相傳以為笑。」此細節，僅是家庭生活中一件小事罷了，然而寫治「珍味」，重在寫「母宜人」。林紓母親，本是大戶人家女兒，其父為太學生陳元培，其家先世於明代為顯宦，乃是「書香門第」，只是後來破落了。這裡寫亡妻不善把握火候，說明家裡「珍味」不常有，難得碰到一次，烹調無經驗，所以顯得笨拙。母親一番話語，並非嗔怪，乃是安慰，其面目慈祥，如春雨潤物，寬厚淳樸由此可見。這正如林紓評歸有光文所說的：「敘母之持家禮下，及瑣瑣屑屑之事，閉目思之，情景如繪。」（《古文辭類纂·傳狀類》）以此評林紓自己的敘寫，也非常恰當。這個細節，母親、妻子的音容笑貌，宛若平生。其中的「亡妻笑」與一家「笑」，細膩而具深意：儘管貧苦，然生活的樂趣，親情的融洽──苦中也有樂，都在這「笑」中表現出來。讀者亦可從其笑聲中得其神、氣、情之所在。然而當年家庭生活中的這點歡樂，如今回憶起來，只徒增悲梗。此恰如王夫之所說：「以樂景寫哀，以哀景寫樂，一倍增其哀樂。」（《薑齋詩話》）

林紓對於母親感情極深,其母病重,他曾一連九天每夜「必四鼓起,爇香稽顙於庭。而後出門,沿道拜禱,至越王山天壇上,請削科名之籍,乞母終養。」母病逝後,林紓又守喪六十日,「夜必哭祭而歸苫」。因操勞過度,幾次暈倒,既是孝順,又見其與母親的感情。

文中第二個重要的細節著重寫亡妻,以女兒雪相襯托:「每從夜歸,妻疲不能起,余即燈下教女雪誦杜詩,盡七八首始寢,亡妻病革,屋適易主,乃命輿至軒下,藉鞾輿中,扶掖以去。至新居,十日卒。」林紓十八歲時,與同縣劉有棻之女劉瓊姿結婚。婚後,林紓長期染病咯血達十年之久。劉瓊姿與林紓相濡以沫,度過了最為艱難的歲月。上引之描寫,可與林紓《亡妻劉孺人哀辭》寫其亡妻相照映:「余病時,積夕亡睡。孺人方孕女雪,羸苶不能自勝其軀。余憐之,病中至無敢微呻,偶呻,孺人輒問,預置茗具爇火以進。殘月向盡,雁聲自遠而近,余戲孺人:『鬼嘯乎?去爾無多日矣!』孺人悽然莫應。更七日,余幸能步。孺人夜四鼓即起,作糜食余。久之,余乃應時而饑,孺人已秉燭舉案候床下,不差晷刻。」林紓臥病,其妻雖自身懷六甲,還照拂如此,而且長年累月如此,怎不令人感動?在這篇《哀辭》中,林紓還選取一個細節寫其亡妻的心細:「余夜起禱越王山,值雨,孺人滅燭坐候,豫以水漬戶中樞,令勿戛以驚太宜人。」林紓為母夜禱歸家,其妻竟夜等候,生怕開門時門樞聲驚醒其母,預先用水澆濕門樞,使其無聲。其妻心細如髮,對丈夫、婆母孝敬、嫻淑如此,的確令人感嘆。因此,作者臨軒回憶,對亡妻操勞過度去世極其哀痛。文中語極平淡,然隱藏無限哀痛。正如後人所評,這種「濃得可以擰出淚水的哀情卻正是憑著平淡質樸的語言表現出來的」。

細節的選擷,不但體現在家庭瑣事上,也體現在對環境的描述上。文章最後一段寫道:「欄楯樓軒,一一如舊。斜陽滿窗,簾幔四垂,烏雀下集,庭壔闃無人聲。余微步廊廡,猶謂太宜人晝寢於軒中也。軒後嚴密之處,雙扉闔焉;殘針一,已銹矣,和線猶注扉上,則亡妻之所遺也。」「如舊」是文眼,景物如舊,人已逝去,這是多麼令人痛楚的事情。「猶謂」,母宜人已逝,然作者猶覺她仍在;「闔焉」,說明過去是常開的,因斯人已去,如今已闔;「殘針」「已銹」,明其久無人用,故殘、銹;「猶注」,針仍插

在柱子上，人已物故。這些都是細節，寫出變化。猶如六朝時期潘岳的《悼亡詩》所寫：「望廬思其人，入室想所歷。幃屏無彷彿，翰墨有遺蹟。流芳未及歇，遺掛猶在壁。」林紓的文字極其平淡，無華麗繁采的詞彙和句子，卻特別感人，充滿著情感的張力。

林紓此文，熔寫景、敘事、抒情於一爐。文章從寫景起筆發端：「建溪之水，直趨南港，始分二支。其一下洪山，而中洲適當水沖，洲上下聯二橋，水穿橋抱洲而過，始匯於馬江。蒼霞洲在江南橋右偏，江水之所經也。」蒼霞精舍的地點，在閩江北岸。此段所寫有近景，有遠景。可以想像，林紓居於蒼霞精舍後軒時，常憑軒而望。近景，放眼出去，是咫尺之外閩江中的小島——中洲，還有橫貫中洲連接對岸倉山和臺江的二橋。遠景，是閩江上游西邊的洪山；下游，是東邊接近閩江入海口的馬江（馬尾）。「水穿橋抱洲而過」幾個字，極省儉又形象地寫出蒼霞洲的美麗。林紓曾有詩寫這裡的環境和生活：「道人種竹滿霞洲，七月新涼似晚秋。記得四更涼雨過，居然披上木棉裘。」福州的夏天是非常悶熱的，而蒼霞洲卻如此涼快。鏡頭推進，「後軒」之內，又是另一番景色：「余家洲之北，湫隘苦水，乃謀適爽塏，即今所謂蒼霞精舍者。屋五楹，前軒種竹數十竿，微飆略振，秋氣滿於窗戶，母宜人生時之所常過也。」「後軒」的位置、大小，如在目前。由此自然地引出人——母宜人、余及亡妻。一切景語皆情語，開篇的寫景，即蘊含著作者對故鄉舊居的無限眷念之情。

環境的反差常常襯托出感情的沉重。前寫「母宜人生時之所常過也」，後寫「庭墀闃無人聲」。這是「有人」與「無人」的反差。第二段寫出一個有青竹、有微風、有人活動、有笑聲的溫馨的環境。第四段則是一個闃無人聲、雙扉闔焉、殘針已銹的冷清、肅殺、傷感的環境。這是環境的反差。強烈的反差，襯托出作者面對舊居，油然而生物是人非的痛楚。

敘事可以融進深情。林紓主張「於布帛粟米中述情」。「布帛粟米」，即家常生活，細小瑣屑，它不是宏大敘事，卻可見人與人之間的真誠關係和人物的品行與性格。家庭生活，最親近者莫過於父母、妻子、兒女。最難忘者，莫過於與他們相處過的點點滴滴。在《亡妻劉孺人哀辭》中，林紓還寫

了一件往事:「孺人因而病革,女雪焚香告天以刀劃臂,和藥以進。越三日,孺人卒,至死不聞女雪之事也。」女兒希望母親病癒,竟割臂取血和藥,真是孝敬之心,蒼天可鑒。在哀悼其妹的《高氏妹哀辭》中,寫其弟秉耀去世後,「每聞妹歸寧,余喜輒出裡門迎候。妹笑則母怪,余恆竊語妹,見母時幸勿語及亡弟,妹聞言輒泣,顧如余意,面母鹹陽為愉色」。其妹之「笑」,是為了安慰其母;其弟夭亡,為不使其母傷心,要強忍悲痛,「陽(佯)為愉色」,不但孝順,而且心細。在為其殤子林鈞所作的《鈞壙銘》中,林紓記及應興化知府張僡之聘校閱試卷:「有某生懷百金過予,冀夤緣得首列。李惺庵方招余飲鈞龍臺。鈞出見,讓某生曰:『吾自知人事迨此,未見家君受此君也。文高太守自得之,胡戚戚奔走如是。』」林鈞見有人欲賄賂其父,竟義正詞嚴地責讓之。林紓自己不做官,兒子做官,也教育他要「心心愛國,心心愛民」(《示兒書》)。在墓誌銘中特記此一事,對於兒子的為官之道,林紓是可以放心的了。這些都是生活小事,然而就在這些瑣碎家庭小事中,展現人物的性格和情感。

林紓曾說:「文章當使伏流在內,一線到底。」(《文微通則》)《後軒記》主線是記「後軒」,「伏流」則是悲情,且一貫到底。在結構上以寫「後軒」為中心,是空間環境,又環環相扣。起筆寫閩江,引出蒼霞洲,由蒼霞洲而有精舍與後軒之所在。後軒為居家之所,當然聯繫到人。寫母宜人之居而與庖廚相連,由庖廚自然敘述治珍味。此乃由物及人。母親去世後,二軒通而為一,又自然過渡到亡妻和愛女。最後寫後軒重遊,睹物思人,抒發無盡的悲哀。「敘細碎之事,能使鎔成整片,則又大難」。(《春覺齋論文·述旨》)把細碎之事鎔成整片,得益於巧構之思。《後軒記》即如此。林紓認為古文之法:「必意在言先,修其辭而峻其防,外質而中膏,聲希而味永。」(《國朝文序》)像《後軒記》這樣的文章,看似平淡無奇,實則有充實的內容,充滿著感情,正是他「外質而中膏,聲希而味永」的實踐。

林紓曾評論歸有光《項脊軒志》說:「震川之述老嫗語,至瑣細,至無關緊要,然自少失母之兒讀之,匪不流涕矣。」(《古文辭類纂·雜記類》)「於不要緊之題,說不要緊之語」,卻有極深的感染力,收到極好的效果。「巧於敘悲,自是震川獨造之處」。(《歸震川集·序》)或許可以說,林紓

就是沿著歸有光的路子走來的。林紓的《後軒記》，與歸有光的《項脊軒志》有很多相似之處。我們讀歸有光的《先妣事略》《寒花葬志》《祭外姑文》《女如蘭壙志》，再讀林紓的《先妣事略》《亡室劉孺人哀辭》《高氏妹哀辭》《鈞壙銘》等，歸、林二者在立意、手法和風格上的很多相似之處，的確宛然可見。

　　林紓雖是翻譯家，然而他最自詡的是古文。他的古文在當時的確影響很大，時人談論古文，常師法林紓。錢基博說：「當清之季，士大夫言文章者，必以紓為師法。」（《現代中國文學史》）對於古文，林紓之志，是要上承左、莊、班、馬、韓、柳、歐、曾之精髓，下繼歸有光、桐城派之風格。桐城派殿軍大師吳汝綸讀林紓古文，竟以蘇洵《上歐陽內翰書》稱讚韓愈文「抑遏蔽掩，能伏其光氣者」之語稱道之。林紓在《古文辭類纂·雜記類》中曾評價說：「文語家常瑣事，最不能工，唯讀《史記》《漢書》，用其纏綿精切語，行之以己意，則神味始見。歐公之《瀧岡阡表》，即學班、馬而能化者。震川此文（指《項脊軒記》），亦得《漢書》之力，改其面目，不期而類歐。」由此可知，從《史》、《漢》、韓、歐，到歸震川，林紓認為是一脈相承的。而他，又是直承歸有光的。由此也就不難理解林紓在給友人李宣龔的信中自負地說：「六百年中，震川外無一人敢當我者。」（《林畏廬先生手札》）其自信如此也。

「風趣」「情韻」「神味」——林紓論古文審美欣賞

張勝璋[298]

摘要：林紓論古文的審美藝術，推「意境」為「文之母也」，以「風趣」「情韻」「神味」助「意境」之說。它們是「意境」在審美欣賞環節的具體表現形態。林紓對於古文審美欣賞理論的總結闡述，可以說是對中國古典意境理論的一次深化與開拓。

關鍵詞：林紓　古文　審美欣賞　風趣　情韻　神味

林紓是清末民初的古文大家，吳汝綸贊其文「能抑遏掩蔽，能伏其光氣者」。《春覺齋論文》是林紓古文理論的代表作，他推「意境」為「文之母也」，其意境理論擁有完整的體系，涉及意境內涵、構成、創造、欣賞等有機成分。意境需要在人們品鑒的過程中得以舒展，因而欣賞成為意境完成的最後階段。林紓以「風趣」「情韻」「神味」助「意境」之說，認為「文字有義法，有意境，推其所至，始得神韻與味。神也，韻也，味也，古文之止境也」。[299] 此三者是「意境」在審美欣賞環節的具體表現形態。林紓對於古文審美欣賞理論的總結闡述，可以說是對中國古典意境理論的一次深化與開拓，應該在古典「意境」論和中國散文審美理論的發展史上占有一席之地。

一、「風趣」：莊中寓諧

「趣」是審美主體在具體情境中自然獲得的一種美感體驗，古人以之為中心衍生出了眾多概念，如「情趣」「興趣」「機趣」「生趣」「奇趣」「靈趣」「理趣」「風趣」「別趣」「雅趣」「拙趣」「異趣」「意趣」「真趣」等，並形成各具特色的見解學說，「風趣」是倍受關注的一種。劉勰說「風趣剛柔，寧或改其氣」，其中「風趣」大意是指文章的風格趣味。他認為風格趣味的剛健與柔婉和作者的氣質相關。唐代的詩歌批評沿用「風」而少用「趣」，並與「力」「骨」「神」等審美術語相聯。宋代的楊誠齋，明清時期的袁枚、

「風趣」「情韻」「神味」——林紓論古文審美欣賞

王士禛諸人也使用過「風趣」這個概念，袁枚《隨園詩話》以「風趣」評詩，其賞詩偏愛「性靈」與「風趣」，評蘇東坡詩「風趣多，情韻少」。林紓再提「風趣」時，它已經不是一個新鮮的話題了，但他對這一理論有了更細緻深入的辨解、闡述與發現。林紓認為「凡文之有風趣者，不專主滑稽言也」。[300]《史記滑稽列傳》中的「滑稽」是指「擅隱語」「善為言笑」「滑稽多辯」，優孟、東方朔、淳於髡等皆巧於在談笑間對統治者進行諷刺，「滑稽」是一種諷刺的藝術。林紓奉東方朔《答客難》、揚雄《解嘲》、班固《答賓戲》為滑稽文章的圭臬，同時認為「風趣」是一種比「滑稽」更高層次的審美追求。

林紓詮釋「風趣」多以史傳作品為例。史傳在文學諸樣式中地位顯赫，以行文嚴謹、調度有方著稱，古人所謂「清議所冤，萬古無反案」。林紓曾諷刺王船山史論有「偏執」之嫌，「罵人到快意處，倒將正史之文撤去，尋覓筆記中訛謬之言，力入古人之罪」。[301]有失史傳作品的莊重公允。然而「莊重」並非天然與「趣」無緣，倘若把握得當，就能「於極莊重之中，有時風趣間出」。林紓評《漢書》敘事「較《史記》稍見繁細，然其風趣之妙，悉本天然」，[302]並從中尋味各種「風趣之妙」。其論《漢書陳萬年傳》「乍讀之，似萬年有義方之訓，鹹為不率之子，乃於『教』下著一『諂』字，吾思病榻中人亦將啞然失笑，矧在讀者。此蓋以一字成趣者也」；[303]論《丙吉傳》：「閒閒說來，思之皆有意致。」[304]丙吉一句「此不過汙丞相車茵耳」，即將難堪之事自然帶過，看似閒閒而出，不著痕跡，關係的卻是士去士留的決定，「此等風趣，在於微渺間，非味之不能出也」。[305]林紓評《蓋寬饒傳》「箴規中之寓風趣者也」，《王尊傳》於嚴冷中見風趣，《朱博傳》於嘲謔中見風趣，《陳遷傳》於戲語中見風趣，它們在深淺、莊諧的對比中產生的審美差距給讀者充滿智性的審美感受。

班固於《漢書》中時有奇趣之語，在林紓看來，是一種大家氣度，他說：「班孟堅之文，有如故家子弟，而又多財，衣冠整齊，步履大方。」[306]這一類人的「見地高，精神完，於文字境界中綽然有餘，故能在不經意中涉筆成趣」。[307]林紓亦說《左傳》行文有若「故家子弟」，「故家子弟」學養深醇、識見卓越、精神完足，因而駕馭文字隨心順手，雖無意為文，卻能妙趣橫生、形神兼具。林紓把作品的藝術風格與創作主體的精神氣質聯繫在一

一、「風趣」：莊中寓諧

起，認為「風趣」在深層意蘊上是識見高遠、情感深醇、人格健全的產物，它受作者學識、閱歷、眼界的影響，是人的智性在作品中藝術化、審美化的表現，這正是林紓對於「風趣」的理論貢獻之一。故而風趣之妙不易學，更不可強求，「風趣二字，當因題而施，又當見諸無心者為佳。若在在求有風趣，便走入輕僞一路」。[308]

林紓論「趣」的另一個特徵是重自然，從藝術的根本精神上說，「趣」是自然之道的生動體現。天真自然是藝術作品趣味的基礎，為文貼近自然容易引人感發，讀之有趣。林紓論「風趣者，見文字之天真」；「然風趣之妙，悉本天然」。風趣在於無心者的「自然」「天真」的情態中，文學作品若能刻畫人情世態的本真自然的模樣，就可以達到「風趣」的藝術效果。他以《史記·竇太后傳》為例，認為司馬遷敘竇太后與其弟相見，「侍御左右皆伏地泣，助皇后悲哀」，非常逼真傳神地描模出此景此情。

悲哀寧能助耶？然舍卻「助」字，又似無字可以替換。苟令竇太后見之，思及「助」字之妙，亦且破涕為笑。求風趣者，能從此處著眼，方得真相。[309]

司馬遷深知用字之妙，一個不起眼的「助」字惟妙惟肖地再現了當時的景象，初看以為侍御是為竇太后的悲情感染而伏地哭泣，襯得竇太后實乃情真意切。可仔細一思量，竇太后重權在握，侍御們的表演又可以說是奴顏獻媚。此種情態可憐、可笑、可嘆。司馬遷的這段描寫言語簡潔毫無誇張虛飾，風趣畢現，讀者在字裡行間可以感受作者極其微妙、若顯若隱的情感，久久難以釋懷。

林紓認為，揚雄的《解嘲》與韓愈的《進學解》具有共同的美學特徵，那就是「語似安分，然言外皆含諷刺」，這就是風趣「莊中寓諧」的審美效果，其諷刺的蘊含極隱晦，行文「極莊重」。「風趣者……於極莊重之中，有時風趣間出」。[310] 天真之文字與莊重的語調在藝術形態上是不和諧的，莊重的形式與可笑可嘆的內容之間的矛盾性形成了一種藝術的張力、想像的空間，它們是孕育「風趣」的豐厚土壤。林紓論古文：「古文者……義理明於心，用文詞以潤澤之，令讀者有一種嚴重森肅之氣，深按之又彌有意味，抑之不

「風趣」「情韻」「神味」——林紓論古文審美欣賞

盡，而繹之無窮，斯名傳作。」[311]「趣味」可能就是這樣一種「嚴重森肅」的格調中暗含的「彌有意味，抑之不盡，而繹之無窮」的審美感受。

二、「情韻」：深情遠韻

六朝時，人們舍聲取韻，以「風韻」「韻度」「神韻」來品評人物，褒揚那種溢於形表的個性風度與情韻品味，「韻」由此進入文學精神與審美的範疇。宋代範溫在《潛溪詩眼·論韻》中認為「凡事既盡其美，必有其韻。韻苟不勝，亦亡其美」。「韻」即極致之美的產物，是人們最高的審美理想，故而陸時雍說「有韻則生，無韻則死」。（《詩鏡總論》）林紓論「情韻」：

  蓋述情慾其顯，顯當不鄰於率；流韻欲其遠，遠又不至於枵。有是情，即有是韻。體會之，知其懇摯處發乎本心，綿遠處純以自然，此才名為真情韻。[312]

他認為情本於性，情是寫作者本真情感的流露；韻是情感借助文字表現出的審美形態，作者的個人氣質、內心情感用適宜的語言形式表達出來，形成文學作品的深情遠韻。

林紓的「情韻」與王士禎所謂「神韻」並不相同，在「神韻」之說中，「韻」是事實上的核心，「神」是附著於對「韻」的體味、追求上的。而林紓的「情韻」之說中，「情」佔據了「情韻」的中心位置，「情韻」的關鍵在於有情而有韻。如果我們把「有是情，即有是韻」作為審美特徵的話，那麼「情」就更側重於人內在的品質因素。這種思想與中國古代文論重「文如其人」「文品即人品」的觀念一脈相承。姚鼐論文分陽剛與陰柔，皆與個人的生命氣質有關，如果主體擁有崇高的道德修養和充沛的情感狀態，那麼外化為作品的審美特徵，就具有雄渾闊大的氣勢。林紓亦以「崇義履忠之文」為「凜然陽剛」，以「敘哀述情之文」為「粹然陰柔」，以「深沉善思、精於鑒別之文」為「近於陰柔」。作者內在的精神氣質可以決定作品的風格面貌，所以林紓論：

  性情為裡，辭華為表。[313]

  凡情之深者，流韻始遠。[314]

二、「情韻」：深情遠韻

> 文章為性情之華，無論是詩、古文辭，皆須有性情。[315]

> 凡文人之有性情者，以文學感人，真有不能不動者。[316]

林紓進一步地把「情」還原到日常生活中，提出平凡普通的人與人之間的情感也是值得珍重的，只要是真情流露，哪怕是素樸細瑣的生活細節、家常絮語也會使作品充滿情韻。其評韓愈《送湖南李正字序》：

> 通篇是家常語，而情文最綿麗……因敘李生所以不能留侍之故，入情入理，悲涼世局，俯仰身世，語語從性情中流出，至文也。[317]

由此看來，林紓論「情」似乎具有現代性意義。林紓還評說歐陽修之《瀧岡阡表》和歸震川之《項脊軒記》「瑣瑣屑屑，均家常之語，乃至百讀不厭」。[318] 他尤其讚賞《史記·外戚列傳》中敘竇太后被選入宮前在車馬齊集之地，於倉促間乞水為稚弟洗臉，求食給稚弟喂飯的細節，認為「足生人惋悵」。由於種種文學史的誤讀，人們多認定林紓思想守舊、行為偏執，是頑固的復古主義者。「力延古文之一線」是其平生之志，卻也不妨礙他對現實主義的追求。林紓對狄更斯等現實主義作家的創作手法大加讚賞，且在中西文化比較的視野之下提倡了對中國傳統文學的革新，提出「惟敘家常平淡之事」「專為下等社會寫照」「刻畫市井卑汙齷齪之事」，正是現實主義文學創作的重要因素。

性情的生發必須本於自然，其後流於言辭，才能產生無盡之韻味，因此求文之「情韻」者，必先端正性情。林紓曾以「氣韻」論畫，「氣主清，韻主高，故文人下筆，必有一種清氣高韻」。此「高」不正是文人的學問、修養、胸次嗎？林紓對於《漢書》中的「情韻」也深表讚許，所謂「相如巧為形似之言，班固長於情理之說」。班固善用「矣」字，「矣」字含蓄無窮之思，這在林紓的《用字四法》中有詳細的介紹。他更舉《漢書·貢禹》為例以證班固之善用「情韻」。林紓亦讚賞屈原、諸葛亮、韓愈、柳宗元、歸有光等人為文富有「情韻」。「情韻」是他品鑒古文的一個重要標準，出之真情性，始成千古至文。

> 韓文杜詩，所以獨絕千古者，蓋由其性情端厚也。[319]

「風趣」「情韻」「神味」——林紓論古文審美欣賞

> 凡文人之有性情者，以文學感人，真有不能不動者。[320]

> 並不著意為文，而語語鹹自血性中流出。精忠之言，看似輕描淡寫，而一種勤懇之意，溢諸言外。[321]

文章是否能夠辭氣流暢、韻致動人的根本在於作家的真情實意與醇厚修養，「古人之文，多足匡性情而長道德」。[322] 也就是說多讀書，多閱歷，有仁義之心，性情端正，下筆為文，情韻自顯。林紓說：

> 世之論文者恆以風神推六一，殆即服其情韻之美。顧不治性情，但執筆求六一彷彿，茅鹿門即坐此病……若臨文時故為含蓄吞噬，則已先失自然之致矣，何名情韻？[323]

性情是大家為文不可或缺的修養，若不先求陶冶性情，但求執筆似「六一」，那只能得其形而非其神，這無異於緣木求魚，離藝術境界越來越遠了。

林紓所謂「深情遠韻」「流韻欲其遠」，「韻」以「遠」作為自己的審美特徵，強調了對這種超越實體的、微妙而又持久的美感的捕捉與領悟。品評歷代文章，林紓認為歐陽修之文可以稱得上深情遠韻，含蓄不盡之韻味。究其原因，「歐文之多神韻，蓋得一追字訣。追者，追懷前事也」。[324] 歐陽修雖然山水游記不如柳宗元的惟妙惟肖，其箴銘類文章卻頗有特色，大概在於這種以追憶見長的文體中，「撫今追昔，俯仰沉吟，有令人涵泳不能自已者」。[325] 文章因為飽含深情，所以流韻悠長。當然，「隨性情而行」並不是不講文法的逞才使氣、率性而為，歐陽修身為古文名家，為文沉吟反覆，積累日久，方得文之情韻。後學者不能理解前人的良苦用心，思之不深就率筆為文，怎能達到「深情遠韻」的審美效果呢？

「情韻」是林紓論古文審美藝術的一個重要標準，在「詩緣情」「文載道」的傳統文學觀念中，強調古文創作中情感的重要性，無異更接近於文學的本質。清末民初是中國傳統文學向現代文學的蛻變和轉折時期，古文在文學中的主導地位漸為小說所取代，抒情文學為敘事文學所取代。在這樣一個轉變時期，林紓提倡「情韻」之說，主張情感在文學創作中特殊而重要的作用，

是對文學規律與文學發展的正確認識，他為古典文藝學、美學的現代化歷程寫下了光彩的一筆。

三、「神味」：「言止而意不盡」

明清以後，是否有「味」成為人們論評和判分詩詞作品的重要標準，「神味」說在詩話與詞話中被大量運用。「味」本是一種比較難以清晰表達的、主觀色彩很強的審美感受，加上以中國傳統文化中充滿神秘感悟的「神」作為其修飾語，更加強這種審美境界的複雜性與想像力。林紓論古文以「神味」為行文止境，認為「論文而及於神味，文之能事畢矣」；「神味者，論行文之止境也」。[326] 他解釋說：

神者，精神貫徹處永無漫滅之謂；味者，事理精確處耐人咀嚼之謂。晉張茂先曰：「讀之者盡而有餘，久而更新。」宋呂本中曰：「東坡雲：『意盡而言止者，天下之至言也。』然言止而意不盡，尤為極至。」張、呂二公所言，知味之言也。使言盡意盡，掩卷之後，毫無餘思，奚名為味？[327]

「神味」是一種無法捉摸、無以言表的美感，包納了永無漫滅的精神氣質與事理精確的判斷議論。作為主體生命氣質象徵的「神」貫徹在藝術作品中，呈現為汪洋恣肆、永無漫滅的精神狀態，同時，創作者對於人情事理的精確把握，留給讀者言有盡意無窮的思索，這樣才能稱得上「神味」。若是言止即意盡，掩卷之後毫無餘思，就沒有神味可言了。那麼如何達到「言止而意不盡」的境界呢？

《麗澤文說》曰：「藏鋒不露，讀之有滋味。」似「味」字卻在藏鋒之中，然則，臨文兜勒，故說一半，留其一半，在渺冥惝恍之中，令人摸索，直同猜謎，亦可名為味乎？則但言藏鋒，亦不是知味之言。[328]

也就是說，藏鋒之說並非知味之言，說一半藏一半只會令讀者迷惑，只有作家涵養深醇、精於事理，才能寫出寫照傳神、耐人尋味的作品。

林紓認為韓昌黎《答李翊書》中所言，「無望其速成，無誘於勢利，養其根而俟其實，加其膏而希其光。根之茂者其實遂，膏之沃者其光曄。仁義

「風趣」「情韻」「神味」——林紓論古文審美欣賞

之人，其言藹如也」。「此數語得所以求神味之真相矣」。[329] 韓愈為文，歸本仁義，取法乎上，為文「神韻」非一蹴即至，實由艱辛探索、深醇涵養使然。

望速成，則氣促而功候淺；誘勢利，則心歧而思慮雜。養根者，治本也；俟實者，待其自然也；加膏者，日進無疆也；希光者，必有得當之一日也。至實遂光曄，則功候圓滿矣。而仍歸本仁義者，本道而為言也。[330]

道德的涵養並非一日可以速成，日積月累方能功德圓滿。若能飽讀詩書，行仁義之途，吐屬為文自然神味自見。後學者不先積累品行學養，一味拾掇辭藻，自然難以達到「神味」的境界。

林紓以「神味」作為古文審美的止境，始終是將它落實在「道理」之上。「味者，不悖於道理，不怫於人情，言皆有用之言，又皆可行之實」。[331] 這句話，如果我們對「道理」不作死板的理解，不人雲亦雲地把它扣定在程朱理學的封建思想上，那麼，「道理」也可以說是文章的思想之美，思想性、精神美正是一切文學藝術傳世的重要因素。通觀林紓的文論作品，「理」幾乎是古文的靈魂。他斷言：

讀書多，則聞見博，無委巷小家子之言；析理精，則立言得體，尤無飾智矜愚之語；至於以文明道，則位置逾高，可以俯瞰萬有。[332]

純從道理上講究，加以身體力行，自然增出閱歷。以道理之言，參以閱歷，不必章綈句飾，自有一種天然耐人尋味處。[333]

自古以來，無論是文以載道、文以明道，還是文以貫道，文學作品都無法擺脫對「道」的追求，評價作家的思想與作品價值，關鍵要分清「道」的內涵和「道」之外的追求。

林紓論「神味」，強調有「神」始有「味」，並認為須富詩書、行仁義、廣閱歷，以歷史的高度對知識融會貫通，並衷之以「道」。文章之所以能發揮其明道的作用，正在於其說理議事能入情入理才能沁人心脾，這種打動人的力量就是「味」。人們都說林紓是「載道派」，他的古文論對「道」確是強調，但他在「道」中加入社會歷練的成分，從而使道德、學識、現實人生

三、「神味」：「言止而意不盡」

的體驗融為一體，確實比古人的文道兼修要更進一步。在此基礎上，林紓說「理足者，言之始精」。下筆之前，有充足的學識涵養，其論人論事才能事理精確、理足旨豐，這樣就離「古文之止境」——「神味」不遠了。林紓以神味論文，將文學的藝術論與功用論並舉，表現了其古文理論的重心由理性內涵轉向了審美意蘊。

　　林紓在五四期間為桐城派護法，被冠以「桐城謬種」，為激進主義者攻擊謾罵，而載道的古文又早已為時人所棄，他的古文理論更是為人忽視。實際上，林紓的古文理論不僅繼承和發展了桐城派古文理論的精華，更是對傳統的古文藝術理論的一次有系統的擷精取華。同時他的古文理論也受到時代新思潮的激盪，他為翻譯小說撰寫的大量序跋作品，他從中西文化對比的角度對小說的題材和技法所作的精闢分析，也在很大程度上豐富了他的古文藝術論。林紓的古文藝術論內容豐富、體系完整，其中許多見解至今仍不乏借鑑之處。在這個意義上，林紓「不愧為傳統古文藝術理論的集大成者」。

「意境者,文之母也」——林紓論古文意境

「意境者，文之母也」——林紓論古文意境

張勝璋[334]

摘要：林紓以意境為「文之母」，意境是古文藝術的根本性、決定性因素，帶有本原意義和生成功能。他尤為關注意境的構成要素和生成過程，對心與意、意與理、意與境、意境與識度、意境與局勢和體制等問題作出了切中古文肯綮的闡發。林紓的意境理論既有對傳統意境論的繼承與拓展，又有長期以來對古文創作與藝術審美經驗的總結，還滲入他在中西文化比較中的藝術領悟，頗有獨到見解，應該在中國意境論的發展史上占有一席之地。

關鍵詞：意境　生成　本原　識度　造境

林紓的意境論與王國維的境界說出現的時間相仿，王國維的《人間詞話》於 1908 年連載於《國粹學報》，林紓的《春覺齋論文》於 1913 年 6 月至 9 月在《平報》連載，其內容與後來出版的《春覺齋論文》（1916 年都門印書局出版）相一致，只是順序略有調整。有關資料記載，林紓在辛亥革命之前曾在京師大學堂文科講授過古文辭，《春覺齋論文》據說就是這段時間的講義。可見，王國維的「境界論」與林紓的「意境論」基本是同一時期的作品。王國維主要從物我關係闡述意境的內涵，推意境為中國古典美學的最高範疇：「文學之事，其內足以攄己，而外足以感人者，意與境二者而已……文學之工不工，亦視其意境之有無，與其深淺而已。」[335]其分境界為「大」與「小」、「造境」與「寫境」、「有我之境」與「無我之境」、「詩人之境」與「常人之境」等多種類別，從各個角度加以比較研究。學界普遍認為，王國維的境界理論達到了中國古典文藝學、美學意境論探索的新高度，是中國古典意境論的完成。[336]然而，筆者認為，王國維並不是意境論的唯一集大成者，他偏以境界論詩詞、小說、戲曲，對古文關注甚少。

中國傳統的文學觀念中，古文更偏重於承載功利性與倫理性的嚴肅主題。然而林紓常說「文家如畫家也」「學畫與學問同，又與學詩同」，他在理論

「意境者，文之母也」——林紓論古文意境

闡釋中也表現出以詩畫論文的傾向。林紓以意境論古文，已經默認了古文是一種具有審美功能的文學形式。早在 20 世紀 30 年代，與齡談及林紓論文要旨時就說：「其論古文也，以文氣、文境、文詞為三大要。三者之中，特重文境，謂古文不能造境，即淪於塵濁」。[337] 曾憲輝也認為「較之姚鼐，林氏更看重意境」。[338] 張俊才更稱「林紓不愧為傳統古文藝術理論的集大成者」。[339] 林紓在五四期間為桐城派護法，被冠為「桐城謬種」，而傳統載道的古文又為新青年所摒棄，因此他的古文意境論一直未受關注。林紓補救了王國維境界說忽視古文的不足，他是將「意境」一詞移入古文並對之進行具體理論闡述的第一人。林紓的意境理論既有對傳統意境論的繼承與拓展，又有長期以來對古文創作與藝術審美經驗的總結，還滲入他在中西文化比較中的藝術領悟，頗有一些獨到的見解。林紓對古文意境理論的探討與研究是對中國古典意境論的深化與擴展，應該在古典「意境」論和中國散文審美理論的發展史上占有一席之地。

周振甫曾比較林紓與王國維意境論的異同：「王靜安《人間詞話》，論詞標舉境界，謂『有境界則自成高格，自有名句。而境非獨謂景物也，喜怒哀樂，亦人心中之一境界；故能寫真景物真感情者謂之有境界，否則謂之無境界』。這是靜安的創見。琴南的論文，卻和境界說相似，提出意境說⋯⋯以意境為文之母，也和靜安的論相合，不過講意境而欲求進於道，這便和靜安的見解不同了。靜安以境界為止境，是言志派。琴南講意境而求合道，是載道派，這是兩者根本的差異點。」[340]

林紓講意境，固然「以高潔誠謹為上」，「須先把靈府中淘滌干淨，澤之於詩書，本之於仁義，深之於閱歷，馴習久久，則意境自然遠去俗氛，成獨造之理解」。[341] 的確帶有「合道」之意，但並非全以「載道」闡釋意境。他視詩書、仁義、閱歷為立意造境的前提和基礎，「有此三者為之立意，則境界焉有不佳者」？更注重的是素養胸襟等主體因素在意境創造中的主導作用，並非「載道派」。林紓以「意境」為「文之母也」，強調的是意境的本原意義、生成功能和主導作用，關注的是意境的構成要素和生成過程，並對心與意、意與理、意與境、意境與識度、意境與局勢和體制等問題作出了切中古文肯綮的闡發，這與王國維把意境視為藝術最高境界是有區別的。林紓

以意境作為古文審美藝術的母體,「情韻」「氣勢」「風趣」「神味」「筋脈」「聲調」則是母體滋生的不同風格特徵的藝術境界,是意境的具體表現形態和組成要素,它們共同構成了一個內涵豐富、形態自足的理論體系。

一

林紓認為意境是古文藝術的根本性、決定性因素,帶有本原意義和生成功能。「意境者,文之母也,一切奇正之格,皆出於是間。不講意境,是自塞其途,終身無進道之日矣」。[342] 聯繫林紓其他的論述,其「一切奇正之格」應該是包含文章於風格、體式、佈局、語言等多方面內容。「意境」是文章形態具有決定性的根本因素,文章的各種表現形態和發展成熟都源於「意境」,取決於「立意」與「造境」。「試問若無意者,安能造境?不能造境,安有體制到恰好地位」?又說「一篇有一篇之局勢,意境即寓局勢之中」。[343] 主張「後文采而先意境」。把意境置於體制、局勢、文采諸要素之上,視為行文的先決條件和第一要素。那麼,意境是如何形成的呢?

林紓認為:「文章唯能立意,方能造境,境者,意中之境也……意者,心之所造;境者,又意之所造也。」[344] 意境是唐代才形成的一個復合概念,「意」「象」「境」都是它的單體概念,意境的内涵是其中任何一個單體概念都無法取代的。《周易·繫辭》曰:「書不盡言,言不盡意」「聖人立象以盡意」。人類複雜的思想感情很難用語言文字清晰完美地呈現出來,或者說人表達出來的語言和人真正領會到的思想之間存在永恆的差距。那麼,不妨借助「象」這個中介物來完成思想的傳遞。「象」可以是有形的,也可以是無形的,它包括語言、文字、線條、色彩、動作、旋律等諸多因素。意義借助形象而表達,形象借助語言而生動鮮明,語言、形象、意義,在具體的文學作品表現為相輔相成的關係。

林紓論意境,超越語言意象的層面,而抓住心、意、境三個基本要素,透視意境創造過程。他認為「心」是先決條件,是立意造境的根源。「意者,心之所造」,說的是由「心」生「意」,「意」由「心」造。作者的心靈決定著作品的立意和境界。所以,他進而強調修身養性的重要,注重詩書、仁

「意境者，文之母也」——林紓論古文意境

義、閱歷三者的「馴習」，旨在淘滌靈府，達到「心胸朗澈」境地。唯有這樣，才能像庖丁解牛那樣「游心於造化，故能不觸於肯綮」，對事物有「獨造之理解」，形成文章的「意」和「理」。他認為「意」和「理」是為文的主旨，造境的靈魂。「文章唯能立意，方能造境」；「境者，意中之境也」；「境者，又意之所造也」；「無意無理，文中安得有境界」？[345] 這些說法都強調意、理在意境創造中的主導和決定作用，既傳承了「文以意為主」「以理為主」「意在筆先」「以意役法」的古文傳統，又把立意與造境有機聯繫起來，把古文家的主理說、義理說導向意境說。

林紓所說的「意」和「理」，不僅是指文章的主題思想，還指向作者人格修養、學識經驗所形成的眼光和見識，及寫作者對人情事理的深切理解和整體把握。他引述蘇東坡之語：「天下之事，散在經史中，不可徒使；必得一物以攝之，然後始為己用。所謂一物者，意是也。」認為「此語雖深實淺。不言析理於經史中，但言使事於經史中，顧能加以議論，則為熔裁，但取其事實，便成糟粕。且所謂攝之以意者，亦主驅駕而言，不為探本之論」。[346] 也就是說「意」不只是用來統攝素材、驅遣文辭而已。他的探本之論是：「須知意境中有海闊天空氣象，有清風明月胸襟。須講究在未臨文之先，心胸朗澈，名理充備，偶一著想，文字自出正宗；不是每構一文，立時即虛構一境。」[347] 也就是說，「意境」是「心胸朗澈，名理充備」的結晶，是客體「氣象」與主體「胸襟」相輔相成的產物，是主客觀遇合的「意中之境」，是決定每篇「局勢」和「體制」「一切奇正之格」的「文之母」，絕不是無意無理之境，有意矯揉之境，臨時虛構之境。林紓揭示了心、意、境三要素的內在聯繫和化合機制，在意境生成上堪稱「探本之論」。

二

林紓論意境，講立意，重義理，「凡無意之文，即是無理。無意無理，文中安得有境界」？（《應知八則·意境》）他以「識度」進一步論述思想見識與意境創造的關係。認為「世有汗牛充棟之文，令人閱不終篇，即行舍置，正是無識度，規以無精神，所以不能行遠而傳後」。[348] 把「識度」作為評

判文章成敗優劣、能否行遠傳世的重要標準。「識度」源於曾國藩《古文四象》的「識度即太陰之屬」說，林紓闡釋說：「識者，審擇至精之謂；度者，範圍不越之謂」，「識者，見遠而晰其大凡，於至中正處立之論說，而事勢所極，鹹莫能外」，「有遠識，有閎度，雖閒閒出之，而世局已一覽無餘」。[349] 也就是說，識度既是審擇至精的遠見卓識，又是範圍不越的至中正處的論說，是「遠識」與「閎度」的統一，「創見」與「正言」的統一，簡言之是指思想見識的深廣和正確。

　　林紓對劉勰「正言所以立辯，體要所以成辭」（《文心雕龍·徵聖》）深表理解，並以為「知此者，作文乃無死句，論文亦得神解」。「何謂正言？本聖人之言，所以抗萬辯也。何謂體要？衷聖人之言，所以鑄偉辭也」。[350] 這表明他論文堅守「原道」「征聖」「宗經」的正統立場，強調思想的純正。然而林紓也非議理學家：「論道之書質，質則或絀於采；析理之言微，微則坐困於思」，而贊同劉勰「精理為文，秀氣成采」的主張，並闡發說：「大率析理精，則言匪不正；因言之止，施以詞采，秀氣自生。」[351] 這就擴充了「正言」的內涵，把析理、正言、詞采有機統一起來。林紓論「識度」，涉及「推事之識」「論事之識」和「敘事之識」。他舉唐代陸贄的奏疏為「推事之識」的代表，又引宋代謝枋得之說：「作史評，須設吾以身生其人之時，居其人之位，遇其人之事，當如何處置，必有一段萬世不可磨滅之語。」[352] 認為這種設身處地而得出的「萬世不可磨滅之語」就是「論事之識」，進而提出「敘事亦自有識」的獨到見解：「凡人於人不留意處大有過人之處，而為之傳者恆忽略不道，或亦閒閒敘過，此便失文中一大關鍵。試觀《史記》中列傳，一入手便將全盤打算：有宜重言者，有宜簡言者，有宜繁言者，經所位置，靡不井井。此惟知傳中人之利病，但前後提挈，出之以輕重，而其人生平，盡為所攝，無復遁隱之跡。此非有定識高識，烏能燭照而不遺？」（《應知八則·識度》）[353]

　　林紓所說「敘事之識」以《史記》《左傳》為典範，既要有知人論世的史識、定識和高識，又要有全盤打算的審擇、調度和經營，才能見常人所未見，傳常人所難傳，於細微處見精神，掇萬物於筆端。他盛讚：「左氏之文至善者，猶獅子之筋皮骨肉，各有作用，蓋無一閒筆也。其氣充，其理密，

而又善於調度,故無一閒筆。」[354] 有「識度」、有「本領」、有「眼光」,才能審擇調度、取捨得當,鋪排紀事,井然有序,結構佈局,渾然一體。林紓闡釋明代袁帙所說的「識難乎通融」:「通者,通於世故也;融者,不曾拘執也。一拘便無宏遠之識,一執便成委巷小家子之識。」[355] 超越偏見、透過現象看本質,見多識廣,高瞻遠矚,才稱得上「通融」,才能「燭照而不遺」,對行文佈局作出「全盤打算」,達到「氣充」「理密」又「善於調度」「無一閒筆」的境界。

至於「識度」的修煉,林紓認為:「欲察其識度,舍讀書明理外,無入手工夫。若泛濫雜家,取其巧思,醉其麗句,則與『識度』二字愈隔愈遠矣。」[356] 這與他「澤之以詩書,本之於仁義,深之以閱歷」的意境養成說一脈相承,說明立意與煉識的取徑一致,指歸都在於提高意境的思想內涵。古人常把「識見」二字相聯,所謂「識貴高,見貴廣」,「識高」有賴於「見廣」,「見廣」有利於「識高」。蘇東坡曾說:「當博觀而約取,如富人之築大第,儲其材用,既足而後成之,然後為得也。」[357] 林紓認為:「讀經可濬來源,讀史可廣識見,然後參以今世之閱歷,而求其會通。如此為文,則有根柢,而不迂固。」[358] 器識學養是創作優秀文學作品不可缺少的內在因素。

三

意境是古文藝術的基本形態,是所有成功作品都必須具備的要素。林紓論意境,不僅講立意造境,講審擇煉識,還標舉「意境當以高潔誠謹為上」的審美理想:「意境當以高潔誠謹為上者,凡學養深醇之人,思慮必屏卻一切膠葛渣滓,先無俗念填委胸次,吐屬安有鄙倍之語?須知不鄙倍於言,正由其不鄙倍於心。」[359]

意境的創造既要求心胸朗澈,名理充備,思想純正,有識度,無俗念,又要求意象鮮明,規模相稱,立言得體,自然協調,有條理,不工巧,即是「高潔」與「誠謹」的有機統一。他取譬說:「譬如畫家,欲狀一清風高節之人,則茅舍枳籬,在在鹹有道氣;若加之以豚柵雞棲,便不成為高人之居處。講

意境者由此著想，安得流於凡下？」[360] 由此可見，其意境的審美標準是思與境、意與象、形與神的完美結合。

那麼如何達到「高潔誠謹」的意境呢？林紓亦為我們提供了古文意境的創作技法。對創作者來說，若想讓作品達到內容與形式、思想與情感水乳交融的完美境界，就應該在文章創作技法上有所講究。林紓在《論文十六忌》中提出了忌直率、忌剽襲、忌庸絮、忌虛枵、忌險怪、忌凡猥、忌膚博、忌輕儇、忌偏執、忌狂謬、忌陳腐、忌塗飾、忌繁碎、忌糅雜、忌牽拘、忌熟爛。這是林紓的審美主張在創作過程中的具體化表現，涉及古文藝術的諸多問題。他似乎試圖以此闡明文章的成敗優劣，不但提出審美的要求，還針砭作文常犯的弊病，且推其病源，進一步闡明救治的方法。這些也是林紓意境理論的重要特色與組成部分。

林紓主張「文當求實」「忌虛枵」。虛枵指的是文章內容貧乏、空洞無物。清初三大家中，汪琬最得林紓贊識，「堯峰於三家中，頗極醇正」。[361]「汪鈍翁《與曹木欣第二書》論文字必求聖賢之道，達於日用事為，而根柢於修己治身……無虛枵之病」。[362] 侯方域為文以才氣奔放見長，縱橫恣肆，「一氣磅礡」，但早期作品也有工力不足、流於華藻之嫌。魏禧為文以議論自負，「凌厲雄杰」「模畫淋漓」。林紓論「雪宛近剽，叔子近肆」當然是一家之言，然而不善學者，沒有前人的聰明天分，又極力模仿其高言振俗，其結果是「未有不出於虛枵者」。不腳踏實地積理求學的人，自逞聰明，入手為文不著實際，往往墜入「險怪」「偏執」「狂謬」之病：「大抵有本之言必不險，有用之言必不怪。」[363] 劉大櫆有「文貴奇」一說，以「奇」追求文學創作的獨特性。林紓忌險怪、忌偏執、忌狂謬並不是否定創作者的才氣和獨創，他也欣賞「奇」：「凡能奇者，有一種顛撲不破之道理，以曲筆描畫而出，見以為奇，實則至正；若反常道而敢出以凶逆之語，直是狂謬，不是能奇。」[364] 林紓提出的治弊之策是：「取義於經，取材於史，多讀儒先之書，留心天下之事，文字所出，自有不可磨滅之光氣。」[365] 韓愈所謂「根之茂者其實遂，膏之沃者其光曄」就是這個道理，學養深醇，據理其中，自然文從字順，行文時運以古文之法度，在不經意間即成佳作。然而，林紓過於追求道理的中

正，技法的合度，某種程度上也遮蔽了他的視野，所以他排斥李贄和公安派的風格，也帶有偏執之病。

為了追求最合適內容表達的文章體式，林紓在創作技法中提出「忌庸絮」「忌膚博」「忌繁碎」等要求，包含文章的立題命意、題材選擇、結構安排等諸多內容。並主張「精意以立干」「文章要立脈，使意常在筆先」。為文者先立意，而後依意立脈行文，根據立意搭配材料、剪裁文辭，文氣自然順暢。若不按文脈擷取，而雜陳材料，堆砌辭藻，就會陷入「膚博」與「庸絮」之病。「真庸絮者，由於不學理，不厚積，言之易盡，不能不取常用之言足成篇幅。蓋讀時不悟古文繞筆復筆之決，以為非至再補義，文理便不圓足。須知有法以駕馭之，則靈轉圓通，宜節處便節，宜繁處即繁。若不省用筆之法，故叮咛反覆，申明己說，此未有不流於庸絮者」。[366] 不積學理，下筆自然言不及義，不得不用空洞之詞拼湊篇幅；不潛心於章法運用，繁省不得要領，庸言絮語反覆申說，如此之文，何有美感可言？文章求善求美，須在博學的基礎上掌握「採伐漁獵」的本領。「文貴完」可以避免繁碎之病：「完者，首尾有起讫，筍接有法度，敘述有去取，言詞有分寸，成為整片文字，斯亦可以謂完矣。若貪多務得，即為文體之累。」[367] 文章在立意、佈局、字句上均有所講究，虛實詳略，取捨有度，文章統合完整，給人以圓融完美的藝術享受。林紓所主張的「忌虛求實」「忌繁求簡」等為文要則，其實是意境「高潔誠謹」的審美理想之具體化。林紓對古文創作提出的這些原則要求，禁忌甚多，戒律甚嚴，但把神秘莫測的藝術境界具體化為切實可求的為文法則，極有利於我們對古文意境的瞭解把握。

中國古代文論發展到清末，衰落是不可避免的趨勢，然而新舊蛻變的時代風潮給予它新生的契機。林紓對意境論的探討固然還保留著傳統文論的特點，他仍不愧為意境論的集大成者與終結者。他繼承了意境論，並使原來零散的理論上升為一個包含意境的內涵、構成、創造、欣賞等有機成分的理論體系，同時還善於把意境理論與創作實踐相結合，使虛無縹緲的審美境界有所依託，讓研習古文者有跡可循。林紓強調作家的人生修養、強調創作主體的情感識度在意境創作中的積極作用、強調意境創造中形式美的重要性，這些無疑都帶有進步的意義。林紓深受舊學浸染，晚年生活比較閉塞，其藝術

理論不可避免地受到視野的侷限，比如他對於「仁義」「道理」的執著追求，他對創作法則的重視，對那些個性張揚的歷史人物的不滿，對於一些新生的事物的不理解，都反映了其文藝思想守舊落後的一面。總的來說，林紓的古文意境論瑕不掩瑜，他的集成與終結為我們延續了傳統文學的流脈，他的更新與拓展為我們奠定了眺望新文化的階石。

林紓的語言觀

林紓的語言觀

林天送[368]

摘要：在古文和白話方面，林紓反對將古文完全廢棄，簡單地使書面語和口語一致。在方言和俗語方面，林紓認為閩語可以與《說文》相通，俗語都有出處。在語文教育方面，林紓認為啟蒙的語文教育要注重實用，可以使用詩歌教學；中學語文教育則使用古文，循序漸進。對於外來詞，林紓認為要區別對待，並由國家統一審定。

關鍵詞：林紓　語言觀　語文教育

林紓一生著譯一千餘萬言，是運用語言的大師。他沒有作過系統的語言學研究，更沒有發表過專門的語言學著作，他對語言的觀點散見於各種論著中，在其創作實踐上也有所體現。本文嘗試從林紓的一些著作中，整理出林紓關於語言的一些看法。

一、古文和白話

近代白話文運動最終使白話代替文言，這對於開發民智、復興華夏，功莫大焉。在這場運動中，林紓被視為反對白話文的代表人物之一，長久受到批判。自林紓去世之後，人們就開始對此進行反思。程巍認為，這場文學革命屬於「低水平」的論爭，實際上爭的是「文化領導權」。[369]

新文化運動的先驅們提倡「德先生」和「賽先生」，找到了中國的出路。但是將這兩位先生和一切傳統對立起來，「覆孔孟，鏟倫常」，就未免偏激了。林紓的觀點與之針鋒相對，主要有兩個方面。[370] 其一，孔孟、倫常也有一些合理的要素。古文所推崇的道德，中西是一致的，「外國不知孔孟，然崇仁、仗義、矢信、尚智、守禮，五常之道未嘗悖也」。其二，古文不應對科學落後負全部責任。新文化運動的先驅們將中國缺少「賽先生」歸咎於古文，林紓根據拉丁文在歐洲學術界的作用，論證「若雲死文字有礙生學術，則科學不用古文，古文亦無礙科學」。[371]

林紓的語言觀

一般認為，林紓正是看到了以上兩個事實，才與文學革命陣營相對立。我們認為，以上這兩個事實只是林紓對文學革命家的反駁。除了反駁之外，林紓在文學革命中也提出了自己的主張。[372] 雖然林紓堅持不廢除文言，但他並不反對白話的使用，「只不過認為它們的使用場合有所不同」。我們基本上同意這個觀點。林紓關於古文和白話的主張可以歸納為兩個方面：一是反對「盡廢古文」；二是反對「行用土語為文字」。

（一）反對「盡廢古文」

從今天的術語看，林紓認為古文是一種語體，有其存在的特殊價值。

馮勝利認為，人類直接交際的本質屬性是確定彼此之間的關係和距離，要完成這個任務，就需要視情況採用正式和非正式、典雅和通俗的語體。語言最重要的功能是交際功能，任何語言都會產生不同的語體，各種語體使用不同的語言形式（語音、詞彙、語法等）相互區別。文體不用於直接交際，語體是文體產生的源泉。[373]

林紓是文體學家，《春覺齋論文》歸納出騷、賦、頌等十五種古文「文體」的應用場合和特點。這些古文文體是數千年歷史發展而來的，在當時屬於典雅、正式的語體。

以近代白話為載體進行文學作品創作，當時則才剛剛起步。趙炎秋認為：「文言經過幾千年的發展和無數語言、文學大師的錘煉，到近代已經成為一種有著濃厚的歷史內涵，在表現形式與表現內容等方面都十分成熟、優美的語言；而才從口頭語言發展起來的白話還比較粗糙，無法與文言相比。」[374] 因此，相對於典雅、正式的古文，白話是一種通俗、非正式的語體。

因此，古文和白話屬於不同的語體，兩者具有不同的使用領域。在白話還沒有發展出典雅、正式的特點之前，要「盡廢古文」，就會影響到正常交際。林紓指出，文章是「國粹」，雖然「無益於國」，然而「於世亦無所梗」。[375]「蓋存國粹而授《說文》可也；以《說文》為客，以白話為主，不可也」。[376]

語體的標準會隨時代而改變。在救國圖存的大背景下，林紓也對語體變更進行了一些實踐。

一、古文和白話

在個人創作方面，林紓是嘗試白話寫作的先驅者。胡適在《林琴南先生的白話詩》中說：「只聽得林琴南老年反對白話文學，而不知道林琴南壯年時曾作過很通俗的白話詩——這算不得公正的輿論。」

在翻譯方面，林紓雖然使用古文，但是這實際上是一種改造過的古文。[377]錢鍾書指出，林紓翻譯小說用的是一種「較通俗、較隨便、富於彈性的文言」，這種文體的詞彙和語法「規矩不嚴密，收容量很寬大」。[378]

從這些探索也可以看出，林紓並非頑固反對白話，而是積極探索白話和文言的語體分工。隨著近代偉大作家的大量創作，白話文逐漸分化出不同語體，已經能夠適應交際的需要，文言因此退出歷史舞臺。

（二）反對「行用土語為文字」

漢語分佈地域遼闊，方言差異巨大。想要「言文一致」，如果沒有一種方言作為基礎方言，則南北「各說各話」，寫成書面語也無法順利溝通。因此，林紓反對「行用土語為文字」，也就是反對各地的書面語都使用本地方言。這裡的「土語」既包括「都下引車賣漿之徒所操之語」，也包括各地方言。

漢語通語的形成有獨特的歷史過程，清代以北京話為基礎方言。林紓也認識到這一點，他說：「弟閩人也，南蠻鴂舌，亦願習中原之語言，脫授我者以中原之語言，仍令我為鴂舌之閩語可乎？」[379]「今使盡以白話道之，吾恐浙江、安徽之白話，固不如直隸之佳也。」[380]操閩語或其他方言的人，需要學習通語，方能讀書寫作，順利交際，其他方言區也一樣。而在廢除文言之前，方言區的人們學習通語，主要學的是書面語的文言。雍正皇帝曾下令福建、廣東的「舉人、生員、貢監、童生不諳官話者，不準送試」，然而收效甚微。因此，在通語尚未普遍通行的時代，方言區的普羅大眾無法像北方方言區那樣輕易可以「言文一致」。

新中國成立後，普通話「以北京語音為標準音，以北方話為基礎方言，以典範的現代白話文著作為語法規範」，由國家層面推行數十年，隨著教育普及和改革開放，推普收效良好。今天的方言區的民眾，除了老輩以外，已經基本都能使用普通話，如今要做到言文一致，自然較為容易。但是，我們

不能以今天的情況去衡量百年前的歷史條件。在言文脫節、方言眾多的古代社會，古文是溝通古今南北的有效因素。[381] 林紓在當時反對「行用土語」的主張具有一定的合理性。

從文學創作來看，古文對於白話文學的繁榮具有重要價值。林紓說：「古文者，白話之根柢，無古文安有白話？」（《論古文白話之相消長》）又說：「非讀破萬卷，不能為古文，亦並不能為白話。」（《答大學堂校長蔡鶴卿太史書》）在為狄更斯的《孝女耐兒傳》《塊肉餘生記》等小說的譯本所寫的序言中，林紓又多次將其與《史記》《紅樓夢》《水滸傳》進行比較，說明兩者的相通之處。在《春覺齋論文》中，林紓除了從文章學角度論述了創作古文的方法外，還從語言方面討論了古文中的「換字法」「拼字法」「矣字用法」「也字用法」等，其中的「換字法」與古文的語體特徵尤其相關。古文中的這些遺產，是歷代文人智慧的結晶，各地口頭方言並不具備，林紓的這些主張至今仍有重要價值。

二、方言和俗語

《畏廬文集·序》中說林紓「生平惡考據煩碎，夙著經說十餘篇，自鄙其陳腐，斥去不藏」。林紓沒有專門的考據著作行世，但是在《畏廬瑣記》中有許多筆記與方言和俗語的考證有關。

林紓出生於福州，其母語福州話屬於閩語中的閩東方言。在《畏廬瑣記》中，林紓多次提到福州話的方言詞（以下的閩人、閩語指福州話）。例如：

此送老二字，似謂終老也。閩語凡人帶隱疾經久不癒者，亦謂之送老病。（《畏廬瑣記·送老》）

閩人斥無鹹曰雞巴。（《畏廬瑣記·占夢二》）

閩語讀茄如橋。橋者，閩語勢之別名也。對婦人言，恆言茄曰紫菜。（《畏廬瑣記·茄》）

林紓的《畏廬瑣記·閩音與〈說文〉通》是一篇考求福州方言本字的論文，論證福州話與《說文》相通：

閩人喜操土音。每燕集，一遇鄉人，即喋喋不已，然他省人無一字能解者，故惡閩人刺骨。實則閩音有與古音通者。今略舉數條。如：

閩語謂物將裂未裂者，謂之「必」。《說文》：「必，分極也，畢聿反。」徐鍇曰：「分別之極也。」

閩人泣不出聲曰「唏唏」。《說文》：「哀痛不泣曰唏，虛斐反。」

閩人高舉其足曰「趬膠」。《說文》：「趬，行輕貌。一曰：趬，舉足也。牽遙反。」

閩人怒而背人去者曰「赿揭」。《說文》：「赿揭，怒走也。」徐鍇曰：「直去不低視也。」

閩人謂目轉曰「睩」。《說文》：「睩，目睞謹也。從目、錄聲。讀若鹿。盧木反。」

閩人謂曲而不直之語曰「樛」。徐鍇曰：「樛，木下曲也。」

閩人呼日暮曰「曫」。《說文》：「曫，且昏時也。」

閩人謂手足麻木曰「揭」。《說文》：「揭，足氣不至也。」閩音讀作「揭」。

閩人謂不稱意者曰「歜」。《說文》：「歜，盛氣怒也，尺玉切。」

閩人語行緩之人曰「篤篤」。《說文》：「篤，馬行頓遲也。」

閩人謂冷天曰「澗天」。《說文》：「澗，冷寒也。」

諸如此類，不一而足，然則閩音又安能盡斥之為南蠻語哉！

這則筆記中的「必」「唏」「趬」「睩」「歜」使用了音韻和語義相結合的方法來考求本字，與現代考求本字的方法一致。透過這些例子，林紓認為閩音的歷史悠久，不是「南蠻語」。林紓的老師謝章鋌曾著有《說文閩音通》（成書於 1902 年），其序言與本則筆記略同。林紓關於閩語與《說文》有關係的觀點，可能和謝章鋌有關。[382]

除了關注方言字詞外，林紓在《畏廬瑣記》中還考證了一些俗語的出處，如《俗語有出處》《俗語本有出處》《母子稱謂》《僧臘》《什物》《萬歲》等篇目。前兩篇的題目表明了林紓的觀點，即每個俗語都有來源。例如：

《四朝聞見錄》雲：宋高宗欲以憲聖吳氏為後，謂之曰：「俟姐姐歸，當舉行。」此姐姐指母韋太后也。《說文》「小姐」之「姐」，本蜀人呼母之稱，然則亦稱母為小姐矣。前清景帝則稱孝欽為「親爸爸」，直稱母為父。或引《易經》：「家人有嚴君焉，父母之謂也。」景帝之稱爸爸，或且本《易》。而言或又曰「此劫脅之使稱」，似非本經意也。（《畏廬瑣記·母子稱謂》）

三、語文教育

在《閩中新樂府·村先生》中，林紓對兒童啟蒙教育進行批評。當時的童蒙教育，教學內容為儒家經典，教學方式為教師講解義理，林紓指出這種教育不符合兒童的成長規律，致使「村童讀書三四年，乳臭滿口談聖賢。偶然請之書牛券，卻尋不出上下論」。

教學內容方面，林紓主張中學西學並重，注重淺顯實用。

《春覺齋論文·聲調》說：「蓋天下之最足動人者，聲也。」林紓認為，聲調韻律是古文的重要表現手段，如果運用得當，可令人百讀不厭。林紓認為，童蒙教育也可以採用詩歌韻文的形式，增加感染力，「我意啟蒙首歌括，眼前道理說明豁」，「法念德仇亦歌括，兒童讀之涕沾襟」。（《閩中新樂府·村先生》）

1907年起，林紓編選《中學國文讀本》。該書全收古文，凡例指出：「本書次序，自清代上溯元明而宋而唐而六朝以至秦漢三國，由近及遠，由淺及深，循序漸進。」林紓為每篇古文詳加評語，讓讀者體會範文的精彩之處，從而掌握文章寫作方法。

四、外來詞

清末民初的西學東漸，使大量外來詞湧入中國。對於書面語中充斥的外來詞，林紓指出應該區別對待。《古文辭類纂選本序》中說：「所苦英俊之士，

為報館文字所誤,而時時復摻入東人之新名詞。新名詞何嘗無出處?如『請願』二字出《漢書》,『頑固』二字出《南史》,『進步』二字出《陸象山文集》,其餘有出處者尚多。惟刺目之字,一見之字裡行間,便覺不韻。」也就是說,從日本翻譯進來的「出口轉內銷」的新名詞,可以接受;但如果是音譯的詞語可能就會顯得「刺目」,令人難以接受。

　　林紓並不是排斥新名詞,而是認為需要統一審定,以免一詞多形的情況太多,妨礙溝通。《中華大字典·序》:「然鄙意終須廣集海內博雅君子,由政府設局制新名詞。擇其醇雅可與外國之名詞通者,加以界說,以惠學者。則後來譯律、譯史、譯工藝生植諸書,可以彼此不相齟齬。」林紓在翻譯小說時,特別是通名,也廣泛採用音譯。

論林紓對現代散文理論的獨特影響

論林紓對現代散文理論的獨特影響

歐明俊[383] 程玲

摘要：作為清末民初的散文理論家，在新舊文學論爭中，林紓被視為保守派、衛道士。但若撥開歷史迷霧，以新的視角審視，「林譯小說」和白話詩，觀念上影響了現代新文學散文。林紓與現代新文學家的論爭，推動了現代白話散文理論建設。他的散文理論對現代散文理論的形成和發展具有獨特影響，有些是潛移默化的。林紓實質上是新文學散文革新的配合者。

關鍵詞：林紓　散文理論　白話文　論爭　獨特影響

林紓（1852—1924），是近代著名文學家、翻譯家。處於新舊文化交匯期的林紓，翻譯之外，對散文界也有巨大影響。林紓對現代文學、散文理論的重要貢獻已逐漸被研究者所關注，如楊聯芬《晚清至五四：中國文學現代性的發生》，單闢一章討論林紓與中國文學現代性發生的關係，重點強調「林譯小說」對西方文學的引進、中西文化的融合、五四作家成長的影響。羅書華《在道理與情性之間：林紓散文學的突圍與徘徊》一文以「文道」論為切入點，探討林紓對中國散文「文道」範式轉變的重要作用。林紓「拼此殘年以衛道」，在新舊文學論爭中被視為保守派，是「站到時代潮流對立面上的小醜」，基本上是「螳臂當車」的滑稽形象。但若撥開歷史迷霧，以新的視角審視，不難發現林紓對現代散文理論建設具有獨特的影響。林紓不只是五四新文化運動的反對派，更是新文化運動的先驅者。

一、「林譯小說」和白話詩對現代白話散文理論的獨特貢獻

林紓並不懂外文，僅以「耳受手追，聲已筆止」的方式翻譯西方小說，「林譯小說」非常成功，他將西方小說的敘述方式與中國傳統古文表達相結合，創造了不同於「桐城」古文的新式古文。林紓有深厚的古文功底，以《左傳》、《史記》、韓愈、柳宗元筆法翻譯外國小說，深美淵雅的情調與左、史筆法，實與「桐城」古文「義法」息息相通，實為放大了的「桐城」古文。「林譯

小說」雖以古文進行翻譯，但又有一定革新。錢鍾書認為：「林紓譯書所用文體是他心目中認為較通俗、較隨便、富於彈性的文言。它雖然保留若干『古文』成分，但比『古文』自由得多；在詞彙和句法上，規矩不嚴密，收容量很寬大。」[384] 這種新式「古文」淡化了文言與白話的隔膜，在一定意義上促進了兩者融合，為現代新文學散文奠定了基礎。

林紓的小說譯序就是新的古文。他在譯序中批評國民性的怯懦、奴性，《埃斯蘭情俠傳·序》中，因小說中述及埃斯蘭之民「洸洸有武概，一言見屈，刀盾並至……雖喋血伏屍，匪所甚恤」，聯想到「英、法之人重私辱而急國仇」，再反思中國的情形：「自光武欲以柔道理世，於是中國姑息之弊起，累千數百年而不可救，吾哀其極柔而將見飫於人口，思以陽剛振之。」因而提倡敢於反抗欺凌壓迫的「尚武」精神。《鬼山狼俠傳·序》中，因狼俠洛巴革「始終獨立，不因人而苟生」，反思中國多蘇味道、婁師德一類的奴才，「火氣全泯，槁然如死人」，又多「茹柔吐剛」之敗類，「往往侵蝕稚脆，以自鳴其勇，如今日畏外人而欺壓良善者」。在文學作品中反思國民劣根性，下開五四新文學中如胡適、魯迅、周作人等對國民性批判的先河。

林紓在辛亥革命以前翻譯的西方小說，差不多都附有序、跋、譯餘剩語之類的說明，多借鑑西方小說中所反映的國民性而進行自省，宣揚維新改良。基於宣揚改良的需要，林紓在譯序中對比東西方人生觀、價值觀的不同，而鼓勵學習西方積極、進取、務實的人生觀，認為中國人自古至今都以官位、名祿為人生目的，即使科舉廢行，學子仍以法政一門為尚，可見這種價值觀念牢不可破。林紓的古文家身份和古文造詣，在介紹西方文學時發揮了積極作用，為讀者掃除了吸納西方文學的阻礙。他的古文「因文見道」，講求「義法」，為中國讀者樂於接受。

林紓對比中外文學，看到傳統中國文學的不足，借外國文學為參照，指出中國文學的方嚮應是取法西洋，融入世界文學體系中。1908年，他作《不如歸·序》，對比中外史傳記敘之文說：

吾國史家好放言，既勝敵矣，則必極言敵之醜蔽畏葸，而吾軍之殺敵致果，凜若天人，用以為快。所云「下馬草露布」者，吾又安知其露布中作何語耶？若文明之國則不然，以觀戰者多，防為所譏，措語不能不出於紀實。

他充分肯定寫實文學刻畫社會下層的文藝價值。《孝女耐兒傳·序》中，他以狄更斯「專為下等社會寫照」之文為高；《塊肉餘生述序》中，他認為「迭更司此書，種種描摹下等社會，雖可啞可鄙之事，一運以佳妙之筆，皆足供人噴飯」；《賊史·序》中，他肯定狄更斯揭發社會陰暗面的寫實小說在倫理學上的價值。陳獨秀《文學革命論》大聲疾呼「三大主義」，抨擊貴族文學、古典文學和山林文學，指出這些文學「蓋與吾阿諛誇張、虛偽迂闊之國民性互為因果」。這些觀點其實早已由林紓借翻譯小說和譯序為他做了鋪墊。

林譯言情小說如《巴黎茶花女遺事》《迦茵小傳》，將西方愛情觀引入中國，動搖了傳統禮教，掀起20世紀初個性解放、婚姻自由的浪潮，一直延續到五四新文學中。林譯小說描敘西方男女追求愛情的動人故事，促成了中國傳統文學觀念向現代新文學觀唸過渡。

西方文學作品的大量譯介，是新文學運動產生的重要基礎。「林譯小說」傳播西方資產階級的思想文化，對新文學散文的產生造成鋪墊作用。他的近代文學語言革新，為散文古典形態向現代形態轉型做出了獨特貢獻。錢基博說：「紓初年能以古文辭譯歐美小說，風動一時，信足為中國文學別闢蹊徑。」「林譯小說」為當時中國知識分子打開了一扇學習西方文化的窗口，是認識西方文學的嚮導。魏際昌評價林紓是「翻譯外國文學進入中土的第一個人，是位使人開拓境界擴大視野的古文家」。[385]

五四時期的散文家，幾乎都在不同程度上受到過「林譯小說」的影響，如魯迅、周作人、朱自清、郭沫若、冰心等，皆表達過對「林譯小說」的喜愛。提及《域外小說集》翻譯時，魯迅說：「我與周作人還在日本東京，當時中國流行林琴南用古文翻譯的外國小說，文章確實很好。」[386]周作人也說：「我們幾乎都因了林譯才知道外國有小說，引起一點對於外國文學的興味，我個人還曾經頗模仿過他的譯文。」[387]「林譯小說」將中西文化巧妙融合，形式為文言，西方文化為內核，觀念、文筆兩方面皆影響五四作家，透過其譯著，

瞭解西方文化，接受西方自由平等、個性解放等新思想，並在此基礎上不斷改造，促進了五四新文學散文的發展。胡適說：

> 平心而論，林紓用古文做翻譯小說的試驗，總算是很有成績的了。古文不曾做過長篇的小說，林紓居然用古文譯了一百多種長篇小說，還使許多學他的人也用古文譯了許多長篇小說；古文裡很少滑稽的風味，林紓居然用古文譯了歐文與迭更司的作品；古文不長於寫情，林紓居然用古文譯了《茶花女》與《迦茵小傳》等書。古文的應用，自司馬遷以來，從沒有這樣大的成績。[388]

胡適看到林紓古文不同於傳統古文的創新及可借鑑之處，充分肯定其價值。

林紓早在19世紀末就是文學改革者，嘗試創作白話文學。1897年，即戊戌變法前一年，他用白居易諷喻詩手法寫了《閩中新樂府》32首白話詩，多抨擊時弊之作，思想維新，手法創新，汲取民間文學因素。白話文興起，林紓在朋友林白水等人創辦的《杭州白話報》上開闢專欄，作《白話道情》，風行一時，是近代最早的一批白話詩，比胡適《嘗試集》早了23年。在新舊文化激烈衝突時期，他依然在《公言報》撰寫「勸世白話新樂府」專欄，發表了如《日本江司令》《母送兒》等作品。《公言報》按語曰：「今世人既行白話，琴南亦以白話為之，趨風氣也。」[389]1926年，胡適《林琴南先生的白話詩》說：「我們這一輩的少年人只認得守舊的林琴南，而不知道當日的維新黨林琴南；只聽得林琴南老年反對白話文學，而不知道林琴南壯年時曾做很通俗的白話詩。」肯定林紓作為白話文學先驅的地位。林紓白話詩的嘗試，觀念上影響了現代新文學，為現代白話文學的發展做出了獨特貢獻。林紓是近代中國文學改良運動的先驅者，也是現代新文學革新的先驅者。

二、林紓與現代新文學家的論爭推動了現代白話散文理論建設

1917年1月1日，《新青年》第2卷第5號上，胡適發表了《文學改良芻議》；1917年2月1日，《新青年》第2卷第6號上，陳獨秀髮表了《文

二、林紓與現代新文學家的論爭推動了現代白話散文理論建設

學革命論》。這是中國新文學運動的兩篇奠基文章，兩文相互配合，聲討批判傳統文學，前者進攻的目標是文學的形式、語言，後者的進攻目標是文學的內容、精神。胡適主張以白話文代替文言文，強調「白話文學之為中國文學之正宗」，新的文學革命開始。隨後，大批文人雲集響應。白話文學是一場語言革新運動，是以北方方言為基礎的書面語言文學，不同於傳統文言文。胡適被譽為開風氣之先的「白話文始祖」。白話文學倡導者們認為，語言是文學表達的重要工具，應隨時代變遷而不斷改進，且語言是思想的結晶，思想革新必須從語言變革開始。《新青年》成為白話文運動的陣地，胡適、陳獨秀、錢玄同等一大批文人學者，發表激進言論，聲討批判文言文，甚至將文言文「妖魔化」。

胡適《文學改良芻議》說：「可傳世不朽之作，當以元代為最多，此可無疑也。當是時，中國之文學最近言文合一，白話幾成文學的語言矣。使此趨勢不受阻遏，則中國幾有一『活文學出現』，而但丁、路德之偉業，幾發生於神州。」在此段下加有一長註：

歐洲中古時，各國皆有俚語，而以拉丁文為文言，凡著作書籍皆用之，如吾國之以文言著書也。其後義大利有但丁諸文豪，始以其國俚語著作。諸國踵興，國語亦代起。路德創新教，始以德文譯《舊約》《新約》，遂開德文學之先。英法諸國亦復如是。今世通用之英文《新舊約》，乃一六一一年譯本，距今才三百年耳。故今日歐洲諸國之文學，在當日皆為俚語。迨諸文豪興，始以「活文學」代拉丁之「死文學」。有活文學而後有言文合一之國語也。

胡適宣稱拉丁文是「死文學」，1611年以後的俚語方為「活文學」，目的是為廢除文言文張目。

1917年2月8日，林紓在《民國日報》發表《論古文之不宜廢》一文，明確批評廢除文言文的主張。強調「文無所謂古也」，文無古今，唯有優劣，優秀的古文，具有恆久的魅力。他說：

嗚呼，有清往矣，論文者獨數方、姚，而攻掊之者麻起，而方、姚卒不之踣。或其文固有其是者存耶？方今新學始昌，即文如方、姚，亦復何濟於

用？然而天下講藝術者仍留古文一門，凡所謂載道者皆屬空言，亦特如歐人之不廢臘丁耳。知臘丁之不可廢，則馬、班、韓、柳亦自有其不宜廢者。

林紓說拉丁文雖早已不再被普遍使用，但歐洲「文藝復興」也沒有將他們的「古文」廢除，西洋人尚且如此，中國追隨歐洲「文藝復興」的新進文人何以比其精神導師更極端，而將「古文」完全拋棄呢？林紓不滿廢除文言文，並非是反對白話文和白話文運動本身。他將古文作為白話文的基礎，主張推行白話文的同時，不應廢除古文，二者並無衝突，完全可以「雙美」。林紓強調革新不要過於激進，他最無法容忍的是新進文人對傳統古文「斬盡殺絕」的姿態。林紓說：

民國新立，士皆剽竊新學，行文亦譯之以新名詞。夫學不新，而唯詞之新，匪特不得新，且舉其故者而盡亡之，吾甚虞古系之絕也。向在杭州，日本齋藤少將謂余曰：「敝國非新，蓋復古也。」時中國古籍如皕宋樓之藏書，日人則盡括而有之。嗚呼，彼人求新而惟舊之寶，吾則不得新而先殉其舊。意者後此求文字之師，將以厚幣聘東人乎？夫馬、班、韓、柳之文雖不協於時用，固文字之祖也；嗜者學之，用其淺者以課人，轉轉相承，必有一二巨子出肩其統，則中國之元氣尚有存者。若棄擲踐唾而不之惜，吾恐國未亡而文字已先之，幾何不為東人之所笑也。

《論古文之不宜廢》發表時，將「意者後此求文字之師，將以厚幣聘東人乎」與「國未亡而文字已先之，幾何不為東人之所笑也」二句用特大號字體排印，突顯林紓的殷憂。日本早於中國維新，但並不一味圖新而廢舊。林紓反覆強調古文對現代散文的借鑑價值。

倡導新文化運動，胡適等人的「吶喊」，其時少人問津，贊同者既少，反對者亦稀。魯迅後來回憶：「他們正辦《新青年》，然而那時彷彿不特沒有人來贊同，並且也還沒有人來反對，我想，他們許是感到寂寞了。」於是他們便想到「製造」對立面。1918 年 3 月 15 日，《新青年》雜誌六大主編中的錢玄同和劉半農共同導演了一出「雙簧戲」，錢玄同化名「王敬軒」，在《新青年》第 4 卷第 3 號的《通信》專欄，發表了給《新青年》編者的一封信，對主張新文化的人進行攻擊；而劉半農則以《新青年》記者名義，在《新

二、林紓與現代新文學家的論爭推動了現代白話散文理論建設

青年》同期的編輯回信中刊發了長達萬餘言的《復王敬軒書》,對王敬軒提出的觀點逐一加以駁斥,對維護古文者進行了嘲諷。錢、劉二人導演的這出「雙簧戲」引發了新、舊兩派文人的激烈論戰。

林紓十分氣憤,便主動站出來反對,以激烈口吻表達心中不滿,以維護古文的正統地位。1919年3月18日,林紓在《公言報》發表《致蔡鶴卿書》,申述對「白話文學正宗」論的看法:

若《水滸》《紅樓》,皆白話之聖,並足為教科之書,不知《水滸》中辭吻,多采岳珂之《金陀粹篇》,《紅樓》亦不止為一人手筆,作者均博極群書之人。總之,非讀破萬卷,不能為古文,亦並不能為白話。若化古子之言為白話,演說亦未嘗不是。按《說文》:「演,長流也。亦有延之、廣之之義,法當以短演長,不能以古子之長,演為白話之短。且使人讀古子者,須讀其原書耶?抑憑講師之一二語,即算為古子?若讀原書,則又不能全廢古文矣。矧於古子之外,尚以《說文》講授,《說文》之學,非俗書也。當參以古籀,證以鐘鼎之文,試思用籀篆可化為白話耶?果以篆籀之文,雜之白話之中,是引漢、唐之環、燕與村婦談心,陳商、周之俎豆為野老聚飲,類乎不類?

1919年4月,林紓於《文藝叢報》創刊號又發表《論古文白話之相消長》一文,就「白話文學正宗」論進一步與胡適商榷。他認為:「若盡廢古書,行用土語為文字,則都下引車賣漿之徒,所操之語,按之皆有文法,不類閩、廣人為無文法之啁啾。據此則凡京津之稗販,均可用為教授矣。」強調古文作為書面文學表達方式的重要性。他說:「至白話一興,則喧天之鬧,人人爭撤古文之席而代以白話,其但始行白話報。憶庚子客杭州,林萬里、汪叔明創為《白話日報》,余為作《白話道情》,頗風行一時。已而予匆匆入都,此報遂停。滬上亦聞有為白話為詩,難者從未聞盡棄古文行以白話者。」又說:「近人創為白話一門,自衒其持見,不知林萬里、汪叔明固已先汝而為矣。」1901年,林萬里(即林獬)正主持《杭州白話報》筆政,作《論看報的好處》,並作白話文鼓吹新政。林紓當時客居杭州,為之撰《白話道情》,很受讀者歡迎。林紓比胡適更早創作白話,他承認隨著時代的變遷,古文已退居次要地位:「今官文書及往來函札,何嘗盡用古文?一讀古文,則人人瞠目,此

155

林紓研究論集

論林紓對現代散文理論的獨特影響

古文一道,已屬聲消燼滅之秋,何必再用革除之力?」古文、白話並行不悖,不一定要廢除古文。他指出:「其曰廢古文用白話者,亦正不知所謂古文也。」「試問不讀《史記》而作《水滸》,能狀出爾許神情耶?」林紓借此說明:「古文者,白話之根柢。無古文,安有白話。」「能讀書閱世,方能為文,如以虛桍之身,不特不能為古文,亦並不能為白話。」這些觀點是非常中肯的。

1918年,林紓在上海中華譯書局《文學嘗試》第一期發表《論文》曰:

為文有兩要:一曰獲理,一曰適道。蓋文有古今,而理與道無古今。自秦漢以至唐宋,雖間有統系派別之可言,必根於理而當於道,則一也。學者徒知分疆劃界,以示適從,其志趣毋乃已左。雖然,獲理適道,不但宜多讀書,廣閱歷,尤當深究乎古人心身性命之學。偏於一則又失之。[390]

「理」與「道」的結合,是林紓真正執著的古文,缺一不可。「理」不僅包含至聖之理,還包括西方所謂「理性光芒」。林紓《洪罕女郎傳跋語》曰:「予頗自恨不知西文,恃朋友口述,而於西人文章妙處,尤不能曲繪其狀。故於講舍中敦喻諸生,極力策勉其恣肆於西學,以彼新理,助我行文,則異日學界中,定更有光明之一日。」[391] 林紓反對的並非白話文本身,而是探討如何處理好白話與文言的關係,如何寫好優秀的現代白話文。這一開放觀念,以西融中,與現代新文學家的觀念是一致的。

魯迅《吶喊自序》抱怨說:「凡有一人的主張,得了贊和,是促其前進的,得了反對,是促其奮鬥的,獨有叫喊於生人中,而生人並無反應,既非贊同,也無反對,如置身於毫無邊際的荒原,無可措手的了,這是怎樣的悲哀啊。」林紓彷彿正是為了新青年同仁不悲哀,促其奮鬥,而出來「衛道」的。林紓實質上是新文學散文革新的配合者。如按林紓所言,既不「盡棄古文」,而又「行以白話」,文白並存,語體多元,中國新文學的道路會更加廣闊。

林紓是孤獨的。1919年4月5日,《公言報》刊出林紓的《腐解》,袒露了自己「性既迂腐」的性格:「予乞食長安,蟄伏二十年,而忍其饑寒,無孟、韓之道力,而甘為其難。名曰衛道,若蚊蚋之負泰山,固知其事之不我干也,憾吾者將爭起而吾彈也。然萬戶皆鼾,而吾獨嘐嘐作晨雞焉;萬夫皆屏,吾獨悠悠當虎蹊焉!七十之年,去死已近。為牛則羸,胡角之礪?為

馬則弩，胡蹄之鐵？然而哀哀父母，吾不嘗為之子耶？巍巍聖言，吾不嘗為之徒耶？苟能俯而聽之，存此一線倫紀於宇宙之間，吾甘斷吾頭，而付諸樊於期之函；裂吾胸，為安金藏之剖其心肝。皇天后土，是臨是監！子之掖我，豈我之慚？」林紓哀嘆道：「吾輩已老，不能為正其非，悠悠百年，自有能辨之者。請諸君拭目俟之。」1923年，即林紓逝世前一年，作有《續辨姦論》一文，長嘆：「亂亟矣！喪權喪地，喪天下之膏髓……所患倫紀為斯人所斵，行將侪於禽獸，茲可憂也。若雲挾有舊仇宿憾，用是為挾擊者，有上帝在，有公論在。」1924年，林紓逝世前一月，他為擅長古文的四子林琮所寫遺訓曰：「琮子古文，萬不可釋手，將來必為世所寶。」彌留之際，他仍以手指於林琮手上寫道：「古文萬無滅亡之理，其勿怠爾修。」林紓衛護中國傳統文化之道，有一種殉道精神，當時被新派文人嘲笑戲弄，但他死也不後悔。林紓辭世後，當初《新青年》圈子有些人頗感負疚，如周作人給劉半農的信中，即表示了對林紓的敬意。

　　時過境遷，置於歷史坐標中看，林紓的角色充當是不可或缺的，也是不可替代的。他具有強烈的使命感，本能地維護傳統古文觀念。革新者一直有創新的衝動，但單純的「革新」，勢必把不該拋棄的傳統拋棄，反傳統反過了頭，必然造成文化斷裂。必須有「保守」牽掣，「革新」才不會走過頭。歷史就是在革新、保守兩種「合力」中前進，「新」與「舊」兩種力量「合力」推動現代散文的發展，林紓「保守」的正麵價值應予以必要的肯定。

　　林紓與現代新文學散文家的論爭，在一定意義上促進了新文學散文的發展。林紓與「學衡派」諸人相似，倡導讀書人儘量用白話文寫作的同時，也應該為文言文留下一定的生存空間，至少使千年文脈不斷。林紓的觀點即便到了今天也不算過時。對現代散文，胡適是「革命派」，而林紓是「改良派」，林紓為古文血脈的現代傳承做出了重大貢獻，也為現代新文學散文理論建設做出自己獨特的貢獻。

三、林紓散文理論對現代散文理論的獨特影響

　　林紓是傳統學術文化的忠實信徒，他身體力行，維護禮教，試圖恢復儒學正宗。他批評新文化激進派「蕩子人含禽獸性」，「欲廢黜三綱，夷君臣，平父子，廣其自由之途轍」。他以一種衛道者、殉道者的堅定信念和悲壯情懷，力圖拯救古文即將衰亡的命運。

　　林紓崇奉程朱理學，但不盲目信從，對於理學迂腐虛偽處，也有清醒認識。他嘲笑「理學之人宗程朱，堂堂氣節誅教徒。兵船一至理學慺，文移詞語多模糊」；揭露「宋儒嗜兩廡之冷肉，凝拘攣曲局其身，盡日作禮容，雖心中私念美女顏色，亦不敢少動」。這種對傳統文化的反思，也影響了現代新文學散文理論家。

　　早在1904年，林紓就在《英國詩人吟邊燕語序》中說：「歐人之傾我也，必曰識見局，思想舊，好言神怪，因之日就淪弱，漸即頹運；而吾國少年強濟之士，遂一力求新，醜詆其故老，放棄其前載，維新之從。」且舉「英人固以新為政者也，而不廢莎士之詩」為例，證明「政、教兩事，與文章無屬」，強調文學的獨立性，批評新進文人一味求新，拋棄傳統。這是老年人與年輕人觀念的衝突，林紓強調創新萬萬不能拋棄傳統。

　　林紓不滿「桐城」古文的清規戒律，如《送大學文科畢業諸學士序》說：「古文之敝久矣，大老之自信而不惑者，立格樹表，俾學者望表赴格而求合其度，往往病拘攣而痿於盛年。」[392] 對古文之敝有清醒的認識，並不等待新文學家來聲討。林紓有心變革舊文學，散文同樣要與時俱進，但又不主張將舊文學徹底拋棄。林紓的古文不同於桐城派的正宗古文，疏離桐城古文，孕育了現代散文新因子。

　　胡適吹捧白話為「活文學」，貶低文言為「死文學」，其最終目標就是廢除文言文。1918年4月15日，他發表《建設的文學革命論》說：「中國這二千年何以沒有真有價值、真有生命的『文言的文學』？我自己回答：『這都是因為這二千年的文人所做的文學都是死的，都是用已經死了的語言文字做的。死文字絕不能產出活文學。所以中國這二千年只有些死文學，只有些

三、林紓散文理論對現代散文理論的獨特影響

沒有價值的死文學。』」未免絕對化。林紓對古文的堅守，正是對胡適偏激觀點的矯正，是一種不可或缺的文化牽制力。

胡適《文學改良芻議》強調要「趕緊多多地翻譯西洋的文學名著做我們的模範」。林紓是最早的實踐者。胡適《文學改良芻議》說古文「不能說理、不能言情的」。而林紓正是言情高手，他的《先妣事略》等悲情散文感情真摯，聲情並茂，催人淚下。林紓強調為文須「實跡真情」，認為：「作文之道不過四字：『實跡真情』而已。無實跡而有真情，真情涉空，氤氳之氣，如香煙繚繞，則亦足以動人。」為文需有感而發，不可偽情造作，否則難以動人。林紓重視「血性」、性情，強調真情實感，其散文多含「血性」，是由內心蓬勃而出。周振甫《林琴南的文章論》曰：「琴南對於古代的文章，寢饋既深，很能窺見文心的秘奧。」[393] 林紓凸顯「人」作為情感個體在散文創作中的重要作用，而現代散文家正處在社會變革、個性解放的重要時期，「人」的意識逐漸高漲，情感表達慾望加重，散文家開始發現自我，在散文中表現自己。

胡適《文學改良芻議》說：「吾以為今日而言文學改良，須從八事入手」。其中「不模仿古人」「務去濫調套語」，林紓同樣主張：「論文時，口有古人；為文時，心不必有古人，如此始不為依傍。」[394] 學習古人，又超越古人，繼承與創新並重。反對依傍古人，早於胡適之論。林紓十分強調個人創新，其古文並非單純模仿，他認為：「作文時不可專模古人，須使有個我在。」[395] 對傳統古文有新的超越。林紓的觀點影響了現代許多散文理論家，他們強調散文表達內心的真實想法。周作人說小品文「在個人的文學之尖端，是言志的散文，它集合敘事說理抒情的分子，都浸在自己的性情裡」。[396] 認為「文藝只是自己的表現」。林語堂《作文六訣》中，第一訣就是「要表現自己」，就是要說老實話，表達自己的主張，而不應該說謊話。朱自清《論現代中國的小品文》也說「我意在表現自己」。「表現自己」就是老實、真實地「說自己的話」。俞平伯曾提出一個口號：「說自己的話，老實地。」[397] 現代散文理論家針對傳統散文「載道」「代聖賢立言」的虛偽之弊，提出要寫實求真，表達作者的真情實感，做真人，說真話，寫真文。周作人《美文》中主張美文「同一切文學作品一樣，只要真實簡明便好」。林語堂說他辦的《論

語》上多「清新文章」,「人人學得說心坎裡的話,不復蹈常襲故,模仿咿唔」。[398]從某種角度上說,現代散文就是說「真話」「實話」的散文。說真話,就是說「老實的私見」。真,就是不虛偽,不矯飾,不做作;就是率真、率性,任性而發,脫口而出,信筆而寫,獨抒性靈,直抒胸臆,不拘格套,不守規範,自由隨意,自然而然。冰心曾說,「『能表現自己』的文學是創造的,個性的,自然的,是未經人道的,是充滿了特別的感情和趣味的,是心靈裡的笑語和淚珠」。「能表現自己的文學,就是『真』的文學」。[399]現代散文是個人文學、個性文學。郁達夫說:「五四運動的最大的成功,第一要算『個人』的發見」;「現代的散文之最大特徵,是每一個作家的每一篇散文裡所表現的個性,比從前的任何散文都來得強」;現代散文比小說「更是帶有自敘傳的色彩了」。[400]林語堂將小品文與學理文、載道文對舉,認為小品文即「言志」文,「系主觀的,個人的,所言繫個人思感」;載道文「系客觀的,非個人的,所述系『天經地義』」。[401]重視個人性、主觀性和個體性,注重表現個人主觀感情和人格色彩,這與人的發現、人的解放思潮是一致的。現代散文理論強調「自我」,與傳統「載道」文學的「無我」相對立,具叛逆精神和開拓進取精神,在五四時有思想啟蒙、思想解放的積極意義。[402]

林紓認為:「天下之理,製器可以日求其新,惟行文則斷不能力掩古人。」主張以「桐城派」提倡的義法為核心,以左、馬、班、韓之文為「天下文章之祖庭」,自稱「左、莊、班、馬、韓、柳、歐、曾外,不敢問津」。[403]他主張為文須有「法」,有所借鑑,認為「取義於經,取材於史,多讀儒先之書,留心天下之事,文字所出,自有不可磨滅之光氣」。同時,林紓也看到「桐城派」的種種弊病,並不主張墨守成規,一味保守,要求「守法度,有高出法度外之眼光;循法度,有超出法度外之道力」。並提醒人們,「蓋姚文最嚴淨。吾人喜其嚴淨,一沉溺其中,便成薄弱」;專於桐城派古文中揣摩聲調,「亦必無精氣神味」。他認為學桐城不如學左、莊、班、馬、韓、柳、歐、曾。並強調在學習中應知變化,做到能入能出,「入者,師法也;出者,變化也」。《應知八則》探討了古文的基本範疇:意境、識度、氣勢、聲調、筋脈、風趣、情韻、神味等。他說:「意境者,文之母也,一切奇正之格,皆出於是間。不講意境,是自塞其途,終身無進道之日矣。」他在前人「意境」

「境界」的基礎上更加強調「心」「意」「景」三者之關係，認為將三者完美融合，方能寫就好文章。林紓古文理論彌補了現代新文學散文理論的不足。林紓批評「俗士以古文為朽敗」，「輕蔑左、馬、韓、歐之作，謂之陳穢，文始輾轉日趨於敝，遂使中華數千年文字光氣一旦黯然而熸」，認為「斯則事之至可悲者也」。

林紓強調散文的「嚴潔」，「序貴精實，跋貴嚴潔」，認為歐陽修《醉翁亭記》起手本有數行，後以「環滁皆山也」一筆抹卻，「洗伐精粹，其嚴潔不可猝及」。嚴指嚴格、嚴謹，潔指雅潔、簡練、干淨。既表現在作者情感方面，也體現在作者的語言表達上。情感的嚴潔，要求作者性情端正，「溫柔敦厚」；語言的嚴潔，是求雅正、簡淨。「性情端，斯出辭氣厚重，自無齷齪鄙賤之態」。[404] 這種雅化傾向，對現代白話散文理論產生了較大影響，突出表現為各類「美文」的出現，如周作人的美文、梁實秋的自由散文、胡夢華的絮語散文等。

林紓以古文「義法」為手段，溝通中西文學，適應了時代需要。他善於自我超越，超越程朱理學，會通諸子、諸史，疏離主流意識形態；超越「義法」「雅潔」，不拘謹。與時俱進，不斷自我調整，創造了一種有別於傳統古文的新式古文，促進了語言和文體的革新。

林紓的散文理論對現代散文理論的形成和發展具有獨特影響，有些是潛移默化的。周作人在談及魯迅時說：「對於魯迅有很大影響的第三個人，不得不舉出林琴南來了。」[405] 除魯迅之外，還有一大批散文家直接或間接受林紓散文理論的影響。林紓成為五四新文化運動的「反面角色」，但他對現代散文理論的影響卻不容忽視，他微妙地平衡中西文化碰撞所帶來的衝擊，以一種「保守者」「衛道士」的姿態推動古典散文向現代散文的轉換。

1913年，林紓作《送大學文科畢業諸學士序》，感嘆：「嗚呼，古文之敝久矣。大老之自信而不惑者，立格樹表，俾學者望表赴格，而求合其度，往往病拘攣而瘏於盛年。其尚恢富者，則又矜多務博，舍意境，廢義法，其去古乃愈遠。」勉勵諸生曰：「意所謂中華數千年文字之光氣，得不黯然而熸者，所恃其在諸君子乎？世變日亟，文字固無濟於實用。苟天心厭亂，終

有清平之一日。則諸君力延古文之一線，使不至於顛墜，未始非吾華之幸也。」他以「力延古文之一線，使不至於顛墜」為神聖使命，強調在充分尊重傳統、立足於傳統基礎上的散文革新。

胡適在《五十年來中國之文學》和《中國新文學大系·建設理論集·導言》中都談及桐城派，並充分肯定林紓為現代散文理論建設的「預備」功勞：

平心而論，古文學之中，自然要算「古文」（自韓愈至曾國藩以下的古文）是最正當最有用的文體。駢文的弊病不消說了。那些瞧不起唐宋八家以下的古文的人，妄想回到周、秦、漢、魏，越做越不通，越古越沒有用，只替文學界添了一些似通非通的假古董。唐宋八家的古文和桐城派的古文的長處只是他們甘心做通順清淡的文章，不妄想做假古董。學桐城古文的人，大多數還可以做到一「通」字；再進一步的，還可以做到應用的文字。故桐城派的中興，雖然沒有什麼大貢獻，卻也沒有什麼大害處。他們有時自命為「衛道」的聖賢，如方東樹的攻擊漢學，如林紓的攻擊新思潮，那就是中了「文以載道」的話的毒，未免不知份量。但桐城派的影響，使古文做通順了，為後來二三十年勉強應用的預備，這一點功勞是不可埋沒的。

恩格斯認為但丁是「中世紀的最後一位詩人，同時又是新時代的最初一位詩人」。站在新舊文化交匯點上的林紓，正是這樣一個繼往開來式的人物。寒光《林琴南》一書結尾說：「中國的舊文學當以林氏為終點，新文學當以林氏為起點。」[406] 這不僅僅是指「林譯小說」的開創性成就，更是指林紓散文理論所蘊含的現代因子。

論林紓對中外小說藝術的比較研究

韓洪舉 [407]

　　林紓比較研究的成果是多方面的。他既沒有把中國傳統文學全盤否定，更沒有把中西文學看成是毫無相通之處的矛盾體。他對中國的傳統文學始終帶著某種珍視感、自豪感。比如，他看到了中西文學有時在謀篇、佈局、剪裁、聯繫等方面並無區別。他在《撒克遜劫後英雄略·序》中說：「紓不通西文，然每聽述者敘傳中事，往往於伏線、接筍、變調、過脈處，以為大類吾古文家言。」[408]《斐洲煙水愁城錄序》中又寫道：「西人文體，何乃類我史遷也！」[409] 這反映出了林紓的文學敏感和主動的比較意識。林紓憑著自己高深的文學修養，能敏銳地發現中西文學的相同與不同之處。尤其是，他真誠地讚賞西方近代文學的優點，批評中國傳統文學的不足，在這種迫切的「維新」傾向中，在社會需要向西方學習的形勢下，這分明昭示出西方文學對中國傳統的文學觀念和創作方法的某種積極影響。

一、描寫對象的比較

　　林紓懷著極大的興趣，反覆向中國讀者評介英國作家狄更斯的作品，尤其是狄更斯「掃蕩美人名士之局，專為下等社會寫照」的特點。林紓對中西文學的這一比較和收穫，涉及中國小說描寫對象的變革問題，在近代現實主義小說理論的建設中具有獨特的意義。

　　林紓把歐洲以狄更斯為代表的批判現實主義作家和中國的「譴責小說」作家進行了比較，這便使我們從另一側面領悟到林紓於批判現實主義確有本質的認識。眾所周知，近代小說中有一股以「譴責小說」為代表的批判現實主義潮流，主要作家是李伯元、吳沃堯、劉鶚和曾樸等人。林紓認為，批判現實主義作品在於揭發社會弊端，使政府和讀者知而改之。外國之所以強，因其「能改革而從善也」，吾國倘能「從而改之，亦正易易」。這說明林紓的文學觀和梁啟超「小說改良社會」的文學觀是相呼應的。林紓推崇批判現實主義作品的目的，也正是從思想啟蒙和「改良社會」的角度出發。他認為，

社會的醜惡和政府的腐敗是可以改良的，不必從根本上改變社會制度。中國倘能走「改良」「革新」的道路，也是有前途的，並不一定要推翻封建專制制度，這反映了林紓改良主義的思想實質。林紓希望中國也能出現像狄更斯這樣的批判現實主義小說家，他認為李伯元、劉鶚、曾樸就是這類的作家。林紓極力稱讚《孽海花》《文明小史》和《官場現形記》等「譴責小說」是有原因的。

林紓雖然沒有寫過梁啟超那樣的闡述新小說理論的論文，但他從文學與普通人的關係上對中西文學進行的比較，卻涉及西方現實主義創作方法的一個突出特點，那就是小說描寫對象多為「小人物」，而這恰是中國傳統文學及傳統現實主義創作方法所缺少或忽略的。1907年，林紓翻譯了《孝女耐兒傳》，他在譯序中把狄更斯小說的人物和題材與中國文學傳統的人物和題材作了這樣的比較：

余雖不審西文，然日聞其口譯，亦能區別其文章之流派，如辨家人之足音。其間有高厲者，清虛者，綿婉者，雄偉者，悲梗者，淫冶者，要皆歸本於性情之正，彰癉之嚴，此萬世之公理，中外不能僭越，而獨未若卻而司·迭更司文字之奇特。天下文章，莫易於敘悲，其次則敘戰，又次則宣述男女之情……苟以雄深雅健之筆施之，亦尚有其人。從未有刻畫市井卑汙齷齪之事，至於二三十萬言之多，不重複，不支厲（離）……中國說部，登峰造極者無若《石頭記》。敘人間富貴，感人情盛衰，用筆縝密，著色繁麗，制局精嚴，觀止矣。其間點染以清客，間雜以村嫗，牽綴以小人，收束以敗子，亦可謂善於體物。終竟雅多俗寡，人意不專屬於是。若迭更司者，則掃蕩名士美人之局，專為下等社會寫照，奸獪駔酷，至於人意所未嘗置想之局，幻為空中樓閣，使觀者或笑或怒，一時顛倒不能自已，則文心之邃曲寧可及耶？余嘗謂古文中序事，惟序家常平淡之事為最難著筆。《史記·外戚傳》述竇長君之自陳，謂「姊與我別逆旅中，丐沐沐我，飯我乃去」。其足生人惋悵者，亦只此數語。若《北史》所謂隋之苦桃姑者，亦正仿此，乃百摹不能遽至，正坐無史公筆才，遂不能曲繪家常之恆狀。究竟史公於此等筆墨，亦不多見，以史公之書，亦不專為家常之事發也。今迭更司則專意為家常之言，而又專寫下等社會家常之事，用意著筆為尤難。[410]

一、描寫對象的比較

　　林紓的確是較為準確地把握了狄更斯小說的人物和題材特徵。他不僅據此對他非常崇拜的古文《史記》和他非常喜愛的小說《紅樓夢》（即《石頭記》）提出了比較中肯的批評，而且對狄更斯的傾心折服時時溢於言表。1908年，林紓翻譯了狄更斯的另一名著《塊肉餘生述》，他在「識語」中寫道：

　　此書不難在敘事，難在敘家常之事；不難在敘家常之事，難在俗中有雅，拙而能韻，令人挹之不盡。且前後關鎖，起伏照應，涓滴不漏。言哀則讀者哀，言喜則讀者喜，至令譯者啼笑間作，竟為著者作傀儡之絲矣。近年譯書四十餘種，此為第一，幸海內嗜痂諸君子留意焉。[411]

　　林紓很讚賞狄更斯「掃蕩美人名士之局，專為下等社會寫照」、「敘家常平淡之事」、「刻畫市井卑汙齷齪之事」的特點，這對中國傳統的現實主義創作方法的革新具有一定的啟示意義。或者說，這正是中國傳統的現實主義創作方法在外國文學的影響下、在近代特定的歷史條件下即將開始革新的信號。高爾基就非常重視人物、題材對作品現實主義成就的影響。他在《俄國文學史》中寫道：

　　我所以評述英國文學，是因為英國文學給了全歐洲以現實主義戲劇和小說的形式，它幫助歐洲替換了十八世紀資產階級所陌生的世界——騎士、公主、英雄、怪物的世界，而代之以新讀者所接近，所親切的自己的家庭環境和社會環境，把他的姑姨、叔伯、兄弟、姊妹、朋友、賓客，一句話，把他所有的親故和每天平凡生活的現實世界，放在他的周圍。[412]

　　恩格斯對狄更斯評價更高，他甚至把狄更斯等人的小說在人物和題材上的特點譽為小說性質的革命。他說：

　　近十年來，在小說的性質方面發生了一個徹底的革命。先前在這類著作中充當主人翁的是國王和王子，現在卻是窮人和受輕視的階級了。而構成小說內容的，則是這些人的生活和命運、歡樂和痛苦……查·狄更斯就屬於這一派——無疑的是時代的旗幟。[413]

　　文學本來就是人民群眾創造的，但在漫長的「神」統治的封建社會裡，「人」並沒有覺醒或者被「發現」，因此所謂的正統文學與普通人及其生活

有著很大的距離。這類作品中的人物多為達官顯貴、忠臣孝子、義夫節婦、才子佳人。即使在那些「非正統」的作品裡，被表現的也多是神魔鬼怪、綠林好漢之類被神化半神化的人物，而普通人的生活和命運則很少得到如實的表現。因此，儘管現實主義在中國文學史上始終是創作方法的主流，但直到近代以前中國的現實主義理論卻沒有突破性的發展。元代之前，人們對現實主義的理解是文學應「反映時事」，以「察補得失」，僅此而已。白居易在傳統的現實主義理論和創作上頗有貢獻，但他在《與元九書》中也只是說：「文章合為時而著，歌詩合為事而作。」沒有從人物、題材的角度對現實主義提出論述。明清時期的現實主義理論雖有所發展，但也只是停留在要求文學反映「世情」，即模寫社會生活中的悲歡離合、炎涼世態方面。就連以寫下層市井社會著稱的《金瓶梅》，也仍與宮廷、貴族有著千絲萬縷的關係。但是，隨著時代的發展和封建統治的逐步衰弱，隨著「人」的不斷覺醒，小說主體的復歸乃大勢所趨，普通人將不可避免地成為文學描寫的主要對象，中國傳統的現實主義理論和創作也必將獲得突破性的發展和變化。從這個意義上講，林紓透過中西文學的比較，對狄更斯小說在人物和題材方面的成就的推崇和宣傳，正反映出林紓的翻譯事業對中國傳統現實主義創作方法的積極影響。

林紓所作的中西文學比較在中國文學史上產生了很大影響，它促進了西方某些先進的創作方法和文學觀念在中國的傳播，從而導致中國傳統的文學觀念和創作方法向前推進了一大步。文學中「小人物」出現的意義確實不可低估。

19世紀的俄國文學中出現過一系列「小人物」的形象，這在世界文學史上是一件非常值得一提的事情。普希金筆下的維林（《驛站長》）、果戈理筆下的巴什馬奇金（《外套》）等，這些形象的出現，具有重要的意義。它改變了世界文學史的發展歷程，對整個世界文學的發展都有積極的意義。

五四時期，周作人在《平民文學》中提倡：「我們不必記英雄豪傑的事業、才子佳人的幸福，我們只應記世間普通男女的悲歡成敗。」[414]茅盾在《新舊文學平議之評議》中也指出：「進化的文學有三要素」，而其中之一即「為平民的而非為一般特殊階級的人物」。[415]而林紓在盛讚狄更斯能「掃蕩美

人名士之局，專為下等社會寫照」時，認為狄更斯的特點在中國傳統的文學中所「從未見」，他慨嘆道：「令我增無數閱歷，生無窮感喟矣。」這一褒一貶的態度與五四時期周作人、茅盾的主張是極為相似的。

可見，林紓發現西方 19 世紀小說多描寫下層社會的小人物，這確實是一個了不起的貢獻。正如他在《孝女耐兒傳·序》所說：「天下文章，莫易於敘悲，其次則敘戰，又次則宣述男女之情。等而上之，若忠臣、孝子、義夫、節婦，決脰瀝血，生氣凜然，苟以雄深雅健之筆施之，亦尚有其人。從未有刻畫市井卑汙齷齪之事，至於二三十萬言之多，不重複，不支離……則迭更司蓋以至清之靈府，敘至濁之社會，令我增無數閱歷，生無窮感喟矣。」[416] 這就把握住了批判現實主義小說區別於其他各種小說的重要特點。英國歷史小說家司各特筆下的人物多是國王、貴族和騎士等，而批判現實主義小說家狄更斯則多寫小人物。小說描寫對象的這種變化，反映了社會生活的變化。而在中國明末，隨著商品經濟的發展，市民階級逐漸成為文學表現的對象。到了資產階級民主革命時代開始和封建專制時代即將結束之際，林紓發現西方小說描寫對象的變化，這絕不是巧合，而是時代精神的折射，是隨社會變化而發生的文學大變革的一種徵兆。

在《孝女耐兒傳·序》中，林紓首先指出了中外文學共同的表現，即小說的題材、情節、人物可以不同，但其間所反映、表現的或高厲，或清虛，或綿婉，或雄偉，或悲梗，或淫冶的情感是相同的，「要皆歸本於性情之正，彰癉之嚴，此萬世之公理，中外不能僭越」。換言之，在林紓看來，不管東方西方、中國外國，小說（文學）所傳達的情感形式雖有不同，然其「歸本於性情之正，彰癉之嚴」，則是同一的，這是林紓看到文學具有「共心」的一面，它們並不因地域或國別的差異而有所不同。林紓特別讚揚狄更斯在表現性情與揚善懲惡方面的文字的奇特，他以「至清之靈府，敘至濁之社會」，林紓本人因此產生「令我增無數閱歷，生無窮感喟」之嘆。

隨後，林紓在序言中又對敘家常平淡之事作了比較，指出中國的《史記》《北史》雖有述及家常事者，卻不多見，且難以「曲繪家常之恆狀」，而狄更斯則「專意為家常之言」，「而又專寫下等社會家常之事，用意著筆尤難」。

當然，應該指出，《史記》《北史》之類，乃正統史書，「以史公之書，亦不專為家常之事發也」，它們不同於小說類；但林紓此處談描模家常事而舉《史記》《北史》為例，說明在表現家常事方面，中國小說或許難以舉例，只好舉《史記》《北史》了。在林紓看來，狄更斯小說的專意下等社會，是中國小說所罕見的，由此便突出了狄更斯之不同尋常，這同時也在一定程度上揭示了歐洲批判現實主義文學的特色，對中國現實主義文學的發展產生了很大的影響。

二、藝術手法的比較

林紓在他的序跋中，還對中西小說在藝術手法的表現上作了具體、細微的比照，給人以深刻鮮明的印象。

林紓在《洪罕女郎傳·跋》中將哈葛德的小說與《史記》作比較，認為前者的藝術在某些方面還超過了司馬遷的《史記》，這對開拓當時國人的眼界、破除歷來正統文人「唯我是長」的陳舊封閉觀念無疑起了一定作用。林紓在《洪罕女郎傳·跋》中說：「哈氏文章，亦恆有伏線處，用法頗同於《史記》。予頗自恨不知西文，恃朋友口述，而於西人文章妙處，尤不能曲繪其狀。故於講舍中敦喻諸生，極力策勉其恣肆於西學，以彼新理，助我行文，則異日學界中定更有光明之一日。」[417] 他又在《紅礁畫槳錄·譯餘剩語》中指出有些西方小說有寄寓哲理的特色：「故西人小說，即奇恣荒渺，其中非寓於哲理，即參以閱歷，無苟然之作。西小說之荒渺無稽，至葛利佛極矣。然其言小人國、大人國之風土，亦必兼言其政治之得失，用諷其祖國。此得謂之無關係之書乎？若《封神傳》《西遊記》者，則真謂之無關係矣。」[418] 林紓的這些見解對當時文壇以外國文學為借鑑，促進中國文學吸收新鮮養分、繁榮自身創造，無疑都是有啟發意義的。此外，林紓還在《離恨天·譯餘剩語》中將《左傳》的描寫方法與《離恨天》作了比較：

余嘗論《左傳楚文王伐隨》，前半寫一「張」字，後半落一「懼」字。「張」與「懼」反，萬不能咄嗟間撇去「張」字，轉入「懼」字。幸中間插入「季梁氏」三字，其下輕輕將「張」字洗淨，落到「隨侯懼而修政，楚不敢伐」。今此

二、藝術手法的比較

書寫葳晴在島之娛樂，其勢不能歸法，忽插入祖姑一筆，則彼此之關竅已通，用意同於左氏，可知天下文人之腦力，雖歐亞之隔，亦未有不同者。[419]

林紓從某一藝術表現手法在中西不同作品中的類同顯現，指出了「天下文人之腦力，雖歐亞之隔，亦未有不同者」這一天下文學具有「共同文心」的真理，體現了「東海西海，心理攸同」的規律，其見解實在不同凡響，在近代文壇上是罕見的。再如，林紓在《黑奴籲天錄例言》中寫道：「是書開場，伏脈、接筍、結穴，處處均得古文家義法。可知中西文法，有不同而同者。」[420]

林紓在小說比較研究中，目光敏銳，認識深刻，每每有獨到見解。他比較了西方戰爭小說與中國文學對戰爭的描寫後，發現二者之間在表現方法上存在著很大差異。他說：

余歷觀中史所記戰事，但狀軍師之擄略，形勝之利便，與夫勝負之大勢而已，未有贍敘卒伍生死饑疲之態，及勞人思婦怨曠之情者，蓋史例至嚴，不能間涉於此。雖開寶詩人多塞外諸作，亦僅托諸感諷寫其騷愁，且未歷行間，雖空構其衆，終莫能肖。至《嘉定屠城記》《揚州十日記》，於亂離之慘，屠夷之酷，纖悉可雲備矣。然《嘉定》一記，貌為高古，敘事顛倒錯出，讀者幾於尋條失枝。余恆謂是記筆墨頗類江鄰幾，江氏身負重名，為歐公所賞，而其文字讀之令人煩憤，然則小說一道，又似宜有別才也。[421]

林紓在《不如歸·序》中又說：「吾國史家，好放言。既勝敵矣，則必極言敵之醜敝畏葸，而吾軍之殺敵致果，凜若天人，用以為快。所雲下馬草露布者，吾又安知其露布中作何語耶？文明之國則不然。以觀戰者多，防為所譏，措語不能不出於紀實。」[422] 這充分表現了林紓對中國小說史的細緻觀察和思考。中國小說長期受到抒情文學和歷史著作的束縛，封建統治者還強迫它粉飾太平。儘管元末以後中國小說已取得了巨大成就，但多數人的文學觀仍受傳統詩文理論的侷限，習慣於用詩歌或史書的理論評價小說。因此，中國戰爭小說的成就遠不及西方。林紓認為，小說是一種全新體裁，它應以描寫和敘述為主，戰爭小說要反映普通士兵的生活和心理，林紓從中西比較中得出這一觀點，在當時很有現實意義。

論林紓對中外小說藝術的比較研究

在《撒克遜劫後英雄略·序》中,林紓詳盡地將司各特的《撒克遜劫後英雄略》同中國文學作了對照,傳神般地點出了《撒克遜劫後英雄略》的特色及其風格,讀之發人深思。他說:

古人為書,能積至十二萬言之多,則其日月必綿久,事實必繁多,人物必層出。乃此篇為人不過十五,為日同之,而變幻離合,令讀者若歷十餘年之久,此一妙也……述英雄語,肖英雄也;述盜賊語,肖盜賊也;述頑固語,肖頑固也。雖每人出語,恆至千數百言,人亦無病其累復者,此又一妙也。書中主義,與天主教人為難。描寫太姆不拉壯士,英姿颯爽,所向無敵,顧見色即靡,遇財而涎,攻剽推理,靡所不有。其雅有文采者,又謔容詭笑,以媚婦人,窮其醜狀,至於無可托足,此又一妙也。《漢書·東方曼倩傳》敘曼倩對侏儒語,及拔劍割肉事,孟堅文章,火色濃於史公。在余守舊人眼中觀之,似西文必無是詼詭矣。顧司氏述弄兒汪霸,往往以簡語泄天趣,令人捧腹。文心之幻,不亞孟堅,此又一妙也。[423]

林紓將狄更斯小說的技法與《水滸傳》《史記》《漢書》《石頭記》作比照,且文章字裡行間透出的,是對狄更斯小說高超技法的推崇與褒揚。他說:

施耐庵著《水滸》,從史進入手,點染數十人,鹹曆落有致,至於後來,則如一群之貉,不復分疏其人,意索才盡,亦精神不能持久而周遍之故。然猶敘盜俠之事,神奸魁蠹,令人聳懼。若是書,特敘家常至瑣至屑無奇之事跡,自不善操筆者為之,且恢恢生人睡魔;而迭更司乃能化腐為奇,撮散作整,收五蟲萬怪,融匯之以精神,真特筆也。史、班敘婦人瑣事,已綿細可味矣,顧無長篇可以尋繹。其長篇可以尋繹者,唯一《石頭記》。然炫語富貴,敘述故家,緯之以男女之艷情,而易動目。若迭更司此書,種種描模下等社會,雖可哂可鄙之事,一運以佳妙之筆,皆足供人噴飯,英倫半開化時民間弊俗,亦皎然揭諸眉睫之下。使吾中國人觀之,但實力加以教育,則社會亦足改良,不必心醉西風,謂歐人盡勝於亞,似皆生知良能之彥。則鄙人之譯是書,為不負矣。[424]

二、藝術手法的比較

中國早期的部分小說，都以人物與情節的新奇取勝。《水滸傳》在七十回以前，有不少成功的市井生活的描寫。由於作者對人物性格把握得非常準確，因而寫得生動感人。七十回以後，作者著重描寫奇特的陣法和兩軍的廝殺，放棄了對日常生活的描繪和對人物性格的塑造，以至成為弱筆。明末的馮夢龍、凌濛初等人提出真奇出於庸常的理論主張，並在小說創作上進行了實踐。「三言」「二拍」及《金瓶梅》《紅樓夢》等世情小說，放棄戰爭等重大歷史事件的描寫，轉而鋪敘日常瑣事。可惜的是，這一現實主義發展勢頭到了《紅樓夢》之後就停滯不前了，理論上的闡發和總結也中途擱淺，而歐洲批判現實主義理論卻能得到及時的概括和總結。巴爾扎克授意費利克斯·達文在《巴爾扎克〈十九世紀風俗研究〉序言》中指出：「巴爾扎克的最大秘密就在這裡：在他的筆下沒有不足道的小東西，他會把一個題材的最卑鄙的細節提高起來，並使之戲劇化。」[425] 別林斯基在著名的《論俄國中篇小說和果戈理君的中篇小說》一文中也提出：「一篇引起讀者注意的中篇小說，內容越是平淡無奇，就越顯出作者才能過人。」[426] 真正藝術性的作品，就是把生活中平淡無奇的對象生動地表現出來。林紓的見解與之大同小異。他說的「融匯之以精神」和「以至清之靈府，敘至濁之社會」，使作品中「物物皆涵滌清光而出」，亦即此意也。他認為，小說家能夠把瑣屑無奇的事件寫得充滿韻味，是因為作者對小人物的不幸命運充滿同情，對戕殺人性的不合理制度大為不滿，正是作者正義的感情引起了讀者強烈的共鳴。

需要特別指出的是，林紓的比較並非有意貶抑中國小說而抬高狄更斯的小說，而是在肯定中國小說的同時，指出了在某種藝術表現手法上，狄更斯小說更具棋高一著之處，這就顯得比較客觀，比較實事求是，突出了借鑑的意義，而與此同時，林紓的翻譯有助於社會改良的良苦用心，也昭然畢現，真可謂一舉兩得。

林紓翻譯小說的序跋，幾乎隨處都有中西比較的成分與色彩，如《斐洲煙水愁城錄·序》，林紓將《斐洲煙水愁城錄》與中國詩人陶淵明的《桃花源記》相類比，他寫道：「此篇則易其體為探險派，言窮斐洲之北，出火山穴底，得白種人部落，其跡亦桃源類也。」這裡所謂「桃源」，即序文開首所言陶淵明的「《桃花源記》之作」。繼此，該序文又將哈葛德的《斐洲煙水愁城錄》

論林紓對中外小說藝術的比較研究

同司馬遷《史記》中的傳記,從文學表現手法上作了具體比較,並指出兩者相同之處:

> 余譯既,嘆曰:西人文體,何乃甚類我史遷也。史遷傳大宛,其中雜沓十餘國,而歸氏本乃聯而為一貫而下。歸氏為有明文章巨子,明於體例,何以不分別部落以清眉目,乃合諸傳為一傳?不知文章之道,凡鴻篇巨製,苟得一貫串精意,即無慮委散。《大宛傳》固極綿褷,然前半用博望侯為之引線,隨處均著一張騫,則隨處均聯絡;至半道張騫卒,則直接入汗血馬。可見漢之通大宛諸國,一意專在馬;而綿褷之局,又用馬以聯絡矣。哈氏此書,寫白人一身膽勇,百險無憚,而與野蠻拚命之事,則仍委之黑人,白人則居中調度之,可謂自占勝著矣。然觀其著眼,必描寫洛巴革為全篇之樞紐,此即史遷聯絡法也……[427]

林紓還用史傳文學與狄更斯的小說進行比較。他指出:

> 余嘗謂古文中序事,惟序家常平淡之事為最難著筆。《史記·外戚傳》述竇長君之自陳,謂「姊與我別逆旅中,丐沐沐我,飯我乃去」。其足生人悁悵者,亦只此數語。若《北史》所謂隋之苦桃姑者,亦正仿此,乃百摹不能遽至,正坐無史公筆才,遂不能曲繪家常之恆狀。究竟史公於此等筆墨,亦不多見,以史公之書,亦不專為家常之事發也。今迭更司則專意為家常之言,而又專寫下等社會家常之事,用意著筆為尤難。[428]

林紓能指出狄更斯超過太史公,足以表現出他的遠見卓識。

林紓認為,反映日常生活的作品,必須注意藝術的統一性和整體性,要對作品中的一切細節巧妙地進行藝術加工,「不重複,不支離」。林紓在《冰雪因緣·序》中以陶侃巧於運用材料作比,說「迭更司先生之文,正所謂木屑竹頭皆有所用」。他還指出:「迭更司先生臨文如善弈之著子,閒閒一置,殆千旋萬繞,一至舊著之地,則此著實先敵人,蓋於未胚胎之前已伏線矣。」現實主義小說與浪漫主義小說有著明顯不同,前者很難由一字之巧、一句之奇取勝,而是透過整體效果使作品產生高度的真實感。《春覺齋論文》講到《史記》對竇皇后姊弟見面的描寫時說:「此在情事中特一毫末耳,而施之文中,覺竇皇后之深情,竇廣國身世之落漠,寥寥數語,而慘狀悲懷,已盡

二、藝術手法的比較

呈紙上。此即所謂『務似而生情』者也。且『似』字亦非貌似之謂，直當時曲有此情事，登之文字之中而肖耳。」[429] 現實主義作家應善於從人們熟知的日常瑣事中提煉出深刻的生活內涵。他說：

左氏之文，在重複中能不自復；馬氏之文，在鴻篇巨製中，往往潛用抽換埋伏之筆而人不覺，迭更司亦然。雖細碎蕪蔓，若不可收拾，忽而井井臚列，將全書作一大收束，醒人眼目。有時隨伏隨醒，力所不能兼顧者，則空中傳響，迴光返照，手寫是間，目注彼處，篇中不著其人而其人之姓名事實，時時羅列。[430]

他認為，只有成功地塑造人物性格，才能達到藝術上的統一性和完整性。

林紓還用中國名著《紅樓夢》與狄更斯相比，他在《孝女耐兒傳序》中說：

中國說部，登峰造極者無若《石頭記》。敘人間富貴，感人情盛衰，用筆縝密，著色繁麗，制局精嚴，觀止矣。其間點染以清客，間雜以村嫗，牽綴以小人，收束以敗子，亦可謂善於體物。終竟雅多俗寡，人意不專屬於是。若迭更斯者，則掃蕩名士美人之局，專為下等社會寫照，姦獪齷酷，至於人意所未嘗置想之局，幻為空中樓閣，使觀者或笑或怒，一時顛倒不能自已，則文心之邃曲寧可及耶？[431]

這種說法在對《紅樓夢》的評價上並不準確。狄更斯以變換題材和人物來掃蕩名士美人之局，而曹雪芹以寫出貴族少男少女之間的真情來掃蕩才子佳人之局。兩種寫法，各有千秋。林紓大力提倡狄更斯的小說藝術，不僅是因為再寫貴族生活很難超越曹雪芹，不容易創新，更重要的是時代也向作家提出了藝術地再現下層社會生活的強烈要求。因此，林紓的這一見解是有積極意義的。

林紓透過比較，能準確地把握住狄更斯的風格與敘事特點，尤其是細密照應的結構技巧。他在《冰雪因緣·序》中說：

迭更司先生臨文如善弈之著子，閒閒一置，殆千旋萬繞，一至舊著之地，則此著實先敵人，蓋於未胚胎之前已伏線矣。唯其伏線之微，故雖一小物、一小事，譯者亦無敢棄擲而刪節之，防後來之筆旋繞到此，無復叫應。沖敘

173

初不著意，久久聞余言始覺，於是余二人口述神會，筆遂綿綿延延，至於幽渺深沉之中，覺步步鹹有意境可尋。嗚呼！文字至此，真足以賞心而怡神矣！[432]

可見，林紓對歐洲小說的結構藝術是非常欣賞的。

三、「外外比較」

林紓不僅有中外小說的比較研究，而且還有意識地對外國作家作品作了比較，即「外外比較」。他在《冰雪因緣·序》中對幾位英法小說家的行文作了有意識的比照：

英文之高者，曰司各特；法文之高者，曰仲馬，吾則皆譯之矣。然司氏之文綿褫，仲氏之文疏闊，讀後無復餘味。獨迭更司先生臨文如善弈之著子，閒閒一置，殆千旋萬繞，一至舊著之地，則此著實先敵人，蓋於未胚胎之前已伏線矣。[433]

林紓雖然不懂外文，由於他長期從事翻譯，對於外國文學中的流派頗能識辨。正如他在《孝女耐兒傳·序》中所說的：「予獨處一室，可經月，戶外家人足音，頗能辨之了了，而余目固未之接也。今我同志數君子，偶舉西士之文字示余，余雖不審西文，然日聞其口譯，亦能區別其文章之流派，如辨家人之足音。」西方的文學名著，流派有別，風格各異。以「林譯小說」為例，大、小仲馬的作品，色澤艷麗，多富有羅曼蒂克的情調；而司各特的小說雄奇壯麗，帶有濃郁的英雄傳奇色彩；狄更斯的作品則是平實、深刻，以幽默見長；塞萬提斯的作品又具有奇幻、誇張和荒誕的特色。

林紓具有敏銳的審美感受和很強的文學鑒賞力，他能區別作家的高下。他認為哈葛德的作品遠不如狄更斯，「哈氏之書……筆墨結構去迭更（司）固遠」。[434] 又說，狄更斯的《塊肉餘生述》是他近年所譯小說中最好的一種。

林紓在《踐卓翁小說序》中說：「為小說者，惟艷情最難述。英之司各特，尊美人如天帝；法之大仲馬，寫美人如流娼，兩皆失之。惟迭更司先生，於布帛粟米中述情，而情中有文，語語自肺腑中流出，讀者幾以為確有其事。」

[435] 他的這些評述是頗為中肯的，因此，他的翻譯與評介在當時產生了極大的影響。在那個時代，整個中國文壇尚處於閉塞、半閉塞狀態，林譯小說像一股沖決堤壩的洪水流入中國知識界，大開了中國文人與讀者的眼界，改變了人們傳統的文學觀念，掀起了翻譯介紹西方文學的高潮，影響了一大批文人與讀者。因此我們說，林紓無論是在翻譯方面，還是在比較研究方面，都功不可沒。但可惜的是，林紓直到晚年，他的封建的觀念與立場都沒有太多改變，傳統儒家名教思想對他束縛太重，一方面是翻譯西方文學，引進西方文明；一方面是在創作中宣揚封建禮教，維護封建倫理綱常，且在五四時期站在新文化運動的對立面，成為保守派的代言人。儘管出現這種情況的原因是複雜的，但這不能不說是林紓晚年的一個悲劇。

四、自撰小說與外國小說的比較

林紓在短篇小說的結尾總是以「畏廬曰」的形式發些議論和評述，往往將自撰小說與外國小說作些比較，儘管這些比較較為膚淺，但也能體現出林紓對小說的見解和他的比較意識。

短篇小說《娥綠》，講兵部侍郎李行檢與副憲楊敦素不睦，李公的孫女娥綠與楊公之子閒閒萍水相逢，互生愛慕之情。後閒閒參加禮部試，主考李公初不知為仇家之子而拔他高中，遂入翰林。閒閒頗受高宗皇帝賞識，讓他入值南齋（皇帝之南書房）。會逢李公為臺官彈劾，高宗偶至南齋，向閒閒問及李公為人，閒閒力贊其忠，李公得以免禍。從此，李、楊兩家遂盡釋前嫌，閒閒與娥綠終成眷屬。

林紓在小跋中寫道：

雅典之羅密歐與朱立葉，亦以積仇而成眷屬。顧羅、葉幽期不遂，彼此偕亡。今楊、李之仇，同於羅、葉，幸南齋一覿，冰炭仇融，此中似有天緣，非復人力矣。

這僅僅是小說情節的一般比較，透過比較得出了楊、李比羅、葉「幸運」的結論，顯得很單薄。其實，封建制度下仇家子女相愛，無論團圓不團圓都

必然是悲劇性的，莎士比亞筆下的主人翁似乎因偶然而鑄成悲劇，其實是必然的；《娥綠》中的主人翁若出現悲劇則更真實，出現大團圓結局僅僅是偶然現象。

短篇小說《歐陽浩》，講親王屬吏歐陽福善之子歐陽浩與鄰女黛娥相愛，初不知黛娥是親王的私生女。不久，黛娥被親王召入王府，為郡主伴讀，與歐陽浩失去聯繫達兩年之久。親王在打獵時遇險，歐陽浩冒死救之，遂見親信。黛娥事被福晉知道後，將她逐出王府，兩人得以結合。

林紓在小跋中寫道：

王昵外婦，遺私生子於人間，不惟中國有之，即外國亦然。余譯大仲馬小說，敘法國魯意十五時，囊得中革命黨人有叟黎葛斯當者，即與攝政王之私生子蟹蓮郡主有情；然叟黎與黨人信誓，謀刺攝政王，而蟹蓮又為王女；宰相欲殺叟黎，王不能決；而叟黎終投於死刑，竟斷蟹蓮之愛，誠革命中之英雄也。歐陽事類蟹蓮，然歐陽生功名中人，且乾嘉時未聞有革命之事，與蟹蓮事又判若天壤矣。

林紓的這段話也是小說情節的泛泛比較，他指出中外都有宮廷貴族遺留私生女於民間的事實，但私生女與人相戀的結局之所以不同，一因男方為革命黨人，出現悲劇；一因男方為功名中人，故能團圓。這種比較顯得有些庸俗。

短篇小說《陸子鴻》，講高平知縣之子陸子鴻中進士後，任刑部司官。有一次，慈禧太后去頤和園遊玩，陸子鴻隨駕前往。走到頤和園附近的海澱時，有一宮人將東洋絹所制的花朵擲於車下，為陸子鴻所拾得。一日，陸子鴻去看戲，隔座一自稱貴福的內務府官員突然發病，陸子鴻善醫術，遂為之治癒。貴福邀他到家做客，恰遇貴福在宮的女兒雁紅病歸，陸子鴻請為之治病，兩人遂相愛。但不久雁紅又召入宮中。庚子之變，雁紅趁機回家，與陸子鴻結為良緣。

林紓在小跋中寫道：

團匪之禍，被其蹂躪者，雖區區北省，而南中受賠款之累，至於四萬萬吞聲，不圖卻成全此兩小偶也。不然，滿漢之不通婚，為時已久。雁紅即屬

四、自撰小說與外國小說的比較

意於生,果貴福之親屬,一為之梗,事亦無就;乃離離奇奇,就中生一團匪,為之作合,亂雜之際,竟挾美人同行,似荼蓼中,卻含岩蜜之味,令人益覺其甘芳。余向譯《十字軍英雄記》,有英國公主擲花予臥豹將軍,遂成好合。今雁紅之事,亦似是而非,謂為暗合可也,即謂為剿襲,亦匪不可。

這與前面的內容比較大同小異。林紓的自創小說多為受自譯小說的影響而作,然後在跋中泛泛作比,其內容有時無聊甚至反動。但林紓為小說作序跋,能時時想到與外國作品進行比較,這種比較意識是難得的。此外,他的比較畢竟可以勾起讀者的聯想,幫助讀者閱讀和理解小說的內容,只是要注意不可受其保守思想的影響就行了。

短篇小說《莊豫》,講臺灣俠士莊豫(又名莊芋)殺富濟貧、行俠仗義,曾嚴懲一惡霸,並將他搶來的少女救回家。莊豫平時經常盜取為富不仁者的金錢,然後發給窮苦百姓。他後為官府所獲,臨刑前大義凜然地說:「一生急人所急,但不知古人中何人似我,恨我不讀史,無能舉以自方也。」

林紓在小跋中寫道:

余疑事跡似近點染,顧小說家又好拾荒唐之言,不爾,文字不能醒人倦眼也。生平不喜作妄語,乃一為小說,則妄語輒出。實則英之迭更與法之仲馬皆然,寧獨怪我?

再如短篇小說《林雁雲》,講福建諸生林忠馥之子雁雲頗有才華,一日夢遇五代時閩王的皇后陳金鳳,言雁雲乃其情夫歸守明轉世,她將轉生於永嘉,約十六年之後當嫁之。十六年後,林雁雲至永嘉,結識了當地紳士陸君,長住其家,得以認識陸君的小妹,一問果是陳金鳳轉生。二人以信物為證,再結因緣。

林紓在小跋中寫道:

玉簫、荊寶之事,特小說中悠謬之談,毫無足據。今余所述,亦得諸人言,安知非憑虛構此一層樓閣以炫人耶?彼妄言之,余妄載之,諸君亦妄聽之可也。外國小說,汗牛充棟,而尚不止,豈真皆有實際?觀者固不必呶呶於余也。

由此可見，林紓由於受狄更斯、仲馬父子的影響，自覺不自覺地使用虛構這一創作方法，並能在理論上有所認識，且意識到中外作家都常用此方法，這是比較難得的。

短篇小說《洪嫣筜》，講吏部官員洪子亮之女洪嫣筜極孝，母病，乞天願代母死，後終得子亮同僚薛西蘋治癒。西蘋之子薛穎亦孝，因通家，姐事洪嫣筜。薛穎中舉，娶白侍郎之女珠英為妻。妻能詩，尤工圍棋，然理家之才遠不如洪嫣筜。珠英病篤，遺囑洪嫣筜嫁薛穎。

林紓在小跋中寫道：

為小說者，惟艷情最難述。英之司各特，尊美人如天帝；法之大仲馬，寫美人如流娼，兩皆失之。惟迭更司先生，於布帛粟米中述情，而情中有文，語語自肺腑中流出，讀者幾以為確有其事。余少更患難，於人情洞之了了；又心折迭更司先生之文思，故所撰小說，亦附人情而生。或得最近之人言，或憶諸童時之舊聞，每於月夕燈前，坐而索之，得即命筆，不期成篇。詞或臆造，然終不遠於人情，較諸《齊諧》志怪，或少勝乎？

林紓深受狄更斯的影響，這部小說的情節顯然模仿《塊肉餘生述》。薛穎似大衛，珠英似都拉，洪嫣筜似安尼司。儘管如此，林紓能意識到自己以前的小說人物過於完美，嘗試著塑造有缺陷的形象，林紓在晚年尚有這種探索精神，是值得我們肯定的。

總之，林紓的不少短篇小說創作都受外國小說的影響，並在小跋中有意識地進行內容或藝術比較，對我們理解小說的思想與藝術均有啟示，可謂比較研究的又一新的形式，是中國早期比較文學的一大收穫。

林譯言情小說的諸種模式及其意義

付建舟 [436]

摘要：清末民初，林紓翻譯了許多域外小說，其中言情小說占有很大比例。林譯言情小說大體可以分為「言情」與「言他」兩大模式，前者包括茶花女模式、馬莎模式與迦茵模式三種，後者則包括「借兒女言家國」模式、「借兒女言義禮」模式與「借兒女言哲理」模式三種。不同的小說模式各有特色，各具意義。

關鍵詞：林譯小說　言情小說　言情模式　言他模式

林紓是中國近代文學界的一代宗師，著名的古文家、小說翻譯家、詩人和畫家，五四新文學的「不祧之祖」，為古文的傳承、西方小說的譯介做出了傑出的貢獻。

林紓（1852—1924），字琴南，號畏廬、畏廬居士，別署冷紅生；晚稱六橋補柳翁、春覺齋主人；室名春覺齋、煙雲樓等；福建閩縣（今福州）人，中國近代文學家、翻譯家、書畫家，譯介泰、古文殿軍。自幼十分刻苦，勤奮好學。光緒八年（1882年）舉人，會試不第，一生未仕。光緒二十三年（1897年）任「蒼霞精舍」中學堂漢文總教習，主授《毛詩》和《史記》。後居杭州，主講東城講舍。光緒二十六年（1900年）入京，主講五城學堂，曾任教於京師大學堂、正志學校。以經濟特科被薦，辭而不應。後在北京專以譯書售稿與賣文賣畫為生。1924年病逝於北京，享年72歲。除了創作外，他還先後翻譯了170多部外國文學著作。其中以《巴黎茶花女遺事》《迦茵小傳》為代表的言情譯作影響深遠。其實，中國文學有言情傳統，至清末開始發生新變，隨著社會的發展、時代的進步，言情思潮再次興起，言情小說也呈現出多樣化的局面，其中林譯言情小說既發揮了引領時代言情潮流的導向作用，又產生了推波助瀾的巨大作用。

一、林譯言情小說的言情模式

　　林譯言情小說有兩大模式，即言情模式與言他模式，言情模式包括茶花女模式、馬莎模式與迦茵模式。茶花女模式是「非門當戶對」模式，是宦家公子與下層妓女以相戀始而以悲劇終的模式。

　　清末，林琴南涉足小說翻譯，純屬偶然。那年，林氏愛妻仙逝，落落寡歡。友人魏瀚、王壽昌慫恿他借翻譯茶花女故事以消愁解悶。於是，由精通法語的王壽昌照著原版《茶花女》口述，林琴南才思敏捷，一邊仔細聆聽，一邊奮筆疾書。不久《巴黎茶花女遺事》便以「冷紅生」為譯者付梓印行，出版後轟動一時。

　　《巴黎茶花女遺事》講述了主人翁馬克與亞猛淒婉動人的愛情故事，描繪了馬克變幻起伏的命運遭際和亞猛內心複雜的情感世界，如貴族公子的引誘、亞猛父親的阻撓、因誤會所造成的馬克對亞猛的斷交、亞猛對馬克的侮辱等，揭示了資本主義愛情觀難以踰越貧富差距的社會本質，批判了資產階級愛情的脆弱性。

　　該譯作一出版就產生了轟動效應，「可憐一卷《茶花女》，斷盡支那蕩子腸」，[437] 就是最真實的寫照。《巴黎茶花女遺事》的情感世界感人肺腑，沁人心脾。英斂之曾在日記中寫道：「燈下閱《茶花女》事，有摧魂撼魄之情，萬念灰靡，不意西籍有如此之細膩。」[438] 批評家邱煒蔆認為，此書「以華文之典料，寫歐人之性情，曲曲以赴，煞費匠心。好語穿珠，哀感頑艷。讀者但見馬克之花魂，亞猛之淚漬，小仲馬之文心，冷紅生之筆意，一時都活，為之欲嘆觀止」。《讀新小說法》指出：「《茶花女遺事》出，可令普天下善男子、善女人讀；而獨不許浪子讀，妒婦讀，囚首垢面之販夫讀，秤薪量水之富家翁讀，胸羅四書五經、腹飽二十四史之老先生讀。」[439] 還有作家、批評家把該作比作《紅樓夢》。作家包天笑回憶說，該譯作轟動一時，「有人謂外國人亦有用情之專如此的嗎？以為外國人都是薄情的，於是乃有人稱之為『外國紅樓夢』」。[440] 批評家徐維則稱「林紓譯記法國名妓馬格尼事，刻摯可埒《紅樓夢》」。[441]

一、林譯言情小說的言情模式

　　《巴黎茶花女遺事》打破傳統的才子佳人模式。明末清初湧現出一大批才子佳人小說，在這類小說中，「男女以詩為媒介，由愛才而產生了思慕與追求，私定終身結良緣，中經豪門權貴為惡構隙而離散，多經波折，終因男中三元而團圓。」（《煙粉新詁》）從題材上說，這些言情之作是寫才子佳人的戀愛故事，其情節構成，大多是郊遊偶遇，題詩傳情，梅香撮合，私定終身。其結局或因命運乖違，或因小人撥弄，或出政事牽連，於是佳人逼嫁，才子遭難，但雖經波折，卻堅貞如一。後來或由於才子金榜題名，或由於聖君賢吏主持正義，終於「有情人終成眷屬」。[442] 正像張靜廬在《中國小說史大綱》中所言：「人情好奇，見異思遷，中國小說，大半敘述才子佳人，千篇一律，不足以饜其好奇之慾望；由是西洋小說便有乘勃興之機會。自林琴南譯法人小仲馬所著哀情小說《茶花女遺事》以後，辟小說未有之蹊徑，打破才子佳人團圓式之結局。」[443] 更重要的是，「其意義不僅僅在於開創了一代翻譯西方文學作品的風氣，還在於這部小說的譯刊，從一定意義上使清末士人的觀念發生了重要的轉變」。[444]

　　《巴黎茶花女遺事》如此打動人心，既與小仲馬有關，又與譯者林紓有關。小仲馬根據自己的親身經歷創作《茶花女》，林紓根據自己中年失妻之痛的切身感受翻譯該作，前者是多情之人，後者是性情之人，二者交相輝映，譯作豈能不感人？張僖《畏廬文集·序》雲：「畏廬，忠孝人也，為文出之血性。」又說：「畏廬文字，強半愛國思親作也。」所謂「愛國思親」之作，大抵皆遺老感時傷事之言，亦即史稱其文之「尤善敘悲，音吐悽梗，令人不忍卒讀」者。蘇雪林說，林紓「天性淳厚，事太夫人極孝，篤於家人骨肉的情誼。讀他《先母行述》《女雪墓誌》一類文字，常使我幼稚心靈受著極大的感動」。[445] 當故事發展至動人處，林琴南竟掩卷痛哭，不能自已，「余既譯《茶花女遺事》。擲筆哭者三數，以為天下女子性情，堅比士大夫」。《巴黎茶花女遺事》注重真情，可謂性靈文學的繼承與發展。晚明，重真情的文學思潮不斷興起。李贄從童心的角度立論，他說：「天下之至文，未有不出於童心焉者也。」（《童心說》）袁宏道主張「獨抒性靈，不拘格套」。（《敘小修詩》）馮夢龍則大力提倡真情，並要「借男女之真情，發名教之偽藥」。（《敘山歌》）還指出「情」普遍存在於六經之中，「六經皆以情教也。《易》

尊夫婦，《詩》首《關雎》，《書》序嬪虞之文，《禮》謹聘奔之別，《春秋》於姬姜之際詳然言之，豈非以情始於男女」？（《情史敘》）他把男女真情作為向封建名教發難的有力武器。林紓並沒有反對封建禮教之意，僅僅憑藉自己的真性情而率性翻譯，但這比有意反抗封建禮教更有力度。

馬莎模式是「門當戶對的老夫少妻模式」。該模式見之於《馬莎自述生平》（今譯為《家庭幸福》），該作是《恨縷情絲》下卷，為俄國托爾斯泰所著。故事大意為：時值嚴冬，十七歲的馬莎與十五歲的姍尼亞姊妹倆僻居鄉村，她們早年喪父，如今又喪母，頓覺心寒意冷，幸虧有家庭女教師卡提亞為伴。姊妹倆自幼至長獲得卡提亞的很大幫助，因而十分愛她。馬莎正準備移家入城，覓婿而嫁，會遭不幸。她心想，一生將永困此荒寒寂寞之濱，無復春陽之望。次年三月，密加利支造訪。密加利支是馬莎父親生前密友，比父親年少許多，如今年過三十歲，身材高大，人品端正，耿直爽快，忠誠敬業，是她家的保護人。馬莎以長者事之，為禮至恭。馬莎父母生前都希望密加利支成為自家女婿，可惜馬莎尚幼。密加利支的到來打破了沉寂，大家都很暢快。馬莎擅琴，密加利支擅理財，尤其是管理田產。受父母委託，密加利支替馬莎姊妹管理家產，馬莎深得其助。馬莎好動，密加利支居靜，二人在交往過程中感情不斷加深，彼此十分愛慕。雙方都知道對方的心意，可密加利支並不輕言愛字，常常隱約其語，這讓馬莎十分苦惱。好不容易到瓜熟蒂落，密加利支才對馬莎說出「愛」字。婚後，夫妻和諧，生有一兒一女。馬莎能歌善舞，常赴舞會，令密加利支不樂。馬莎自審：奈何學蕩婦四出，不顧愛子耶？然子固吾愛，而吾身窘若囚拘，亦所以自戕，則又不能不出矣。她天性好動，儘管城鄉輪居，城居之日多，鄉居之日少，但仍不免鬱悶。會遭公婆之喪，夫妻痛絕，密加利支讓她外出旅遊，以脫此痛。時年二十一歲的豐腴少婦馬莎赴異國的巴登消夏，人人驚訝其美艷，馬莎頓掃平日家居與丈夫的瓜葛苦悶。在巴登城，各國仕女雲集，有女士司野者，絕世佳人，人人爭羨其美艷，馬莎大感失落。在游故宮時，馬莎遇一義大利少年，在對方一陣追逐意味濃厚的下樓過程中，彼此怦然心動。在一個轉角處，在無旁人的時刻，英俊少年在馬莎半推半就的態度下熱吻了她，馬莎的心裡猶如打翻了五味瓶，不知

一、林譯言情小說的言情模式

是何滋味。但她對丈夫的愧疚之情占據上風，返回後悔恨自己的不檢點行為，決心痛改前非，承擔起人妻人母的責任，過平平安安的日子。

該故事由主人翁馬莎講述，頗有韻味，尤得男女主人翁愛情心理之微妙，也得情愛之純正，該家庭不愧為幸福家庭。馬莎自述，當母喪之際，適逢密加利支造訪，全家無不心感其人。「蓋吾母生時，曾有一言，為余默識。母曰：若此人能婿吾家者，則吾心至慰。方吾母語時，吾頗不謂然。蓋吾之意中人適與此不同，非文采風流不足以當吾選。」[446] 而現在不盡然。馬莎還從密加利支口中得知，父親生前與母親的看法相同。十一歲時，密加利支把馬莎比喻為蓮花，六年後的今天，又把馬莎比喻為玫瑰花，馬莎春心怎能不蕩漾？密加利支聰明能幹，愛己愛人，更博得馬莎之歡心。馬莎自述道：「與家人相處十七年，初不辨其人性情，若與彼不相為類者，今乃知吾之情愛，適與彼同，然則人情固不大相遠也。」（第18頁）她唸唸不忘密加利支關於「人己同歡，方為至樂」的觀念。馬莎對密加利支的感覺十分敏銳，「余方撫琴，而密加利支坐我身後，余不能見，然余覺此人化身萬數，立於余前。且密加利支偶有注視，余似一一皆知」。（第28頁）沉浸於遊樂中的馬莎流連忘返，「滿目繁華，心為躁動不已，歸心已消歸無有，似鄉居之煩懣至此若得良藥而蘇者，而憐愛吾夫之心愈形沉結，亦不必想夫之憐，知吾夫固憐我也。且余念一動，夫即知之，無不遂吾意」。（第64頁）《恨縷情絲》為俄國托爾斯泰所著，該作擁有作家自身的影子，表達了貴族地主青年的愛情理想，其純情的模式具有無限魅力。

迦茵模式是典型的三角戀愛模式，代表性譯作有《迦茵小傳》與《洪罕女郎傳》。《迦茵小傳》圍繞迦茵的婚戀展開故事情節，其中穿插其身世之謎的逐步揭開。迦茵處於市井無賴之徒洛克與年輕軍官亨利之間一時難以抉擇，洛克擁有巨資，是新興暴發戶，他對迦茵十分青睞，為了得到迦茵而不擇手段，尤其是透過迦茵的姨母試圖全面控制迦茵，最終達到占有的目的，儘管他對迦茵不乏些許真情；而亨利則出身於逐漸衰落的貴族之家，品德高尚，對迦茵一見鍾情，迦茵對他也十分愛慕，可是迦茵的同父異母的妹妹愛瑪也愛上了亨利，亨利全家與愛瑪的父親都贊成愛瑪與亨利的婚姻，尤其亨利若與愛瑪成婚就能拯救面臨危亡的貴族家庭，否則祖上遺留下來的豪宅就

會因債務而失去，家庭破產。不僅如此，洛克與迦茵的姨母也贊成亨利娶愛瑪，以便迦茵嫁給洛克，洛克可以如願以償，迦茵的姨母也可以從洛克那裡獲得不少好處。亨利面臨一無所有的迦茵與家產萬貫的愛瑪的抉擇，迦茵面臨具有物質誘惑的洛克與擁有人格魅力的亨利的抉擇，亨利是為了貴族家庭選擇愛瑪，還是為了愛情而選擇迦茵？迦茵是為了自己的情感選擇亨利，還是為了成全亨利的貴族之家而遠離亨利？這兩組三角戀愛具有巨大的張力，把主人翁迦茵與亨利推向多種矛盾交錯的漩渦，從而彰顯二人相互愛慕的可貴情感。與包天笑譯作不同，林紓譯作保留了迦茵未婚先孕的情節，這在當時具有「借男女之真情，發名教之偽藥」的積極作用。

《洪罕女郎傳》敘述女子洪罕女郎意有所屬，欲委身於一貧士，兩情雅相悅甚。中間女為家計所困迫，欲毀產，不得已變計，許嫁一碩腹賈，借紓厥難。賈後負約，適貧士偶獲多金，足相呴濡，女遂卒歸之。迦茵與洪罕女郎均處於貧富兩男子的抉擇的困境中。《迦茵小傳》與《洪罕女郎傳》都是英國通俗小說名家哈葛德所著，「哈葛德之為書，可二十六種。言男女事，機軸只有兩法，非兩女爭一男者，則兩男爭一女。若《情俠傳》《煙水愁城錄》《迦茵傳》，則兩女爭一男者也。若《蠻荒誌異》，若《金塔剖屍記》，若《洪罕女郎傳》，則兩男爭一女者也。機軸一耳，而讀之使人作異觀者，亦有數法。或以金寶為眼目，或以刀盾為眼目。敘文明，則必以金寶為歸；敘野蠻，則以刀盾為用。舍此二者，無他法矣」。[447] 哈葛德言情小說的三角戀愛模式比較經典，富有引人入勝的魅力。

二、林譯言情小說的言他模式

林譯言情小說除了言情模式，還有言他模式，這種模式包括「借兒女言家國」模式、「借兒女言家國」模式與「借兒女言哲理」模式三種。「借兒女言家國」模式是以兒女戀情為依託，意在表達愛國保種的觀念，代表性譯作有《不如歸》。

《不如歸》是明治、大正時期小說家德富蘆花（1868—1927）的成名作，講述了一個非常淒婉的愛情故事。女主人翁「浪子」非常可憐，從小親母病

故，後母精明能幹，卻多疑善妒，雖然父親暗地裡也對她疼愛有加，但是表面上卻要對她處處訓斥，致使她不僅得不到親人的關愛，也不能盡力地去愛那些親人。值得慶幸的是，她找到了一位如意郎君川島武男，而不幸的是浪子患上肺結核，不能為夫家生兒育女，不過其夫武男並不介意，但是婆婆卻不能容忍，百般刁難，最終在武男出戰之時，浪子被婆家趕出門。浪子被迫別離深愛自己的丈夫，後又孤單死去。「小說之足以動人者，無若男女之情，所為悲歡者，觀者亦幾隨之為悲歡。明知其為駕虛之談，顧其情況逼肖，既閱猶斤斤於心，或引以為惜且憾者。余譯書近六十種，其最悲者，則《籲天錄》，又次則《茶花女》，又次則是書矣。其雲片岡中將，似有其人，即浪子亦確有其事，顧以為家庭之勸懲，其用意良也。」[448] 林紓不僅注重《不如歸》中男女主人翁的純真情感，還注重敘述甚詳的甲午戰事，表達了自己的家國觀念。他在序言中替北洋水師積極抗敵的官兵大申冤抑之情，聲稱自己早就想著《甲午海軍覆盆錄》，「未及竟其事，然海上之惡戰，吾歷歷知之。顧欲言，而人亦莫信焉。今得是書，則出日本名士之手筆。其言鎮定二艦，當敵如鐵山，松島旗艦，死者如積。大戰竟日，而吾二艦卒獲全，不毀於敵，此尚言其臨敵而逃乎？吾國史家好放言，既勝敵矣，則必極言敵之醜敝畏葸，而吾軍之殺敵致果，凜若天人，用以為快，所雲下馬草露布者，吾又安知其露布中作何語耶？若文明之國則不然，以觀戰者多，防為所譏，措語不能不出於紀實，既紀實矣，則日本名士所雲中國之二艦如是能戰，則非決然逃遁可知矣……方今朝議，爭雲立海軍矣。然未育人才，但議船炮，以不習戰之人，予以精炮堅船，又何為者？所願當事諸公，先培育人才，更積資為購船制炮之用，未為晚也。紓已年老，報國無日，故日為叫旦之雞，冀吾同胞警醒，恆於小說序中攄其胸臆，非敢妄肆嘷吠，尚祈鑒我血誠」。[449]《不如歸》初版於光緒戊申年（1908）十月六日，離甲午戰爭時間不長，林紓突出作品中的甲午之戰的背景，反映了濃厚的愛國熱情，表達了他鮮明的家國意識。

「借兒女言義禮」模式是以兒女戀情為依託，意在表達傳統的義禮觀念，代表性譯作有《玉雪留痕》。作家哈葛德透過一個曲折的愛情故事，透過義禮的衝突與遺產的繼承等問題，表達義禮的重要性以及義禮對愛情的推動作用。

《玉雪留痕》講述了一個出於義禮的愛情故事。英國伯明翰城中有個在全歐洲數一數二的大書肆，該書肆為米仁及其兩同伴愛迭生、露司哥所擁有，有員工近四十人。該書肆以獲利為宗旨，至於文人之才思精力，概不分軒輊，雖勞勿恤。米仁由此獲得巨大經濟利益。才女奧古司德善於著書，曾與米仁訂約，五年之內，不得售稿他處。恰逢其女弟紹美病劇，缺乏醫療費，與米仁商量，不僅沒有如願，反受侮辱，妹遂死。米仁之姪幼司透司憐憫奧古司德，與叔力爭。叔父十分憤怒，驅逐幼司透司，並立下遺囑，身後遺產二百萬鎊，悉付同事愛迭生、露司哥兩家，幼司透司不予分文。奧古司德聞之，感甚，遠走異國新西蘭，試圖擺脫五年之契約，另謀生路。在船上，無意中與米仁同行。航船誤觸鯨船而碎，全船之人遇難，唯奧古司德與米仁及二舵工，由救生船漂至克爾格冷荒島。米仁生命垂危，十分後悔當初所立遺囑。奧古司德心想，幼司透司為了幫助她拯救病妹，出於義禮而被其叔所逐，並喪失遺產繼承權，如今可乘機幫他奪回。然而，苦無筆墨，欲刺血書，並無寸帛，計窮力竭。時間緊迫，若米仁一死，則無可為力。奧古司德遂請黥背以代血書，幼司透司終獲遺產繼承權。該愛情故事以義禮始，又以義禮終。《玉雪留痕》「以奧古司德義心俠骨，為義自陷於黥，此萬古美人所不能至者，譯而出之，特為小說界開一別徑」。[450]

「借兒女言哲理」模式是以兒女戀情為依託，意在表達作者自己的人生哲理的模式，代表性譯作有《離恨天》。在《離恨天》中，作家森彼得以兒女之情為依託，借助一長者表達自己超越塵世的許多哲理。在《海天情孽》中，作家透過具有冒險性質的愛情故事，借一具有超脫精神的哲學家表達看似不經，實則深富哲理的思想。

《離恨天》敘述男女主人翁葳晴與波爾的愛情悲劇。葳晴者，臘篤之遺腹女也。父母因私婚，不得不避居法蘭西之馬達加斯島，臘篤患瘟疫而亡，臘篤夫人與黑婢耕種島中薄地為生。波爾者，非婚之子、棄婦之兒也。其母馬克被戀人所拋棄，帶著幼兒波爾也避居馬達加斯島。臘篤夫人與馬克有同病之憐，二人相處甚為融洽。葳晴與波爾兩小無猜，情同手足。臘篤夫人與馬克均有意連理，葳晴與波爾成年後彼此情投意合。馬克催促行結婚之禮，臘篤夫人建議波爾赴印度創業，積資後返回完婚，以便日後養家。波爾不願

離開葳晴,赴印作罷。當此之時,葳晴的祖姑自巴黎來信,讓她去巴黎繼承遺產。經過激烈的內心鬥爭,葳晴終於忍痛離開臘篤夫人、馬克與波爾,前往巴黎。葳晴離開後,波爾悶悶不樂,常與鄰叟往來,並抒發情懷。一年多後,葳晴來信,言祖姑待之苛刻,並強迫她嫁給一年邁貴族,葳晴不從,心戀波爾。祖姑拒絕葳晴繼承遺產,並在一個風雨交加之日驅逐葳晴。葳晴返回馬達加斯島,即將抵達時,船翻人亡。波爾難以營救,眼看自己的意中人遇難,痛不欲生,不久身亡。臘篤夫人亦傷心欲絕,不久離世。該愛情故事基本情節比較簡單,所重者則在於作家借兒女言哲理。譯者林紓在《譯者剩語》中曾指出:「讀此書者,當知森彼得之意不為男女愛情言也;實將發宣其胸中無數之哲理,特借人間至悲至痛之事,以聰明與之抵敵,以理勝數,以道力勝患難,以人勝天,味之實增無窮閱歷。」[451]

作品中的馬達加斯島是個世外桃源,是私奔者、未婚生子並被拋棄者的避亂所,是知足常樂者的天堂。與臘篤夫人、馬克、葳晴、波爾友善的鄰叟,是一位品德高尚的長者,他具有濃厚的出世思想,鄙棄權貴財富如浮雲,追求返璞歸真、樂天知命的自然生活。他可謂作家的代言人,文中的許多哲理透過這位長者之口於經意或不經意中表達出來。

鄰叟追求的是自然人生,過著與世無爭的生活,不求富貴,但求福命。或富或貴者,不一定長命百歲,也不一定幸福無比。正因如此,在葳晴是否去巴黎繼承遺產的問題上,他認為,葳晴不當前往繼承,其觀念是「蓋天然之安樂,較之富貴為佳」。[452] 他對人生的看法比較辯證,認為:「人生大略得半之歡娛,於福命已足。人生地球之上,地之沐陽光者,亦僅有其半,東半得光,則西半已黑……夫安樂之事,固足生吾喜;聞困苦之事,亦足增人閱歷。」[453] 他還認為:「人果與社會中齟齬,則往往以僻居為樂。民族之中,或理想,或風俗,或政治,苟有不得意事,亦必思遁廣漠之境,以不娶為高……須知蕭寥之境,居者得天然之樂,使社會中種種不幸之緣,鹹歸冰泮而消解。其在社會中者,則蓄種種腐敗之成見,若使人之心,日躍躍然無有安寧之望。言龐語雜,頃刻雌黃,且彼此傾軋,使備預戒慎之心,日轆轆無可安息。迨一蒞清虛之境,立覺紛來之感觸,灑然一空。更吐納清虛,反其本性,與天然之真宰相對,無歉於心……以彼世界中種種為嗜欲填咽,

故使之長年無歡。遂將溷濁之人，與己較其福命，覺吾雖幽屏，較彼樂也。」[454]

諸如此類的哲理，均遍佈於葳睛與波爾愛情故事的各個階段與環節，並且與男女主人翁安貧樂道與追求富貴的矛盾衝突相適應，突出儘管僻居荒島，但男女主人翁自食其力，與世無爭，過著日出而作日入而息的簡樸生活，富有濃厚的自然人生的情趣。

三、林譯言情小說興起的社會文化根源

林譯言情小說之興起，有其社會文化根源。甲午戰後，中華民族面臨嚴重的生存危機，先進的知識分子紛紛向西方尋求救國之道。啟蒙思想家嚴復反對頑固保守、力主變法。他不僅作文闡述維新的必要性、重要性、迫切性，而且翻譯了英國生物學家赫胥黎的《天演論》，以「物競天擇，適者生存；世道必進，後勝於今」作為救亡圖存的理論依據，在當時產生了巨大的影響。戊戌變法後，他致力於翻譯西方資產階級哲學社會學說及自然科學著作，他在《原強》中提出，一個國家的強弱存亡決定於三個基本條件，並試圖透過體、智、德三方面教育增強國威。他說：「蓋民生之大要三，而強弱存亡莫不視此：一曰血氣體力之強，二曰聰明智慮之強，三曰德行義仁之強。是以西洋觀化言治之家，莫不以民力、民智、民德三者斷民種之高下，未有三者備而民生不優，亦未有三者備而國威不奮者也。」[455] 所謂鼓民力，就是全國人民要有健康的體魄，要禁絕鴉片和禁止纏足惡習；所謂開民智，主要是以西學代替科舉；所謂新民德，主要是廢除專制統治，實行君主立憲，倡導「尊民」。嚴復要求維新變法，卻又主張「惟不可期之以驟」。「除而不驟」的具體辦法就是要透過教育來實現，即在當時的中國，要實行君主立憲，必須開民智之後才能實行，總之，「教育救國論」是嚴復的一個突出思想特點。嚴復和夏曾佑則提出「公性情」說，他與別士（夏曾佑）合撰的《本館附印說部緣起》中指出：「何謂公性情？一曰英雄，一曰男女……觀夫電氣為萬物之根源，而電氣可見之性情，則同類相拒，異類相吸，為其公例。相拒之理，其英雄之根耶！相吸之理，其男女之根耶！此理幽深，無從定論。論其

必然之勢,則可以二言斷之曰:非有英雄之性,不能爭存;非有男女之性,不能傳種也。」他們不僅從生物學上認可「公性情」的合理性,更從社會文化上認可「公性情」的合法性。「凡為人類⋯⋯求其本原之地,莫不有一公性情焉。此公性情者,原出於天,流為種智。儒、墨、佛、耶、回之教,憑此而出興;君主、民主、君民共主之政,由此而建立。故政與教者,並公性情之所生,而非能生夫公性情也。何謂公性情?一曰英雄,一曰男女」。[456] 儘管梁啟超大力提倡政治小說,但仍然熱衷於言情,只是不便於提倡而已。在流亡日本的途中,在輪船上閱讀到政治小說《佳人奇遇》,梁啟超激動不已,政治上的失意,維新大業的失敗,流亡的辛酸,使他產生強烈的共鳴。後來他無不感慨地說:「政治小說《佳人奇遇》《經國美談》等,以稗官之異才,寫政界之大勢。美人芳草,別有會心;鐵血舌壇,幾多健者。一讀擊節,每移我情;千金國門,誰無同好?」[457] 他還在《小說叢話》中指出:「天津《國聞報》初出時,有一雄文,曰《本館附印小說緣起》,殆萬餘言,實成於幾道與別士二人之手。余當時狂愛之,後竟不克裒集。惟記其中有兩大段,謂人類之公性情,一曰英雄,一曰兒女,故一切小說,不能脫離此二性,可謂批郤導窾者矣。」[458] 嚴復、梁啟超等啟蒙思想家把男女情愛與種族的繁衍聯繫起來,把英雄兒女與民族的昌盛聯繫起來,極力突出在國家民族競爭中,沒有男女之性不能傳種,沒有英雄之性不能存存的進化觀念。林譯言情小說興起就是這種社會文化思潮的產物。

林紓譯文語料庫創建及其翻譯風格研究[459]

戴光榮[460] 左尚君 黃志娥

摘要：學界對「林紓」的研究卷帙浩繁。本研究試圖從描寫翻譯學發展的趨勢及語料庫在翻譯文體、譯者風格研究中的運用，嘗試探討林紓譯文語料庫創建的必要性與可行性，從語料庫語言學、語料庫翻譯學等多方面對林紓譯文語料庫的創建與標註等方面進行闡述，指出創建林紓譯文語料庫的重要意義。

關鍵詞：林紓研究　林紓譯文語料庫　語料庫翻譯學　翻譯風格

一、緣起

19世紀末至20世紀初，處於閉關鎖國的中華民族受盡了外族的凌辱，在民族存亡的危急時刻，幾多仁人志士發出了「睜眼看世界」的呼喊，提倡「師夷長技以制夷」，並以實際行動投入「實業救國」並「血薦軒轅」。林紓就是這樣一位愛國志士，目睹列強入侵而為民請願，遭拒後俯首甘為華夏「叫旦之雞」，舉「翻譯」之旗，行開啟民智之功，憑桐城筆法，恣意汪洋，終成一代宗師。

康有為盛讚其譯才，與嚴復並舉。眾所周知，嚴復乃中國近代思想先驅，其留學歐洲經年，譯有大量西方科學名著，並提出翻譯的「信」「達」「雅」標準，在譯界影響深遠。林紓作為清末舉人，飽讀詩書，嚴守經典，不通洋文，在留洋朋友的幫助下，翻譯西洋小說達200余種。「嚴譯名著」和「林譯小說」並行天下，影響深遠。

學界對林紓的研究不可謂不多、不深、不廣也，目光所及，真可謂「林紓研究涉及面之廣，已非『文本解讀』『文學研究』所可以涵蓋」。[461]林紓之所以值得紀念與研究，首先在於他是一個刻苦的人，勤勉的人，正直的人，富於血性的人，[462]其「真誠勤勇」的「完美人格」，也早已成為眾多

研究者追求的楷模。[463]「林紓」儼然成為學界追捧的符號，林紓的隻言片語，引發了不少研究者的微言大義。「林紓」就是一座寶庫，其俠骨風範、國學功底、書畫藝術、小說創作，諸如此類，可圈可點。其翻譯小說，也是譯界探討的熱門話題。

　　林紓的翻譯與當時政治和社會改良運動緊密配合，以比較的手段，譯書警醒同胞，拯救中華民族於危難之際。如此眾多的譯作，成為近代文化史、文學史、翻譯史上的一大奇觀。林紓譯文不僅在清末民初的文壇產生過巨大影響，使國人得以瞭解西洋文學，直接影響了中國的近代文學發展，而且吸引了五四前後一大批讀者。[464]錢鍾書先生在《林紓的翻譯》一文中承認：「我自己就是讀了林譯而增加學習外國語文的興趣的。」[465]

　　回顧對林紓的研究，尤其是對其譯作的研究，大多是定性的，帶有研究者個人感悟性的。為了更好地對林紓翻譯的作品進行科學客觀的描述與分析，需要我們借助當前先進的計算機技術與語言學研究最新成果。隨著學科的發展，尤其是近年來飛速發展的計算語言學、語料庫語言學、語料庫翻譯學、翻譯風格學等，為我們更好開展「林紓」研究提供新的視角。

　　本研究試圖從描寫翻譯學發展的趨勢，探討創建林紓譯文語料庫的可行性與重要性，並在此基礎上開展深入研究。

二、描寫翻譯學發展的趨勢

　　從 1972 年，Jame S.Holmes 提出翻譯研究框架開始，描寫翻譯學就逐漸引起學界的注意。Holmes 認為，翻譯研究作為實證科學的一個分支，是一種偏重於實證事實的描述，較少抽象的理論概括。他由此確立了翻譯實證研究的兩個目標，其一為描述翻譯過程與翻譯產品有關的各類現象（如語言特徵、文化背景、翻譯策略等），在此基礎上建立普遍原則以解釋和預測翻譯現象。[466]翻譯學界特拉維夫學派代表人物之一的 Gideon Toury 也認為，一門實證科學如果沒有一個描述性分支，就不能稱其為完整的和相對獨立的學科。[467]

語料庫翻譯研究注重從實證的角度對真實的翻譯文本進行研究，並以概率性規則作為表述形式，[468] 使得這類研究成為翻譯界的一種新範式。[469] 該研究範式對翻譯研究的助益是多方面的，如幫助研究者提出研究假設，透過語料庫收集相關數據與例證，對假設進行驗證（或證實或證偽）；利用大型數據庫，對翻譯過程進行探討研究，從而將語言學、文化與意識形態等方面的研究與翻譯研究有機結合起來，對翻譯過程中所面對的複雜現象進行詳細的探討；透過計算機對語料庫樣本進行自動語言分析（包括詞頻、詞長、句長、型次比、標準型次比、詞性統計、詞語搭配、語義韻、語法特徵等），從而為更好的理解譯作提供幫助。[470]

翻譯研究中採用的語料庫包括如下幾大類：平衡與專門語料庫、歷時與共時語料庫、平行與可比語料庫等。所謂平行語料庫，即由源語文本及其譯語文本構成的雙語語料庫。按照 Mona Baker 的定義，即用 A 語寫成的源語文本和用 B 語翻譯的譯文組成的一類語料庫。[471] 根據雙語對齊層次，可以分為詞彙層面對齊平行語料庫、句級層面對齊平行語料庫以及段級層面對齊平行語料庫等。根據翻譯方向來劃分，可以分為單向平行語料庫（uni-directional parallel corpora）、雙向平行語料庫（bi-directional parallel corpora）以及多向平行語料庫（multi-directional parallel corpora）。[472]

可比語料庫是指由同一語言不同變體的文本所構成的兩個或兩個以上的語料庫。用 Mona Baker 採用的術語定義，即「同一語言裡兩組互為獨立的文本集合，其中一個語料庫由相關語言中的源文本組成，另一個語料庫則由該語言中譯自特定源語的譯本組成」。[473] 而專門語料庫則是指所收集的語料樣本來自於同一個具體的話題（如小說、戲劇等）。不同類型的語料庫，在翻譯研究中承擔不同的功用。

近年來，語料庫開始運用到翻譯文體、譯者翻譯風格的研究中。[474] 翻譯文體是指翻譯文本在各種限制性因素的作用和影響下所表現出的規律性語言和非語言特徵，這些特徵的出現，都取決於譯者所做出的各種選擇。

Baker 認為，正如手拿一個物體一定會留下手模一樣，譯者生產出一段譯文時，也一定會留下個人的痕跡。[475] 她認為譯者風格指的是某個譯者的

語言特色，屬於譯者個人的語言習慣。在這個層面上，風格不是有無創造性的問題，而是一種個人傾向性選擇的問題。在西方傳統上，譯者是隱形的，因此，傳統翻譯研究中很少關註譯者文體。

近年來這一格局發生了變化。Hermans 指出，翻譯文體清楚地表明「在譯本中有另一個聲音（other voice），即譯者的聲音」，其實譯者的聲音體現在譯文的字裡行間，只是有時可能完全隱藏在敘述者的背後，使讀者無法覺察到它的存在罷了。但譯者有時會「沖出語篇層面為自己說話，甚至用自己的名字，例如在譯文後的註釋中用第一人稱解釋所述的問題」。[476] 這種情況，對於林紓譯文來說，體現得更為明顯。可惜學界還沒有從語料庫角度，來探討林紓譯文的特徵。

三、林紓譯文語料庫：必要性與可行性

林紓一生翻譯了大量作品，尤其在文學作品翻譯方面，其數量之多、質量之高，讓人嘆為觀止。然世人對其翻譯的作品，很少有進行窮盡性挖掘，很多研究也只是針對其某些或某一部譯作進行探討，沒能從整體上對林紓翻譯風格進行分析與把握，從而做出更為科學、客觀而詳盡的分析，此乃學界對林紓翻譯研究的不足，因為語料收集與語料庫創建，對於普通個人研究者來說，是一個很大的瓶頸，有很多掣肘。這就向我們提出了創建林紓譯文語料庫的必要性問題。

當前計算語言學、語料庫語言學、語料庫翻譯學的發展，可以為林紓翻譯研究的瓶頸提供新的解決方法及科學有效的數據。

當前，筆者所任職的學校圖書館館藏特色數據庫「林紓文化研究專題庫」（以下簡稱「專題庫」）已經收集了林譯小說多達 475 種，其中「說部叢書」34 種，「林譯小說叢書」27 種，「其他」193 種，「連載小說」221 種（圖1）。[477]

三、林紓譯文語料庫：必要性與可行性

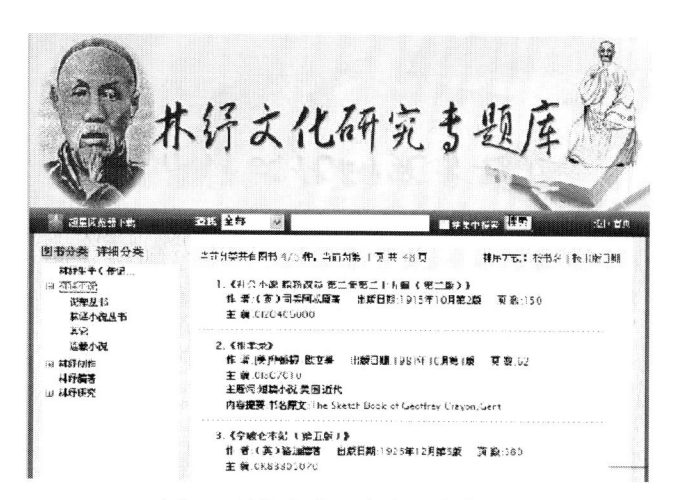

圖 1　林紓文化研究專題庫截圖

這些館藏數據以及當前快捷便利的互聯網，為我們創建林紓譯文語料庫提供了可行性與便利性。我們需要思量的就是如何有效創建我們所需要的大型林紓翻譯語料庫。

我們研究計劃的第一階段就是語料收集與語料庫創建，這包括語料選取、語料樣本除噪、樣本標註、樣本入庫幾個步驟。

專題庫收藏的都是超星電子文本（pdg 格式），且電子書大都是採用古派排版（圖2）。

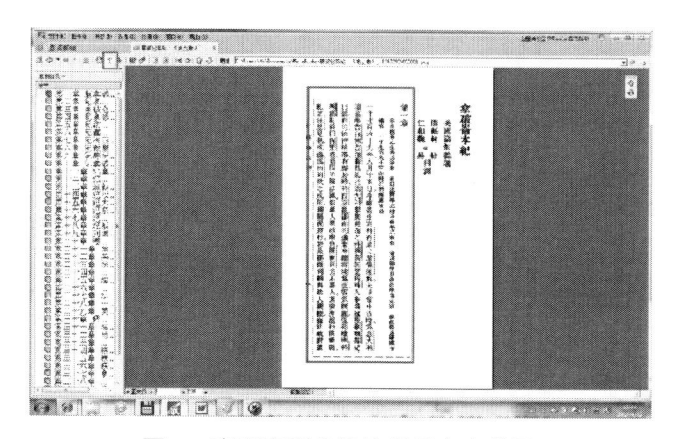

圖 2　專題庫所收錄的超星文本截圖

195

當前語料庫處理工具對語料樣本要求比較高，必須是純文本格式，對文本除噪也有較高的要求。我們利用批量轉換工具嘗試對超星文本進行轉換，未能成功。透過研究，提出的可行方案就是在超星閱讀器的文字轉換功能的基礎上，利用人工選取有效區域進行文字識別、校對和保存（圖3）。

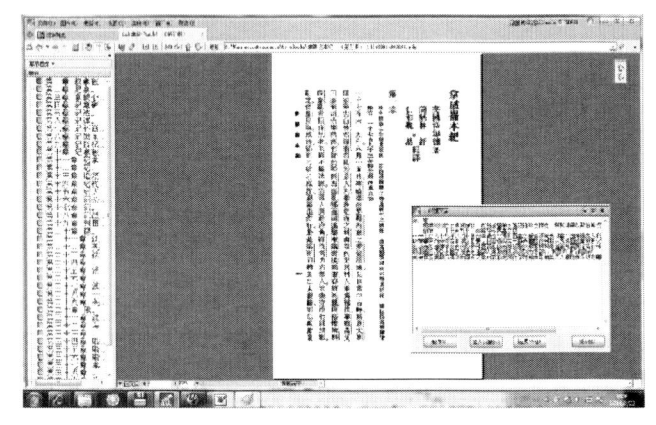

圖3　文本識別截圖

專題庫收錄的林紓翻譯小說都是繁體格式，部分文字識別與輸入存在很多問題，需要有應對異常情況的方案。為了保證質量，人工校對是必需的。為此，需要投入大量的人力、物力和財力。目前林紓譯文的總量基本保持不變（不排除其未曾刊發的譯作發現的可能性），因此，該庫的建成將是國內外學界首個專門用途的林紓翻譯語料庫。

四、林紓譯文語料庫的標註

一個語料庫的價值除了所收集的樣本之外，還體現在對所收集的語料樣本進行標註。這是對語料庫樣本進行新的增值。標註層次的深淺、標註方法的科學性等，將對今後在此平臺上展開的研究提供非常重要的幫助。

林紓譯文語料庫相比於一般的翻譯語料庫來說，有其特殊性。首先在於譯者林紓不通外語，其「翻譯」出來的譯文依賴於口譯者對源語的翻譯。林紓翻譯過程中留下的「譯者」痕跡是很明顯的。林紓本身所具有的桐城派文筆，對其翻譯也產生了重要影響。

我們對林紓譯文語料庫的標註，將重點關注如下幾點：

一、元訊息的標註：元訊息包含源語標題，源語作者（含國別），翻譯合作者名字，翻譯時間，出版時間（含出版社等相關訊息）；

二、譯者按語的標註；

三、語法訊息的標註；

四、翻譯策略的標註；

五、其他訊息，如特殊時代所有的語言訊息等方面的標註。

圖 4 即是對樣本進行的元訊息標註格式。其他各類標註，將隨著語料庫樣本收集的擴展與完善而逐步展開。

```
<TEXT>
<HEAD><LANGUAGE>Chinese</LANGUAGE><SL>French</SL><TITLE>BaliChahuanuYishi</TITLE><AUTHOR>Xiaozhongma</AUTHOR><TRANS>LinShu,HuangShouchang</TRANS><CATEGORY>1</CATEGORY><STYLE>3</STYLE><PUBLISHER>Shangwuynshuguan</PUBLISHER><TIME>1981</TIME></HEAD>
<BODY>
```

圖 4　文本頭部元訊息標註樣本

五、林紓譯文語料庫創建的重要意義

林紓譯文語料庫的創建，將為學界提供一種新的「解讀林紓」的手段與方法，也將為學界提供全新的研究成果，為全方位認識與評價林紓提供客觀科學的數據。這將為翻譯學研究領域提供一個可供參照的研究範式，為翻譯名家研究、翻譯風格研究、翻譯語言特徵分析、翻譯策略研究等眾多方面提供新的視角。

林紓作為福建工程學院的前身——「蒼霞精舍」的創辦者，為學校留下了豐富的遺產。創建林紓譯文語料庫，是我們開展學科建設、大學校園特色文化建設的組成部分。該語料庫的創建，將為學校人文社科與自然科學（自然語言處理、訊息技術）研究團隊的培養提供很好的合作平臺。

作為一個研究項目，本語料庫的創建需要眾多學者的參與和付出。為實現該語料庫順利創建及未來深度研究的開展而組建的研究團隊，將充分利用本校林紓文化研究所、福建地方文化資源研究中心、福建省人文社科重點基地——福建地方文獻整理與研究中心、人文學院各系部、訊息學院與數理系等部門的人才、技術和資源優勢，為學校科學研究發展做出貢獻。

當前，我校正處於高速發展階段。林紓譯文語料庫的創建，將在國內外學界提升我校知名度，在今後的學術交流、服務社會、文化品牌創建等方面，發揮應有的作用。誠如我校黨委書記吳仁華教授所指出的，福建工程學院十分珍惜重視學校所擁有的厚重歷史積澱、雋永的校園文化，在致力於建設國內一流、以工為主、特色鮮明的應用型大學的進程中，整合有關研究資源，聚集國內外學術文化力量，以林紓文化研究為基礎，建設一個富有特色的區域文化研究中心，使我校成為林紓文化乃至福建地方文化研究的重鎮，為我校的學術發展和福建地方文化傳承培養更多的優秀人才。[478]

嚴復教育思想綜論

孫漢生[479]

　　嚴復從英國留學歸國之後，回到母校馬尾船政學堂任教習，1880 年就被李鴻章招致麾下，到天津參與創辦北洋水師學堂。在北洋水師學堂 20 年間，從總教習做到總辦。1905 年參與創辦復旦公學，歷任安徽高等學堂監督和復旦公學監督。民國肇造，出任北京大學首任校長，後來又任學部編訂名詞館的總纂。終其一生的職業和身份，嚴復是一位教育工作者，是海軍學校和高等院校的教師、領導者，但他對於教育的理論思考，並非始於教育學本身，而是出於對亡國滅種危機的憂患意識和救亡目標。

一、論社會教育

一、關於國民素質教育——論民力、民智、民德

（一）民力、民智、民德低下是國家落後挨打的原因

　　嚴復首先思及、論及的是國家民族危亡的重要因素之一：國民素質——民力、民智、民德之低下，進而探究為何低下，如何拯救。

　　嚴復長子嚴璩編纂《先府君年譜》記載：甲午戰爭中國大敗，「府君大受刺激，自是專致力於翻譯著述。先從事於赫胥黎（Thomas Henry Huxley）之《天演論》（Evolution and Ethics），未數月而脫稿」；「復有《論世變之亟》《原強》《救亡決論》《辟韓》諸文」。[480]

　　嚴復在《原強》（修訂稿）文章中分析，經過 30 年洋務經營，清朝海軍已有一定實力，軍艦裝備號稱亞洲第一，可是日本以寥寥數艦，區區數萬兵力，一戰剪我藩屬，再戰陪都動搖，三戰奪我最堅海口，四戰威海之軍覆沒。失敗的原因是腐敗、失德、無知、無戰鬥力。「君臣勢散而相愛相保之情薄也。將不素學，士不素練，器不素儲」；朝廷官吏「法弊之極，人各顧私」，「於時事大勢瞢未有知」，「其尤不肖者且竊幸事之糾紛，得以因緣為利，

求才亟則可僥倖而聚遷，興作多則可居間而自潤」。（《嚴復全集》第 7 卷，第 26 頁）

嚴復進而引用斯賓塞的社會學理論進行分析：「一種之所以強，一群之所以立」，「強弱存亡莫不視此：一曰血氣體力之強，二曰聰明智慮之強，三曰德行仁義之強。是以西洋觀化言治之家，莫不以民力、民智、民德三者，斷民種之高下」。（《嚴復全集》第 7 卷，第 25 頁）是故國之強弱貧富治亂者，其民力、民智、民德三者之徵驗也，必三者既立，而後其政法從之。於是一政之舉，一令之施，合於其智德力者存，違於其智德力者廢」；「是故貧民無富國，弱民無強國，亂民無治國」。（《嚴復全集》第 7 卷，第 25、31 頁）1897 年，嚴復翻譯斯賓塞《社會學研究》第一章為《勸學篇》，有言曰：「至可使弱民為強國，貧民為富國，愚民為智國，此所謂蒸砂作飯，千載無充饑之日者也。」（《嚴復全集》第 5 卷，第 493 頁）

（二）民力、民智、民德低下的原因分析

民力、民智、民德之強弱，又由什麼決定呢？嚴復認為，封建專制、科舉制度和八股取士、落後的禮俗和貧窮是造成國民素質低下的幾個主要原因。

幾千年的封建專制，箝制人民的自由，待人民如奴隸，人民沒有主人翁的身份感，因而沒有愛國心，沒有責任意識。《原強》（修訂稿）指出，（中國）「自秦以降，大抵皆以奴虜待吾民……則民亦以奴虜自待。夫奴虜之於主人，特形劫勢禁，無可如何而已耳，非心悅誠服，有愛於其國與主，而共保之也」。（《嚴復全集》第 7 卷，第 35 頁）

嚴復以西洋社會與中國相比照，西洋人民在上帝面前人人平等，平民與官員一樣心存敬畏，有誠信，有擔當。《原強》（修訂稿）說，「西洋小民，但使信教誠深，則夕惕朝乾，與吾之大人君子無所異……民心有所主，而其為教有常」；「西之教平等，故以公治眾，而尚自由。自由故貴信果」。（《嚴復全集》第 7 卷，第 35、36 頁）

中國的封建專制害怕人民智慧覺醒，妨害其統治地位，長期實行愚民政策，箝制人民的思想和智慧，致使中國民智進步緩慢，國家競爭力衰退。《論

世變之亟》說，中國專制政治一味追求「春秋大一統」的穩定局面，「一統者，平爭之大局也」，防止人們產生競爭意識，「於是舉天下之聖智豪杰，至凡有思慮之倫，吾頓八纮之網以收之」；「此真聖人牢籠天下，平爭泯亂之至術，而民智因之以日窳，民力因之以日衰，其究也，至不能與外國爭一日之命」。（《嚴復全集》第7卷，第11、12頁）《辟韓》說：「秦以來之為君，正所謂大盜竊國者耳⋯⋯既已竊之矣，又惴惴然恐其主之或覺而復之也，於是其法與令猬毛而起。質而論之，其什八九皆所以壞民之才，散民之力，漓民之德者也⋯⋯弱而愚之⋯⋯長保所竊而永世。」（《嚴復全集》第7卷，第39頁）

　　封建專制禁錮人民思想道德和智慧的具體措施，最重要的就是科舉制度和八股取士。《救亡決論》集中臚列了八股之害，進行深刻剖析和猛烈抨擊。嚴復論述，八股取士使天下消磨歲月於無用之地，墮壞志節於冥昧之中，長人虛驕，昏人神智，上不足以輔國家，下不足以資事蓄；破壞人才，國隨貧弱。具體表現為：一、錮智慧，損民智：八股之學，垂髫童子，目未知菽粟之分，其入學也，必先課之以《學》《庸》《語》《孟》，開宗明義，明德新民，講之既不能通，誦之乃徒強記，謬種流傳，羌無一是。二、壞心術，敗道德：當其做秀才之日，務必使之習為剿竊詭隨之事，致令羞惡是非之心，旦暮梏亡，所存濯濯；又何怪委贄通籍之後，以巧宦為宗風，以趨時為秘訣，否塞晦盲，真若一丘之貉，苟利一身而已矣，遑惜民生國計也哉！先教以赫赫皇言，實等諸濟竅飄風，不關人事。身為官吏，刑在前而不栗，議在後而不驚⋯⋯皆所素習者然也。是故今日科舉之事，其害不止於錮智慧、壞心術，其勢且使國憲王章，漸同糞土。三、滋游手，生蠹蟲：在官場，八股出身而未中科第，一無所能，則只能益之以保舉，加之以捐班，決疣潰痈，靡知所屆。這些人像寄生蟲，寄生於體制之上。中國一大豕也，群虱總總，處其奎蹏曲隈，必有一日焉，屠人操刀，具湯沐以相待，至是而始相弔焉，固已晚矣。所以，嚴復說，八股「積千年之弊，流失敗壞，一旦外患憑陵，是國家一無可恃，欲戰則憂速亡，忍恥求和則恐寖微寖滅」。（《嚴復全集》第7卷，第45—47頁）

　　（三）解決之道和主張

如何提高民德、民力、民智，嚴復的解決之道，是引進西學：西方民主和科學的觀念和思想方法，其具體內容是包容萬象的群學，即社會學，主要就是斯賓塞之學。嚴復的目標是以群學對中國國民進行系統的社會啟蒙和社會教育，以科學思維改造國民性，改造中國人民的思維方式，提升民力、民智、民德。

嚴復介紹，斯賓塞「自生理而推群理」，[481] 以生物學的原理來推演社會發展之道，將社會群體比之生物體，生物的生長，必需自然的環境，無所摧殘和拘束，社會亦如此，人的素質亦然。斯賓塞說，我們發現種子、胚芽都不需要外力幫助就達到完全的成熟。在地裡丟下一顆橡樹種子，到適當時候它就會變成一株健壯的橡樹，既不需要修剪，也不需要整枝。[482] 與龔自珍《病梅館記》命意相近。嚴復運用達爾文和斯賓塞的理論，在《原強》中說，「物各競存，最宜者立，動植如是，政教亦如是」；「且一群之成，其體用功能，無異生物之一體」；「身貴自由，國貴自主。生之與群，相似如此。此其故無他，二者皆有官之品而已矣」。（《嚴復全集》第7卷，第32、25頁）

二、國民素質教育的政治前提和具體措施

（一）政治上建立自由民主制度，京師設立議院，郡縣公舉守宰

《辟韓》說：「求所以進吾民之才德力者，去其所以困吾民之才德力者，使其無相欺相奪相患害也，吾將悉聽其自由。民之自由，天之所畀也，吾又烏得而靳之。」（《嚴復全集》第7卷，第39頁）《原強》（修訂稿）說：「平等義明，故其民知自重，而有所勸於為善……是故，居今之日，欲進吾民之德，於以同力合志，聯一氣而御外仇，則非有道焉，使各私中國不可也……使各私中國奈何？曰：設議院於京師，而令天下郡縣各公舉其守宰。是道也，欲民之忠愛必由此，欲教化之興必由此，欲民各束身自好而爭濯磨於善必由此。」（《嚴復全集》第7卷，第36頁）

以上這些是嚴復在1895年的思想主張，但經過戊戌變法的失敗後，嚴復認識到，建立自由民主制度，設議院，行公舉，中國的國民素質還不能適應，所以，當清政府逐漸推行新政以後，嚴復更加重視國民教育。1907年2

月，他發表《丙午十二月廿三日上海華童學堂散學演說》，認為在國民素質尚不具備的條件下實行立憲民主，人民對權利、義務尚不能正確理解，也就不能享受自由，所以教育必須先行：「中國我種，乃有岌岌不可終日之勢，是故士生今日而言救國，必以教育後起，為唯一之要圖。」（《嚴復全集》第 7 卷，第 289 頁）

（二）教育上廢科舉與八股，興辦新式學校，推行教育普及；提倡西學和科學，改善中國人的思維方式

1895 年，嚴復在《原強》中用大段文字談「民智」，強調民智對於國家和民族興亡的重要性，「民智者，富強之原」。提高民智的途徑，主要在科學，包括社會科學和自然科學。「（西洋）言學則先物理（科學）而後文辭，重達用而薄藻飾」；「所以審覈物理，辨析是非」；「欲開民智，非講西學不可，欲講實學，非另立選舉之法，別開用人之途，而廢八股試帖策論諸制科不可」。（《嚴復全集》第 7 卷，第 34、35 頁）嚴復所用「物理」概念，是物之理，即自然之理，一般涵蓋所有自然科學。而群學，即社會學，以自然科學為基礎和前提。所以，嚴復對晚清中國進行思想啟蒙的武器，最主要的思想體系就是群學。「其勉人治群學者，意則謂天下沿流討源，執因責果之事，惟群事為最難，非不素講者之所得與。故有國家者，其施一政，著一令，本以救弊坊民也」。「欲為群學，必先有事於諸學焉」。此諸學包括：數學、名學、力學、質學、天學、地學、生學、心學。名學（邏輯學）、數學致思窮理；力學（物理學）、質學（化學）觀物察變；天地之學（天文學、地理學）見物化成跡；生學（生物學）明生生之機；心學（心理學）知感應之妙。綜以上諸學，「以群學為要歸，惟群學明，而後知治亂盛衰之故，而能有修齊治平之功」。（《嚴復全集》第 7 卷，第 24、25 頁）

群學內容和方法與傳統科舉應試的八股教育大異其趣，推廣群學必廢科舉和八股，而傚法西方和日本興辦新式格致（科學）學堂。《救亡決論》分析並決然斷定：「如今日中國不變法則必亡而已，然則變將何先？曰，莫亟於廢八股」；「痛除八股而大講西學，則庶乎其有鳩耳。東海可以回流，吾言必不可易也」；「西洋今日，業無論兵農工商，治無論家國天下，蔑一事

焉不資於學。彭錫塞（斯賓塞）《勸學篇》嘗言之矣。各國皆知此理，故民不讀書，罪其父母。日本年來立格致學校數千，所以教其民，而中國忍此終古，二十年以往，民之智愚，益復相懸，以與逐利爭存，必無幸矣。」（《嚴復全集》第7卷，第45、47、52頁）

《天演論·導言八·烏托邦》曰：「故欲郅治之隆，必於民力、民智、民德三者之中，求其本也。故又為之學校庠序焉。學校庠序之制善，而後智仁勇之民興，智仁勇之民興，而有以為群力群策之資，夫而後其國乃一富而不可貧，一強而不可弱也。」（《嚴復全集》第1卷，第98頁）《天演論》意譯於赫胥黎的《進化論與倫理學》，但此段文字，赫胥黎原文並無，純屬譯者的發揮，說明完全是嚴復之意。

1906年1月10日，嚴復在寰球中國學生會發表《論教育與國家之關係》的演講，呼籲教育普及。嚴復針對朝廷下詔興學以來成效不佳，提出種種對策，例如，鄉鎮廣立學堂，可以現成之祠堂為校舍；「所有子弟凡十齡以上者，迫使入學。以三年為期，教以淺近之書數，但求能寫白話家信，能略記耳目所見聞事，珠算則畢加減乘除」；「更於一邑之中，立一考稽之總會，用強迫之法，以力求其普及」。普及的目標不高：人人識字。人民不識字，「則上流社會縱極文明，與此等終成兩橛」。（《嚴復全集》第7卷，第181頁）社會普遍文盲的結果必然是社會分裂，不能同心協力共禦外侮，走向富強。

（三）風俗上改善中國飲食居處方式，當務之急是禁煙、禁纏足；提倡女子教育是提高國民教育的重要途徑

《原強》曰：「中國禮俗，其貽害民力，而坐令其種日偷者，由法制學問之大，以至於飲食居處之微，幾於指不勝指。而沿習至深，害效最著者，莫若吸食鴉片、女子纏足二事。」「鴉片纏足二事不早為之所，則言變法者，皆空言而已矣」。嚴復認識到「母健而後兒肥，培其先天而種乃進」。（《嚴復全集》第7卷，第33、34頁）只有禁止殘害婦女的纏足惡俗，提高婦女地位和增強體質，國種民力才會提高。

1898年1月10日，嚴復在《國聞報》發表《論滬上創興女學堂事》指出：「國中之婦女自強，為國政至深之根本。而婦女之所以能自強者，必宜與以

一、論社會教育

可強之權,與不得不強之勢。禁裹足、立學堂,固矣。」僅僅禁裹足、立學堂,尚不足以令女子自強,必須從文化觀念上、制度上解放婦女,才能自強。嚴復繼而論道:「自《列女傳》《女戒》以來,壓制婦人,待之以奴隸,防之以盜賊,責之以聖賢」;「媒妁之道不變,買妾之例不除,則婦人仍無自立之日也。」僅僅讀書尚不能自強,女子須與男子一樣閱歷社會,才能增廣見聞,提高才智。嚴復說:「大家婦人非不知書,而所以不能與男子等者,不閱世也」;「婦人既不齒於人,積漸遂不以人自待……禁錮終身,而男子乃大受其累矣。泰西婦女皆能遠涉重洋,自去自來,故能與男子平權。中國則苦於政教之不明,雖有天資,無能為役,蓋婦人之不見天日者久矣。今日即興女學,傚法泰西,然猶不使之增廣見聞,則有學堂與無學堂等。不見村學究之日事咿唔,而一無所用乎?讀書而不閱世,直如此耳」。(《嚴復全集》第 7 卷,第 66、67 頁)

1907 年,嚴復在《代甥女何紉蘭復旌德呂碧城女士書》一文中談及興辦女學的必要性:「竊謂中國不開民智、進人格,則亦已耳,欲為根本之圖,舍女學無下手處。蓋性無善惡,長而趨於邪者,外誘勝,而養之者無其術也。顧受教莫先於庭闈,而勸善莫深於慈母,孩提自襁褓以至六七歲,大抵皆母教所行之,故曰,必為真教育,舍女學無下手處。」(《嚴復全集》第 8 卷,第 255 頁)

1913 年 3 月,他發表於《今聞類鈔》的演講稿《進化與天演》,對婦女觀有所變化,雖然依然重視女權,重視婦女的作用,但是更強調女子性別之天然特性,回到女人,回到母性,回到女性天職。「須知無論何級社會,女權本皆極重,觀於中西歷史,則大變動時,必有女子為之主動之力……女子教育所不可不亟者,一曰妃耦關係,二曰遺傳關係,而最後則有生計關係。凡此社會極大問題,而皆操諸粥粥群雌之手,故西諺有曰,旋乾轉坤即是推動搖籃之手。又曰,世界可趨光榮,可驅黑滅,而導引之人,必女非男。」但是「女子以生生(誕生生命)為天職」,「使具女體者而成於女體,如大《易》所謂坤作成物,自不能與男子競於開物發業之場。其必騖此者,是謂違天,是謂喪其女性(女性特徵)」。女權,如果表現在與男子爭權,必過於智育,女性必衰,表現是:「一曰不事嫁娶,二曰不願生育」;則數十百

年後,「恐不止夫婦之道苦,而人類亦少生活之趣」。所以嚴復認為所謂女權,並不等於要到社會職業場合去與男子爭;女子的作用就在搖籃,即已很偉大;與男子爭職業,「無異於主人見奴僕之有功,而攘臂褰裳,欲代其役,不悟其爭之也,正所以縮小之耳」。(《嚴復全集》第 7 卷,第 434、435 頁)是反主為奴,自輕自賤。嚴復思想之轉變,由此可見端倪。

(四)提倡辦報,以溝通中外和上下,集思廣益,提升民智

1897 年底,嚴復與同人合辦報紙《國聞報》,自撰文章《國聞報緣起》,申明辦報目的在於通達中外之情和上下之情,提升民智,強群強國:「閱茲報者,觀於一國之事,則足以通上下之情;觀於各國之事,則足以通中外之情。上下之情通而後人不專私其利,中外之情通,而後國不私其治。人不專私其利,則積一人之智力以為一群之智力,而吾之群強;國不私其治,則取各國之政教以為一國之政教,而吾國強。」(《嚴復全集》第 7 卷,第 356 頁)

(五)開路、開礦、興實業以救貧,大力倡導實業教育

1904 年,嚴復發表《讀新譯甄克思《社會通詮》》,他認為力智德低下的原因在貧,救貧之方在路礦,「為今日吾中國之大患者,其惟貧乎」!「其智之不淪,以貧故;其力之不奮,以貧故。問何汙穢而不蠲,貧也;問何作偽而售欺,貧也。瘟疫之所以流行,盜賊之所以充斥,官吏之所以貪婪,兵卒之所以怯弱,乃至民視其國之存亡若胡越之相視其肥瘠,外人入境甘為前驅,甚或挽其長留以為吾一日之慈母,無他,舉貧之為患而已矣」。「今日救貧之大經,仍即地而求之,而其要在路礦。吾之為路礦,將以富用路礦之吾民也」。「救貧無術,則一切進化求治求富強之事皆廢」。(《嚴復全集》第 7 卷,第 136—138 頁)

路礦之功能不僅僅在救貧以間接救智,還能直接救智,因為「往來之便,百貨之通」;「民之耳目日新,斯舊習之專,思想之陋,將不期而自化,此雖縣縣為之學堂,其收效無此神也。故曰:路礦之宏開,乃用路礦者之大利也」。(《嚴復全集》第 7 卷,第 136—138 頁)

興辦路礦需要新式科學技術和工商管理方面的實業人才，而此類人才是中國科舉教育所不能造就的，所以，實業教育迫在眉睫。1906年7月2日，嚴復在上海商部高等實業學校發表《實業教育》的演說，談論其倡導實業教育思想主張。（《嚴復全集》第7卷，第249—254頁。以下1—5段論述內容，除特別註明外，皆出此文。）

　　1.「中國今日自救之術，固當以實業教育為最急之務」；「言今日之教育，所以救國，而袪往日學界之弊者，誠莫如實業之有功」。理由是，「大抵事由學問，施於事功，展用筋力，於以生財成器，前民用而厚民生者，皆可謂之實業」。（西方）「上下百餘年間，其實業演進絕景而馳如此，至於今西國造物成事，幾於無事不機；而吾國所用，猶是高曾之規矩耳……夫中國以往三四千年，所以為中國者，正緣國於大地之中，而不與人交通競爭而已」。時至今日，由於外國武力侵略，國門打開，「開門相見，事事有不及人之憂，而浮淺之人，又不察病源之所在」。「使中國長貧如此，則雖欲詰戎講武，勢且不能。且道路不可不通，礦產不可不出；使吾能自通而自出之，將無事抵排，外力自消，內力自長」。實業教育的目的，是由救貧進而救國；國富，內力充實，則不必耗費大量軍費以抵禦外侮，外侮自消。

　　2.實業教育的性質有別於普通教育，是繼普通教育之後的專門教育；實業教育矯正科舉教育，消除科舉教育留下的後遺症。「實業教育者，專門之教育也」。「固繼普通教育而後施，不幸吾國往者舍科舉而外，且無教育；使其人舉業不成，往往終身成廢。因緣際會，降就工商之業，則覺半世所為，一無可用」。

　　3.實業教育貴在培養職業自豪感，樂業奉獻的精神。要讓學生認識到實業救國的意義，「學子有志為實業之人才，必先視其業為最貴，又菲薄仕宦而不為者，而後能之」；「吾俗之不利實業家」，如果「其人不自知操業之高尚可貴，惟此有救國之實功，恥尚失所，不樂居工商之列，時時懷出位上人之思，則其人於實業終必不安，而社會亦無從受斯人之庇也」，則「中國欲得實業人才，乃為至難」。《丙午十二月廿三日上海華童學堂散學演說》：「吾國舊俗，舍士無學。夫業之貴賤不在業，而在所以業之者，其精神意向

為何如。故拉勃有言：凡社會所有之事，篤而論之，無一非可貴者，不獨上等斯文之業為然，乃至賃傭徒御，皆社會所不可少，可以自食其力而無愧容。」（《嚴復全集》第 7 卷，第 290 頁）

　　4. 實業是幹實事的，所以實業教育貴在實踐，特別求實，所以特別重閱歷；求精勤，求堅毅忍耐，所以要求筋骨強健，則更應注重體育。「實業教育與他種教育有不同者，以其人畢生所從事，皆在切實可見功程，如路，如礦，如一切製造。大抵耳目手足之烈，與治懸理者迥殊」。「故教育之要，必使學子精神筋力長存朝氣，以為他日服勞幹事之資，不欲其僅成讀書人而已」。「蓋往日之教育篤古，實業之教育法今；往日之教育求逸，實業教育習勞；往日之教育成分利之人才，實業教育充生利之民力。第須知實業教育，其扼要不在學堂，而在出學堂辦事之閱歷」。「所以陶練之使成真實業家，則必仍求之實業之實境，作坊商店、鐵路礦山」。「品行平常，臨事既無條理，趨功又不精勤，則其學雖成，於實業無幾微之益」。「體智二育均平，不致為書生腐儒」，「精神筋力，忍耐和平」。

　　5. 實業教育在教學內容上，西文、物理、化學等幾項特別重要。若不懂西文，則不能及時瞭解並掌握西方先進的科學技術，則永遠被甩在後邊。「吾國既無專書，斷然必以西文傳習」，「學成之後，其人於外國實業進步，息息相通，不致轉瞬即成故步」。吾國事業二病，「不知機器之用，與不明物理與化學。是故實業之教育，必以之數者為要素」。

二、論學校教育

一、關於德育、智育、體育

　　嚴復譯著中早期使用的民力、民智、民德三個名詞，屬於群學（社會學）概念；而作為教育學和學校教育概念的德育、智育、體育，在《群學肄言》譯文中已經使用。《群學肄言》是從 1897 年到 1902 年間斷斷續續譯出，前期似用「三民」，後期才用「三育」。嚴復自著文章，大約到 1906 年以後才經常使用「三育」，如在寰球中國學生會上演講《論教育與國家之關係》，

在青年會第七次師範研究會上演說《教授新法》。理論總是隨著社會實踐的需要應運而生，此時，中國社會已經開始廣泛興辦新式中學和小學。因為嚴復的「三民」與「三育」概念是延續而對應的，下文在論述過程中，隨嚴復原文運用兩種概念而視為同一。

《論教育與國家之關係》集中論述德育、智育、體育的重要性：「處物競劇烈之世，必宜於存者而後終存。考五洲之歷史，凡國種之滅絕，抑為他種所羈縻者，不出三事：必其種之寡弱（體弱）；闇昧，不明物理（智弱）；劣惡，四維不張（德弱）。是以講教育者，其事常分三宗：曰體育，曰智育，曰德育。三者並重，故主教育者，則必審所當之時勢，而為之重輕。」（《嚴復全集》第 7 卷，第 179 頁）

嚴復認為，民力是國家富強的基礎，體育是智育、德育的基礎，智育重於體育，而最重要的還是德育。

（一）關於體育

嚴復對體育的重視，來自早年在英國留學時的體會。據《郭嵩燾日記》1878 年 2 月 2 日記載，嚴復談道，自己和其他中國留學生與英國同學一起做修築戰壕的訓練，數十人並排執鍬掘土，中國學生挖土最少，卻已精疲力竭。嚴復感嘆：「西洋人筋骨皆強，華人不能。此由西洋操練筋骨，自少已習成故也。」[483]

對甲午戰爭的失敗，嚴復從多方面、多視角進行深刻反思，也許回想了當年的體驗，放眼西方富強之國，聯想古今善戰之國，得出更為明晰的認識。《原強》曰，「論一國富強之效，而以其民之手足體力為之基」；（古時）「莫不以壯佼長大，耐苦善戰，稱雄一時」；（今時）「有待於驍勇堅毅之氣則同」。（《嚴復全集》第 7 卷，第 33 頁）

1906 年 6 月 15 日，嚴復在青年會第七次師範研究會上發表《教授新法》演講時，引用斯賓塞，「不講體育而徒事姱心，無異一氣機然，其筍緘關鍵極精，而氣箱薄弱不任事」。「體」如氣機之氣，是機器動力的來源，也就是力。嚴復的「體育」觀念也受中國古人思想的啟發，引孟子曰：「持其志，

無暴其氣。」志,是意志和精神,而依託於血氣,所以血氣必須無所殘害和糟蹋。血氣來自人的體質和體力,是體質體力強弱的標誌。孟子的意思是,屬於德智範疇的志,不能脫離體質範疇的氣。嚴復的「體育」觀念更是受到近代科學進步的啟發和理論支持:「百年來生理學大明,乃知心雖神明,其權操諸形氣,則大講體育之事。」(《嚴復全集》第 7 卷,第 236 頁)此處更是明言智力有賴於體力和毅力。《原強》曰:「且自腦學大明,莫不知形神相資,志氣相動,有最盛之精神,而後有最盛之智略。」(《嚴復全集》第 7 卷,第 33 頁)此言體質之形氣與德智之神志是互相依存的。斯賓塞有類似言論:「有了最好的腦子,如果沒有足夠的生命力去使用它,還是無用。」[484] 在道理上,斯賓塞與孟子是一致的,只是前者基於科學觀察和實證,而後者則來自直觀的經驗。

(二)關於智育

嚴復在 1895 年引入群學,以圖改進中國民智;1906 年以後,他主要呼籲基礎教育的普及,提高國民文化素質。嚴復在《論教育與國家之關係》一文中說:「所有子弟凡十齡以上者,迫使入學。以三年為期,教以淺近之書數,但求能寫白話家信,能略記耳目所見聞事,珠算則畢加減乘除」;「更於一邑之中,立一考稽之總會,用強迫之法,以力求其普及」。普及的目標,就是人人識字。人民不識字,「則上流社會,縱極文明,與此等終成兩橛」。(《嚴復全集》第 7 卷,第 181 頁)如果教育、科學與文化不能普及,其導致的結果必然是社會分裂,不能同心協力共禦外侮,走向富強。

嚴復認為智育重於體育,因為沒有智育,就不可能懂得衛生知識,也就無從有體育。他說:「至於個人體育之事,其不知衛生者,雖由於積習,而亦坐其人之無所知,故自踐危途,日戕其生而不覺。智育既深,凡為人父母者,莫不明保赤衛生之理,其根基自厚,是以言智育而體育之事固已舉矣。」(《嚴復全集》第 7 卷,第 179 頁)

(三)關於德育

嚴復認為,德育內容具有穩定性、永久性,甚至永恆性。《丙午十二月廿三日上海華童學堂散學演說》說:「學校之中,宜以德育為主……顧德行

之理雖繁，而約而舉之，要不過數言而盡：入孝出弟也；主忠信也；己所不欲勿施於人；不侮矜寡，不見利思義也……三千年以前如是，三千年以後亦復如是。」（《嚴復全集》第 7 卷，第 291 頁）

嚴復認為德育重於智育，德育是成人之目的，智育是輔翼。他在《論教育與國家之關係》中說：「居今而言，不佞以為智育重於體育，而德育尤重於智育。何以言德育重於智育耶？形而上者為之道，形而下者為之器」；道屬德育，器屬智育；「惟器之精，不獨利為善者也，而為惡者尤利用之。社會之所以為社會者，正恃有天理耳，正恃有人倫耳，天理亡，人倫墮，則社會將散，散則他族得以武力御之，雖有健者，不能自脫也。凡國之亡，必其人心先壞。未有國民好義，君不暴虐，吏不貪汙，而其國以亡，而為他族所奴隸者。故世界天演雖極離奇，而不孝、不慈、負君、賣友，一切無義男子之所為，終為覆載所不容，神人所共疾，此則百世不惑者也」。（《嚴復全集》第 7 卷，第 179 頁）他在《丙午十二月廿三日上海華童學堂散學演說》中說：「德育為事，必輔之以智育，而後知行有合一之日，而《大學》所以繼物格知致而後言意誠也」；「法之芒騰曰：愚昧者，諸惡之母也」。（《嚴復全集》第 7 卷，第 292、290 頁）

嚴復認為，德育屬於情感，智育屬於理性。教育的目的在於練成強健的體質，養成情感和理性的和諧，成為一個身心和諧的人。文藝是養成情感的重要途徑，是德育手段。《教授新法》引洛克之語：「教育目的，在能以康強之體，貯精湛之心。」繼而證之以中國先賢思想：「宋儒亦以氣稟之拘，與人欲之蔽，同為明德之累……欲為姱心之學，則當知心如形體，有支部可言，有思理，有感情（心之二方面）……西人謂一切物性科學之教，皆思理之事，一切美術文章之教，皆感情之事……德育主於感情，智育主於思理」。引赫胥黎謂教育有二大事：「一、以陶練天賦之能力，使畢生為有用可樂之身；二、與之以人類所閱歷而得之積智，使無背於自然之規則。開淪心靈，增廣知識已。」（《嚴復全集》第 7 卷，第 236 頁）

德育屬於感情，所以道德說教是難起作用的，必須訴諸感情才能有效。他認為：使教員「日日取此十數言者（指忠孝信義等道德準則），週而復始，

日聒於兒童學子之前,試問其於德育果有效乎?殆未然也。不知德育乃感情之事,斯賓塞於《群學肄言》中論之詳矣。是故欲民興行,徒恃司徒五品之教,猶無益也。必於政刑之中,求其所觀感者」。(《嚴復全集》第7卷,第291頁。斯賓塞之論,參見《嚴復全集》第3卷,第223頁。)

(四)關於中國三育之弊

嚴復認為,中國教育傳統,只有德育,而無智育體育;重德育卻並不得法;只有藝術,而無科學。就智育而言,在思維上演繹多於歸納;重知識積累而無心靈與思維開拓;重書本知識而輕實踐;重前人古訓而不重當今現實;信傳言而不體察;習慣於聽話和從眾,而不善獨立思考。總而言之,中國教育是有所偏廢、不完整的教育。挽救之方,在以科學變化氣質,變其心習。這些觀點主要集中於以下演說中。

他在《丙午十二月廿三日上海華童學堂散學演說》中說:「中國教育,其短有二:一是注重德育而不得其術;二是專重讀書,而不識俯察仰觀學於自然之尤重。」(《嚴復全集》第7卷,第291頁)在《教授新法》演說中:「吾國從來教育即當其極盛,大抵皆未完全……自三育言,則偏於德育,而體智二育皆太少,一也;自物理、美術二方面言,則偏於藝事,短於物理,而物理未明,故藝事亦難以精進,二也;自赫氏所雲二大事言,則知求增長知識,而不重開瀹心靈,學者心能未盡發達,三也;更自內外籀之分言,則外籀甚多,內籀絕少,而因事前既無觀察之術,事後於古人所垂成例,又無印證之勤,故公例多疏,而外籀亦多漏,四也;人才因之以稀,社會由之以陋,尚有極重之弊焉,使不改良,吾人將無進化之望者,則莫若所考求而爭論者,皆在文字楮素之間,而不知求諸事實。一切皆資於耳食,但服膺於古人之成訓,或同時流俗所傳言,而未嘗親為視察調查,使自得也。少日就傅讀書,其心習已成牢錮,及其長而聽言辦事,亦以如是心習行之。是以社會之中常有一哄之談,牢不可破,雖所言與事實背馳,而一犬吠影,百犬吠聲之餘,群情洶洶,馴致大亂,國之受害,此為厲階。必將力去根株,舍教育改良無他法矣。欲變吾人心習,則一事最宜勤治:物理科學是已。」(《嚴復全集》第7卷,第237—238頁)

二、關於教育目的與功能

　　嚴璩編纂的《先府君年譜》中記載，1905年，孫中山先生在倫敦拜會嚴復時的談話：「以中國民品之劣，民智之卑，即有改革，害之除於甲者將見於乙，泯於丙者將發之於丁。為今之計，惟急從教育上著手。」（《嚴復全集》第9卷，第18頁）論者多會引用以說明嚴復的教育目的論是教育救國。但救國可以說是各行各業所有正當行為的總目的，說救國是教育的目的，那也是間接的目的。在嚴復看來，教育最直接的目的應是改變「民品之劣，民智之卑」，使之成人、立人、達人；成為國民、公民，能夠自立、自治。他在《教授新法》中說：「蓋教育者，將教之育之使成人，不但使成器也；將教之育之使為國民，不但使邀科第得美官而已，亦不但僅了衣食之謀而已。」又引用洛克謂：「教育目的，在能以康強之體，貯精湛之心。」（《嚴復全集》第7卷，第235、236頁）身心健康和諧，才能成人，才能立己達人。「仁者以己身之欲有立，即以教育助人自立，以己身之求開通，即以教育助人開通，此立人達人二者之解也「；」立人達人之事，蓋天下為人之業至於教育，殆蔑以加矣」。（《嚴復全集》第7卷，第291頁）1912年，他在《大學預科〈同學錄〉序》中說：「公民莫不有學，學不僅以治人也，自治其身之餘，服疇懋遷，至於水火工虞，凡所以承天時、驅百物以足民用者，莫不於學焉，修且習之，治以平等為義矣。」（《嚴復全集》第7卷，第406頁）

　　孔子曰：「己欲立而立人，己欲達而達人。」魯迅也言「立人」。嚴復的思想導師斯賓塞有言：「養成一個能夠自治的人。」[485]可見嚴復的教育目的論與先賢、後學及西學思想是相近的。

　　中國傳統思想在教育目的論上本無偏頗，可是歷史事實卻出現偏差，讀書做官論在中國人的頭腦中占據了幾千年，嚴復在《教授新法》中，用正確的教育目的論對之進行了深刻的批判：「中國自古至今，所謂教育者，一語盡之日：學古入官已耳！故中國教育，不過識字讀書；識字讀書不過為修飾文詞之用；而其修飾文詞，又不過一朝為禽犢之屬，以獵取功名。故其讀四子五經，非以講德業、考制度也，乃因試場命題之故。其瀏覽群史，非以求歷代之風俗民情，教化進退，政治得失也，乃緣文字得此乃有波瀾運用，資

其典實之故。」在不正確的目的指引下，一切行為都出現偏差，教育的結果就是培養出一代一代的奴才。「夫使一國之民，二千餘年，非志功名則不必學，而學者所治不過詞章，詞章極功，不逾中式，揣摩迎合以得為工，則何怪學成而後，盡成奴隸之才」。（《嚴復全集》第 7 卷，第 237、238 頁）嚴復在《大學預科〈同學錄〉序》中，進而對錯誤的目的進行了釜底抽薪式的批判：「故官無所謂貴，民無所謂賤。」（《嚴復全集》第 7 卷，第 406 頁）

嚴復對教育功能的認識，多借賢哲之言以表達：養成人的第二天性；袪除人性的黑暗和人生的煩惱。他在《論小學教科書亟宜審定》中說：孔子曰：「少成若天性。」而西儒洛克亦曰：「人類上智下愚而外，所以成其如是者，大抵教育為之，故教育之所成者，人之第二性也。古今聖智之人，所以陶鑄國民，使之成為種性，而不可驟遷者，皆所以先入之道得耳。」（《嚴復全集》第 7 卷，第 219 頁）赫胥黎有言：「吾人所居世間有無窮之黑暗與煩惱，故吾人今日所為，但教開得一分黑暗，減得一分煩惱，便算有功於世。」（《嚴復全集》第 7 卷，第 291 頁）「人受文明教育之後，其血氣必足以充其志願，而志願又足以馭其血氣，隨其操縱進退，不入於邪，其意識必清明澄靜，其心才有相得之用，而無所偏……」（《嚴復全集》第 7 卷，第 234 頁）一言以蔽之，教育的功能乃是養成強健厚德、身心和諧的君子人格。

總之，嚴復的教育目的論在成人、立人，而其對「人」的具體要求，在民族危亡的時代背景下，肩負著救弱救貧救亡的時代使命，有著鮮明的時代色彩。

三、關於教育內容——西學、外語與舊學

教育內容總是在教育目的這個指揮棒指引下選擇的結果，嚴復也不例外。他在《教授新法》中說：「以中國前此智育之事，未得其方，是以民智不蒸，而國亦因之貧弱。欲救此弊，必假物理科學為之。」因為「物理科學（自然科學），其於開淪心靈，有陶練特別心能之功」，又利於增廣知識，衛生保種，大進事業，「為吾國所最缺乏而宜講求者」；「一切物理科學，使教之學之得其術，則人人尚實心習成矣」。（《嚴復全集》第 7 卷，第 240、238 頁）在斯賓塞的學說體系裡，物理科學是群學的基礎，《勸學篇》雲：「智之開也，

物理為先，群理為後。未有物理不明而群理瞭然者，何則？物理簡而群理繁也。」（《嚴復全集》第 5 卷，第 492 頁）嚴復在《原強》中介紹斯賓塞之群學，亦以名、數、力、質、天、地、生、心諸學為明群學之前提，前已論及。嚴復在 1895 年的幾篇政治文章中，力倡用以提升國民素質的教育內容是西學，其西學包含物理、群學兩方面內容。

1895 年到 1898 年戊戌變法期間，嚴復最為激進，將中國傳統教育內容一概貶斥，認為「記誦詞章既已誤，訓詁註疏又甚拘，江河日下，以至於今日之經義八股，則適足以破壞人才」。（《嚴復全集》第 7 卷，第 34 頁）漢學宋學，「皆宜且束之高閣」，陸王之學，師心自用，「率天下之人而禍實學」。（《嚴復全集》第 7 卷，第 48、49 頁）

為救傳統教育舍士無學、學古入官之弊，嚴復主張「農工商各業之中，莫不有專門之學」，即實業教育，其教育內容必是「實學」，即近代科學和工商管理。

當然，嚴復即使在最偏激的時候，也並非真心地徹底否定舊學，只是認為其不適應於救亡圖存的短期功利目的。他在《救亡決論》中說舊學「非真無用也，凡此皆富強而後物阜民康，以為怡情遣日之用，而非今日救弱救貧之切用也」。（《嚴復全集》第 7 卷，第 48 頁）

戊戌變法以後，嚴復的激進思想有所改變，不再如前之偏激，對中國舊學有了更多的溫情和敬意。他在《丙午十二月廿三日上海華童學堂散學演說》中說：「如今日之洋學生，略治數種科學，略通外洋歷史，而於自己祖國之根原盛大，一無所知，庸妄乖張，此等人才，吾國前途，實無所賴。」（《嚴復全集》第 7 卷，第 293 頁）在《與外交報主人書》中則闡述了一種兼容並包的思想：「今之教育，將盡去吾國之舊以謀西人之新與？曰：是又不然。英人摩利之言曰：變法之難，在去其舊染矣，而能別擇其故所善者葆而存之。方其洶洶，往往俱去，不知是乃經百世聖哲所創垂，累朝變動所淘汰，設其去之，則其民之特性亡，而所謂新者從以不固；獨別擇之功，非暖姝囿習者之所能任耳。必將闊視遠想，統新故而視其通，苞中外而計其全。」立人救亡之教育目的未變，內容選擇卻有所變化，是因為對內容的認識有所改變。

此時的嚴復大約經歷了戊戌變法因過激而失敗的教訓，不再認為舊學全無現實應用性，而也可以救愚。他說：「繼自今，凡可以愈愚者，將竭力盡氣骲手繭足以求之。惟求之能得，不暇問其中若西也，不必計其新若舊也。」其道「由愚而得貧弱，雖出於父祖之親，君師之嚴，猶將棄之」；「足以愈愚矣，且由是而療貧起弱焉，雖出於夷狄禽獸，猶將師之」。（《嚴復全集》第8卷，第202頁）顯示了嚴復廣闊的視野，開朗的胸襟，不凡的氣度。

建立民國後，嚴復發表演說《讀經當積極提倡》（《嚴復全集》第7卷，第462頁），向參政院提案，建議「標舉群經聖哲垂訓，採取史書傳記所紀忠孝節義之事，擇譯外國名人言行，足以感發興起合群愛國觀念者，編入師範生及小學堂課本中，以為講誦傳習之具」。（《嚴復全集》第7卷，第477頁）但是，嚴復的舊學，非食古不化的舊學，而是西學視野觀照之下的舊學——「自他之耀，回照故林」，是用新法教學的舊學。「居今言學，斷無不先治舊學之理，經史詞章，國律倫理，皆不可廢，唯教授舊法當改良。諸公既治新學之後，以自他之耀，回照故林，正好為此」。（《嚴復全集》第7卷，第240頁）在1907年2月發表的《丙午十二月廿三日上海華童學堂散學演說》中說：「所讀者，尤必為本國之書。但讀矣而僅囿於此，則往往生害。故必博參之以他國之書，而廣證之以真實見聞。」（《嚴復全集》第7卷，第293頁）

博參、回照並非易事，嚴復認為只有透徹地瞭解西學才能做到，其前提是必須精通西文。嚴復非常重視外語教育，認為只有學習了另外一種語言，才更能認識自己的母語和文化。「所以必習西文者」，「中文必求進步，與欲讀中國古書，知其微言大義者，往往待西文通達之後而能之。且西文既通，無異入新世界，前此教育雖有缺憾，皆可得此為之補苴」。（《嚴復全集》第7卷，第241頁）以西文彌補中國教育缺陷，非徒語言，乃變心習，這是嚴復經驗之談。精通群學理論，才能更加理解中國古訓，明所以然。如：言必有信，見利思義，餓死事小、失節事大。（《嚴復全集》第7卷，第240頁）前文論及之「惟群學明，而後知治亂盛衰之故，而能有修齊治平之功」，亦同此理。

嚴復強調要學習原汁原味的西學，必須精通西文。他瞧不起從日本轉來的西學，稱為「東學」，是稗販之學，所以一向瞧不起留日學生。《英文漢詁·卮言》雲，「使西學而不可不治，西史而不可不讀，則術之最簡而徑者，固莫若先通其語言文字，而為之始基。假道於迻譯，借助於東文（日文），其為辛苦難至正同，而所得乃至不足道」；「故今日東西諸國之君若臣，無獨知其國語者」。甚至英法各國的將軍，都通他國語言。（《嚴復全集》第6卷，第86、84頁）

四、關於教育方法

嚴復的教育方法論受斯賓塞的影響，遵從天演進化規律，提倡自然教育。斯賓塞認為，「教育應該把人類文化在小範圍內重複，也應該儘量成為一個自我演化的過程」。[486] 他從觀察小鳥、小貓來認識教育規律，鳥對羽毛新長成的小鳥的行為，貓和小貓玩耍的行為，都是在誘導小鳥、小貓鍛鍊其肢體、知覺和本能。嚴復在《英文漢詁·敘》中指出，一切律令出之於自然，一切學問皆求之自然。（《嚴復全集》第6卷，第80頁）自然既是學習的對象，更是一種教與學的方法；教育過程與自然進化過程一樣，都有自然法則，教育方法必須遵循自然法則，以自然為師，如庖丁解牛，依乎天理，所以自然教育是教育方法的根本，人為教育方法只是自然教育的延伸和補充。他在《教授新法》中說，「有自然之教育，有人為之教育。人為教育分體智德三者，而智育之事最繁」。「上古之人，近取諸身，遠取諸物，冬皮夏葛，渴飲饑餐。誰為教之？天實教之。其始皆以自然為師，故世界者，一學界也；地球者，一大學校也。以自然為之監督，為之教務長，有教無類。無一地一時，能違自然之教育者。學於自然有道，必勤必精，必虛必順，必求自得」。「所謂庖丁解牛，依乎天理而已。天理者即此自然學校之規則也」。「人為教育者，所以輔自然教育之不足者也」。「凡不背自然規則者皆優，不合自然規則者皆劣」。（《嚴復全集》第7卷）從以上所引文字看，嚴復所接受的斯賓塞的方法論，是與中國古代教育思想中的仰觀俯察、近取諸身遠取諸物，相一致的。

自然教育方法實際是一種注重實證的科學方法。自然教育方法的幾個例子，斯賓塞反覆講，嚴復也反覆引用。如「（教育之）道在必使學者之心，與實物徑接，而自用其明，不得徒資耳食，因人學語。觀物以詳審不苟為主，莫若教之作畫。作畫不必遂成畫家，蓋畫物之頃，童子心不外馳；而求肖物，則必審物。此二者皆極有用之心習，而其事又為童子之所欣，而不以為苦」。（《嚴復全集》第7卷，第241頁）以學畫畫培養觀察能力，訓練集中注意力，是觀察和實證方法的一種演練。斯賓塞說，燙傷的孩子怕火，兒童手抓熱爐渣，幾次被燙，就不會再碰了。讓兒童從日常生活經驗中，從大小不同的錯誤中得到大小不同的懲罰，從而學會怎樣行動，自然的懲罰是最好的教育。[487]嚴復在《天演論》中亦用此例，這是用歸納法（內籀）以「自用其明」。

自然教育注重的是自我教育和自我發展。「人類完全是從自我教育中取得進步的」；「在教育中應該儘量鼓勵個人發展的過程，應該引導兒童自己進行探討，自己去推論」；「兒童在運用本國語言方面是自己學會的」。[488]認識火的例子也足以說明此理。嚴復主張自得，即是讓學生自我教育和自我發展的教育方法，前已論及。

學生自得並不意味著教師不用作為，無所作為，啟發與引導是教師的職能。嚴復在《論小學教科書亟宜審定》中說：「是故教育者，非但日學者有所不知，而為師者講之使知；學者有所未能，而為師者示之使能也。」況且知識是無限的，靠老師講解難以窮盡，所以必須開啟學生之天明天稟——天然的靈性，使其自能自得：「大宇長宙之間，其為事物，亦已眾矣，師又安能事事物物而教之。即使教者至勤……此教鸚鵡沐猴之道耳，非教人之道也。教人之道奈何？人固有所受於天之天明，又有所得於天之天稟。教育者，將以瀹其天明，使用之以自求知；將以練其天稟，使用之以自求能。」（《嚴復全集》第7卷，第218頁）

如何才能開啟天明天稟？學生個性和天資各異，不同年齡段也各有特徵和演進規律，斯賓塞研究進化規律，對此洞若觀火，著作中多有論及。嚴復在《論小學教科書亟宜審定》中指出，此規律幽微難察，但教師應研究、遵循：「夫童子之心靈，其萌達有定期，而隨人為少異，非教者之能察，其不犯凌

節躓等之譏寡矣。」如此,則對教師要求很高,須有哲學家的素質。教育不僅僅是傳授知識技能,更是開啟靈性,啟迪智慧,這是哲學家的事情。嚴復說,「大《易》曰:蒙以養正,聖功也」;「蓋言惟聖哲之人而後知為養蒙之事而已。故斯賓塞有言,非真哲家,不能為童稚之教育」。(《嚴復全集》第 7 卷,第 218 頁)

循著開啟天明,以期自得的理路,嚴復與斯賓塞一樣,都反對死記硬背的教學方法。嚴復在《教授新法》中指出:「以中國前此智育之事,未得其方。」(《嚴復全集》第 7 卷,第 240 頁)所指當含死記硬背。《原強》說:「六七齡童子入學,腦氣未堅,即教以窮玄極眇之文字,事資強記,何裨靈襟?」(《嚴復全集》第 7 卷,第 34 頁)斯賓塞談智育時反覆強調,從前流行的死記硬背的辦法現在已經日益不受重視,用死記的方法學等於不學。嚴復可謂得其真傳。但是嚴復晚年的看法有所動搖,反映了嚴復思想觀念的變化。1913 年,嚴復在《讀經當積極提倡》的演說中說:「吾人欲令小兒讀經,固非句句字字責其都能解說,但以其為中國性命根本之書,欲其早歲諷誦,印入腦筋,他日長成,自漸領會。小兒讀經,記性為用,則雖如《學》《庸》之奧衍、《書》《易》之渾噩,又有何病?」認為「不至遂害小兒腦力」。(《嚴復全集》第 7 卷,第 364 頁)

嚴復的教育方法為後人稱道的還有一點,就是鼓勵學生獨立思考,求異創新,這在那個時代是難能可貴的。他做安徽高等學堂監督時,看到一學生作文《張巡論》,批判殺妾饟軍為野蠻和歧視婦女行為,大喜過望,自掏腰包獎賞此生十元,並在 1907 年 1 月 21 日寫給甥女何紉蘭的信中說:「可惜吾女尚小,不然,真可妻也。」(《嚴復全集》第 7 卷,第 456 頁)

五、關於教科書

嚴復關於教科書的看法,集中於 1906 年 4 月 7 日發表於《中外日報》的《論小學教科書亟宜審定》一文。(《嚴復全集》第 7 卷,第 218—220 頁。本小節引文皆出於該文。)主要有以下幾點:

1. 中小學必要，大學非必要。「故教科書者，固非教育家之所拳守也。高等之師，其吐詞發問，皆教科書也」；「高等之學校不必有，而自中學以下，至於小學，則又不可無」。看來嚴復對大學教師估計很高，要求也很高，除了具備豐富的知識，還應有自己的獨立思想。

2. 德育必要，智育非必要。理由是智育所要傳授的知識體系豐富多樣，進步日新月異，變化不盡，難以定型，教科書難以囊括；而德育具備普適性和永恆性，縱橫五大洲，上下幾千年，道德原則大同小異，前以論及。嚴復說：「智育之業，人自為教師，各不同。教科書於智育不必有，於德育則不可無」；「智育之進步日殊也，而德育之事，雖古今用術不同，而其著為科律，所以詔學者，身體力行者，上下數千年，東西數萬里，風尚不齊，舉其大經，則一而已。忠信廉貞，公恕正直，本之修己，以為及人，秉彝之好，黃白棕黑之民不大異也」。另外，智育貴在實驗探索，求其所以然，所以要害不在教科書，而德育重在知而後行，可參照本本。其言曰：「智育之為教也，貴求其所以然，德育修身諸要道，固未嘗無其所以然，第其為言也深，其取義也遠，雖言之，非成童者之所能喻也，而其為用又至切，使必待知其所以然，而後守而行之，則其害已眾矣……是故五洲德育之為教，莫不取其種族宗教哲學之公言類纂之，而有教科書之設。」

3. 科書須有官方審定和社會評論。「歐洲久講教育之國，莫不於小學之教科書，尤競競焉。此其事不獨學部重之也，報館之中有盧勒維由（譯雲核閱）者，每一書出，必有數家為之評騭其完缺高下，而詳著其用，以為教之所宜。故雖有書賈牟利，潦草成書，其效足以誤人，一經嗤點，無由存立」。言之今日，官方評定行之甚力，而社會評論之功效，發揮甚微。嚴復之言，仍不無參考價值。

4. 教科書須多樣化，即一綱多本。「教科書為物，其經法雖不可不定，而又不欲使一國思理學識囿於一隅……無改良進步之可望。故其於教科書也，學部舉其綱，而盧勒維由張其目；學部定其簡，而盧勒維由勘其詳，猶之政法然，得此而自由秩序二者交相為資，既免奇衺（邪），而其勢又不至於腐敗」；「學部於教科書，莫若除自行編輯頒行外，更取海內所出諸種而審定之，

（合格則）皆許銷售，聽憑用者自擇，且為之力護版權。而其未經審定與斥黜者，則不準以教科書作售」。新世紀以來，國家教育改革，基本實行一綱多本的模式，但是並不徹底，一本獨行者尚不乏其例。

5. 揭示教科書亂象，今日猶存。「中小學校漸皆成立，故坊間出售教科書籍，日見增多……真贗互陳，良楛並出。往往但求速成，剿割龐雜；或苟矜新異，逆節違理；或不知而作，雅鄭不分；或陳腐因仍，無所啟發；或利蠚溢惡，潛滋厲階。恐他日未必不為國之隱憂也」。

六、關於高等教育

嚴復關於高等教育思想的論述，主要集中在 1912 年 7 月的《論北京大學校不可停辦說帖》和《分科大學改良辦法說帖》中。當時教育部以經費困難，各方對大學校鹹有不滿為由，有停辦北京大學之議。嚴復時任北大校長，據理力爭，使北大免遭停辦之厄運，得以倖存。

1. 辦學目的與宗旨。造就專門人才，保存高尚學術，弘揚國家文化。「普通教育所以養公民之常識，高等大學所以養專門之人才。無公民則憲法難以推行，無專門則庶功無由克舉」；「大學固以造就專門矣，而宗旨兼保存一切高尚之學術，以崇國家之文化。各國大學，如希臘、拉丁、印度之文學、哲學，此外尚有多科，皆以為文明國家所不可少，設之學官，立之講座，給予優薪，以待有志」；「探賾索隱，教思無窮，凡所以自重其國教化之價值也」。（《嚴復全集》第 7 卷，第 400 頁）

2. 辦學目標上，向世界一流大學看齊。嚴復意識到在當時難以企及，但心存夢想。「查北京大學，考其程度、教法，欲與歐美各國大學相提並論，固不可同年而語。然在建置之初，固亦極當時之人才物力竭蹶經營，以免（勉）企其所蘄向之鵠的」。（《嚴復全集》第 7 卷，第 399 頁）

3. 辦學方針上，主張尊重多樣，兼收並蓄，廣納眾流，開啟蔡元培辦學思想之先河。嚴復談北京大學課程設置，體現其辦學思想的開放性：「大學文科，東西方哲學、中外之歷史、輿地、文學，理宜兼收並蓄，廣納眾流，以成其大。須所招學生於西文根柢深厚，於中文亦無鄙夷，先訓之思，如是

兼治，始能有益。」（《嚴復全集》第 7 卷，第 403 頁）強調尊重各國各地大學之道的特殊性：「夫各國之有大學，亦無法定其程度。取甲國之大學與乙國之大學相比觀之，不能一致也。此固有種種之原因、種種之歷史，從未有一預定之程度，必至是而始得為大學。」（《嚴復全集》第 7 卷，第 399、400 頁）

【附記】嚴復譯文與斯賓塞對應關係兩個疑點

從本文各個部分的論述中可知，嚴復的教育思想基本來自斯賓塞的理論體系，從國民素質與國家富強之關係，到教育內容和教育方法論，都不乏與斯賓塞一脈相承之處。但由於文獻的缺失和斯賓塞著作卷帙浩繁、學說體大思精，原文漢譯很少。再加上嚴復的翻譯並非嚴格直譯，而是選擇性意譯，所以對應關係很不明了，學術界理解和介紹頗多含糊和不確切處。筆者英文水平有限，且並未接觸幾本斯賓塞原文，亦屬孤陋寡聞，但也發現兩個疑點。

嚴復在《原強》中介紹：「《明民論》者，言教人之術也，《勸學篇》者，勉人治群學之書也。其教人也，以浚智慧、練體力、厲德行三者為之綱。」（《嚴復全集》第 7 卷，第 24 頁）

周振甫在《嚴復選集》中註：「《明民論》，Principle of Sociology；《勸學篇》，Education，Intellectual，Moral，Phycial。」[489] 這個註釋顯然是錯誤的，因為《勸學篇》譯自斯賓塞的《社會學研究》（The Study of Sociology）第一篇 Our Need of It，即嚴譯《群學肄言》的第一篇《砭愚》，顯然不能對應 Education，Intellectual，Moral，Phycial。斯賓塞的 Education，Intellectual，Moral，Phycial 通常譯作《教育論》，而《明民論》是講教人之術，則可能是 Education，Intellectual，Moral，Phycial。

王承緒先生在《斯賓塞的生平和教育思想》中說：「中國嚴復曾於 1895 年以《明民論》和《勸學篇》為題介紹斯賓塞《教育論》。」[490] 這是含糊其辭的說法，只能說嚴復介紹的是斯賓塞教育思想，而不僅僅是《教育論》。嚴復雖然受到《教育論》的影響，似乎並未翻譯；若翻譯了，則可能是《明

民論》，但至今尚未發現《明民論》譯文，是嚴復未譯，還是譯了而散佚，尚待研究。

知識考古與歷史重詁——編撰一部《林紓年譜長編》的構想 [491]

知識考古與歷史重詁——編撰一部《林紓年譜長編》的構想[491]

張旭[492] 車樹昇

摘要：本文為編撰一部《林紓年譜長編》的總體構想。該課題嘗試運用現代史學方法對近代閩籍歷史名人林紓進行知識考古和重詁，涉及譜主一生四個不同特質的時期。本文介紹這項課題的選題背景、動機和主要任務，同時提出年譜編撰方法方面的新觀點。本研究的目的是以新的歷史觀重構特定時期的歷史人物。

關鍵詞：林紓　年譜　知識考古　重構

無論是在中國近現代文學史上，還是在中國翻譯史或美術史上，林紓（1852—1924）均堪稱一位舉足輕重的人物；同時，他在中國思想界和教育界亦有著相當大的影響。鑒於林紓在中國近現代史上的特殊且又頗具爭議性的地位，歷年來學界對他的翻譯學術思想討論相對較多。可以說，林紓著譯研究一直是一門顯學。不過，研究林紓的學術成果，不能侷限於他的著述本身，還應把視野拓展到他的文藝作品與學術思想誕生的時代背景、藝術與學術源流、師承關係以及社會關係、著述的寫作時間等，年譜在這些方面自然可以發揮作用。

一、林紓其人其事

林紓出生於福建閩縣，原名群玉、秉輝，字琴南，號畏廬、畏廬居士，別署冷紅生，學界稱閩侯先生。晚稱蠡叟、踐卓翁、六橋補柳翁、長安賣畫翁、春覺齋主人。筆名饗英居士、芙蓉山樵、閩中畏廬子、射九、踐卓翁、蠡叟等。室名春覺齋、煙雲樓、浩然堂、填詞堂、鳳篁館等。

林紓世壽73歲，其生活的時代主要介於第一次鴉片戰爭結束後十來年到20世紀20年代新文化運動高潮期，這幾十年間也是中國從近代向現代發生急劇轉型的時期。仔細檢視他的一生，其生平大致可分為四個階段：1852

年誕生，經讀書、教書和兼習繪畫到 1882 年中試舉人為第一階段；1883 年首次上京參加禮部會試到 1897 年出版《閩中新樂府》和翻譯《巴黎茶花女遺事》為第二階段；1898 年首部譯作出版並取得巨大成功到 1913 年春辭去北京大學教職為第三階段；1913 年至 1924 年專以譯書售稿與賣文賣畫為生為第四階段。

從中國文化發展史來看，林紓無疑稱得上是一位文化巨人，但他本身也是一個複雜的文化個體。作為一位翻譯家，他不諳外文，卻能靠著友人和門生的口譯，用文言筆譯近 200 部歐美小說，其中被鄭振鐸先生稱為「較為完美者」有《巴黎茶花女遺事》《黑奴籲天錄》《塊肉餘生述》《賊史》《拊掌錄》《迦茵小傳》《魔俠傳》《離恨天》《撒克遜劫後英雄略》《魯濱孫漂流記》等 40 余種，包括哈葛德、莎士比亞、笛福、斯威夫特、蘭姆、史蒂文森、狄更斯、科南道爾、歐文、雨果、大仲馬、巴爾扎克、伊索、易卜生、托爾斯泰等名家的作品，他的這些翻譯作品為當時的中國人打開了一扇接受西風歐雨的窗口，由此也成就了他「介輸西方近世文學第一人」的地位。

作為一位文學家，他用一腔愛國熱血揮就百餘篇針砭時弊的文章，用犀利、恰切的文筆完成《閩中新樂府》《畏廬詩存》《庚辛劍腥錄》《巾幗陽秋》《劫外曇花》《冤海靈光》等 40 餘部作品，成功地勾勒了中國近代社會的人生百態，同時也開了一個時代文學之新風氣，成為新文學的「不祧之祖」。這些也確立了他作為中國新文化先驅的地位。

作為一位古文家，他被視為中國文學史上最後之古文名家，自訥：「六百年中震川外，無一人敢當我者！」其「為文宗韓、柳。少時務博覽，中年後案頭唯有《詩》、《禮》二疏，《左》、《史》、《南華》及韓、歐之文，此外則《說文》《廣雅》，無他書矣」。他先後輯有《畏廬文集》《畏廬續集》和《畏廬三集》3 種，收入作品近 300 篇。「畏廬之文每一集出，行銷以萬計」的說法，可見其影響之大。可以說，兩千多年來，一直居於文學正宗地位的中國古典散文由他畫下最後一個休止符。

作為一位學者，他總結出一套系統的古文理論。除了在《論古文之不宜廢》《論古文白話之相消長》《送大學文科畢業諸學士序》《答大學堂校長

蔡鶴卿太史書》《送姚叔節歸桐城序》《贈馬通伯先生序》《與姚叔節書》《答甘大文書》等篇對古文進行多方面論述之外，他的近百篇譯序也潛藏著豐富的古文理論。不僅如此，他還撰述了《韓柳文研究法》《春覺齋論文》以及《左孟莊騷精華錄》《左傳擷華》等系統的理論專著多種。其文論以桐城派提倡的義法為核心，以左、馬、班、韓之文為「天下文章之祖庭」，以為「取義於經，取材於史，多讀儒先之書，留心天下之事，文字所出，自有不可磨滅之光氣」；同時，他也能看到桐城派的種種弊病，反對墨守成規，要求「守法度，有高出法度外之眼光；循法度，有超出法度外之道力」。

作為一位書畫家，長期以來，他的畫名一直為文名所掩。其繪畫藝術精研古法，堅守傳統，外師造化，中得心源，深得傳統山水畫之精蘊。同時，他融入自身豐厚的人生閱歷以及廣博的文、史、哲學識，靈機獨運，創作出數以千計格調高雅、蒼妍秀潤、理致深遠、超越凡俗的繪畫佳作。綜觀林紓一生現存的繪畫作品，其繪畫題材涵蓋山水、花鳥、人物等各個門類，在書法及題畫藝術方面亦有很高的造詣，特色鮮明。

作為一位教育家，他曾經大挑至二等教諭，與末代帝師陳寶琛以及閩紳陳璧、力鈞、孫葆瑨等創辦了蒼霞精舍；先後執教於杭州東城講舍，北京五城中學、金臺書院、正志學校、京師大學堂和國立北京大學，兼職於高等實業學堂和旅京閩學會，並講學於北京孔學會、文學講習會等，其「傳經門左已千人」，可謂桃李滿天下；在教學之餘，他又留下皇皇十大本的《中學國文讀本》以及《淺深遞進國文讀本》《評選船山史論》《左孟莊騷精華錄》《古文辭類纂選本》《左傳擷華》《莊子淺說》《修身講義》《論文講義》《文法講義》《文微》等讀本與講稿，這些也成就了他在中國近現代教育史上的地位。

從空間活動範圍來看，林紓先後生活的地方有福州、臺灣、杭州和北京，其中居臺灣和杭州的時間相對較短，在福州和北京兩地生活的時間最久。林紓平日裡喜歡結交朋友，他接觸的社會階層相當廣泛。這其中有文人墨客，有軍政界要人，有莘莘學子，也有眾多的尋常百姓。這些人在他日常為學、

為藝過程中造成了不同的作用，同時對他的文藝觀和思想觀形成有著直接或間接的影響。

二、前期文獻與是譜選材

前人編撰林紓年譜、著譯目錄及考訂的主要有：胡爾瑛的《畏廬先生年譜》（1926），胡寄塵的《林琴南未刊譯本之調查》（1926），顧頡剛、陳槃的《閩侯林紓的著述》（1929），寒光的《林琴南》（1935），朱義冑的《林畏廬先生年譜》（1949）、《貞文先生學行記》（1949）、《春覺齋著述記》（1949）和《林氏弟子表》（1949），馬泰來的《林紓翻譯作品全目》（1981）和《林紓翻譯作品原著補考》（1993），張俊才的《林紓年譜及著譯》（徵求意見本，1981）、《貞文先生年譜考補》（1983）、《林紓譯著系年》（1983）、《林紓年譜簡編》（2010），曾錦漳的《林譯小說研究》（1966—1967）、《林譯的原本》（1983），連燕堂的《「林譯小說」究竟有多少種》（1985），孔慶茂的《林紓簡譜》（1998），韓洪舉的《林譯小說研究林紓文學活動年表》（2005），俞久洪的《林紓翻譯作品考索》（1983、2010），劉宏照的《林紓小說翻譯研究·林紓年表》（2011），張麗華的《林紓年譜簡編》（2012）等。

上述年譜、著譯目錄及考訂，有的內容過於簡略，有的存在一些疏漏和錯訛，或是出處考訂不詳，或是文字、體例、思想均略顯陳舊，不能滿足今天讀者的需求。鑒於此，我們重編是年譜。本年譜所收內容，一般都進行了考訂；個別無旁證資料可考者，則加按語說明。

本年譜在資料方面，除了林紓本人的著述以及林紓後人捐贈圖書和文物外，還收錄一些林紓與師友互相往來的信札，包括海內外學者有關林紓著譯研究的第一手資料；另外，還收錄一些歷年各地拍賣的林紓書畫作品介紹文字。本年譜的問世，期望有助於促進林紓學術研究的開展，從而更好地豐富中華文化寶庫。

三、體例與原則

1. 編寫是年譜,力求運用辯證唯物主義和歷史唯物主義的觀點,以尊重歷史事實的態度,實事求是地選用林紓生平、思想、著述、翻譯以及政治活動等方面資料,以期能準確、客觀、系統、全面地反映出譜主一生的生活道路、政治傾向、思想演變和翻譯創作歷程。

2. 為了說明林紓生活、工作、著譯的歷史背景,在本事之外,間或附錄當時相關國內外政治與文化大事。

3. 林紓生平主要事跡及其著述翻譯、校訂古籍、書畫創作,年譜中一律記載。所寫序跋、按語、書信等有選擇地加以記載。所用資料,均按年、月、日順序編入,無日可考者系旬或月,無旬、月考者系季,無季可考者系年。著譯有寫作日期者,按寫作日期入譜;寫作日期不可考者,按發表日期入譜。原作題目較長或無題號者,酌情依前人(如張俊才先生)代擬之說。

4. 引文儘量使用譜主著譯原稿、原件或第一發表處,其他史料儘可能引用原始第一手材料。原文有無法辨識之字,以□表示;明顯錯排、衍文、脫字,用 [] 或()將正確之字置其後。

5. 對林紓的著作,包括譯文的序跋、附錄、書信,能說明其政治見解、思想狀況、文藝主張、創作觀念者,多作了概要的介紹。限於篇幅,對有些作品,則只列名備查。篇名中涉及他人作品,用單書名號,與林紓本人作品相區別。

6. 是年譜後附《林紓身後刊登作品細目》和《林紓未刊作品細目》。《細目》列出林紓自己編寫的著作、校對的古籍、與人翻譯的作品。他人編選的「林紓作品選」之類以及為別人校閱的文字,均予列入。所有譯著,列有書名,不列細目,但提供文獻出處。

7. 年譜所引文字資料,皆註明出處,見於林紓詩文集的,一般只標出處,不加註釋。譜文中涉及文學史中的一般社團、報刊、人物的背景知識或補充材料,均未加註釋,部分以按語形式處置。外國人名一般採用林紓原作中的譯法,說明部分則用今通譯之名。

8. 譜文中各年均以公元冠首，附干支紀年。其中 1912 年以前的年份附紀清代年號，1912 年至 1924 年附紀民國年份。西洋紀年與中國紀年並用，阿拉伯數字為公元紀年，中文數字則為夏曆紀年。

9. 是書的編寫，1852 年至 1913 年的譜文，由張旭撰寫；1914 年至 1924 年的譜文，由車樹昇撰寫。

四、歷史重估與歷史意義

編撰年譜無疑是一項對歷史知識進行的考古活動。要編撰一部林紓年譜，最終還有必要澄清筆者對待歷史的態度。

記得當年馬克思和恩格斯在《神聖家族》（1845）中就歷史有過經典的表述：「『歷史』並不是把人當作達到自己目的的工具來利用的某種特殊的人格。歷史不過是追求著自己目的的人的活動而已。」[493] 恩格斯在《費爾巴哈和德國古典哲學的終結》（1888）中也說過：「不論歷史的進程如何，人們總是這樣來創造歷史的：各人都在追求自己的、自覺抱定的目的，而這許多按不同方向行動的意向及其對外部世界發生的各種各樣的影響的總和，就是歷史。」[494] 這便是當今中國主流意識形態推崇的歷史觀。這種歷史觀當然適用於對林紓生平事跡的敘說和詮釋，但仍存在侷限性。

事實上，在中國近現代文學史和思想史上，林紓一直是一位頗具爭議性的人物，以致長期以來他在各種歷史書寫中多是作為反面人物的形象出現。因此對他的文學成就和思想貢獻的追蹤，實際上是在做歷史知識的考古和話語詮釋活動。這種歷史其本身就像米歇爾·福柯所說的，往往是由觀念、知識和話語組成，而且這種歷史往往又是斷裂的和非連續的。[495] 因此，我們所從事的譜系學歷史知識的考古活動之特點，是選定以譜主的生平事跡和思藝活動為切入，就特定人物的歷史知識特徵進行重新梳理和挖掘，以求揭示那些隱形的、鮮為人知的方面，讓其從隱形走向顯形。誠如海登·懷特在《元史學》（1973）中所說的：「歷史編纂是詩化性質的，史學不是科學而是藝術創作，敘事對史學來說是必不可少的。」[496] 換言之，歷史事實並不自我呈現，而是需要由人來敘述，它需要敘述者從紛繁複雜的史料中進行甄選，然

四、歷史重估與歷史意義

後帶著特定的視角進行敘述。這點對於我們的年譜編撰同樣適合。同樣，在年譜的編訂和書寫過程中，由於受制於某種意識形態或出於某種特定的價值追求，書寫者在敘述歷史的過程中必然會帶有某種視角和價值觀，並伴隨著其選擇和評估過程，繼而呈現出異樣的歷史知識，由此而一定程度地使得其歷史敘述偏離那些帶有人文主義或唯理主義情結的人們通常期盼的屬於他異性的「客觀」與「公正」。這就注定歷史需要不斷的重詁和重寫，以求逼近歷史的本來面貌。此點對於我們就特定人物進行的知識考古和歷史書寫也十分適用。

當然，要走進林紓的世界，路徑有多種，而我們卻選擇了從一個十分基礎性的方面，即從文獻梳理入手。我們這樣做的初衷就在於自己深知文獻學乃「眾學問之學」。誠如勞思光先生所言：「人如欲傳授一定知識，則教人時必須極力證明此知識之真實性，因此必以客觀存有為重。」[497] 而文獻學正是達此「客觀存有」的最佳手段，同時也是走進人類知識結構本身的方便途徑。既然我們的研究團隊早已有了多年的文獻累積，同時考慮到「知人論世」的為學途徑，於是我們選擇從《林紓年譜》編訂入手，以此來對林紓這位歷史人物進行知識考古與重新體認，彰顯人物的歷史功績。而在實際的編撰過程中，我們又是本著「大處著眼、小處入手」的原則，嘗試將林紓看作一個大的歷史文本，將其置於特定的歷史語境中，然後再像陳寅恪先生等所說的，對這位歷史人物做「同情之理解」以及「理解之同情」。

從某種意義上說，我們編撰《林紓年譜》的最終目的，就是希望透過林紓和同時代文人所發生的關係，體察他們那一代人在中國社會處於急遽轉型時期，是如何本著開放的姿態，將外國的新思想和新文化譯介進來，這些為開拓國人視野、啟迪民智造成了巨大的作用。而這種從個案人物的關注入手，一方面能夠映射出早期福建先賢在為中國逐漸實現現代化的轉型過程中所做出的貢獻，另一方面也能看到他們在面對外來文化急遽的衝擊下，如何對中國傳統文化進行認真梳理和深刻反思。更為重要的是，我們還可以從他們為人、為學、為政、為藝的過程看到那些真善美的東西。而此點又契合當今主流意識形態十分關心的歷史研究的現代意義，姑且算得上是一種「與時俱進」的舉措吧。

最後需要指出的是，林紓是福建工程學院的前身——「蒼霞精舍」的創始人之一。林紓在中國近代思想史、文化史、藝術史和教育史上均具有深遠的影響，同時也是中國近現代文化處於轉型時期的一位頗具爭議的人物，但林紓曾經為推動中國思想界、文化界、藝術界和教育界的現代化轉型做出的貢獻卻已成為不爭的事實。而我們之所以選擇運用新歷史學的觀點來編纂這部《林紓年譜長編》，意在對林紓生平事跡進行知識考古和重新評估，為未來林紓文化研究的深入開展做好前期文獻準備；同時，這種以學校創辦人為切入點的歷史梳理活動，對於目前福建工程學院正在推行的大學文化建設必然具有深遠的意義。

百餘年（1897—2013）林紓研究概況

肖志兵[498]

摘要：林紓研究迄今已有一百多年的歷史，相關研究文獻眾多，收集、整理、分析這些文獻，可以對林紓研究的整個歷史進行描述。文章採用定量和定性兩種分析方法，涉及林紓研究的態勢、分期、層級、內容等。總覽林紓研究的概況，可以發現林紓研究的成績和缺憾，並對未來的林紓研究進行預測。

關鍵詞：林紓　林紓研究　文獻綜述

1897 年，林紓的詩集《閩中新樂府》，在福州以魏瀚刻本印行，是書為林紓第一部公開出版的文學作品集，意味著他就此邁入文壇。魏瀚作《閩中新樂府序》，提到詩歌的功用，言林紓詩歌可以振聵時人，「為功豈不偉乎」；至於詩歌的體裁，魏瀚認為「新樂府之體，固不妨為俚鄙者也」。[499] 該序可視為第一篇正式（公開出版）研究林紓的文章。此後 117 年間（本文文獻收集至 2013 年），林紓研究幾經起伏，分析相關出版物的各項數據和研究內容，可以發現這一研究的成績和缺憾。

一、林紓研究的態勢

截至 2013 年，本研究共收集文獻條目 1527 項。如圖 1 所列，其中外文文獻 49 項（僅指境外出版的英文和日文文獻，但不包括用英文撰寫的學位論文），中文專著 33 項，中文論著 75 項（指書中章節專門冠以「林紓」「林琴南」或「林譯」的中文著作），學位論文 242 項（含英文學位論文，其中博士學位論文 32 項，碩士學位論文 210 項），中文期刊論文 1128 項（包括林譯小說中他人所作序跋及詩文唱和）。

百餘年（1897—2013）林紓研究概況

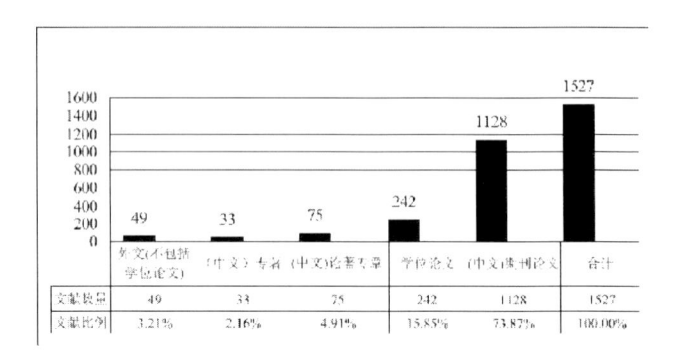

圖 1　林紓研究總文獻數量

我們從圖 1 可以得出以下幾個結論：其一，林紓研究條目最多的為中文期刊論文，占全部文獻數量的 73.87%；其二，數量較多的是各個高校及研究所的學位論文，占 15.85%，這一數量表明新生的研究力量正在加入到林紓研究的隊伍中來；其三，中文著作裡面有單獨章節論及林紓的作品主要分佈在文學史和翻譯史當中，占 4.91%，這表明林紓是文學史和翻譯史當中不可或缺的研究對象；其四，海外的林紓研究主要集中在日本，其研究成果均以日文出版，美國也有學者從事過林紓研究，這些外文文獻的數量表明林紓研究的國際化程度還不高，沒有掀起國際研究熱潮；其五，林紓研究中最具份量的是研究專著的出版，各個時期的專著奠定了後續研究的基礎。如圖 1 所示，專著數量在文獻總數中最少，只有 2.16%，這意味著林紓研究的總體質量還有待提高，在絕對數量居高的背景下，林紓研究的精品還是太少。

二、林紓研究的分期

林紓研究橫跨 117 年的時間，根據其生卒年份（1852—1924）以及中國現當代史的走向，大致可以分為五個階段（如圖 2 所示）：第一階段為 1897—1924 年，以林紓的故去為分界點，可視為林紓研究的「發軔期」；第二階段為 1925—1949 年，隨著林紓之死，林紓不再是熱點話題，林紓研究進入「衰弱期」；第三階段為 1950—1979 年，林紓形像已經徹底走向反面，對林紓已有「定論」，該階段為林紓研究的「沉寂期」；第四階段為 1980—1999 年，林紓研究隨著時代的開放步入到「發展期」，從此開啟了林紓的「翻

二、林紓研究的分期

身史」；第五階段為 2000—2013 年，步入新世紀之後，林紓研究進入多元化時代的「繁榮期」。

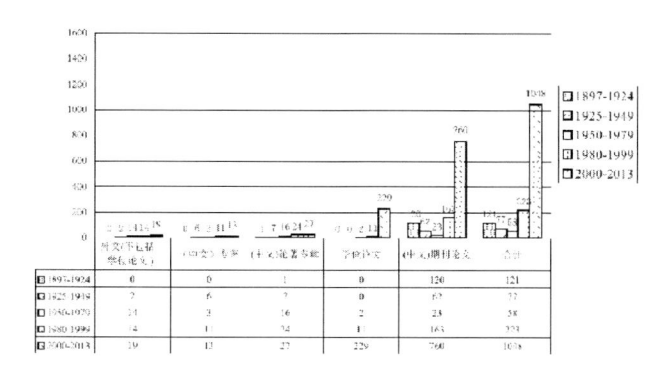

圖 2　林紓研究分期

如果把林紓研究文獻按每十年為一期進行歸類的話，117 年共分為 12 期，可以更為直觀地看到林紓研究的進程。如圖 3 所示，1917—1926 年為林紓研究的第一個高峰期。這個時期有兩處特別的時間節點：一是五四新文化運動，二是林紓之死。而 2007—2013 年這個階段只有 7 年時間，這個階段出產的文獻數量最多，占總文獻的 53.83%，一半以上的文獻出自於這個時期。

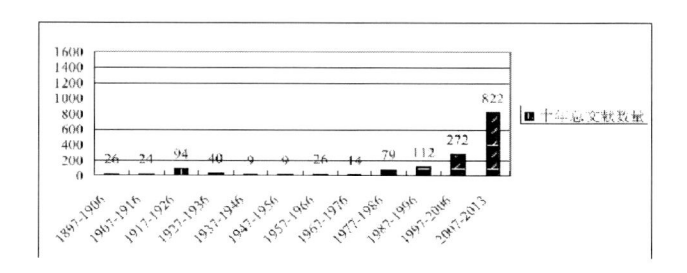

圖 3　每十年文獻數量

如果把年度林紓研究文獻數量的峰值進行描繪，可以發現令人更加震驚的數據。如圖 4 所示，單年度文獻數量最多的年份是 2011 年，達 154 項（其中外文文獻 1 項，中文專著 2 項，中文論著 2 項，學位論文 27 項，中文期刊論文 122 項），占總文獻的 10.09%。這一年是林紓研究的最高峰。

百餘年（1897—2013）林紓研究概況

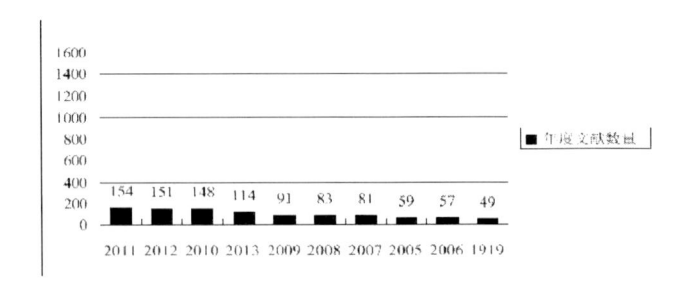

圖 4　年度文獻數量前十位

　　圖 4 揭示的年度文獻數量前十位中，1919 年排名第 10 位，計 49 項。是年，林紓遭遇新文化派發起的輿論圍剿，《每週評論》幾乎成了批判林紓的專號，甚至有一期擴版刊登多達 17 篇聲援新文化派、譴責林紓的文章。梳理這一年的文獻，可以發現林紓的「反面形象」是如何構建起來的。

三、林紓研究的層級

　　如果把林紓研究的中文期刊論文分為四個層級（CSSCI 權威期刊類、北大中文核心期刊類、人文普通期刊類、綜合邊緣期刊類）的話，權威期刊論文數量和比例均占少數，核心類期刊論文約占 1/4 強，剩餘的論文都屬於普通類，甚至邊緣類，其影響和價值均十分有限。這種分佈狀況正是當前學術研究論文發表的特點，當然也與核心期刊檢索確立的時間有必然的聯繫。

　　自 1998 年有 CSSCI 這一檢索以來，關於林紓研究的中文權威期刊論文有 137 篇，占 1998 年以來所有中文期刊文獻（784 篇）的 17.47%。由表 1 可以看出，林紓研究的中堅力量來自於中國文學研究這一方面。但是從絕對數量上來看，權威刊物登載的林紓研究論文還是偏少，高質量論文持續增加有助於林紓研究獲得更高的學術地位。

表1　CSSCI 來源期刊出版排名前五位

期刊	數量
《中國現代文學研究叢刊》	9
《中國翻譯》	7
《明清小說研究》	7
《福建師範大學學報（哲社版）》	7
《中國圖書評論》	6

根據1992年以來的北大中文核心期刊目錄，關於林紓研究的中文期刊論文有215篇，占1992年以來所有中文期刊文獻（826篇）的26.03%。這個數據的得出跟該目錄的來源期刊範圍有直接的關係，也從另一個方面反映出林紓研究的論文發表路徑比較廣。

福建省內的科學研究機構對於林紓的關注度一直都比較高（見表6），1980年以來共發表論文102篇，占1980年以來所有中文期刊文獻（923篇）的11.05%。其中《福建師範大學學報》刊發的論文最早，時間跨度最長，影響力最大；《福建工程學院學報》以絕對的數量占得34.31%的份額，該刊2010年第2期開設了《林紓研究專欄》，2012年第5期更是出版了《林紓研究專刊》。在總結2011年度的林紓研究狀況時，林紓文化研究所所長蘇建新教授坦言：「林紓的家鄉對琴南這位左海奇杰的重視已臻於令人滿意的程度。」[500]

表2　福建地區期刊出版排名前三位

期刊	數量
《福建工程學院學報》	35
《福建師範大學學報(哲社版)》	20
《閩江學院學報》	12

四、林紓研究的內容

林紓研究的內容大致可以劃分為9大類：史料鉤沉、資料彙編、歷史定位、林譯小說、文學創作、繪畫創作、文藝思想、文化思想、傳記交遊和逸聞。

百餘年（1897—2013）林紓研究概況

（一）史料鉤沉

　　林紓研究最基本、最核心、最緊迫的問題是史料鉤沉，包括《林紓年譜長編》的撰寫。這項工作涉及核心文獻的整理、未出版作品的整理、原作版本狀況、繪畫及手書的收集和甄別真偽等。這些基礎性工作一直都有學者在持續跟進，林紓過世後的第二年就有胡爾瑛的《畏廬先生年譜》（1926）和胡寄塵的《林琴南未刊譯本之調查》（1926）面世，之後陸續有各種著述出版，計有顧頡剛和陳槃的《閩侯林紓的著述》（1929），寒光的《林琴南》（1935），朱羲胄的《林畏廬先生年譜》、《貞文先生學行記》、《春覺齋著述記》和《林氏弟子表》（1949），曾錦漳的《林譯小說研究》（1966—1967）、《林譯的原本》（1983），馬泰來的《林紓翻譯作品全目》（1981）、《林紓翻譯作品原著補考》（1993），張俊才的《林紓年譜及著譯》（徵求意見本，1981）、《貞文先生年譜考補》（1983）、《林紓譯著系年》（1983）、《林紓年譜簡編》（2010），俞久洪的《林紓翻譯作品考索》（1983、2010），連燕堂的《「林譯小說」究竟有多少種》（1985），孔慶茂的《林紓簡譜》（1998），韓洪舉的《林紓文學活動年表》（2005），劉宏照的《林紓小說翻譯研究林紓年表》（2011），張麗華的《林紓年譜簡編》（2012）等。這些年譜或目錄不是內容過於簡略，就是存在疏漏和訛誤，要麼是出處考訂不細緻，要麼是文字、體例、思想已經過時，期盼在此基礎上有集大成之作，能夠較為全面、細緻地解決這一史料鉤沉問題。[501]

（二）資料彙編

　　資料彙編是林紓研究的另一項基礎性工作，對學科的發展具有建設性意義。縱觀林紓研究史，已有的資料彙編計有：朱傳譽編的《林琴南傳記資料》（1979），薛綏之、張俊才編的《林紓研究資料》（1983、2010），林薇編的《百年沉浮——林紓研究綜述》（1990）以及福建省文史研究館編的《林紓研究資料選編》（2008）。這幾部資料彙編性的著作，以後出的《林紓研究資料選編》為最，該書彙集了百年（1907—2007）林紓研究的成果，收錄了兩百餘篇論文，近 200 萬字。全書共有 5 大部分：生平與思想、林譯與「林譯小說」、小說創作與理論、詩文與畫、「新」「舊」之爭。[502]

另外，研究綜述也可以歸結為一種資料彙編。蘇建新自 2009 年以來堅持撰寫年度林紓研究綜述（計有 2008、2009、2010、2011 年度），對每一年度世界範圍內的林紓研究進行總結點評，對已取得的成績給予歸類，對研究缺陷進行批駁，對未來的研究方向進行預測。這項工作為近年來紛繁的林紓研究釐清了脈絡，為即將進入這個研究領域的年輕人指明了方向。

（三）歷史定位

主要涉及林紓的評價問題。林紓自詡為「叫旦之雞」「共和之老民」。被冠以的頭銜甚多，「一個很清介的人」、維新派、愛國者、先驅、殿軍、終結者、徘徊者、探索者、啟蒙者、衛道者、遺老、「不祧之祖」、「譯界之王」、「譯壇泰」、「桐城謬種」、「堂·吉訶德」、「文化守護神」或「文化守靈人」、「一個非典型遺民」、「中國文化巨人」等，不一而足。這些稱呼無疑體現了林紓身份的複雜性，其歷史定位也是幾經波折，大致歷程可以歸納為：正面形象——反面形象——平反——多元時代視域下的林紓。林紓研究熱潮跟他的身份多樣性不無關係。

林紓離世，學界對其按例「蓋棺定論」。1924 年，鄭振鐸撰《林琴南先生》一文，全面評述了林紓其人及其著譯。文章不僅從人格上稱讚林紓是「一個非常熱烈的愛國者」「一個很清介的人」，而且對林紓的白話詩、小說創作和翻譯均進行了全面的評價和肯定，提出要公允公正地評價林紓。[503] 鄭振鐸此舉顯然是想矯正新文化運動中，人們對林紓諸多「不很公允」的批評，同時這也是中國文學史上開始客觀、歷史地評價林紓文學業績的標誌。之後周作人（1924）和胡適（1924）都提出要公平對待林紓，表達了對林紓的敬意。隨後，林紓出現在各類文學史和翻譯史中，但是對他的評價並不全面，如陳子展（1929）、陳炳堃（1930）、錢基博（1933）。直至 1935 年寒光著《林琴南》，陳寒光先生開拓性地系統構建了林紓研究的各個範疇，最後的「十七條」結論更是為之後的林紓研究奠定了基礎，重構了林紓的形象。[504] 進入新時期以後，研究者開始重新評價林紓的價值，林紓的傳記、研究資料彙編等開始為林紓正名，至於遭了「冤罪」的林紓的最終平反，還要等到 2005 年，張俊才教授呼籲走出二元對立的窠臼，擺脫政治意識形態的介

入，重新評價林紓和五四之間的糾葛。[505] 林紓歷史定位的變化，與整個時代意識形態的變化息息相關。林紓近三十年形象的演進，有學者做了比較細緻的分析和解讀。[506]

（四）林譯小說

林紓研究者最熱衷的研究領域就是林紓的翻譯（即「林譯小說」）。從整個研究文獻來看，林紓研究存在雙重失衡的現象：整個研究領域失衡，各領域內研究內容失衡。而林譯小說研究最大的問題在於簡單重複太多，扎堆研究突出。下列 3 部林紓的譯作（見表3），合計起來有 201 個文獻條目，而研究內容的大規模重疊，大大折損了林紓研究的聲譽，浪費了研究資源。

表3　林譯小說研究熱點

《黑奴吁天錄》（《湯姆叔叔的小屋》）	121 項
《巴黎茶花女遺事》	45 項
《塊肉餘生述》（《大衛·科波菲爾》）	35 項

最初的林譯小說研究屬於印象式點評或唱和，突出林譯小說的功用和可讀性。白話文興起之後，林譯小說成了新文化派指摘、挑刺的對象，沒有從學理上進行探究。林譯小說研究初期重要的文獻當屬鄭振鐸的《林琴南先生》（1924）和寒光的《林琴南》（1935），其中鄭振鐸對林譯小說的評價一直沿用到改革開放的「發展期」。建國後，林譯小說研究的里程碑當屬錢鍾書所著的《林紓的翻譯》，文中對林紓的「訛」大加賞識，並提出了影響深遠的文學翻譯「化境說」。[507] 隨後曾錦漳在香港發表《林譯小說研究》（1966、1967），對林譯小說原本的選擇、題材的分析、口授者狀況等進行了分析。[508]

真正多層次深入研究林譯小說，要等到現代翻譯理論和文化研究的興起，林譯小說的研究視角豁然開朗，涉及翻譯研究的各個層面和林紓個人的翻譯思想。從一個更為宏觀的文化視角來觀照特定歷史環境中的林譯小說，對客觀、理性地描述林譯小說極具裨益。需要提及的是，套用時興翻譯理論來研究林譯小說成了一大熱門，不乏真知灼見；與此同時，也出現了理論視角重疊、研究材料重複等弊病。縱觀林譯小說的相關文獻，比較少見的是涉及翻

譯過程的研究、冷門小說研究、語料庫研究等。而海外的林譯小說研究，當首推日本大阪經濟大學的樽本照雄教授，2008年3月，他出版了《林紓冤罪事件簿》，以細膩而紮實的考據澄清了種種林紓和林譯小說所受的冤屈，尤其是昭雪了沉冤已久的將戲劇譯成小說一事。[509] 美國青年學者韓嵩文（Michael Gibbs Hill）則試圖突破現有的研究模式，注重考察林譯小說的政治、文化功能及其生產模式，透過細緻的文本分析，發掘林紓的現代性內涵。[510]

（五）文學創作

林紓的文學創作領域可以分為古文、小說、戲曲傳奇、詩詞等。林紓的古文作品以敘事傳人為中心，墓銘、碑記、哀辭、祭文、事略、壽序等體裁占了大部分，除去一些沉冗乏味的酬謝之作外，大多數文章都善於敘事寫人，抒情述理，生動詼諧，趣味橫生。[511] 對林紓古文關注較多的是臺灣學界，比如葉龍（1966）、孔祥河（1984）、王瓊馨（1996、2000、2012）等。

林紓小說創作包括自撰中、長篇小說5部，《踐卓翁短篇小說》3集，《蠡叟叢談》等。林紓小說研究的著眼點在於林紓的時代經驗和翻譯實踐經驗給他帶來了哪些創作上的影響，這可以透過對比同時代的傳統小說得出結論。林紓在小說創作方面的創新應該得到足夠的重視和公正的評價，相關的研究者有張俊才（1984）、王萱（2003）、王國偉（2004）、鄧偉（2008）等。

林紓撰有傳奇《天妃廟》《合浦珠》《蜀鵑啼》3部，並有閩劇《上金臺》一種。研究者對此有過深入的發掘，如韓洪舉（2005）、孫彩虹（2007）、鄒自振（2012）等。

林紓的詩歌創作集中在《閩中新樂府》《諷喻新樂府》《畏廬詩存》以及繪畫題詩和友人往還等。研究者同樣投注了筆墨，如曾憲輝（1983、1994）、張俊才（1983）、楊舒帆（1997）、劉愛蘭（2011）等。

（六）繪畫創作

　　林紓晚年以賣文賣畫為生，作畫題詩甚勤，時人譽為「詩書畫三絕」。在作畫之餘，他還著有畫論《春覺齋論畫》。林紓的書畫成就同樣不凡，但是因為研究門檻的問題，涉及藝術審美，常人難以入手，該項研究一直以來都是弱項，這方面的論文和著作並不多見。研究的內容以畫論為主（孫彩紅，2007；謝飄雲，2007），另及林紓畫作的技巧、流變等（容天圻，1962；農盦，1965；蔣健飛，1979；陳傳席，2008；龔任界，2010、2012；王少羽，2011）等。

（七）文藝思想

　　林紓的文藝思想主要是指他的古文理論和小說理論。作為一位古文家，林紓被視為中國文學史上最後的古文名家，被譽為「殿軍」，「替古文延長了三十年的命運」。[512]他曾自詡：「六百年中，震川外無一人敢當我者。」就林紓的成就而言，古文和翻譯可以並舉，但是從研究者的喜好來講，對林紓古文的關注遠遠不夠。林紓的古文理論主要體現在《韓柳文研究法》《春覺齋論文》及遺著《文微》當中，形成了一個完整的理論體系，涉及文體論、創作論、藝術論、批評論等。在這方面的研究當中，做出突出成績的有張俊才（1984、1988）、曾憲輝（1985、1992）、呂立德（1989、2011）、王瓊馨（1996、2011）、吳微（2002）、毛傳德（2004）、安安（2007）、張勝璋（2008、2009、2011、2012）、高興（2010）、馬德翠（2012）等。其中張俊才對林紓古文理論研究進行了總結與拓展，闡明了研究的價值和前景。[513]後繼者對於林紓與桐城派文論異同的研究，澄清了林紓背負的「桐城謬種」「桐城餘孽」「頑固保守」等譏諷。[514]

　　林紓的翻譯反哺創作，他吸取了西洋小說的養分，對小說本體、功用、技法和主題等進行了創新，是新文學觀念的「拓荒者」。對於林紓的小說觀及其對中國近代小說理論的貢獻，林薇認為林紓的小說理論「表現出中西文化融合、熔鑄的特點」。[515]在林紓的小說理論研究方面，作出重大成績者

還有蔡景康（1994）、顏廷亮（1993）、王萱（2002）、張愛萍（2004）、趙炎秋（2010）等。

在林紓研究的沉寂期，大陸學界對林紓古文論研究停滯不前，在港臺地區卻蓬勃發展，對此種現象，研究者有過論述，稱之為「在作品的分析與觀念的解讀方面體現了具體細膩的共同特點」。[516]

（八）文化思想

提及林紓的文化思想，最主要的是他對傳統文化和新文化的態度。昔日他是新文化運動的敵人和標靶，今日的林紓則被冠以「文化保守主義者」[517]「傳統文化保護神」[518]等稱號，同時，也被認為是「文化專制主義者」。[519]

關於林紓的文化思想，研究者就其內涵進行了深入的探析，涉及林紓的個人經歷、士人品格、政治思想、文化思想、富國強民思想等；總而言之，林紓文化思想的雙重性源自兩個方面，一是特殊的時代環境，二是傳統儒學的價值信仰體系。[520]另外，林紓的愛國思想頗受研究者的看重，早在1924年鄭振鐸就提出過。林紓的字裡行間洋溢著熾熱的愛國熱情，在今天仍然能夠感受得到（李茂肅，1997；鄧華祥，1999；韓洪舉，2002）。對於林紓文化思想的研究，在今天的多元文化格局下，其解讀必然趨於多元化。

（九）傳記、交遊和逸聞

林紓的傳記眾多，早年有陳衍的《林紓傳》（1922、1927、1937）、趙爾巽等的《林紓傳》（1928）、與齡的《林琴南傳略》（1934）、楊蔭深的《中國文學家列傳·林紓》（1939）、朱羲冑的《貞文先生學行記》（1949）等。進入林紓研究的發展期以後，自曾憲輝《林紓傳》（1981）一文後，國內林紓傳記的大部頭作品開始出現，修傳者計有：朱碧森（1989），張俊才（1992、2007），曾憲輝（1993），孔慶茂（1998），馮奇（1998），王暘（1999），範全春、張一澗（2007），張俊才、王勇（2012）等。

除卻這些專門的傳記之外，還有追憶林紓其人其事的小文章，記述或是考訂與林紓相關的往還、舊事、軼聞等，這些文字有助於還原一個鮮活的林紓形象。林紓與時人的往還可以從當事人的年譜、日記、傳記、自述、書札、

文集等資料裡找到，這些人有邱煒蔓（1901）、徐樹錚（1981）、孫寶瑄（1983）、汪康年（1986）、鄭孝胥（1993）、蔡元培（1998、2010）、冒廣生（1998）、周作人（2000）、陳衍（2001）、胡適（2001）、嚴復（2003、2004）、魯迅（2005）、陳寶琛（2006）、沈曾植（2007）、許寶蘅（2010）、姚永概（2010）、張元濟（2011）、朱希祖（2012）、愛新覺羅溥儀（2013）、黃浚（2013）等。

另外，學者對林紓的生活化解讀為林紓研究增添了趣味，涉及的話題有：《說林紓的「好名」》（夏曉紅，1989），《略論林紓的教書人生》（張麗華，2007），《不妨略剖賣文錢——「企業家」林紓與慈善事業》（陸建德，2008），《林紓在京寓所新考》（蘇建新，2010），《林紓和他的老婆》（蘇建新，2011）等。

五、林紓研究的未來

在林紓研究文獻數量繁榮的背後，存在著深深的危機。有學者就此提出了擔憂：「如果去除浮躁、急於求成的研究林紓（林譯）心態，相信今後的成果會更可觀。」[521] 總體來看，林紓研究在取得重大進展的同時，也暴露出了以下幾個問題：一是研究的雙重失衡現象，二是研究質量需要提升，三是研究方法需要改進。有鑒於此，林紓研究的未來方向大致有如下三個方面：

1. 林紓研究的基礎性工作還需要加強。涉及林紓著譯目錄考訂、林紓全集點校出版、林紓作品電子化、林紓研究資料新編（尤其是外文研究資料編譯）、林紓史實考訂與詮釋等。

2. 林紓研究的樸實學風需要重申。林紓研究中存在重序跋、輕文本本身的問題，未來一定要強調對文本內容的條分縷析，給學界提供大量的個案，用高質量的二手研究，夯實林紓研究的基礎，逐步推進林紓研究的進程。進入林紓研究，去除浮躁之習，通讀林紓的作品必不可少。[522]

3. 林紓研究的新視野需要開拓。發掘林紓研究在新語境下呈現的新的語言意義、歷史意義、政治意義、文化意義。昔日林紓精通古文，不諳外語，

今日研究者若不是知中文不懂外語,就是知外語不懂中文;這種新的隔離難道不是在重複林紓當年的困局嗎?期盼研究者能夠衝破專業知識背景的藩籬,拓展林紓研究的新天地。

六、本研究的不足之處

一是資料收集還不夠全面,沒有窮盡所有的文獻;二是沒有通讀所有的文獻;三是在綜合論述、評價他人觀點有時不到位,過於籠統;四是定量研究與定性研究前後有些脫節。

重新認識林紓——《林紓讀本》序

重新認識林紓——《林紓讀本》序

吳仁華[523]

　　林紓是一位文學家、翻譯家，也是一位教育家。中日甲午戰爭後不久，他和陳寶琛等人創辦了「蒼霞精舍」。從「蒼霞精舍」到「福建高工」，再到福建工程學院，這是可以追尋的福建工程學院的辦學歷史沿革。

　　今天，走進福建工程學院校園，處處可感受到林紓的存在。校徽「福建工程學院」、校訓「真誠勤勇」集的就是林紓的書法，校園南區矗立著林紓的塑像，北區圖書館大廳印刻有林紓名篇《蒼霞精舍後軒記》等。林紓作為學校前身——「蒼霞精舍」的重要創辦人之一，已載入史冊。林紓文化研究所的工作，「正祥·林紓文化研究基金」的成立，林紓紀念活動的開展，林紓後人的探訪，林紓著作的出版，都說明了這一點。

　　林紓是一個什麼樣的人？2009年出版的《辭海》這樣介紹他：

　　林紓（1852—1924），清末民初文學家、翻譯家。原名群玉，字琴南，號畏廬，別署冷紅生，福建閩縣（今福州）人。光緒八年舉人，屢試進士不第，遂以授學、著譯、繪畫為業。先後執教於杭州東城講舍、京師大學堂、勵志書院、孔教大學等。清末曾參與維新變法，辛亥革命後以遺老自居，反對新文化運動。工詩詞古文，兼作小說戲曲，尤以譯著名世。雖不識西文，卻依他人口述，用文言翻譯歐美小說179餘種，譯筆典雅流暢，甚受讀者喜愛，其中以《巴黎茶花女遺事》《黑奴籲天錄》《撒克遜劫後英雄略》《迦茵小傳》《伊索寓言》等影響最大。所撰詩文有《畏廬文集》《畏廬詩存》《畏廬筆記》等，小說有《金陵秋》《金華碧血錄》等，傳奇有《蜀鵑啼》《天妃廟》《合浦珠》等。

　　這一評價相比於1979年版、1989年版、1999年版《辭海》，客觀而又公正，棄除了諸如「晚年反對五四新文化運動甚力，是守舊派代表之一」等斷語。然而，在「左」的思維影響下，林紓至今在許多方面沒有得到應有地位的肯定與認識。

重新認識林紓——《林紓讀本》序

受舊時代的影響，林紓難免有侷限。他未深入社會，依憑感情、感性、感悟認識社會發展，缺乏理性的深層思考；未邁出國門，不懂外文，是隔耳解讀西學；他未跳出理學圈子，固守古文與舊道。尤其是晚年的林紓，引發越來越多學人探究。但是，我們撥開「唯政治」的帷幕，進一步認識與理解林紓的複雜人生，對林紓的心靈世界進行解讀與詮釋，就可以發現：林紓一生心繫民族、儆醒社會、耕耘學問、爭理衛道、教書育人、獎掖後進，畏天循分、忠義俠膽。他有開風氣之先的勇氣，也有即便「守舊」並不失人格的豪氣，不依附權貴，不憑據世態。他是一個敢於擔當的文化人，其為人、為師、為學，無不令人景仰。

林紓中年以後，以教學安身，以古文立命。他的第一身份是教師。他懷著強國理想在教學，帶著真摯感情在教學。林紓對學生之摯愛與厚望之切常常在課堂上表露無遺。作為一名教師，其心可鑒，其情可感，當令人敬仰，當深值弘揚。林紓對於福建工程學院，不僅是重要創始人之一，也是一位教育開創者、實踐者。他是一個文學家、翻譯家，許多作品在當時社會就有很大影響，百年後再讀仍然有很深的教育與啟迪意義。

《林紓讀本》特地選取了體現林紓的心靈世界、情感世界、人格魅力、愛國情懷、藝術境界的作品，以導讀的方式加以展現。其目的，就是希望將林紓文化的精髓作為學校人文素質教育的教材之一，希望透過深入挖掘提煉林紓文化的內涵，深刻理解林紓一生對道德的堅守、對信念的執著和對學問的通達，同時也希望讀者能夠歷史地、客觀地評價林紓，使林紓文化深入師生心靈，讓林紓精神滋養師生，成為修身正德、治學育人的示範，讓林紓對學生的熱愛感染全體教職員工，讓林紓對學生的厚望激勵莘莘學子，為大學文化建設提供正能量，成為恆久的精神財富。

「走進林紓」——開展中華優秀傳統文化教育的特色實踐

吳仁華[524]

摘要：「走進林紓」是福建工程學院為開展中華優秀傳統文化教育而開設的一門人文素質公選課。該課程著眼於傳統文化創造性轉化、創新性發展，圍繞客觀認識中國近代著名文學家、翻譯家林紓展開，透過編寫《林紓讀本》及系列教材、組建跨學科教學團隊、強化課堂內外互動等，開展大學傳統文化教育實踐探索。幾年的實踐證明，「鄉賢文化」「大學校史」「文化創新」是開展富有區域特色中華優秀傳統文化教育的重要元素，也是培植文化自信的重要途徑。

關鍵詞：「走進林紓」優秀傳統文化　教育　實踐

當前，弘揚中華民族優秀傳統文化、增強文化自信，已成為實現中華民族偉大復興的重大戰略。對大學而言，探索一條適合辦學區域、契合辦學定位、符合辦學傳統的有特色的中華優秀傳統文化教育途徑，是一個需要長期探究與實踐的重要課題。福建工程學院於2013年推出了全校性人文素質公選課「走進林紓」，作為開展中華優秀傳統文化教育體系一個組成部分，作為福建省內第一門以校史資源作為授課內容的課程，該課程嘗試將創校先賢林紓的事跡、作品及學界相關前沿成果轉化為可資利用的教育資源，引導廣大學生感知、理解中華優秀傳統文化，並在歷史的語境中辯證地思考傳統文化的價值與意義。經過三年的實踐，福建工程學院逐漸總結出了一系列符合實際校情的優秀傳統文化教學經驗。本文擬就教學實踐的基本情況及取得的初淺經驗進行總結，以期就教於大方之家。

一、教學實施的創新：「走進林紓」的教學實施

在以工為主的新建本科大學，對大學生開展中華優秀傳統文化教育，貴在讓學生能理解接受、消化吸收。林紓是福建工程學院前身——創辦於1896

年的福州蒼霞精舍的重要創始人之一，是中國近代著名文學家、翻譯家、書畫家。2013年起，我們嘗試選擇這樣一個在中國近現代文化轉型時期產生過重大影響且頗具爭議的人物，對其作品進行精選細篩，將其中能體現優秀傳統文化的作品編輯成通識教材，作為學校開展中華優秀傳統文化的一個重要組成，面向全體學生開設公共選修課。2014年2月24日，習近平在主持十八屆中央政治局第十三次集體學習時指出，弘揚中華優秀傳統文化，「要處理好繼承和創造性發展的關係，重點做好創造性轉化和創新性發展」。我們認真學習習近平總書記關於開展中華優秀傳統文化教育的重要思想，並以此為指導，不斷在實踐探索中深化課程認識、完善教學體系，努力提高教育教學質量，力求貼近學生、貼切時代。

（一）課程目標的構建

傳統文化教育通識課程承擔著培養學生人文素質、傳遞民族文化薪火的責任。「走進林紓」課程，在教學內容選取設計方面，就著力以開拓學生視野、提高人文素質、培養審美能力為出發點，融合中國優秀傳統文化特點，以中國近代史為大背景，以林紓作品為本，融文學知識、作品欣賞、民族精神、傳統文化思想精華等為一體，開拓中華民族優秀的審美觀念及價值觀念，幫助學生構建較為全面的立體文學觀和歷史觀，提高審美能力和鑒賞水平，培養學生良好的綜合素質。整個課程以史為經，以作品為緯，簡要勾畫中國近代社會發展，包括地處東南沿海的福州近代社會發展的基本過程和脈絡；重點介紹林紓各個階段的代表性作品；分析林紓作品中所蘊含的人文情懷，同時兼顧培養學生對民族優秀文學作品的審美能力，形成深厚的人文底蘊和高尚的情操。

作為一門人文學科課程，「走進林紓」還負有陶冶學生情操、培養高尚人格之職，為此，在傳授知識的同時，注重引領學生理解綿延在中國近代史中的關注現實、以天下為己任的中國文化傳統。課程基本要求為：1. 透過學習，使學生掌握必要的基本知識、基本觀點，拓展知識面，開闊視野。2. 透過學習，能較好地分析作品，提高欣賞水平。3. 能熟記或背誦一定數量的作品。4. 透過作品的學習，提高學生的應用寫作能力。

一、教學實施的創新：「走進林紓」的教學實施

（二）系列教材的編寫

2013 年，我們開始組織教師編寫《林紓讀本》[525]，選編了近百篇林紓的詩文作品，歸入林紓的情感世界、心靈世界、人格魅力、家國情懷、藝術境界五個部分。為了引導學生閱讀，書中對每一部分撰寫了導讀，對每一篇作品的難懂字詞與典故、人名進行了註解並於文後撰寫解讀語，幫助學生閱讀與理解。同時，精選林紓的部分書畫作品插入書中，既提升教材美感，更增添鑒賞趣味。《林紓讀本》出版使用後，總體上受到學生的歡迎。幾年來，我們邊教學，邊吸收學生及專家的意見，邊研究如何完善修改。2016 年，我們又推出了《林紓讀本》的修訂本。

與專業課的教材相比，《林紓讀本》的特點在於：它的形式較為靈活，無須拘泥於專業課課本的體例；形式的靈活也增強了內容的豐富性與趣味性，例如《林紓讀本》中收錄了豐富的插圖，其中有不少來自林紓的書畫真跡，這就可以讓讀者對林紓的書畫藝術有一定感性的認知。透過《林紓讀本》，我們在如何挖掘有意義的歷史材料作為博雅教育的資源方面，有了較為深刻的體會，也發揮了一定的示範作用。

在《林紓讀本》教材編寫與修訂的過程中，我們堅持教學與科學研究緊密結合。幾年來，課題組成員先後主持了 2013 年福建省社科重點項目《大學文化的傳承與創新：林紓文化和大學文化建設實證研究》（項目號：2013A021）。2014 年，基於「走近林紓」課程研究的改革項目《以林紓為典型例證的大學文化傳承與實踐》獲得學校 2014 年應用技術大學課程改革重點立項，並獲得了福建省高等學校教學改革研究項目立項（項目號：JAS14729）。我們還注重系列參考讀物的編寫工作。目前，已推出由中華書局、商務印書館出版的《林紓書畫集》[526] 和福建教育出版社出版的《林紓年譜長編》[527]《林紓傳》[528] 等書籍。

（三）教學團隊的組建

身處變革時代的林紓，在翻譯、古文、詩詞、小說、書畫、教育等領域留下了深刻的印記。我們可以且需要多角度、多學科地對林紓進行解讀。因

251

此，在具體的教學準備和教學實施過程中，我們力求嘗試既符合人物特點，又適應通識教育創新要求。

在授課教師團隊方面，我們集合了福建工程學院來自教育學、中國語言文學、外國語言文學、歷史學等不同學科的 8 位教師，形成一支年齡結構優化、學科分佈合理的教學梯隊。8 名教師中，擁有教授職稱者 6 人，擁有博士學位者 6 人。

在講授方式方面，「走進林紓」改變了由一位老師「一講到底」的傳統模式，轉而由 8 位老師透過集體備課、分別授課的模式進行教學。採取「一人一講」的授課方式，一方面是基於課程內容特徵的需要，同時還包含了教學特色的考量。這種授課方式使「走進林紓」因教授者及講授內容的不同而呈現了 8 種不同的風格，形成了 8 種不同的理性視角。多樣化的授課方式既有利於豐富學生的學習體驗，更有利於激發他們的學習興趣。

定期進行集體備課的目的，在於鼓勵多學科視角的融合。跨學科的討論大大激發了教師們學術研究的熱情，據統計，3 年來我們共承擔相關的科學研究課題近 10 項，發表與林紓研究有關的論文、文章 20 余篇。

（四）課堂內外的互動

作為一門人文素質公選課（即通識課程），「走進林紓」在教學目標的陳述中，並沒有將知識點的獲取作為唯一的目標，而是強調借助林紓及相關話題，在校園中營造傳統文化的氛圍，讓廣大學生在熏陶中感知、認知、思考中華優秀傳統文化。

特別需要指出的是，除了注重課堂教學外，校園內樹立的林紓塑像、「散落」於教室外牆的林紓書法作品、各種涉及林紓的紀念活動等，都讓學生在耳濡目染中熟悉了林紓及其作品，並讓教與學都有更加明顯的親切感。「走進林紓」借助校園媒體這一平臺，深化「走進林紓」課程的教學效果。我們從學生的作業中，選取具有代表性的優秀的作品，推薦至校報及廣播電臺。截至 2016 年 7 月，《福建工程學院報》已分期刊登了 6 篇學生文章，在學生中產生了較大的反響。我們還鼓勵學生將課堂內容融入學生活動中去。授

課教師經常深入學生活動中，擔任相關的指導老師。現在，「林紓」已經成為工院學子日常活動中的重要主題之一。與此相關的學生活動，如林紓文化節、林紓書畫展、祭掃林紓墓園等，日益常態化。從這個意義上說，「走進林紓」進一步激活了大學文化建設，極大豐富了大學生課餘文化活動內容。

二、教育視角的拓展：「走進林紓」的經驗總結

在「走進林紓」課程開設之初，我們就明確提出：高校弘揚中華傳統文化應該立足於本地區的歷史資源，結合本校發展的具體實際，融入本校特色的文化元素。多年的實踐，讓我們深切體會到，所確立的這些基本原則對於一所大學選擇開展有特色的中華優秀傳統文化教育具有重要價值。在實踐中，我們進一步認為還應當把握以下幾點。

（一）「鄉賢文化」是開展中華優秀傳統文化教育的重要內容

隨著對社會主義文化建設規律認識與實踐的逐步深入，「鄉賢文化」的重要性開始逐漸凸顯。[529] 有學者指出，「鄉賢文化」的重點在於「研究本地歷代名流時賢的德行貢獻，用以弘文勵教，構建和諧社會文化理念與教化策略」。作為中華傳統文化的重要組成部分，「鄉賢文化」理應成為開展中華優秀傳統文化教育的重要內容。

林紓正是福建近代「鄉賢文化」的重要組成部分。首先，林紓對家鄉始終抱有一種熾熱的情感。他熱愛家鄉文化，對閩劇有著濃厚的興趣，甚至嘗試著進行閩劇劇本的創作。晚年的林紓，對家鄉的風物唸唸不忘。他的書畫就有不少以家鄉的風景為素材，寄託鄉愁。其次，他以自己的筆記錄了晚清福州的社會百態。他的筆下並非一味的溢美之詞，而時常流露出對邪風惡俗的批判，對弱勢群體的同情，對傳統民俗流失的嘆息。這些記錄不僅與林紓的社會理想相關，也是福建近代文化發展的一個縮影。福州是近代中國開放較早的地區之一，家境窘迫的林紓時常奔走於生計之中，接觸了大量底層社會的民眾，同時也較早接觸到了西方文化的浸染。這些經歷構成了他譯作與創作的一種潛在特色。

在中華優秀傳統文化教育中,「鄉賢文化」的優勢在於其獨有的「親和力」。這些家鄉的人與事大大拉近廣大學生與傳統文化的心理距離,讓他們深切感受到傳統文化就在自己身邊、自己就生活在傳統文化的滋養之中。錢穆先生指出,國人應以「溫情與敬意」對待國史。其實,對待傳統文化亦然。「親和力」就是「溫情」的一種體現。借助「鄉賢文化」催生學生對傳統文化的溫情之感,並進一步深化對傳統文化的「敬意」,將進一步學生促使將傳統文化的認同感內化於心,從而為培養他們「傳統文化傳承人」的身份意識埋下伏筆。

(二)「大學校史」是開展中華優秀傳統文化教育的寶貴資源

中國現代大學體系的建立過程、現代大學的建校歷史包括其不間斷的前身校發展歷程都包含著極為豐富的文化訊息。大學的建校與現代學科的建立——尤其是人文學科的建立——本身就包含著對傳統文化的繼承與改造。一大批優秀的知識分子由此登上了中國近現代文化史的舞臺。傳統文化伴隨著大學的文化精神,在校園中默默紮根。以校史人物的先進事跡、優秀人格作為大學文化建設的重要組成部分,既是推進大學文化建設、開展大學人文素質教育的應有之義,也是大學中開展中華優秀傳統文化教育的一條捷徑。

一所大學的底蘊將直接決定其學生的精神氣質。帶著濃厚的傳統文化色彩,林紓的人格魅力已成為福建工程學院的一種文化底色。「走進林紓」就是要讓學生在解讀校史的語境中,逐漸形成一種體認中華優秀傳統文化的整體氛圍。這種氛圍將進一步促進廣大學生形成對傳統文化最直接的認同感,從而培養文化傳承者的身份意識。認同感的形成將促使他們在日常的學習與生活中合理運用傳統文化元素,自覺思考傳統文化的傳承與創新問題,自覺擔負起傳播中華優秀傳統文化的時代重任。文化傳承者身份認同的形成,為「文化自信」的建立奠定了堅實的基礎。

(三)「文化創新」是開展中華優秀傳統文化教育的時代視角

教育部《完善中華優秀傳統文化教育指導綱要》要求:大學階段的傳統文化教育,要「以提高學生對中華優秀傳統文化的自主學習和探究能力為重

點，培養學生的文化創新意識，增強學生傳承弘揚中華優秀傳統文化的責任感和使命感。深入學習中國古代思想文化的重要典籍，理解中華優秀傳統文化的精髓，強化學生文化主體意識和文化創新意識」。在「走進林紓」的教學過程中，我們常遇到學生這樣的提問：如何評價新文化對傳統文化的衝擊？事實上，這也是「中華優秀傳統文化教育」中，許多學生共同的疑問。因此，它的解答將在一定程度上影響學生對「傳統與現代」相關問題的理解，也將影響他們對現代文明的評判、對文化傳承與創新的認識。

我們認為，林紓的一系列經歷恰好在一定程度上能夠讓學生對此有所啟發。面對「西風東漸」，青年林紓所持的是好奇與開放的態度。他透過翻譯小說，向國人譯介西方社會與西方文化，並在中西對比之中尋求傳統文化的優勢與不足。同時，他還希望從中獲得對本民族有所裨益的文化資源。晚年的林紓，則更多地站堅守中國文學文言傳統的立場上，並與部分激進的新文化群體展開論戰。這種差異，既有人生閱歷的變化所帶來的轉變，也折射出「中國近現代文化轉型」的艱辛、無奈與困惑，同時還提出了一個現實的問題：面對外來文化的衝擊，今天的我們應該如何看待本民族的文化？如何推動本民族文化創新性發展？由此，我們引導學生以「同情之理解」的方式反思近代中國文化史，建立起堅定的文化自信；同時，引導學生在中華民族偉大復興的關鍵階段思考創新推動文化建設，培植文化自信。中華文化超過五千年的深厚積澱，根源於其勇於自省、善於接納、勤於實踐、敢於創新的文化精神。我們努力將中華民族優秀傳統文化持續傳承與創新所蘊含的精神作為「走進林紓」課程開設的重要目標之一。

三、努力方向：為培植大學生文化自信進行持續探索

福建工程學院以「建設國內一流、以工為主、特色鮮明的應用型本科大學」為發展目標，作為新建本科院校已經在土木建築類、裝備製造類、訊息技術類等專業領域形成了較為明顯的辦學優勢，成為一所特色鮮明的工科類應用型高校。從近年來的經濟社會發展和辦學實踐中，我們深刻認識到，人

文素質將在很大程度上影響應用型工程技術人才的職業生涯，作為致力於培養高素質應用型人才的新建本科院校應當全面加強中華優秀傳統文化教育。「走進林紓」在這樣的背景下，納入到學校教育教學改革的實踐中，為提高大學生傳統文化素養作出了有益探索。但是，中華優秀傳統文化教育是一項長期性、系統性、綜合性的工程。特別是習近平總書記《在慶祝中國共產黨成立 95 週年大會上的講話》中提出要堅持文化自信，對於大學開展中華優秀傳統文化教育提出更新更高的要求。正如習近平總書記所指出的：「文化自信，是更基礎、更廣泛、更深厚的自信。」在傳統文化教育中培植文化自信，需要強化以學生為中心、以學習效果為導向，從課程的整體構思設計到教學的具體組織實施，進行全面的改進與提升，重點是希望透過「走進林紓」課程提高學生對中華優秀傳統文化的自主學習和探究能力，從更大受益面和更具吸收力方面培養學生的文化創新意識與文化自信。我們將以培植文化自信為目標持續推進「走進林紓」課程的改革探索。

三、努力方向：為培植大學生文化自信進行持續探索

區域文化資源轉化為校本課程的探索與實踐——以「走進林紓」課程為例
[530]

吳娟　祁開龍[531]

摘要：新時期人才培養要求發生了很大轉變，更加強調學生的全面發展。而作為學生培養體系中的重要組成部分——人文素質教育處於弱勢地位，講授內容高度同質化，缺乏親和力。如何將區域文化資源轉化為教學內容，是解決人文素質教育課程缺乏親和力、現實感的關鍵。「走進林紓」課程在課程模式、課程體系、課程內容以及課程教學團隊等方面進行了探討和實踐，形成了一個可推廣的區域文化資源轉化為校本課程的教學模式。

關鍵詞：區域文化　校本課程　走進林紓

近幾年來，對於大學文化建設已經引起人們足夠的重視，《國家中長期教育改革和發展規劃綱要（2010—2020 年）》、共產黨的十七屆六中全會、共產黨的十八大報告，都對社會主義文化建設包括大學文化的建設提出了新的要求。大學是文化傳承的重要載體，也是文化創新的重要源泉。每所大學都應該建構自己的大學文化，由此形成自身的特色。這種大學文化，常表現出自己獨特的人文氣息和人文氣質。大學文化的深層內涵，是指一所大學自建立以來所形成的有自身特色的大學精神。大學具有培養人才、創新知識、傳承文化、服務社會的功能，所以它的辦學理念、學術思想、學科建設和人才培養模式，都構成大學文化的深層內涵。大學要服務社會，不應只停留在短期的功利性的成果輸出，更應該是對社會文化建設做出應有的貢獻。大學要以自身的文化建設告訴社會應該崇尚什麼樣的文化。一流的大學往往以自己的文化積澱，凝聚並轉化成為可供全人類共享的文明成果。這也是大學服務社會的功能體現。大學文化需要創新，但同時也需要傳承，在傳承中創新。

區域文化資源轉化為校本課程的探索與實踐——以「走進林紓」課程為例 [530]

　　林紓（字琴南）是中國近代著名文學家、翻譯家，是一位在中國近代文化發展中產生重大影響的重要人物。林紓的文學創作，或關心祖國前途、憂慮民族命運，或抨擊黑暗政治、指摘社會弊病，或思念親友情誼，或同情人民疾苦，或討論古代文論畫論，或模山範水以抒情，都表現出積極的意義。林紓翻譯的西方小說作品，其數量之多，影響之大，更是首屈一指。林紓重視教育，是福建工程學院前身——蒼霞精舍的創辦人之一。林紓文化既體現了中國近代文化的特性，又構成了具有鮮明的福州地域文化的特色，是閩都文化的重要組成部分。瞭解林紓，也是瞭解近代中國文化史和近代福建文化史的一個重要環節。對於林紓在近代中國文學史上和文化史上的貢獻與功過，已經有眾多的論述。但作為兼具全國特色和地方特色的林紓文化對傳統文化教育的作用，卻還無人問津。為此，福建工程學院主要依託「走進林紓」課程，利用本校校史資源，開展優秀傳統文化人文素質教育。「走進林紓」課程在課程建設中逐漸形成了一個可推廣的、地域特色明顯的傳統文化課程教學模式。

一、根據學校的定位及辦學特色，準確制定課程建設目標及規劃

　　「走進林紓」是福建工程學院開設的一門利用校史資源進行人文素質教育的公選課，該課程對於瞭解、繼承中華民族優秀傳統文化，提高學生人文素質都具有重要意義。福建工程學院作為一所新建的綜合性本科大學，制定出「以人為本，以工為本，以本為本」的辦學理念和辦學思路。根據學校定位與特色，「走進林紓」課程教學團隊準確定位了課程在人才培養過程中的地位和作用，將課程定位為全校各專業重要的人文素質拓展課程之一。抓好「走進林紓」課程的建設，為學生今後的專業學習奠定良好的人文基礎；並以課程濃厚的文化氛圍，推動全校的人文素質教育，成為課程的建設目標。

　　透過「走進林紓」課程的學習，使學生比較系統地瞭解林紓身上所附著的文化品質，感知中國近現代社會的發展，感知福州乃至福建的變遷，感知中國傳統知識分子的風骨；透過熟讀和記誦一些林紓的名篇，提高學生對文

學作品的閱讀鑒賞、分析評論能力以及相應的文學素養，培養創新思維，提高審美水平，並潛移默化為學生良好的心理素質和人格的修養，避免專業化教育在學生學識上造成的面窄，在精神上造成的偏狹與侷限，以達到全方位提高學生綜合素質的目的，增強學生適應未來社會發展的能力。

二、重視教學內容及課程體系建設，積極開展教學改革

「走進林紓」作為一門新開設的特色課程，我們廣泛吸收先進的教學經驗，積極整合優秀教學成果，及時掌握學科最新動態，從而保證課程教學內容的先進性，並及時反映本學科領域的最新科學研究成果。同時，課程教學團隊特別強調學生綜合素質與綜合能力培養，充分發揮學生的主觀能動性，尤其是注重學生的創新素質和開拓性思維的培養，突出知識綜合化。對於教學改革的指導思想，課程教學團隊始終堅持「以教學為中心，以科學研究帶動教學，以教學促進科學研究，教學科學研究並重」。

「走進林紓」課程承擔著培養學生人文素質、傳遞民族文化薪火的責任。在教學內容方面，課程以開拓學生視野、提高人文素質、培養審美能力為出發點，融合中國傳統文化特點，以中國近代史為大背景，以林紓作品為本，融文學知識、作品欣賞、民族精神、傳統文化思想精華等為一體，開拓課文中民族優秀的審美觀念及價值觀念，幫助學生構建較為全面的立體文學觀和歷史觀，提高審美能力和鑒賞水平，培養學生良好的綜合素質。因此，課程以史為經，以作品為緯，簡要勾畫中國近代社會發展的基本過程和脈絡；重點介紹林紓各個階段的代表性作品；分析林紓作品中所蘊含的人文情懷，同時兼顧培養學生對民族優秀文學作品的審美能力，形成深厚的人文底蘊和高尚的情操。

「走進林紓」課程以課堂講授為主，兼用啟發法、討論法授課。注重學生學習的主體性，引導學生積極參與課堂分析、討論，形成教學的良性互動。為更好地陶冶學生思想情操，培養學生的人文素質，拓展知識面，在養成學

生文學素養的同時，還注重引導學生涉獵藝術、文化、美學、倫理等學科知識，以形成一個開放、廣博的知識體系。

作為一門人文學科，「走進林紓」還負有陶冶學生情操、培養高尚人格之責，為此，在傳授知識的同時，還引領學生理解綿延在中國近代史中的關注現實、以天下為己任的中國文化傳統。為此，「走進林紓」課程基本要求為：1. 透過學習，使學生掌握必要的基本知識、基本觀點，拓展知識面，開闊視野。2. 透過學習，能較好地分析作品，提高欣賞水平。3. 能熟記或背誦一定數量的作品。4. 透過作品的學習，提高學生的應用寫作能力。

三、改革教學方法，激發學生學習主動性

「走進林紓」是一門「古老」的新課程，部分學生反映看到文言文就「頭痛」。為了能有效地調動學生的學習積極性，促進學生的積極思考，激發學生的潛能，並使學生能夠參與課堂教學活動，課程教學團隊不斷探索應用多種先進的教學方法。講授式教學方法是傳統文化教學中最傳統也是最基礎的教學方法，在這一方法中，課程教學團隊注重教材的使用和自我學術觀點的表達，突出重點，照顧難點，注意吸收或介紹學術界研究新成果；注重啟發式教學，調動學生學習的積極性；既向學生講清楚教材中的重點和難點，又要求學生對教材進行延伸閱讀和多元解讀，以達到本於教材而又不囿於教材的教學目的，啟發學生的多向思維。同時，課程教學團隊透過其他一些教學方法，如以問題為中心的學習教學法、討論法、誦讀法、課堂精讀與課外泛讀、課堂情景教學及觀看相關教學資料等方法，激活學生思想，培養學生分析問題解決問題的能力以及口頭表達能力。同時，課程教學團隊改變「一卷定終生」的考試模式，透過口頭提問、平時作業、期末小論文等多種形式改革考核評價方法。

四、運用現代化的教學手段，探索現代教育的新途徑

現代教育技術的應用是精品課程建設的重要一環，課程教學團隊充分利用多媒體教學平臺，全面開展多媒體教學。主要透過自制教學課件、建設網絡教學系統、建設個人網站及部落格、播放有關音像資料、錄製經典誦讀活動等方式，較好地運用現代教育技術，實現教學方法的新穎性和多樣化，從而更大程度地提高學生對課程的學習興趣，更好地掌握所學內容，並進一步擴大知識面。目前課程教學團隊已把「走進林紓」課程拍攝成「慕課」，並被評為「2017年省級精品在線開放課程」。此外，課程在「福建省高校在線教育聯盟」「優課聯盟」等網絡教學平臺上線，擴大了課程的影響。

五、加強跨學科教師團隊建設

課程教學團隊負責人與主講教師師德好，教學能力強，教學經驗豐富，責任感強，團結協作精神好，有合理的知識結構和年齡結構。課程教學團隊目前共擁8名主講教師，4名輔導教師；其中博士8人，碩士3人，擁有碩士以上學位的教師占課程師資總數的90%以上；教授4人，副教授2人，講師6人，高級職稱占本課程師資總數的50%以上。在師資年齡方面，以中青年教師骨幹為主，50歲以上3人，40歲以上2人，30歲以上7人，已形成了梯隊結構。師資隊伍總體上知識結構、年齡結構與師資配備較為合理。

六、編寫親和力強的教材

大學是文化傳承的重要載體，也是文化創新的重要源泉。每所大學都有自己獨特的人文氣息和人文氣質，每一所大學都有自建立以來所形成的有自身特色的大學精神。福建工程學院一直在思考如何發揮傳統文化的育人作用。從2013年開始，學校在對校史資源進行發掘、整理與研究的基礎上，組織編寫《林紓讀本》，於2014年10月正式出版。《林紓讀本》選編了近百篇林紓的詩文作品，基本上把林紓的心靈世界、人格品質、家國情懷、藝術境界等反映出來了。為了引導學生閱讀，對林紓的作品進行了導讀和講解。《林

紓讀本》出版後，受到學生的歡迎，產生了較大的反響，還得到了社會各界的認可與讚揚。在廣泛收集讀者的意見後，2016年課程教學團隊又出版了修訂本，以滿足不同專業、不同層次學生的學習需求。

七、以教學帶動科學研究、以科學研究反哺教學

近三年，課程教學團隊還積極從事林紓問題的研究，取得與林紓研究相關的科學研究、教研課題近十項：吳仁華、郭丹教授主持的2013年福建省社會科學規劃項目重點課題《大學文化的傳承與創新：林紓文化和大學文化建設實證研究》，本門課程是重要實踐內容之一。2014年7月，朱曉慧教授牽頭的項目《以林紓為典型例證的大學文化傳承與實踐》成為省教研A類項目，併入選福建工程學院2014年應用技術大學課程改革重點立項項目；課程教學團隊成員在《東南學術》《福建論壇》《中國社會科學報》《中華讀書報》《福建日報》等刊物上發表與林紓研究有關的論文已多達十幾篇；在商務印書館出版《林紓書畫集》，在福建教育出版社出版《林紓小傳》《林紓讀本》等著作多部，取得了豐碩的科學研究、教研成果，為課程奠定了紮實的理論基礎。

總之，「走進林紓」課程鼓勵教師從歷史與文化深處，多維度地展開對林紓的重新認識與評價，將林紓研究推向一個新階段，使林紓研究成為學校人文學科發展的重要領域和特色領域之一，進一步推進了工科院校文科發展。

[1] 李景端，譯林出版社首任社長兼總編輯。

[2] 本文系福建工程學院教研課題「區域傳統文化的傳承與校本課程開發的實證研究」（GB-K-17-41）階段性成果。

[3] 祁開龍，福建工程學院人文學院副教授；莊林麗，福建工程學院人文學院副教授。

[4]（日）德富健次郎著，林紓、魏易譯：《不如歸》，商務印書館 1914 年，第 13 頁。

[5] 參見林紓：《畏廬文集》，上海書店 1989 年。

[6] 林薇選註：《林紓選集·文詩詞卷》，四川人民出版社 1988 年，第 288—289 頁。

[7] 林薇選註：《林紓選集·文詩詞卷》，四川人民出版社 1988 年，第 269 頁。

[8] 林薇選註：《林紓選集·文詩詞卷》，四川人民出版社 1988 年，第 300 頁。

[9] 林薇選註：《林紓選集·文詩詞卷》，四川人民出版社 1988 年，第 300 頁。

[10] 林薇選註：《林紓選集·文詩詞卷》，四川人民出版社 1988 年，第 300 頁。

[11] 林薇選註：《林紓選集·文詩詞卷》，四川人民出版社 1988 年，第 288 頁。

[12] 林紓著，林薇選編：《畏廬小品》，北京出版社 1998 年，第 152 頁。

[13] 林薇選註：《林紓選集·文詩詞卷》，四川人民出版社 1988 年，第 269 頁。

[14] 李家驥等整理：《林紓詩文選》，商務印書館 1993 年，第 322 頁。

[15] 林薇選註：《林紓選集·文詩詞卷》，四川人民出版社 1988 年，第 269—270 頁。

[16]（美）斯土活著，林紓、魏易譯：《黑奴籲天錄》，商務印書館 1981 年，第 206 頁。

[17] 林紓著，林薇選編：《畏廬小品》，北京出版社 1998 年，第 131 頁。

[18] 錢谷融、吳俊點校：《林琴南書話》，浙江人民出版社 1999 年，第 16 頁。

[19] 錢谷融、吳俊點校：《林琴南書話》，浙江人民出版社 1999 年，第 22 頁。

[20]（英）哈葛德著，林紓、曾宗鞏譯：《英孝子火山報仇錄》，商務印書館 1914 年，第 2 頁。

[21]（英）哈葛德著，林紓、曾宗鞏譯：《鬼山狼俠傳》，商務印書館 1914 年，第 2 頁。

[22]（英）哈葛德著，林紓、曾宗鞏譯：《霧中人》，商務印書館 1913 年，第 1—2 頁。

[23]（法）沛那原著，林紓、李世中譯：《愛國二童子傳》，商務印書館 1914 年，第 4-5 頁。

[24]（英）司各德著，林紓、魏易譯：《劍底鴛鴦》，商務印書館 1914 年，第 3 頁。

[25]（日）德富健次郎著，林紓、魏易譯：《不如歸》，商務印書館 1914 年，第 3 頁。

[26] 林紓著，林薇選編：《畏廬小品》，北京出版社 1998 年，第 152 頁。
[27]（英）測次希洛著，林紓、陳家麟譯：《殘蟬曳聲錄》，商務印書館 1914 年，第 2 頁。
[28]（法）沛那原著，林紓、李世中譯：《愛國二童子傳》，商務印書館 1914 年，第 2 頁。
[29] 靈石：《讀〈黑奴籲天錄〉》，薛綏之，張俊才：《林紓研究資料》，福建人民出版社 1983 年，第 128 頁。
[30] 參見朱羲冑：《春覺齋著述記》，上海書店 1992 年。
[31] 林薇選註：《林紓選集·文詩詞卷》，四川人民出版社 1988 年，第 288 頁。
[32] 林薇選註：《林紓選集·文詩詞卷》，四川人民出版社 1988 年，第 314 頁。
[33]（英）哈葛德著，林紓，曾宗鞏譯：《英孝子火山報仇錄》，商務印書館 1914 年，第 2 頁。
[34]（英）哈葛德著，林紓，曾宗鞏譯：《霧中人》，商務印書館 1913 年，第 2 頁。
[35] 林薇：《百年沉浮——林紓研究綜述》，天津教育出版社 1990 年，第 177 頁。
[36]（法）沛那原著，林紓，李世中譯：《愛國二童子傳》，商務印書館 1914 年，第 6 頁。
[37]（日）德富健次郎著，林紓、魏易譯：《不如歸》，商務印書館 1914 年，第 3 頁。
[38]（法）沛那原著，林紓、李世中譯：《愛國二童子傳》，商務印書館 1914 年，第 1 頁。
[39]（法）沛那原著，林紓、李世中譯：《愛國二童子傳》，商務印書館 1914 年，第 1 頁。
[40]（法）沛那原著，林紓、李世中譯：《愛國二童子傳》，商務印書館 1914 年，第 1 頁。
[41]（法）沛那原著，林紓、李世中譯：《愛國二童子傳》，商務印書館 1914 年，第 2 頁。
[42]（法）沛那原著，林紓、李世中譯：《愛國二童子傳》，商務印書館 1914 年，第 3 頁。
[43]（法）沛那原著，林紓、李世中譯：《愛國二童子傳》，商務印書館 1914 年，第 5 頁。
[44]（法）沛那原著，林紓、李世中譯：《愛國二童子傳》，商務印書館 1914 年，第 6 頁。

[45] 王勇，河北師範大學文學院教授。

[46] 胡愈之：《追悼杜亞泉先生》，《東方雜誌》1934年第31卷1號。

[47]《空谷佳人》連載於《東方雜誌》1906年9月至1907年2月第3卷8—13號；《荒唐言》連載於1908年8月至10月第5卷7—9號；《羅刹因果錄》連載於1914年7月至12月第11卷1—6號；《魚雁抉微》連載於1915年9月至1917年8月第12卷9、10號，第13卷1—4、6—8號，第14卷1—8號；《桃大王因果錄》連載於1917年7月至1918年9月第14卷7—12號，第15卷1—9號；《賂史》連載於1919年1月至9月的第16卷1—9號；《戎馬書生》連載於1919年10月至12月第16卷10—12號。

[48] 魯迅：《呐喊·自序》，氏著：《魯迅小說集》，人民文學出版社1990年，第7頁。

[49] 劉半農：《復王敬軒書》，《文學運動史料選》第1冊，上海教育出版社1979年，第53頁。

[50]《文學革命之反響·王敬軒君來信》，《文學運動史料選》第1冊，上海教育出版社1979年，第49頁。

[51] 劉半農：《復王敬軒書》，《文學運動史料選》第1冊，上海教育出版社1979年，第56—57頁。

[52] 劉半農：《復王敬軒書》，《文學運動史料選》第1冊，上海教育出版社1979年，第57頁。

[53] 林紓：《論古文之不宜廢》，《大公報》1917年2月1日。

[54] 杜亞泉：《辛亥年東方雜誌之大改良》，《東方雜誌》1910年第7卷12號。

[55] 周武：《杜亞泉與商務印書館》，《檔案與史學》1998年第4期。

[56] 胡愈之：《追悼杜亞泉先生》，《東方雜誌》1934年第31卷1號。

[57] 張俊才：《林紓評傳》，中華書局2007年，第237頁。

[58] 王元化：《杜亞泉與東西文化問題論戰》，許紀霖、田建業：《杜亞泉文存》，上海教育出版社2003年，第2—3頁。

[59] 楊玲，福建師範大學文學院教授。

[60] 林紓：《贈馬通伯先生序》，氏著：《林琴南文集》，中國書店1985年，第25頁。

[61] 錢基博：《現代中國文學史》，龍門書店1965年，第171頁。

[62] 魏際昌：《桐城古文學派小史》，河北教育出版社1988年，第34頁。

[63] 參見林紓：《林琴南文集·序》，中國書店1985年。

[64] 錢鍾書等：《林紓的翻譯》，商務印書館1981年，第47頁。

[65] 錢鍾書：《七綴集》，上海古籍出版社 1985 年，第 102 頁。

[66] 林紓：《論古文之不宜廢》，《新青年》1917 年 5 月 1 日。

[67] 參見周作人：《點滴·序》，北京大學出版社 1920 年。

[68] 參見周作人：《域外小說集·序》，群益書社 1921 年。

[69]（美）唐德剛譯註：《胡適口述自傳》，華東師範大學出版社 1993 年，第 165 頁。

[70] 吳微，安徽師範大學文學院教授。

[71] 張宗瑛：《〈吳先生墓誌銘〉》，（清）吳汝綸撰，施培毅等校點：《吳汝綸全集》第 4 冊，黃山書社 2002 年，第 1150 頁。

[72]（清）吳汝綸：《與王子翔》，（清）吳汝綸撰，施培毅等校點：《吳汝綸尺牘》，黃山書社 1990 年。

[73]（清）吳汝綸：《答張廉卿》，（清）吳汝綸撰，施培毅等校點：《吳汝綸尺牘》，黃山書社 1990 年。

[74] 孫應祥：《嚴復年譜》，福建人民出版社 2003 年，第 145 頁。

[75] 張俊才：《林紓年譜簡編》，薛綏之、張俊才：《林紓研究資料》，福建人民出版社 1983 年，第 23 頁。

[76] 在這兩則「告白」中間還插有二則：一則言「情節變幻，譯筆尤佳，現已印出」；一則言林紓將「板價」捐給福州蠶桑公學。參見阿英：《關於〈巴黎茶花女遺事〉》，《世界文學》1961 年第 10 期。此時尚「寒酸」的林紓如此慷慨，的確表現了其熱忱而又深遠的教育和實業情懷。

[77]《昌言報》第 1 冊，光緒二十四年七月初一。曾廣銓為曾國藩之孫、曾紀澤之子，亦為當時譯界名角。同冊還有代售謝芷汸「新印歸樵叢刻七種」告白，僅言其「切實有用，不蹈空談」，可備一例。

[78] 陳炳堃：《最近三十年中國文學史》，太平洋書店 1930 年，第 85 頁。

[79] 陳平原：《從文人之文到學者之文——明清散文研究》，三聯書店 2004 年，第 226 頁。

[80] 惲毓鼎著，史曉風整理：《惲毓鼎澄齋日記》（光緒三十一年八月十六日、光緒廿三年六月初十日、十月十五日），浙江古籍出版社 2004 年。

[81] 胡適：《五十年來中國之文學》，氏著：《胡適文存二集》卷 2，亞東圖書館 1924 年，第 121—122 頁。

[82] 魯迅曾言：「當時中國流行林琴南用古文翻譯的外國小說。」參見魯迅：《致增田涉》，氏著：《魯迅全集》第 13 卷，人民文學出版社 1981 年，第 473 頁。周作人曾言：「他介紹外國文學，雖然用了班馬的古文，其努力與成績絕不在任何人

之下。」參見周作人：《林琴南與羅振玉》，《語絲》1924 年第 3 期。今人施蟄存也有相同言說。

[83] 錢鍾書：《林紓的翻譯》，商務印書館 1981 年，第 39 頁。

[84] 錢基博：《現代中國文學史》，上海書店 2007 年，第 136 頁。「古文辭」乃古文之別稱，姚鼐的《古文辭類纂》可備一證。

[85] 參見劉聲木：《桐城文學淵源考撰述考》，黃山書社 1989 年。

[86] 姚永概為林紓文集所作序言，蒼涼悲壯，其與林紓相濡以沫、知己知音之情溢於言表，可謂一證。

[87] 郭嵩燾：《郭嵩燾日記》第 3 卷，湖南人民出版社 1982 年，第 907 頁。

[88] 曾紀澤：《出使英法俄國日記》，岳麓書社 1985 年，第 186 頁。

[89] 勞祖德整理：《鄭孝胥日記》，中華書局 1993 年，第 60 頁。

[90] 賀麟：《嚴復的翻譯》，《東方雜誌》1925 年第 22 卷第 21 號。皮後鋒：《嚴復大傳》，福建人民出版社 2003 年，第 84 頁。

[91] 參見王蘧常：《嚴幾道年譜》，商務印書館 1936 年。

[92] 吳微：《「小說筆法」：林紓古文與「林譯小說」的共振與轉換》，《中國現代文學研究叢刊》2002 年第 4 期。

[93] 翻閱 1899 年前後的《時報》《中外日報》等晚清報紙，「新出俞曲園笑話新雅」之「告白」不時出現。

[94] 惲毓鼎著，史曉風整理：《惲毓鼎澄齋日記》（光緒三十二年六月廿三日），浙江古籍出版社 2004 年。

[95] 梁啟超：《紹介新著〈原富〉》，《新民叢報》1902 年第 1 期。

[96] 嚴復：《與新民叢報論所譯原富書》，《新民叢報》1902 年第 7 期。

[97] 王佐良：《嚴復的用心》，王栻等：《論嚴復與嚴譯名著》，商務印書館 1982 年。

[98] 阿英：《翻譯史話》，氏著：《阿英全集》第 5 卷，安徽教育出版社 2006 年，第 791—792 頁。

[99] 阿英：《晚清小說史》，東方出版社 1996 年，第 187 頁。

[100] 參見陳平原：《中國現代學術之建立》第 8 章，北京大學出版社 1998 年。

[101] 胡適：《五十年來中國之文學》，氏著：《胡適文存二集》，亞東圖書館 1924 年。

[102] 參見劉大鵬：《退想齋日記》，山西人民出版社 1990 年。

[103] 參見吳玉章：《辛亥革命》，人民出版社 1973 年。

[104] 王天根：《〈天演論〉傳播與清末民初的社會動員》，合肥工業大學出版社 2006 年。

[105] 胡適：《四十自述》，氏著：《胡適文集》，北京大學出版社 1998 年，第 70 頁。

[106] 郭沫若：《我的童年》，氏著：《郭沫若選集》第 3 卷，人民文學出版社 1997 年，第 97—98 頁。

[107] 錢鍾書：《林紓的翻譯》，商務印書館 1981 年，第 23 頁。

[108] 周作人：《我學國文的經驗》，氏著：《知堂文集》，河北教育出版社 2002 年，第 10—11 頁。

[109] 張俊才：《林紓評傳》，中華書局 2007 年，第 98 頁。

[110] 參見施蟄存：《中國近代文學大系·翻譯文學集》，上海書店 1990 年。

[111] 蔡元培：《五十年來中國之哲學》，氏著：《蔡元培全集》第 5 卷，浙江教育出版社 1997 年，第 104 頁。

[112] 嚴復：《〈天演論〉譯例言》，氏著：「嚴譯名著叢刊」《天演論》，商務印書館 1981 年。

[113] 錢基博：《現代中國文學史》，上海書店 2007 年，第 310 頁。

[114] 吳汝綸：《答嚴幼陵》，氏著：《桐城吳先生全書·尺牘》第 1 卷，光緒三十年刻本（1904）桐城吳氏家刻本。

[115] 周作人：《中國新文學的源流》，華東師大出版社 1995 年，第 48—49 頁。對此魯迅也有同感，其類似評論參見魯迅：《關於翻譯的通信》，氏著：《魯迅全集》第 4 卷，人民文學出版社 1981 年，第 370—386 頁。

[116] 吳汝綸：《答嚴幾道》，氏著：《桐城吳先生全書·尺牘》第 2 卷，光緒三十年刻本（1904）桐城吳氏家刻本。

[117] 參見林紓：《畏廬續集·送姚叔節歸桐城序》，商務印書館 1916 年。

[118] 參見張俊才：《林紓評傳》，中華書局 2007 年。

[119] 嚴復：《論北京大學不可停辦說帖》，北京大學校史研究室編：《北京大學史料》，北京大學出版社 1993 年。

[120] 蔡元培：《答林君琴南函》，《北京大學日刊》1919 年 3 月 21 日。林紓在北大課堂上講西洋小說，雖然蔡元培此文以虛擬語氣出之，正話反說，但可認作事實。理由：第一，蔡作為校長，理當熟悉各教師的教學情況，林紓此舉肯定為其知曉；第二，以蔡之人格絕無說謊之可能，且蔡文中列舉的幾種教員現象，皆件件坐實，蔡當然不會平白無故「虛諷」林紓；第三，林紓性格躁烈，但回覆此信時並未就此事反駁辯解，其實是默認。

[121] 參見張俊才：《林紓評傳》，中華書局 2007 年。

[122] 嚴復：《與長子嚴璩書》，王栻等：《嚴復集》第 3 冊，中華書局 1986 年，第 779—780 頁。

[123] 王國維：《論近年之學術界》，氏著：《王國維文集》第 3 卷，中國文史出版社 1997 年，第 37 頁。

[124] 魯迅：《致增田涉》，氏著：《魯迅全集》第 13 卷，人民文學出版社 1981 年，第 473 頁。

[125] 周作人：《中國新文學的源流》，華東師大出版社 1995 年，第 48 頁。

[126] 嚴復：《與外交報主人書》，王栻等主編：《嚴復集》第 3 冊，中華書局 1986 年，第 560 頁。

[127] 嚴復：《論今日教育應以物理學科為當務之急》，王栻等主編：《嚴復集》第 2 冊，中華書局 1986 年，第 284 頁。

[128] 嚴復：《主客平議》，王栻等主編：《嚴復集》第 1 冊，中華書局 1986 年，第 119 頁。

[129] 參見馬勇：《嚴復學術思想評傳》，北京圖書館出版社 2001 年。

[130] 殷海光：《中國文化的展望》上冊，文藝書屋 1976 年，第 294—298 頁。參閱盧雲昆編選：《嚴覆文選》，上海遠東出版社 1996 年。

[131] 吳孟復：《憶姚仲實先生》，楊懷志主編：《清代文壇盟主桐城派》，安徽人民出版社 2002 年，第 541 頁。

[132] 嚴復：《與熊純如書》，王栻等主編：《嚴復集》第 3 冊，中華書局 1986 年，第 699 頁。

[133] 新派人物亦新中藏舊，參閱羅志田：《權勢轉移：近代中國的思想、社會與學術》，湖北人民出版社 1999 年，第 264—284 頁。

[134] 錢玄同致胡適信（1921 年 7 月 28 日），顏振吾編：《胡適研究叢錄》，三聯書店 1989 年，第 238 頁。

[135] 當然，任公先生並非盲目地跟著少年跑，譬如對諸少年「打倒孔家店」就不以為然，亦力言辯駁之。參見梁啟超：《孔子教義實際裨益於今日國民者何在欲昌明之其道何由》等文，氏著：《飲冰室合集》第 4 冊第 33 卷，中華書局 1989 年，第 60 頁。

[136] 熊十力：《紀念北大五十週年並為林宰平先生祝嘏》，《國立北京大學五十週年紀念特刊》，北京大學出版部 1948 年。

[137] 沈尹默：《我和北大》，文史資料研究委員會編：《文史資料選輯》第 61 輯，中華書局 1979 年。

[138] 本文系國家社會科學基金項目「《全唐詩》創作接受史文獻緝考」（批準號：14BZW082）階段性成果。

[139] 沈文凡，吉林大學文學院教授。

[140] 錢基博：《現代中國文學史》，上海書店出版社 2007 年，第 123 頁。

[141] 許桂亭選註：《林紓文選》，百花文藝出版社 2006 年，第 92 頁。

[142] 薛綏之、張俊才：《林紓研究資料》，福建人民出版社 1983 年，第 135 頁。

[143] 林紓：《畏廬三集》，文海出版社 1966 年，第 678 頁。

[144] 林紓：《韓柳文研究法》，商務印書館 1914 年，第 58 頁。

[145] 此段中引文參見林紓：《韓柳文研究法》，商務印書館 1914 年。

[146] 此段中引文參見林紓：《韓柳文研究法》，商務印書館 1914 年。

[147] 此段中引文參見林紓：《韓柳文研究法》，商務印書館 1914 年。

[148] 此段中引文參見林紓：《韓柳文研究法》，商務印書館 1914 年。

[149] 此段中引文參見林紓：《韓柳文研究法》，商務印書館 1914 年。

[150] 此段中引文參見林紓：《韓柳文研究法》，商務印書館 1914 年。

[151] 此段中引文參見林紓：《韓柳文研究法》，商務印書館 1914 年。

[152] 此段中引文參見林紓：《韓柳文研究法》，商務印書館 1914 年。

[153] 莊恆愷，福建工程學院人文學院副教授。

[154] 汪毅夫：《臺灣社會與文化》，海峽文藝出版社 1994 年，第 209 頁。

[155] 汪毅夫：《歷史的證言和證物——「甲午（1894）·乙未（1895）」120 年紀念》，《臺聲》2014 年第 8 期。

[156] 汪毅夫：《臺灣近代文學叢稿》，海峽文藝出版社 1990 年，第 143—144 頁。

[157] 汪毅夫：《中國文化與閩臺社會》，海峽文藝出版社 1997 年，第 28—29 頁。

[158] 汪毅夫：《臺灣近代詩人在福建》，幼師文化事業股份有限公司 1998 年，第 50—52 頁。

[159] 福建省人民政府網站：《省領導向有關單位贈送文物影印件》，2006 年 2 月 23 日。http：//www.fujian.gov.cn/xw/zfgzdt/szfldhd/200707/t20070714_5214.htm，訪問日期 2018 年 4 月 15 日。

[160] 汪毅夫：《閩臺地方史論稿》，海峽書局 2011 年，第 108 頁。

[161] 汪毅夫：《臺灣社會與文化》，海峽文藝出版社 1994 年，第 209—210 頁。

[162] 汪毅夫：《閩臺地方史論稿》，海峽書局 2011 年，第 109 頁。

[163] 汪毅夫：《閩臺地方史論稿》，海峽書局 2011 年，第 230 頁。

[164] 汪毅夫：《閩臺地方史論稿》，海峽書局 2011 年，第 231 頁。

[165] 莊恆愷，福建工程學院人文學院副教授。

[166] 汪毅夫：《從福建方志和筆記看民間信仰》，氏著：《閩臺緣與閩南風》，福建教育出版社 2006 年，第 156 頁。

[167]《鐵笛亭瑣記》，是《平報》（1912 年 11 月 1 日在北京創辦）為林紓特辟的一個專欄，專發林紓創作的見聞筆記，此欄作品本署「餐英居士」。1916 年，都門印書局出版《鐵笛亭瑣記》。1922 年 8 月，商務印書館易名為《畏廬瑣記》出版。參見張振國：《晚清民國志怪傳奇小說集研究》，鳳凰出版社 2011 年，第 279—280 頁。1993 年，上海文藝出版社據 1922 年商務印書館初版影印。近年，知識產權出版社、灕江出版社分別出版了點校本。參見林紓著，羅慧整理：《林紓筆記及選評兩種》，知識產權出版社 2012 年；林紓著，王紅軍校註：《畏廬瑣記》，灕江出版社 2013 年。

[168] 鄭振鐸：《林琴南先生》，氏著：《鄭振鐸全集》，花山文藝出版社 1998 年，第 359 頁。

[169] 如：「占夢」「占夢二」「占夢三」「溫元帥」「祈雨」「祈雨二」「奈何橋」「淫祠可笑」「臺灣蠱毒」「閩革命軍除天齊廟」等。

[170] 林紓著，羅慧整理：《林紓筆記及選評兩種》，知識產權出版社 2012 年，第 17 頁。

[171]（宋）梁克家修纂：《三山志》卷 40《土俗類二·歲時》，海風出版社 2000 年，第 642 頁。

[172]（明）黃仲昭修撰：《八閩通志》（修訂本）下冊卷 58《祠廟·福州府連江縣》，福建人民出版社 2006 年，第 511 頁。

[173]（明）黃仲昭修撰：《八閩通志》（修訂本）下冊卷 58《祠廟·福州府福清縣》，福建人民出版社 2006 年，第 514 頁。

[174]（明）黃仲昭修撰：《八閩通志》（修訂本）下冊卷 60《祠廟·興化府莆田縣》，福建人民出版社 2006 年，第 570 頁。

[175] 林紓著，羅慧整理：《林紓筆記及選評兩種》，知識產權出版社 2012 年，第 60 頁。

[176] 關於東嶽大帝（泰山神），參見賈二強：《唐宋民間信仰》，福建人民出版社 2002 年，第 13—39 頁；呂宗力、欒保群：《中國民間諸神》丁編「東嶽大帝」條，河北教育出版社 2001 年，第 228—239 頁。

[177]（美）盧公明著，陳澤平譯：《中國人的社會生活》，福建人民出版社 2009 年，第 137 頁。

[178] 林紓著，羅慧整理：《林紓筆記及選評兩種》，知識產權出版社 2012 年，第 100—101 頁。

[179]（法）愛彌爾·塗爾幹著，渠東、汲喆譯：《宗教生活的基本形式》，上海人民出版社 2006 年，第 39 頁。

[180] 白鋼主編：《中國政治制度通史·清代》，人民出版社 1996 年，第 469 頁。

[181] 劉湘如：《旗兵營地旗汛口》，《福州掌故》編寫組編：《福州掌故》，福建人民出版社 1998 年，第 40 頁。

[182] 林家鐘選輯：《閩中文獻輯編》下冊，福州市鼓樓區地方志辦公室 1997 年，第 111 頁。

[183]（美）盧公明著，陳澤平譯：《中國人的社會生活》，福建人民出版社 2009 年，第 138 頁。

[184] 李家駒：《福州的「迎神」與「普度」》，福建省政協文史資料委員會編：《文史資料選編·社會民情編》，福建人民出版社 2001 年，第 238 頁。

[185] 林紓著，羅慧整理：《林紓筆記及選評兩種》，知識產權出版社 2012 年，第 6—7 頁。

[186] 林紓著，羅慧整理：《林紓筆記及選評兩種》，知識產權出版社 2012 年，第 7—8 頁。

[187] 宋人梁克家的《淳熙三山志·公廨類一·試院》中載，淳熙元年（1174），福州參加發解試的考生有兩萬人，解額為六十二人，平均三百二十二人取一人。

[188] 在文人筆記中，常有士子客死異鄉的記載。如《洞靈小志》卷 1「南窪旅魂」條、《洞靈補志》卷 1「鬼乞度引」條中記錄了一名客死京城的閩中孝廉，「旅魂不得歸，乞超度」的故事。參見（清）郭則沄撰，欒保群點校：《洞靈小志·續志·補志》，東方出版社 2010 年，第 21、380—381 頁。

[189] 指閩縣九仙山，今福州於山。

[190]（明）何喬遠撰：《閩書（1）》卷 1《方域志·福州府·閩縣一·九仙山》，福建人民出版社 1994 年，第 19 頁。

[191] 佚名：《繪圖三教源流搜神大全》（外二種），上海古籍出版社 2012 年，第 318 頁。

[192] （明）黃仲昭修撰：《八閩通志》（修訂本）下冊卷 60《祠廟·興化府仙遊縣》，福建人民出版社 2006 年，第 571—572 頁。

[193] 汪毅夫：《客家民間信仰》，福建教育出版社 1995 年，第 69—70 頁。又，福清石竹山也有葉向高祈夢傳說，情節與九鯉湖鯉仙廟相類似。任仲泉曾撰《葉向高祈夢之說》一文，認為葉向高在石竹山「抽籤祈夢之事，純屬杜撰」。參見氏著：《爐邊談故》，福建人民出版社 1998 年，第 161—162 頁。

[194] 余英時：《從價值系統看中國文化的現代意義》，氏著：《中國思想傳統的現代詮釋》，江蘇人民出版社 1989 年，第 10—11 頁。

[195] 劉文英：《夢的迷信與夢的探索》，中國社會科學出版社 1989 年，第 72—106 頁。

[196] 傅佩榮：《〈詩經〉〈書經〉中的天帝觀》，氏著：《儒道天論發微》，中華書局 2010 年，第 19—57 頁。並參見蒲慕州：《追尋一己之福——中國古代的信仰世界》，上海古籍出版社 2007 年。

[197] 林國平、彭文宇：《福建民間信仰》，福建人民出版社 2001 年，第 27 頁。

[198] 張麗華，福建工程學院人文學院教授。

[199] 畢苑：《建造常識：教科書與近代中國文化轉型》，福建教育出版社 2010 年，第 11 頁。

[200] 參見林紓：《修身講義·序》，商務印書館 1916 年。註：本文所引《修身講義》內容均出自此版本。

[201] 孫奇逢：《理學宗傳》（共 2 冊），山東友誼書社 1989 年，第 10 頁。

[202] 參見林紓：《修身講義·序》，商務印書館 1916 年。

[203] 薛綏之，張俊才：《林紓研究資料》，福建人民出版社 1983 年，第 37、90—91 頁。

[204] 林紓：《斐洲煙水愁城錄·序》，林薇：《百年沉浮——林紓研究綜述》，天津教育出版社 1990 年。

[205] 參見林紓：《修身講義》上下卷，商務印書館 1916 年。

[206] 林紓：《林紓詩文選》，商務印書館 1993 年，第 274、276 頁。

[207] 吳仁華，福建工程學院共產黨委書記，教授，教育學博士。

[208] 張俊才：《林紓評傳》，中華書局 2007 年，第 247 頁。

[209] 參見林薇：《林紓選集·文詩詞卷》，四川人民出版社 1988 年。

[210] 轉引自錢鍾書：《林紓的翻譯》，氏著：《七綴集》，上海古籍出版社 1994 年，第 104 頁。

[211] 參見張俊才、王勇：《頑固非盡守舊也：晚年林紓的困惑與堅守》，山西人民出版社 2012 年。

[212] 原載於 1917 年 2 月 8 日的《大公報》，胡適錄全文於其所著《胡適留學日記》中。

[213] 林紓：《〈古文辭類纂〉選本序》，第 9 頁，朱羲冑：《春覺齋著述記》卷 2。

[214] 參見（梁）蕭統編，（唐）李善註：《文選》卷 43，中華書局 1981 年。

[215] 林紓：《畏廬詩存》捲上，第 22 頁。《畏廬詩存》《畏廬文集》《林畏廬先生年譜》，均以《民國叢書》第 4 編，上海書店 1992 年版為據。

[216] 李家驥等整理：《林紓詩文選》，商務印書館 1993 年，第 134 頁。

[217] 參見薛綏之、張俊才：《林紓研究資料》，知識產權出版社 2010 年。

[218] 引詩均見李家驥等整理：《林紓詩文選》，商務印書館 1993 年，第 168—171 頁。

[219] 嚴復：《嚴復全集》第 8 卷，福建教育出版社 2014 年，第 150 頁。

[220] 林紓：《畏廬文集》，上海書店 1992 年，第 10—11 頁。

[221] 李家驥等整理：《林紓詩文選》，商務印書館 1993 年，第 312—313 頁。

[222] 李家驥等整理：《林紓詩文選》，商務印書館 1993 年，第 168 頁。

[223] 林紓：《畏廬詩存》卷下，上海書店 1992 年，第 35 頁。

[224] 李家驥等整理：《林紓詩文選》，商務印書館 1993 年，第 132 頁。

[225] 朱羲冑：《林畏廬先生年譜》卷 2，上海書店 1992 年，第 58 頁。

[226] 林紓：《畏廬詩存》卷下，上海書店 1992 年，第 20 頁。

[227] 林紓：《畏廬詩存》捲上，上海書店 1992 年，第 16—17 頁。

[228] 林紓：《畏廬詩存》卷下，上海書店 1992 年，第 12 頁。

[229] 張旭等：《林紓年譜長編》，福建教育出版社 2014 年，第 296 頁。

[230] 林紓：《畏廬文集》，上海書店 1992 年，第 1 頁。

[231] 林紓：《畏廬文集》，上海書店 1992 年，第 8 頁。

[232] 林紓：《畏廬文集》，上海書店 1992 年，第 12 頁。

[233] 林紓：《劫外曇花·自序》，錢谷融、吳俊點校：《林琴南書話》，浙江人民出版社 1999 年，第 139 頁。

[234] 林紓：《畏廬詩存》卷下，上海書店 1992 年，第 27 頁。

[235] 林紓：《畏廬詩存》卷下，上海書店 1992 年，第 35 頁。

七、以教學帶動科學研究、以科學研究反哺教學

[236] 林紓：《林畏廬先生年譜》卷 2，上海書店 1992 年，第 61 頁。

[237] 林紓：《林畏廬先生年譜》卷 2，上海書店 1992 年，第 65—66 頁。

[238] 參見（梁）蕭統編，（唐）李善註：《文選·北山移文》，中華書局 1981 年。

[239] 林明昌，臺灣佛光大學中文系教授。

[240] 另有畏廬子、踐卓翁、餐英居士、射九、蠡叟等筆名，參見張俊才：《林紓評傳》，中華書局 2007 年，第 5 頁。林紓又稱閩侯先生，逝世後，門人私謚貞文。參見朱義冑：《貞文先生年譜》，氏著：《林琴南先生學行譜記四種》，世界書局 1965 年，第 1 頁。

[241] 林紓：《桐城吳先生點勘史記讀本·序》《畏廬續集》《畏廬論文等三種》，文津出版社 1978 年，第 8 頁。此書集《畏廬論文》《畏廬文集》《畏廬續集》三書而成，各書頁碼獨立。以下所引依各書頁碼，不另說明。

[242] 張僖：《畏廬文集·序》，林紓：《畏廬文集》，文津出版社 1978 年。

[243] 1899 年出版。

[244] 據張俊才統計，包括未刊作品。張俊才：《林紓評傳附錄二》，中華書局 2007 年，第 292 頁。

[245] 錢基博：《林紓的古文》，薛綏之、張俊才：《林紓研究資料》，福建人民出版社 1983 年，第 175 頁。

[246] 馬其昶：《韓柳文研究法·序》，林紓：《韓柳文研究法》，廣文書局 1998 年，第 1 頁。

[247] 此書 1916 年出版時名為《春覺齋論文》，後於 1921 年更名為《畏廬論文》。

[248] 林紓自序曰：「名曰《姚刻古文辭類纂選本》。」然今本由慕容真點校改名為《林紓選評古文辭類纂》，浙江古籍出版社 1986 年。以下統一稱《古文辭類纂選本》，並採用慕容真點校本。

[249] 關於林紓之生平、著述、古文理論，參見張俊才：《林紓評傳》，中華書局 2007 年；呂立德：《林琴南古文理論研究》，臺灣師範大學「國文研究所」1989 年博士學位論文。

[250] 林紓：《中國國文讀本·宋文序》，氏著：《春覺齋著述記》卷 2，朱義冑：《林琴南先生學行譜記四種》，第 7 頁。《中國國文讀本》當作《中學國文讀本》，見《著述年表》，清光緒三十四年、宣統元年、二年，《春覺齋著述記》卷 1，朱義冑：《林琴南先生學行譜記四種》，文津出版社 1978 年，第 4—5 頁。

[251] 林紓：《中國國文讀本·唐文序》，氏著：《春覺齋著述記》卷 2，文津出版社 1978 年，第 8 頁。

275

[252] 林紓：《中國國文讀本·唐文序》，氏著：《春覺齋著述記》卷 2，文津出版社 1978 年，第 8 頁。

[253] 林紓：《畏廬論文》，文津出版社 1978 年，第 33 頁。這些創作於廢科舉之後的著作，與八股時文已無關係。相對於傳統以科考為目的的評點文話，林紓的動機無乃更純粹於文學賞析。此外，在林紓翻譯眾多小說並從事創作小說之後，對文學的觀點，亦大不同於傳統古文家。

[254] 林紓亦喜柳文，謂柳文雖變化不若昌黎，而其獨造於古處，可雲雙絕。日：「余嗜唐文，至此二家，志願已遂，無復旁及。」參見林紓：《中國國文讀本·唐文序》，氏著：《春覺齋著述記》卷 2，文津出版社 1978 年，第 8 頁。

[255] 其中韓愈《五箴》計為一篇。

[256] 柳宗元文有 15 篇。

[257] 林紓日：「昌黎一生忠鯁，而為文乃狡獪如是。」林紓：《中國國文讀本·唐文序》，氏著：《春覺齋著述記》卷 2，文津出版社 1978 年，第 30 頁。

[258] 林紓：《中國國文讀本·唐文序》，氏著：《春覺齋著述記》卷 2，文津出版社 1978 年，第 2 頁。

[259] 林紓：《中國國文讀本·唐文序》，氏著：《春覺齋著述記》卷 2，文津出版社 1978 年，第 3 頁。

[260] 葉百豐：《韓昌黎文匯評》，正中書局 1999 年，第 280 頁。另參見林明昌：《狡獪的演奏家》，氏著：《想像的投射——文藝接受美學探索》，唐山出版社 2009 年，第 7—24 頁。

[261] 尤其在與書一類之中最為常見。參見林紓：《畏廬論文》，文津出版社 1978 年，第 18 頁。林紓：《古文辭類纂選本》，浙江古籍出版社 1986 年，第 113 頁，文同。

[262] 林紓：《畏廬論文》，文津出版社 1978 年，第 1 頁。

[263] 林紓：《韓柳文研究法》，商務印書館 1914 年，第 16 頁。

[264] 林紓：《韓柳文研究法》，商務印書館 1914 年，第 17 頁。

[265] 林紓：《韓柳文研究法》，商務印書館 1914 年，第 18 頁。

[266] 茅坤：《校注集評唐宋八大家文鈔昌黎文鈔》，三秦出版社 1998 年，第 451 頁。

[267] 葉百豐：《韓昌黎文匯評》，正中書局 1999 年，第 8 頁。

[268] 林紓：《韓柳文研究法》，商務印書館 1914 年，第 29 頁。

[269] 林紓：《韓柳文研究法》，商務印書館 1914 年，第 31 頁。

[270] 林紓：《畏廬論文》，文津出版社 1978 年，第 19 頁。

[271] 林紓：《畏廬論文》，文津出版社 1978 年，第 32 頁。

[272] 語出蘇洵：《上歐陽内翰書》，茅坤：《校注集評·唐宋八大家文鈔·老泉文鈔》，三秦出版社 1998 年，第 4251 頁。

[273] 林紓：《韓柳文研究法》，商務印書館 1914 年，第 2 頁。

[274] 林紓：《畏廬論文》，文津出版社 1978 年，第 24 頁。

[275] 譚獻：《復堂詞錄序》，郭紹虞主編：《中國曆代文學論著精選》下冊，華正書局 1991 年，第 335 頁。

[276] 林紓：《古文辭類纂選本》，浙江古籍出版社 1986 年，第 147 頁。

[277] 張伯行：《唐宋八大家文鈔》，上海古籍出版社 2007 年，第 14 頁。

[278] 林雲銘：《韓文起》卷 2，汲古書院 1977 年，第 43 頁。

[279] 葉百豐：《韓昌黎文匯評》，正中書局 1999 年，第 116 頁。

[280] 以下林紓對韓愈《與崔群書》的評述，參見慕容真點校：《林紓選評古文辭類纂》，浙江古籍出版社 1986 年，第 145—147 頁。

[281] （宋）呂大防等撰，徐敏霞校輯：《韓愈年譜》，中華書局 2006 年，第 25 頁。

[282] 韓愈原文為「則不為得其所」，林紓之評作「則不為得其所」。

[283] 林雲銘：《韓文起》卷 2，汲古書院 1977 年，第 8 頁。

[284] 以下關於林紓對韓愈《答崔立之書》之評，參見慕容真點校：《林紓選評古文辭類纂》，浙江古籍出版社 1986 年，第 150—151 頁。

[285] 慕容真點校：《林紓選評古文辭類纂》，浙江古籍出版社 1986 年，第 185 頁。

[286] 金聖嘆著，張國光點校：《金聖嘆批校古文》，湖北人民出版社 1986 年，第 397 頁。

[287] 林雲銘：《韓文起》卷 4，汲古書院 1977 年，第 23 頁。

[288] 林雲銘：《韓文起》卷 4，汲古書院 1977 年，第 23 頁。

[289] 以下林紓評述，見林紓：《古文辭類纂選本》，浙江古籍出版社 1986 年，第 210—211 頁。

[290] 林紓：《古文辭類纂選本》，浙江古籍出版社 1986 年，第 185 頁。

[291] 林紓：《古文辭類纂選本》，浙江古籍出版社 1986 年，第 185 頁。

[292] 林紓：《古文辭類纂選本》，浙江古籍出版社 1986 年，第 196 頁。

[293] 林紓：《古文辭類纂選本》，浙江古籍出版社 1986 年，第 185 頁。

[294] 林紓：《韓柳文研究法》，商務印書館 1914 年，第 30 頁。

[295] 林紓：《韓柳文研究法》，商務印書館 1914 年，第 31 頁。

[296] 林紓：《韓柳文研究法》，商務印書館 1914 年，第 2 頁。

[297] 郭丹，福建工程學院特聘教授，福建師範大學文學院教授，博士生導師。

[298] 張勝璋，閩江學院人文與傳播學院副教授，文學博士。

[299] 林紓：《桐城派古文說》，《民權素》1915 年第 13 期。

[300] 參見林紓：《春覺齋論文》，人民文學出版社 1998 年。

[301] 參見林紓：《春覺齋論文》，人民文學出版社 1998 年。

[302] 參見林紓：《春覺齋論文》，人民文學出版社 1998 年。

[303] 參見林紓：《春覺齋論文》，人民文學出版社 1998 年。

[304] 參見林紓：《春覺齋論文》，人民文學出版社 1998 年。

[305] 參見林紓：《春覺齋論文》，人民文學出版社 1998 年。

[306] 參見林紓：《文微》，李家驥整理：《林紓詩文選》，商務印書館 1993 年。

[307] 參見林紓：《春覺齋論文》，人民文學出版社 1998 年。

[308] 參見林紓：《春覺齋論文》，人民文學出版社 1998 年。

[309] 參見林紓：《春覺齋論文》，人民文學出版社 1998 年。

[310] 參見林紓：《春覺齋論文》，人民文學出版社 1998 年。

[311] 參見林紓：《春覺齋論文》，人民文學出版社 1998 年。

[312] 參見林紓：《春覺齋論文》，人民文學出版社 1998 年。

[313] 參見林紓：《春覺齋論文》，人民文學出版社 1998 年。

[314] 參見林紓：《春覺齋論文》，人民文學出版社 1998 年。

[315] 參見林紓：《文微》，李家驥整理：《林紓詩文選》，商務印書館 1993 年。

[316] 參見林紓選評，慕容真點校：《林紓選評古文辭類纂》，浙江古籍出版社 1986 年。

[317] 林紓：《韓柳文研究法》，上海商務印書館 1914 年，第 33 頁。

[318] 參見林紓：《春覺齋論畫》，李家驥整理：《林紓詩文選》，商務印書館 1993 年。

[319] 參見林紓：《文微》，李家驥整理：《林紓詩文選》，商務印書館 1993 年。

[320] 參見林紓：《文微》，李家驥整理：《林紓詩文選》，商務印書館 1993 年。

[321] 參見林紓選評，慕容真點校：《林紓選評古文辭類纂》，浙江古籍出版社 1986 年。

[322] 參見林紓：《文微》，李家驥整理：《林紓詩文選》，商務印書館 1993 年。

[323] 參見林紓：《春覺齋論文》，人民文學出版社 1998 年。

[324] 參見林紓選評，慕容真點校：《林紓選評古文辭類纂》，浙江古籍出版社 1986 年。

[325] 參見林紓選評，慕容真點校：《林紓選評古文辭類纂》，浙江古籍出版社 1986 年。

[326] 參見林紓：《春覺齋論文》，人民文學出版社 1998 年。

[327] 參見林紓：《春覺齋論文》，人民文學出版社 1998 年。

[328] 參見林紓：《春覺齋論文》，人民文學出版社 1998 年。

[329] 參見林紓：《春覺齋論文》，人民文學出版社 1998 年。

[330] 參見林紓選評，慕容真點校：《林紓選評古文辭類纂》，浙江古籍出版社 1986 年。

[331] 參見林紓：《春覺齋論文》，人民文學出版社 1998 年。

[332] 參見林紓：《春覺齋論文》，人民文學出版社 1998 年。

[333] 張俊才：《林紓評傳》，中華書局 2007 年，第 201 頁。

[334] 張勝璋，閩江學院人文與傳播學院副教授，文學博士。

[335] 王國維：《人間詞乙稿·序》，陳鴻祥編著：《人間詞話·人間詞注評》，江蘇古籍出版社 2002 年，第 431 頁。

[336] 胡經之：《中國古典文藝學》，光明日報出版社 2006 年，第 373 頁。

[337] 與齡，朱傳譽主編：《林琴南傳略·林琴南傳記資料》，天一出版社 1981 年，第 8 頁。

[338] 曾憲輝：《林紓文論淺議》，《福建師大學報》1985 年第 3 期。

[339] 張俊才：《林紓評傳》，中華書局 2007 年，第 210 頁。

[340] 周振甫：《林琴南的文章論·林琴南傳記資料》，天一出版社 1981 年，第 48 頁。

[341] 林紓：《春覺齋論文》，人民文學出版社 1998 年，第 73 頁。

[342] 林紓：《春覺齋論文》，人民文學出版社 1998 年，第 75 頁。

[343] 林紓：《春覺齋論文》，人民文學出版社 1998 年，第 74 頁。

[344] 林紓：《春覺齋論文》，人民文學出版社 1998 年，第 73 頁。

[345] 林紓：《春覺齋論文》，人民文學出版社 1998 年，第 74 頁。

[346] 林紓：《春覺齋論文》，人民文學出版社 1998 年，第 75 頁。

[347] 林紓：《春覺齋論文》，人民文學出版社 1998 年，第 75 頁。

[348] 林紓：《春覺齋論文》，人民文學出版社 1998 年，第 76 頁。
[349] 林紓：《春覺齋論文》，人民文學出版社 1998 年，第 75 頁。
[350] 林紓：《春覺齋論文》，人民文學出版社 1998 年，第 46 頁。
[351] 林紓：《春覺齋論文》，人民文學出版社 1998 年，第 46 頁。
[352] 林紓：《春覺齋論文》，人民文學出版社 1998 年，第 76 頁。
[353] 林紓：《春覺齋論文》，人民文學出版社 1998 年，第 76 頁。
[354] 林紓著，李家驥譯：《文微·林紓詩文選》，商務印書館 1993 年，第 395 頁。
[355] 林紓：《春覺齋論文》，人民文學出版社 1998 年，第 76 頁。
[356] 林紓：《春覺齋論文》，人民文學出版社 1998 年，第 75 頁。
[357] 蘇軾：《答張嘉父書·中國古代十大散文家精品全集》，大連出版社 1998 年，第 680 頁。
[358] 林紓著，李家驥譯：《文微·林紓詩文選》，商務印書館 1993 年，第 390 頁。
[359] 林紓：《春覺齋論文》，人民文學出版社 1998 年，第 73 頁。
[360] 林紓：《春覺齋論文》，人民文學出版社 1998 年，第 74 頁。
[361] 林紓：《汪堯峰集選·序·汪堯峰集選》，商務印書館 1924 年，第 1 頁。
[362] 林紓：《春覺齋論文》，人民文學出版社 1998 年，第 94 頁。
[363] 林紓：《春覺齋論文》，人民文學出版社 1998 年，第 96 頁。
[364] 林紓：《春覺齋論文》，人民文學出版社 1998 年，第 104 頁。
[365] 林紓：《春覺齋論文》，人民文學出版社 1998 年，第 112 頁。
[366] 林紓：《春覺齋論文》，人民文學出版社 1998 年，第 92 頁。
[367] 林紓：《春覺齋論文》，人民文學出版社 1998 年，第 109 頁。
[368] 林天送，福建工程學院人文學院副教授。
[369] 程巍：《為林琴南一辯——「方姚卒不之踣」析》，《中國圖書評論》2007 年第 9 期。
[370] 林紓：《答大學堂校長蔡鶴卿太史書》，《公言報》1919 年 3 月 18 日。
[371] 由於古文與白話差別太大，古文實際上不利於科學的普及。
[372] 參見劉宏照：《林紓小說翻譯研究》，上海譯文出版社 2011 年。
[373] 馮勝利：《論語體的機制及其語法屬性》，《中國語文》2010 年第 5 期。
[374] 趙炎秋：《近現代文白之爭及其反思》，《湖南師範大學社會科學學報》2011 年第 5 期。

[375] 參見林紓著，範先淵校點：《春覺齋論文》，人民文學出版社 1959 年。

[376] 林紓：《答大學堂校長蔡鶴卿太史書》，《公言報》1919 年 3 月 18 日。

[377] 筆者認為林紓對古文的改造，至今人們只有一個大體的印象，尚未從語言學角度進行系統探討。

[378] 錢鍾書：《林紓的翻譯》，《文學研究集刊》編輯委員會編：《文學研究集刊》第 1 冊，人民文學出版社 1964 年。

[379] 林紓：《答大學堂校長蔡鶴卿太史書》，《公言報》1919 年 3 月 18 日。

[380] 林紓：《論古文白話之相消長》，《文藝叢報》1919 年第 1 期。

[381] 李如龍：《漢語與漢字的磨合、互動與和諧發展》，《吉林大學社會科學學報》2008 年第 2 期。李如龍認為，漢字是溝通古今南北的因子。借助漢字這個媒介，在古文廢棄之後，現代白話文仍然不斷從古文中吸收各種表現手段。

[382] 陳衍在《福建通志·福建方言志》的序文中說，他參考了何治運《何氏學》、黃宗彝《閩方言古音考》、劉家謀《操風瑣錄》、謝章鋌《說文閩音通》四種著作，但沒有提到林紓的這條筆記。

[383] 歐明俊，福建師範大學文學院教授。

[384] 錢鍾書：《林紓的翻譯》，商務印書館 1981 年，第 39 頁。

[385] 魏際昌：《桐城古文學派小史》，河北教育出版社 1988 年，第 238 頁。

[386] 陳錦谷：《林紓研究資料選編》，福建省文史資料研究館 2008 年，第 211 頁。

[387] 周作人：《林琴南與羅振玉》，海南國際新聞出版中心 1995 年，第 624 頁。

[388] 陳錦谷：《林紓研究資料選編》，福建省文史資料研究館 2008 年，第 30 頁。

[389] 薛綏之、張俊才：《林紓研究資料》，福建人民出版社 1983 年，第 49 頁。

[390] 錢谷融、吳俊點校：《林琴南書話》，浙江人民出版社 1999 年，第 195 頁。

[391] 林紓：《林紓選集·文詩詞卷》，四川人民出版社 1988 年，第 223 頁。

[392] 林紓：《畏廬續集》，商務印書館 1916 年，第 20 頁。

[393] 朱傳譽：《林琴南傳記資料》，天一出版社 1981 年，第 43 頁。

[394] 王水照主編：《歷代文話》第 7 冊，復旦大學出版社 2007 年，第 6532 頁。

[395] 王水照主編：《歷代文話》第 7 冊，復旦大學出版社 2007 年，第 6537 頁。

[396] 周作人：《近代散文抄序》，氏著：《知堂序跋》，岳麓書社 1987 年，第 330 頁。

[397] 俞平伯：《標語》，《駱駝草》1930 年第 23 期。

[398] 林語堂：《又與陶亢德書》，《論語》1934 年第 38 期。

[399] 冰心：《文藝叢談》，《小說月報》1921 年第 12 卷第 4 號。

[400] 參見郁達夫：《中國新文學大系·散文二集·導言》，良友圖書公司 1935 年。

[401] 林語堂：《敘〈人間世〉及小品文筆調》，《人間世》1934 年第 6 期。

[402] 歐明俊：《現代小品理論研究》，上海三聯書店 2005 年，第 129—132 頁。

[403] 薛綏之、張俊才：《林紓研究資料》，福建人民出版社 1983 年，第 77 頁。

[404] 王水照主編：《歷代文話》第 7 冊，復旦大學出版社 2007 年，第 6529 頁。

[405] 周作人：《魯迅與清末文壇·魯迅的青年時代》，河北教育出版社 2002 年，第 73 頁。

[406] 寒光：《林琴南》，中華書局 1935 年，第 220 頁。

[407] 韓洪舉，浙江師範大學人文學院教授。

[408] 薛綏之、張俊才：《林紓研究資料》，福建人民出版社 1983 年，第 118—119 頁。

[409] 錢谷融、吳俊點校：《林琴南書話》，浙江人民出版社 1999 年，第 30—31 頁。

[410] 錢谷融、吳俊點校：《林琴南書話》，浙江人民出版社 1999 年，第 77—78 頁。

[411] 錢谷融、吳俊點校：《林琴南書話》，浙江人民出版社 1999 年，第 85 頁。

[412] （俄）高爾基著，繆靈珠譯：《俄國文學史》，上海文藝出版社 1959 年，第 66 頁。

[413] 恩格斯：《馬克思恩格斯全集》第 1 卷，人民出版社 1961 年，第 594 頁。

[414] 仲密（周作人）：《平民文學》，《每週評論》1919 年第 5 期。

[415] 冰（茅盾）：《新舊文學平議之評議》，《小說月報》1920 年第 11 卷第 1 期。

[416] 錢谷融、吳俊點校：《林琴南書話》，浙江人民出版社 1999 年，第 77—78 頁。

[417] 錢谷融、吳俊點校：《林琴南書話》，浙江人民出版社 1999 年，第 40—41 頁。

[418] 錢谷融、吳俊點校：《林琴南書話》，浙江人民出版社 1999 年，第 60 頁。

[419] 錢谷融、吳俊點校：《林琴南書話》，浙江人民出版社 1999 年，第 108—111 頁。

[420] 薛綏之、張俊才：《林紓研究資料》，福建人民出版社 1983 年，第 103 頁。

[421] 錢谷融、吳俊點校：《林琴南書話》，浙江人民出版社 1999 年，第 14—15 頁。

[422] 薛綏之、張俊才：《林紓研究資料》，福建人民出版社 1983 年，第 105—106 頁。

[423] 薛綏之、張俊才：《林紓研究資料》，福建人民出版社 1983 年，第 118—119 頁。

[424] 錢谷融、吳俊點校：《林琴南書話》，浙江人民出版社 1999 年，第 83—84 頁。

[425] 《古典文藝理論譯叢》編輯委員會編：《古典文藝理論譯叢》第 3 冊，人民文學出版社 1962 年，第 136 頁。

[426]（俄）別林斯基著，滿濤譯：《別林斯基選集》第 1 卷，人民文學出版社 1959 年，第 177—178 頁。

[427] 錢谷融、吳俊點校：《林琴南書話》，浙江人民出版社 1999 年，第 30—31 頁。

[428] 錢谷融、吳俊點校：《林琴南書話》，浙江人民出版社 1999 年，第 77—78 頁。

[429] 林紓：《春覺齋論文》，香港商務印書館 1963 年，第 6 頁。

[430] 錢谷融、吳俊點校：《林琴南書話》，浙江人民出版社 1999 年，第 99—100 頁。

[431] 錢谷融、吳俊點校：《林琴南書話》，浙江人民出版社 1999 年，第 77—78 頁。

[432] 錢谷融、吳俊點校：《林琴南書話》，浙江人民出版社 1999 年，第 99—100 頁。

[433] 錢谷融、吳俊點校：《林琴南書話》，浙江人民出版社 1999 年，第 99—100 頁。

[434] 阿英：《晚清文學叢鈔·小說戲曲研究卷》，中華書局 1916 年，第 268 頁。

[435] 薛綏之、張俊才：《林紓研究資料》，福建人民出版社 1983 年，第 121 頁。

[436] 付建舟，浙江師範大學人文學院教授。

[437] 王栻等主編：《嚴復集》第 2 冊，中華書局 1986 年，第 365 頁。

[438] 方豪編錄：《英斂之先生日記遺稿》，文海出版社 1974 年，第 319 頁。

[439]《讀新小說法》，《新世界小說社報》1907 年第 6、7 期。

[440] 包天笑：《釧影樓回憶錄》，大華出版社 1971 年，第 171 頁。

[441] 鄒振環：《影響中國近代社會的一百種譯作》，中國對外翻譯出版公司 1994 年，第 121—127 頁。

[442] 參見袁行霈主編：《中國文學史》，高等教育出版社 1999 年。

[443] 張靜廬：《中國小說史大綱》，泰東圖書局 1920 年，第 27 頁。

[444] 鄒振環：《影響中國近代社會的一百種譯作》，中國對外翻譯出版公司 1994 年，第 122 頁。

[445] 蘇雪林：《林琴南先生》，氏著：《蘇雪林文集》第 2 卷，安徽文藝出版社 1996 年，第 374 頁。

[446]（俄）托爾斯泰著，林紓、陳家麟譯：《恨縷情絲》，商務印書館 1919 年，第 4 頁。以下出自該作的引文隨附頁碼，不另外加注。

[447]（英）哈葛德著，林紓、魏易譯：《洪罕女郎傳·跋語》，商務印書館 1914 年，第 135 頁。

[448]（日）德富健次郎著，林紓、魏易譯：《不如歸序》，商務印書館 1915 年，第 1 頁。

[449]（日）德富健次郎著，林紓、魏易譯：《不如歸序》，商務印書館 1915 年，第 1 頁。

[450]（英）哈葛德著，林紓、魏易譯：《玉雪留痕·序》，商務印書館1914年，第2頁。

[451]（法）森彼得著，林紓、王慶驥譯：《離恨天·譯者剩語》，上海商務印書館1915年，第3頁。

[452]（法）森彼得著，林紓、王慶驥譯：《離恨天》，商務印書館1981年，第39頁。

[453]（法）森彼得著，林紓、王慶驥譯：《離恨天》，商務印書館1981年，第44頁。

[454]（法）森彼得著，林紓、王慶驥譯：《離恨天》，商務印書館1981年，第50—51頁。

[455] 王栻等主編：《嚴復集》第1集，中華書局1986年，第18頁。

[456] 陳平原、夏曉虹主編：《二十世紀中國小說理論資料》第1卷，北京大學出版社1997年，第18頁。

[457] 梁啟超：《本館第一百冊祝辭並論報館之責任及本館之經歷》，《飲冰室合集》文集之6，中華書局1989年，第55頁。

[458] 梁啟超等：《小說叢話》，《新小說》1903年第7號。

[459] 本文系福建省社科規劃一般項目（批準號：2013B222）成果，福建省教育科學「十二五」規劃重點課題（批準號：FJJKCGZ14-018）成果。

[460] 戴光榮，福建工程學院人文學院教授。

[461] 吳仁華：《傳承林紓文化思想打造林紓研究重鎮——〈林紓研究專刊〉代序》，《福建工程學院學報》2012年第10期。

[462] 張俊才：《林紓評傳》，中華書局2007年，第249—250頁。

[463] 蘇建新：《真誠勤勇的楷模——林紓完美人格論略》，《福建工程學院學報》2008年第6卷第2期。

[464] 林農：《林紓翻譯思想》，《福建工程學院學報》2012年第10期。

[465] 錢鍾書：《林紓的翻譯》，羅新璋主編：《翻譯論集》，商務印書館1984年，第699頁。

[466] James S.Holmes，「The Name and Nature of Translation Studies，」In L.Venuti（Ed.），The Transla-tion Studies Reader，London & New York：Routledge.p.176.

[467] Gideon Toury， Descriptive Translation Studies and Beyond.Amsterdam & Philadelphia：John Benjamins Publishing Company，1995.p.259.

[468] 王克非：《語料庫翻譯學探索》，上海交通大學出版社2012年，第13—14頁。

[469] 肖忠華、戴光榮：《翻譯教學與研究的新框架：語料庫翻譯學綜述》，《外語教學理論與實踐》2011 年第 1 期；戴光榮：《譯文源語透過效應研究》，上海交通大學出版社 2013 年。

[470] 戴光榮：《譯文源語透過效應研究》，上海交通大學出版社 2013 年，第 16 頁。

[471]Mona Baker，「Corpora in Translation Studies：An Overview and Some Suggestions for Future Research，」Target，Vol.7，NO.2（1995）：p.230.

[472] 王克非等：《雙語對應語料庫：研製與應用》，外語教學與研究出版社 2004 年，第 6 頁。

[473]Mona Baker，「Corpora in Translation Studies：An Overview and Some Suggestions for Future Research，」Target，Vol.7，NO.2（1995）：p.234.

[474] 黃立波：《基於雙語平行語料庫的翻譯文體學探討》，《中國外語》2011 年第 8 期。

[475]Mona Baker，「The treatment of variation in corpus-based translation studies，」Language Matters，Vol.35，NO.2（2004）：pp.28-38.

[476]Theo Hermans，「The Translators Voice in Translated Narrative」，Target，Vol.8，NO.1（1996）：pp.23-48.

[477] 陳虹：《高校圖書館林紓文化特藏資源概況與展望——以福建工程學院為例》，《長春師範大學學報（自然科學版）》2012 年第 3 期。

[478] 吳仁華：《傳承林紓文化思想打造林紓研究重鎮——〈林紓研究專刊〉代序》，《福建工程學院學報》2012 年第 10 期。

[479] 孫漢生，福建教育出版社副社長。

[480] 汪征魯、方寶川、馬勇主編：《嚴復全集》第 9 卷，福建教育出版社 2014 年，第 14 頁。為行文簡便，以下出自該書的引文隨文附卷數、頁碼，不另外加注。

[481] 嚴復：《天演論·論十五演惡·案語》，汪征魯、方寶川、馬勇主編：《嚴復全集》第 1 卷，福建教育出版社 2014 年，第 149 頁。

[482] 參見（英）赫伯特·斯賓塞著，張雄武譯：《社會靜力學》，商務印書館 1996 年。

[483] 孫應祥：《嚴復年譜》，福建人民出版社 2003 年，第 34 頁。

[484] 參見（英）赫伯特·斯賓塞著，胡毅、王承緒譯：《斯賓塞教育論著選》，人民教育出版社 2005 年。

[485] （英）赫伯特·斯賓塞著，胡毅、王承緒譯：《斯賓塞教育論著選》，人民教育出版社 2005 年，第 111 頁。

[486]（英）赫伯特·斯賓塞著，胡毅、王承緒譯：《斯賓塞教育論著選》，人民教育出版社 2005 年，第 80 頁。

[487]（英）赫伯特·斯賓塞著，胡毅、王承緒譯：《斯賓塞教育論著選》，人民教育出版社 2005 年，第 92、93、110 頁。

[488]（英）赫伯特·斯賓塞著，胡毅、王承緒譯：《斯賓塞教育論著選》，人民教育出版社 2005 年，第 63 頁。

[489] 參見嚴復著，周振甫選註：《嚴復選集》，人民文學出版社 2004 年。

[490] 參見（英）赫伯特·斯賓塞著，胡毅、王承緒譯：《斯賓塞教育論著選》，人民教育出版社 2005 年。

[491] 本文系福建省閩江學者獎勵計劃（閩教高 [2013]94 號）階段研究成果和福建工程學院社會科學啟動基金項目（批準號：GY-S13026）成果之一。

[492] 張旭，福建工程學院人文學院教授。

[493] 馬克思、恩格斯：《馬克思恩格斯全集》第 2 卷，人民出版社 1957 年，第 118—119 頁。

[494] 馬克思、恩格斯：《馬克思恩格斯全集》第 2 卷，人民出版社 1957 年，第 243—244 頁。

[495] Michel Foucault，The Archeology of Knowledge，New York：Pantheon，1976.

[496] Hayden White，The Historical Imagination in Nineteenth-Century Europe，Baltimore：The Johns Hopkins University Press，1973：IX.

[497] 勞思光：《新編中國哲學史》第 1 卷，廣西師範大學出版社 2005 年，第 91 頁。

[498] 肖志兵，福建工程學院人文學院講師。

[499] 林薇選註：《林紓選集·文詩詞卷》，四川人民出版社 1988 年，第 265 頁。

[500] 蘇建新：《2011 年林紓研究芻議》，《遼東學院學報（社會科學版）》2013 年第 1 期。

[501] 本文完成時，張旭新著《林紓年譜長編》已於 2014 年 9 月出版發行。

[502] 參見陳錦谷：《林紓研究資料選編》，福建省文史資料研究館 2008 年。

[503] 鄭振鐸：《林琴南先生》，《小說月報》1924 年第 15 卷第 11 期。

[504] 參見陳寒光：《林琴南》，上海中華書局 1935 年。

[505] 張俊才：《「悠悠百年，自有能辨之者」——重評林紓及五四新舊思潮之爭》，《河北師範大學學報（哲社版）》2005 年第 4 期。

[506] 蘇建新：《近三十年林紓形象的演進及文化解讀》，《福建工程學院學報》2012年第5期。

[507] 錢鍾書：《林紓的翻譯》，商務印書館1981年，第18—52頁。

[508] 曾錦漳：《林譯小說研究》，《新亞學報》1967年第8卷第1期。

[509] 參見（日）樽本照雄：《林紓冤罪事件簿》，清末小說研究會2008年。

[510]Michael Gibbs Hill，Lin Shu，Inc：Translation and the Making of Modern Chinese Culture.Oxford University Press，2012.

[511] 卓希惠：《林紓傳記文史傳藝術探析》，《集美大學學報（哲社版）》2010年第3期。

[512] 陳子展：《中國近代文學之變遷》，中華書局1929年，第85頁。

[513] 參見張俊才：《林紓評傳》，中華書局2007年。

[514] 參見呂立德：《林琴南古文理論研究》，花木蘭文化出版社2011年。

[515] 林薇：《百年沉浮——林紓研究綜述》，天津教育出版社1990年，第272頁。

[516] 張勝璋：《林紓古文論綜論》，福建師範大學2009年博士學位論文，第7頁。

[517] 張俊才：《「悠悠百年，自有能辨之者」——重評林紓及五四新舊思潮之爭》，《河北師範大學學報（哲社版）》2005年第4期。

[518] 蘇建新：《為古老民族的文化守護神林紓一辯》，《福建工程學院學報》2007年第5期。

[519] 王富仁：《林紓現象與「文化保守主義」——張俊才教授〈林紓評傳〉序》，《中國現代文學研究叢刊》2007年第3期。

[520] 龔連英：《「入世」與「出世」——林紓雙重文化心態解讀》，《新余學院學報》2012年第4期。

[521] 蘇建新：《2011年林紓研究芻議》，《遼東學院學報（社會科學版）》2013年第1期。

[522] 周治：《談林譯小說的生產力——出版「林譯小說叢書」》，《東方早報》2013年3月24日。

[523] 吳仁華，福建工程學院共產黨委書記，教授，教育學博士。

[524] 吳仁華，福建工程學院共產黨委書記，教授，教育學博士。

[525] 吳仁華主編，郭丹、朱曉慧副主編：《林紓讀本》，福建教育出版社2014年第1版，2016年第2版。

[526] 參見龔任界：《林紓書畫集》，中華書局、商務印書館2015年。

[527] 參見張旭、車樹昇：《林紓年譜長編》，福建教育出版社 2014 年。

[528] 參見朱曉慧、莊恆凱：《林紓傳》，福建教育出版社 2016 年。

[529] 有關「鄉賢」的定義，參看王泉根的《中國鄉賢研究的當代形態與上虞經驗》（《中國文化研究》2011 年冬之卷）、錢念孫的《鄉賢文化為什麼與我們漸行漸遠》（《學術界》2016 年第 3 期）。

[530] 本文系福建工程學院高等教育研究課題「區域傳統文化的傳承與校本課程開發的實證研究」（GB-K-17-41）階段性成果。

[531] 吳娟，福建工程學院人文學院講師；祁開龍，福建工程學院人文學院副教授。

七、以教學帶動科學研究、以科學研究反哺教學

國家圖書館出版品預行編目（CIP）資料

林紓研究論集 / 郭丹 , 朱曉慧 主編 . -- 第一版 .
-- 臺北市：崧燁文化, 2019.07
　　　面；　公分
POD 版

ISBN 978-957-681-845-5(平裝)

1. 林紓 2. 學術思想 3. 文學 4. 文集

810.7　　　　　　　　　　　　　　　　108009007

書　　　名：林紓研究論集
作　　　者：郭丹 , 朱曉慧 主編
發 行 人：黃振庭
出 版 者：崧燁文化事業有限公司
發 行 者：崧燁文化事業有限公司
E-mail：sonbookservice@gmail.com
粉絲頁：　　　　　網　址：
地　　　址：台北市中正區重慶南路一段六十一號八樓 815 室
8F.-815, No.61, Sec. 1, Chongqing S. Rd., Zhongzheng Dist., Taipei City 100, Taiwan (R.O.C.)
電　　　話：(02)2370-3310　傳　真：(02) 2370-3210
總 經 銷：紅螞蟻圖書有限公司
地　　　址：台北市內湖區舊宗路二段 121 巷 19 號
電　　　話:02-2795-3656 傳真:02-2795-4100　網址：
印　　　刷：京峯彩色印刷有限公司（京峰數位）

　　本書版權為九州出版社所有授權崧博出版事業股份有限公司獨家發行電子書及繁體書繁體字版。若有其他相關權利及授權需求請與本公司聯繫。

定　　價：450 元
發行日期：2019 年 07 月第一版
◎ 本書以 POD 印製發行